# Olivier Merle

Né en 1956, Olivier Merle est professeur et chercheur à l'université Clermont-Auvergne de Clermont-Ferrand. Géologue et volcanologue, il est l'auteur d'une centaine d'articles de recherche dans des revues internationales spécialisées en sciences de la Terre. Son premier roman, *L'Avers et le Revers* (2009), s'insère dans la série historique « Fortune de France » écrite par son père, Robert Merle. Son deuxième ouvrage, *Noir négoce* (2010), est un grand roman sur la traite des Noirs au XVIIIe siècle. Puis ont paru *Libre d'aimer* aux Éditions XO (2019), *Dans l'ombre du loup* (2021) et *Le Manoir des sacrifiées* (2022) chez le même éditeur.

# LE MANOIR DES SACRIFIÉES

ÉGALEMENT CHEZ POCKET

LIBRE D'AIMER

DANS L'OMBRE DU LOUP

LE MANOIR DES SACRIFIÉES

OLIVIER MERLE

# LE MANOIR DES SACRIFIÉES

XO ÉDITIONS

ISBN : 978-2-266-33729-8
Dépôt légal : octobre 2023

On n'apercevait de sa face qu'une bouche bordée de chair crue et des yeux homicides. Sa stature trapue exagérait la longueur de ses bras et l'énormité de ses épaules. Tout son être exprimait une puissance rugueuse, inlassable et sans pitié.

ROSNY-AINÉ
*La Guerre du feu*

L'œil était dans la tombe et regardait Caïn.

# 1

C'est en soirée, à la nuit tombée, dans la douceur et le calme de sa maison ou de son appartement, quand les rideaux sont tirés, la pluie frappant les carreaux et le vent soufflant au-dehors, que l'on ressent le plus puissamment ce sentiment de sécurité et de quiétude qui nous rassure. Au besoin, un fond musical, paisible, presque en sourdine, complète cette sérénité.

Ces impressions ne sont qu'illusion et insouciance. L'horreur peut surgir de nulle part et à tout moment.

Après avoir terminé son verre de vin, Baptiste Gormonnac s'essuya la bouche une dernière fois et plia consciencieusement sa serviette. D'un geste machinal, il l'écarta sur le côté, puis il regarda sa femme qui emportait les deux assiettes et les couverts.

— Tu sais ce qu'il y a ce soir à la télé ?

Solène fit non de la tête en ouvrant le lave-vaisselle. Il se leva à son tour et, pour se donner bonne conscience, saisit le reste de baguette et le posa dans la corbeille à pain. Pour parachever l'illusion qu'il participait aux tâches ménagères, il rangea la salière et remit le beurre dans le réfrigérateur. Ainsi débarrassé de ses maigres obligations, il gagna le salon, où il se vautra sur le canapé.

De là, il pouvait apercevoir Solène, qui, dans la cuisinc, pcnchée sur l'évier, récurait la casserole en la frottant énergiquement avec une éponge. Allongeant le bras vers la table basse, il tira à lui le *Télérama* et parcourut les programmes de la soirée.

— Il y a un Tarantino sur France 2.

— Quoi ?

— Il y a un Tarantino sur France 2 !

— C'est trash, Tarantino. Des horreurs et du sang partout. Berk !

Baptiste soupira. Toujours la même histoire ! Solène n'aimait pas les films violents. Il lui fallait argumenter, composer et, souvent, renoncer.

— Ou alors un Chabrol sur ARTE ?

— C'est mieux.

— Bof…

Baptiste retira ses chaussures et laissa glisser le magazine sur le tapis. Il s'étira, puis s'affala de tout son long sur le divan, les yeux fixés au plafond.

Il soupira de nouveau. La journée avait été éprouvante et il se reprochait d'avoir manqué de réactivité. Ces derniers mois, sa vie professionnelle était usante. Petit cadre dans une société d'import-export, il avait fait le dos rond lors de la dernière restructuration. Le coup n'était pas tombé loin. Des collègues, qui pourtant présentaient autant de compétences et de garanties que lui, avaient fait partie de la charrette.

Depuis, une atmosphère lourde planait sur l'entreprise. Le signal avait été sans ambiguïté. Personne n'était à l'abri, surtout pas du pire. Et, ce midi, à la suite de discussions tendues avec les syndicats, la direction avait annoncé qu'un référendum serait organisé au sein du personnel. L'alternative – pouvait-on parler d'ultimatum ? – s'était répandue comme une traînée de poudre de bureau en bureau : accepter une baisse de salaire ou une nouvelle charrette serait inévitable avant l'été. Cruel dilemme qui n'était pas de nature à renforcer la solidarité entre les employés.

Sur ces entrefaites, son supérieur lui avait annoncé que les conditions des missions, en France ou à l'étranger, seraient modifiées. L'indemnité journalière, la prime de déplacement, le moyen de transport, tout allait être revu à la baisse pour effectuer des économies substantielles sur ce poste de dépense. En soi, c'était déjà une baisse de salaire. Il avait voulu le dire à son supérieur ; la peur lui avait cloué le bec. Être identifié comme une forte tête, un récalcitrant, un réfractaire aux évolutions du marché du travail et à la mondialisation le mettrait dans le viseur de la direction avec des conséquences imprévisibles, mais terrifiantes. Au-delà de la mauvaise nouvelle annoncée par son supérieur, Baptiste s'était trouvé lâche, et il n'avait pas aimé ce constat.

Peut-être le malaise qu'il ressentait n'était-il pas étranger à son désir de regarder un Tarantino bien trash (comme disait Solène) pour évacuer cette violence qui l'oppressait. Il soupira encore.

Solène essuyait la casserole. Elle s'interrompit soudain. Avait-elle perçu un bruit dans le jardin ? Était-ce le grincement familier du portail qui donnait sur la rue ? Elle n'en était pas certaine, car la pluie tombait dru et tambourinait contre le carreau.

Inquiète à l'idée d'un intrus qui se serait introduit dans le jardin, sous une pluie battante et à la nuit tombée, elle s'approcha de la fenêtre. La vitre avait tout d'un écran noir. Les ampoules de la cuisine, par contraste de luminosité, l'empêchaient de distinguer quoi que ce soit au-dehors, sinon les formes vagues des arbustes. Elle rangea la casserole dans le placard et resta debout en s'essuyant machinalement les mains avec le torchon.

Elle jeta un coup d'œil vers le salon, où elle aperçut les pieds de son mari qui dépassaient du canapé.

— Tu n'as rien entendu ?

La tête de Baptiste émergea du dossier.

— Quoi ? Qu'est-ce que tu dis ?

— Tu n'as rien entendu ?

— De quoi ?

— Le portail du jardin.

— Non.

Solène se rassurait. Elle n'était pas seule et Baptiste n'avait rien entendu.

Sa journée non plus n'avait pas été de tout repos. Professeure dans un collège difficile (selon la formule consacrée), elle avait passé le plus clair de son temps à faire la discipline au lieu d'enseigner. Désespérant. Épuisant. Démotivant. Un métier mal payé et qui se dégradait d'année en année.

Elle éteignit les lumières de la cuisine et s'apprêtait à baisser le volet roulant de la fenêtre quand elle eut un choc. Une ombre avait traversé la pelouse. Le cœur battant, elle se retourna d'un bloc et cria :

— Il y a quelqu'un dans le jardin !

— Tu es sûre ?

Baptiste s'était levé et hésitait. Il n'était pas convaincu. Sujette parfois à des peurs et à des anxiétés diverses, sa femme était sans doute victime de son imagination. Quelqu'un dans le jardin ? À cette heure-là ? Par ce temps ?

Il alla dans la cuisine, où Solène s'était changée en statue, et regarda par la fenêtre.

— Je ne vois rien.

— Si ! J'ai vu quelqu'un !

Il se pencha de nouveau et haussa les épaules.

— Ben non, y a personne !

— Est-ce que tu as fermé la porte à clé ?

De fait, ce n'était pas le cas, et elle le savait, puisqu'ils verrouillaient seulement au moment de monter à l'étage pour se coucher. S'il suffisait de cela pour l'apaiser, autant le faire immédiatement. Et il pourrait ensuite allumer tranquillement la télé. Mais pour Tarantino, c'était foutu ! Étant donné l'angoisse de Solène, il ne couperait pas au Chabrol. Et encore…

Il se dirigeait vers l'entrée quand il perçut un bruit derrière la porte. Un pas lourd résonnait sur les trois marches d'accès au perron. Il eut peur, inexplicablement. Une de ces peurs enfantines qui vous prend aux tripes et vous propulse dans l'irrationnel.

Il accéléra son allure, puis se mit à courir. Qui que ce soit, fermer. Fermer avant tout. Se barricader, se retrancher, s'échapper. Vite ! Fixant le verrou comme le seul but à atteindre, la seule chance de survie, il n'en était plus qu'à deux mètres quand la porte s'ouvrit violemment. Il fut stoppé net dans son élan. Une vision de cauchemar. Et d'épouvante…

Baptiste se crut face à un monstre informe, indescriptible au sens propre du terme, dont la masse occupait la totalité du cadre. Était-ce l'effet de l'épouvante qui distordait le réel et brouillait sa perception ? Un golgoth ! Une face hirsute, des cheveux longs et sales qui encadraient le visage comme un casque explosé, des lèvres rouge sang, un mufle saillant d'où émergeaient des dents carnassières. Et qui vous fixait de ses yeux cruels, avides et sanguinaires.

Il aurait fallu du temps pour comprendre ce que c'était. Baptiste n'en eut pas.

Saisi d'effroi, son cœur s'affola dans sa poitrine, jusqu'à heurter par saccades sa cage thoracique, provoquant une vive douleur au niveau du sternum. Malgré la terreur qui le tétanisait, il recula instinctivement.

Mais l'être immonde bondit sur lui. Un objet apparut dans son champ de vision, au-dessus de sa tête, et il eut l'impression que son crâne s'ouvrait en deux. L'image d'une pastèque tranchée d'un seul coup de machette s'alluma comme un flash dans son cerveau.

Tombant à genoux, il eut quelques mouvements mécaniques des bras, avant de rouler sur le côté.

Solène était paralysée. Muette dans un premier temps, impuissante face à l'horreur, elle fut secouée par un tremblement compulsif. Elle se mit soudain à hurler de toutes ses forces dans un état de panique insurpassable et une sensation de mort imminente.

Un cri primal, suraigu, d'une puissance inouïe, ininterrompu, et qui glaçait le sang.

## 2

Morose, regagnant mollement son bureau, le commandant Grimm marchait les mains dans les poches, les yeux baissés. Athlétique, mais du genre sec, mince et manquant de puissance, il courbait son mètre quatre-vingts sous l'effet de la lassitude et de l'inaction. Si le terrain permettait à son énergie de s'exprimer, les réunions organisées par le commissaire divisionnaire Babut l'avaient toujours accablé. L'ennui le gagnait vite et son attention s'effondrait au bout de quelques minutes.

De quoi donc les avait-on informés, cette fois-ci ? De nouvelles procédures administratives qui, assurément, seraient une authentique perte de temps. Comme d'habitude. À mesure que les effectifs baissaient, que les flics de terrain devenaient une espèce en voie de disparition, paperasses (désormais numérisées) et formalités en tout genre confirmaient d'année en année leur tendance à l'hypertrophie, comme une maladie chronique et incontrôlable de la bureaucratie.

Devant lui marchaient ses adjoints, Ermeline et Blanchard, désabusés également, et Jarry, le plus abattu des trois, tête inclinée et regard vague. « Tout ce qu'on nous demande de faire, maintenant, c'est des conneries ! » s'était-il même écrié au milieu de la réunion, ce qui avait particulièrement indisposé Babut.

Grimm pénétra dans son bureau. Par les baies vitrées, il jeta un coup d'œil dans la direction de son collaborateur. Jarry s'asseyait à sa place et, l'air accablé, commençait à taper sur son ordinateur. Sacré Jarry ! Son humour légendaire de pince-sans-rire semblait mis à rude épreuve par cette réunion qui avait duré pas moins de deux heures. Deux heures improductives, Grimm en convenait.

Depuis la résolution de la sanglante affaire de la croix solaire[1], rien de bien folichon n'était venu agrémenter le goût de Grimm pour les énigmes d'envergure. La monotonie le rongeait peu à peu. C'était mauvais signe, car il sentait que sa tendance à la dépression regagnait du terrain. Pour l'instant, il se maintenait à flot. Mais pour combien de temps ?

Par ailleurs, la naissance de son fils – une nouvelle qui l'avait bouleversé – avait été suivie d'une période de désillusion, qu'il avait pourtant anticipée bien avant l'accouchement. Cet enfant était de lui – l'ADN l'avait prouvé –, mais Amandine ne l'avait jamais avoué à son mari et Grimm restait sur la touche. Certes, elle avait organisé des visites secrètes à Montpellier, où il avait pu voir le bébé. À plusieurs reprises, il l'avait tenu et serré dans ses bras. Des photos demeuraient de ces instants magiques. Hélas, il devait ensuite retourner à Rennes, et n'était finalement qu'un père biologique, condamné à

1. Voir *Dans l'ombre du loup*, XO Éditions ; Pocket.

voir grandir son enfant de loin, sans pouvoir lui donner l'affection dont il débordait.

Cette situation le désespérait, car il savait qu'il allait manquer le plus précieux de la vraie paternité. Le biologique n'est rien à côté de la présence permanente, aimante et protectrice, qu'il se sentait capable d'offrir à l'enfant. S'il fallait attendre la majorité de son fils pour le mettre au courant, ce serait trop tard. Les années de l'enfance ne se rattrapent pas.

Et, blessure supplémentaire, presque aussi douloureuse, cet enfant ne portait pas son nom. Grimm était invisible au regard de la loi. Ne l'ayant pas reconnu, il n'existait pas. Il n'apparaissait nulle part. Effacé. Inconnu. Anonyme. Nié par les autorités. Un père clandestin, un sans-papiers de la paternité. Son fils s'appelait Louis Moncorgan, fils de Fabien et d'Amandine Moncorgan. Point barre.

Le téléphone sonna. C'était Babut.

— Grimm, j'ai reçu un coup de téléphone du procureur Lestanger. Il y a eu un meurtre dans le quartier Saint-Martin et il nous confie l'enquête. La Scientifique[1] y est déjà. Allez-y avec un de vos hommes. Je vous y rejoins avec le proc.

Avec un de vos hommes ! Décidément, Babut restait de la vieille école. Ermeline était sensible à ce type d'expression maladroite qui niait son existence. Comme si elle avait pu entendre, il leva les yeux dans sa direction. OK, il irait avec un de ses hommes, et ce serait une femme ! Ermeline, la trentaine, cheveux courts, regard malicieux, sourire charmeur, fine de corps mais

1. La police technique et scientifique (PTS).

débordante d'énergie et sportive accomplie. Voilà pour Babut, dont Grimm pensa qu'il était temps qu'il prenne sa retraite.

Il saisit son blouson et sortit de son bureau.

— Ermeline, tu viens avec moi. Nous avons un meurtre sur les bras.

Elle se leva sans rien dire et emboîta le pas à son supérieur.

*
* *

La police du commissariat de quartier se trouvait déjà sur les lieux. Deux voitures, très mal garées et dont les gyrophares clignotaient. Un peu plus loin, le fourgon de la police scientifique était, quant à lui, correctement rangé sur une place autorisée.

Grimm et Ermeline firent face à la maison du crime. Elle était de dimension modeste et datait des années trente. Mignonnette, à vrai dire, avec sa symétrie de bon aloi et son jardinet. Après avoir montré leur carte de la PJ aux deux policiers qui gardaient l'entrée, ils poussèrent le portail, qui grinça, et grimpèrent les trois marches du perron. La porte était ouverte.

Le seuil était barré par une rubalise ne laissant qu'un étroit couloir d'accès d'où l'on pouvait apercevoir le salon et la cuisine. Les techniciens de la Scientifique étaient déjà en action. Vêtus de leur combinaison blanche, ils s'affairaient en plusieurs points de la salle. Certains, agenouillés, maniaient le pinceau, à la recherche d'indices, tandis que d'autres, debout, déposaient délicatement avec des pinces de menus objets dans des petits sacs plastique transparents qu'ils étiquetaient ensuite.

Un attroupement autour d'une commode poussée contre le mur attira l'attention de Grimm. Le cadavre se trouvait devant le meuble, recroquevillé sur le sol. Parmi les personnes qui faisaient cercle autour du mort, il reconnut le Dr Pointcarré. Heureux de la voir, il la héla :

— Irène !

Le Dr Pointcarré se retourna et lui fit un petit signe de la main.

— Un instant, j'arrive !

Naturellement, ni Grimm ni Ermeline ne pouvaient s'engager dans la pièce sans que leur soient fournies des surchaussures en plastique. Ils patientèrent.

— Prends déjà quelques photos d'ensemble, glissa Grimm à Ermeline.

Un policier s'approcha d'eux. Il avait les cheveux très courts, les yeux clairs un peu globuleux, un visage poupin, mou, et une nette tendance à l'embonpoint. Il les considéra d'un air soupçonneux et, pointant son nez en avant :

— Vous êtes ?

— Commandant Grimm, de la PJ. Avec moi, le lieutenant Gasquet.

L'homme leur serra la main un peu formellement, accompagnant le geste d'un mouvement lent de la tête.

— Capitaine Germain.

— Enchanté, capitaine. Nous sommes chargés de l'enquête par le commissaire divisionnaire Babut. Vous avez dû être prévenu de notre arrivée ?

N'obtenant pas de réponse à cette simple question, Grimm enchaîna :

— Qui est la victime ?

Le capitaine Germain tira de sa poche un carnet sur lequel il semblait avoir pris quelques notes.

— Baptiste Gormonnac. Trente et un ans, marié à Solène Gormonnac, sans enfant. Travaillant au service logistique de la société Exportissimus.

— C'est lui que je devine là-bas près de la commode ?

— Oui.

— Bien. Et quoi d'autre ?

Le capitaine Germain parut surpris.

— Quoi d'autre… C'est-à-dire ? Qu'est-ce que vous voulez savoir ?

Un silence. Grimm était soufflé par cette réaction. Comme si le peu d'éléments que le capitaine avait donnés suffisait ! Il échangea un regard avec Ermeline, qui partageait son étonnement.

— Pour les détails du meurtre, nous verrons avec la légiste. Mais, par exemple, dites-moi, l'épouse, Solène Gormonnac, vous l'avez interrogée ?

— Elle n'est pas là.

— Elle est où ?

— Je ne sais pas.

Grimm racla sa gorge, signe d'impatience chez lui.

— Et qui a découvert le corps ?

— Un livreur.

— Que vous avez interrogé ?

— Non, il ne savait rien.

— Et il est où ?

— Il est reparti poursuivre ses livraisons.

Le pire était que le capitaine paraissait satisfait de la manière dont il avait mené l'enquête immédiate. Grimm baissa la tête et expira lentement avant de lâcher :

— Vous n'en savez pas plus ?

— Je ne vous cache rien, commandant.

— Encore heureux.

Le capitaine Germain se renfrogna, mais il se tut. Il demeurait sur place, les bras ballants, à attendre on ne sait quoi.

— Eh bien, capitaine, je vous remercie de votre collaboration, ajouta Grimm pour s'en débarrasser.

— À votre service, commandant.

Il s'éloigna d'un pas lourd. « Belle illustration du triste principe de Peter », songea Grimm. En voilà un qui est bloqué à son niveau maximal d'incompétence et qui n'en bougera plus jusqu'à sa retraite.

Profondément agacé, il se pencha à l'oreille d'Ermeline.

— Qui c'est, ce con ?

— Sais pas, mais il a l'air d'en tenir une sacrée couche.

*

* *

Le Dr Pointcarré s'approchait avec deux paires de chaussons en plastique dans les mains. Grimm avait connu la légiste au moment de l'affaire de la croix solaire et ils avaient immédiatement sympathisé. Le dynamisme et le franc-parler de cette femme, grande et forte sans être grosse, dégageaient une rafraîchissante impression de bonne santé.

— Heureux de vous voir, Hubert. Bonjour, Ermeline.

Les rapports étaient directs, naturels, et la coopération avait toujours bien fonctionné entre eux. Après l'incurie du capitaine Germain, le Dr Pointcarré allait certainement apporter les éléments qui éclaireraient les circonstances du meurtre.

— Vous nous montrez notre client ?

— Faites le tour par là en suivant les rubalises, parce qu'il y a du sang un peu partout et que l'équipe de la PTS n'a pas encore examiné toute la pièce.

Au moment d'atteindre la commode, le Dr Pointcarré les mit en garde.

— Je vous préviens, c'est pas très joli à voir et assez curieux.

La légiste fit signe aux deux agents de la PTS encore penchés sur le mort de s'écarter un instant, ce qu'ils firent en silence.

— Voilà, regardez vous-mêmes, dit-elle en effectuant un large geste du bras pour montrer la victime.

L'homme était à genoux, le buste cassé en avant, le front touchant le sol, les coudes repliés et les deux mains à plat posées de part et d'autre de la tête.

— On dirait un musulman en train de prier, murmura Grimm.

— N'est-ce pas ? Je me suis fait la même réflexion.

En fait, la posture n'avait rien d'effrayant et Grimm leva vers la légiste des yeux bleus interrogateurs.

— Pas très joli à voir ?

— Parce que vous ne voyez pas tout. Je l'ai remis en place pour vous après l'avoir examiné. Et son visage, c'est pas très ragoûtant.

— Montrez.

— Si vous y tenez.

Le Dr Pointcarré saisit la tête à deux mains au niveau des tempes et la souleva de sorte que la face de l'homme soit bien visible. Ermeline déglutit et se détourna.

Il y avait non seulement un trou très profond dans le front, une horrible plaie qui entaillait les premières circonvolutions du cerveau, mais un œil avait disparu et l'orbite apparaissait comme une cavité creuse, vidée de son contenu.

— Ah, OK, fit Grimm avec une grimace de dégoût. Vous pouvez reposer.

Il demanda à Ermeline de prendre des photos de la victime avant de se tourner à nouveau vers la légiste.

— Les circonstances de la mort, vous en savez quoi ?

— Je ferai des analyses plus poussées à l'institut médico-légal, mais, en l'état, ça me paraît assez simple. Le coup mortel, c'est le coup porté dans le front, de haut en bas, avec un objet contondant. La plaie est verticale et large. À l'intérieur, sa géométrie est triangulaire, ce qui nous donne la forme de l'extrémité de l'objet qui a pénétré le crâne. Un triangle assez régulier, isocèle, dont le sommet était assez pointu pour perforer l'os et s'enfoncer profondément. Il a fallu frapper très fort quand même. Je serais étonnée que le coupable soit une femme.

Comme toujours, Grimm appréciait la précision et la clarté des descriptions de la légiste. Avec de tels détails, il ne doutait pas que le Dr Pointcarré connaisse la réponse à la question qu'il posa immédiatement :

— Et cet objet, c'est ?

— Je ne sais pas.

Ainsi, les meilleures observations ne permettent pas toujours de conclure, même pour le Dr Pointcarré, pourtant si perspicace.

— Même pas une petite idée ?

— Non, vraiment, je ne sais pas.

— J'en déduis que personne n'a trouvé sur place l'arme du crime.

— On ne peut vraiment rien vous cacher, mon cher commandant.

Grimm sourit. La légiste avait usé de ce petit ton caustique et humoristique qu'il aimait chez elle. Et qui se révélait fort utile pour exorciser les horreurs de son métier.

— Et l'œil ?

— Post mortem, pour autant que je puisse en juger. Avec l'arme du crime, utilisée cette fois-ci en effectuant un mouvement de rotation, pour bien vider et dégager l'orbite.

— Absolument dégueulasse.

— Je vous avais prévenu.

Ermeline avait cessé de prendre des photos et considérait la commode avec attention.

— On dirait qu'il prie ou qu'il est en adoration devant le meuble, dit-elle. Il est pourtant bien banal. Le contenu a été inspecté ?

— Non, ce n'est pas de mon ressort… Vous le ferez, je n'en doute pas. Mais je ne sais pas si la clé du mystère se trouve à l'intérieur. Elle est peut-être dessus et non dedans.

L'attention accaparée par la victime, ni Grimm ni Ermeline n'avaient noté un détail pourtant frappant. Tous les objets qui se trouvaient initialement sur la commode avaient été balayés, sans doute d'un mouvement rasant du bras, et étaient tombés en vrac, par terre, du côté droit. Une petite statuette, des cadres, une lampe avec abat-jour et deux ou trois bibelots insignifiants. Seul subsistait un crâne, posé au bord du meuble, face au cadavre.

Grimm se pencha pour mieux l'examiner.

— C'est un vrai ?

— Non, c'est une reproduction, qui peut s'acheter n'importe où. Même sur Leboncoin. Et même un comme celui-là !

— Qu'est-ce qu'il a de spécial ?

— C'est celui d'un homme de Neandertal.

— Vraiment ?

— C'est très caractéristique. Le front fuyant, la face prognathe, la large cavité nasale et, surtout, les gros bourrelets sus-orbitaires qui dessinent cette barre au-dessus des yeux en une sorte de visière osseuse. Enfin, l'absence de menton et l'arrière très allongé, en forme de ballon de rugby, qu'on appelle le chignon osseux.

Grimm se redressa et jeta un bref regard à Ermeline, qui avait les yeux fixés sur le crâne.

— Vous m'impressionnez, Irène. Vous êtes préhistorienne à vos heures perdues ?

Elle éclata de rire.

— Grand Dieu, non ! Mais je suis médecin légiste, et un crâne de Neandertal, même si je n'ai pas encore eu l'occasion d'en découper un à l'institut médico-légal, je sais le reconnaître !

Grimm tripotait son paquet de cigarettes dans la poche de son blouson. Il avait très envie de fumer et se retenait d'en sortir une.

— Ce qu'on ne sait pas, c'est si ce crâne était présent dans la maison ou s'il a été apporté par le meurtrier.

— En effet ! Nos collègues de la Scientifique ont relevé toutes les empreintes qui pouvaient traîner dessus. Vous leur demanderez aussi de faire une recherche d'ADN, je suppose ?

— Bien sûr. Qui est le chef des agents de la PTS ?

— C'est le grand type là-bas.

— Merci, Irène. Vous nous appelez s'il y a du nouveau à l'autopsie et on vous rendra une petite visite à l'institut.

Grimm s'apprêtait à s'éloigner quand le Dr Pointcarré l'arrêta en levant la main à la hauteur de son visage.

— Attendez ! Je sais, Hubert, que vous n'aimez pas ça, mais ce n'est pas une raison pour en priver Ermeline.

Pris par l'enquête, Grimm avait oublié que la légiste raffolait de chocolat, qu'elle avait toujours une tablette sur elle et qu'elle en mangeait pour ainsi dire continuellement. Un péché mignon qui l'agaçait par son caractère systématique. D'autant qu'elle en offrait à tous, semblant souhaiter que son entourage tombe aussi dans cette addiction. Malgré tout, il attendit patiemment qu'Irène donne deux carrés à Ermeline, laquelle remercia avec ce sourire lumineux qui le faisait fondre.

*
* *

Le chef des agents de la PTS était vraiment grand. Peut-être pas autant que Blanchard et son double mètre, cependant Grimm dut lever la tête pour lui parler. En revanche, il était voûté, aussi épais qu'une sole, et sa maigreur donnait une impression de fragilité. On l'imaginait aisément bousculé ou même emporté par les fortes rafales de vent de la pointe du Raz.

Jetant un coup d'œil vers la porte ouverte de la maison où on pouvait apercevoir le capitaine Germain, de dos, les mains dans les poches, qui bayait aux corneilles, Grimm baissa instinctivement la voix.

— Commandant Grimm de la PJ... Euh, je n'ai pas eu droit à beaucoup de détails, c'est le moins que l'on puisse dire, de la part de l'autre inactif là-bas (il désigna le policier d'un furtif mouvement de tête), j'espère que vous m'en donnerez davantage. Quelles sont vos constatations sur les circonstances du meurtre ?

Sous son masque, l'homme fit un clin d'œil entendu.

— En effet, on n'est pas très aidé avec des cocos pareils... Je vous fais un bref topo. Selon toute vraisemblance, le crime a eu lieu dans l'entrée. La victime a été frappée à cet endroit et est tombée direct. D'après la légiste, l'homme est mort quasiment sur le coup. C'est l'endroit où il y a le plus de sang et les marques du corps sont nettes. Ensuite, il a été traîné à travers le salon jusqu'à la commode, où on l'a découvert dans la position que vous savez. On suit le transport du cadavre à la trace.

— Et... comment dire... l'œil ?

— L'œil, un mystère. On ne l'a pas retrouvé.

— Non !? Vous voulez dire que l'assassin l'a emporté ?

— Probable.

— C'est dingue...

— À mon avis, on a affaire à un tordu.

Un tordu, certes, mais sanguinaire, et qu'il vaudrait mieux coffrer le plus rapidement possible.

— Quoi d'autre ?

— Des traces de lutte près de la cuisine.

— Avec la victime ?

— Peu probable, puisqu'il est mort dans l'entrée. Mais il est délicat de reconstituer toute la scène. On pourra s'en assurer avec les empreintes et l'ADN.

Ermeline, qui n'avait pas encore ouvert la bouche depuis qu'elle avait croqué ses deux carrés de chocolat, lança une première hypothèse :

— Une lutte… Avec Solène Gormonnac ?

Le chef des agents de la PTS secoua la tête et haussa les épaules pour confirmer son ignorance. On entendit soudain des voix assez fortes qui parvenaient du seuil de la maison. Le commissaire divisionnaire Babut et le procureur Lestanger venaient d'entrer et échangeaient quelques mots avec le capitaine Germain.

Grimm remercia son interlocuteur et se porta aussitôt à leur rencontre. Les accueillir était en soi naturel et, pour un observateur neutre, le commandant donnait là une impression de professionnalisme, de respect de la hiérarchie, et même de convivialité.

En réalité, il fulminait en son for intérieur. Il aurait préféré en avoir terminé plus vite et ne pas se trouver sur place à leur arrivée. D'une part, il allait devoir leur décrire le crime sans omettre aucun détail – une vraie perte de temps –, et aussi jouer le jeu de celui qui tient déjà une piste afin que le procureur puisse rassurer les médias, une obsession constante de tous les magistrats du parquet. D'autre part, il avait très envie de fumer une cigarette.

Cependant, Grimm n'avait aucune animosité particulière envers ce procureur, à qui il reconnaissait des qualités, dont l'honnêteté n'était pas la moindre. En outre, c'était un homme intelligent, rigoureux, qui non seulement comprenait vite les explications qu'on lui donnait mais était aussi capable de les synthétiser avec clarté. Pourtant, ils s'étaient déjà heurtés l'un à l'autre, quand Grimm avait manifesté ou revendiqué son autonomie d'enquêteur. Un procureur, supérieur hiérarchique, ne peut le tolérer que si des résultats tangibles lui sont transmis rapidement. Or, la durée de la précédente enquête menée par Grimm avait mis à l'épreuve la patience du magistrat, même s'il convenait que sa rare complexité en était la cause.

Ermeline à ses côtés, Grimm s'acquitta de sa tâche du mieux possible, sans pouvoir se résoudre à évoquer des hypothèses, n'en ayant aucune et n'ayant pas l'intention d'en inventer pour faire plaisir ou se faire bien voir de son interlocuteur. Sur le paillasson de l'entrée, le visage soucieux et ne desserrant pas les dents, le procureur Lestanger l'écouta avec gravité, le corps très droit comme à son habitude et fouillant du regard le salon, où la PTS s'activait toujours.

Il conclut lui-même, dévoilant sa préoccupation principale :

— Il s'agit d'une trop sale affaire. Commissaire Babut, je vais devoir saisir un juge d'instruction. Toutefois, il va falloir que nous discutions de ce que la presse doit savoir. Si l'atrocité du crime est dévoilée dans sa totalité, je crains qu'un puissant coup de projecteur médiatique ne soit donné dessus et que nous soyons harcelés sans fin jusqu'à l'arrestation du meurtrier, ce qui nuirait à l'efficacité de l'enquête. Il faudra être discret sur certains détails, en particulier cette histoire de crâne, la posture d'adoration, l'œil arraché et la disparition de l'épouse.

Babut acquiesçait sans modération, l'une de ses qualités étant d'être toujours du même avis que le procureur.

*

* *

Après avoir salué ce dernier, Grimm alluma une cigarette dès qu'il fut dans le jardin. Pour retourner à l'hôtel de police, il laissa le volant à Ermeline.

— Ça pue, Hubert. Pas dans la voiture, s'il te plaît !

Grimm ouvrit la fenêtre, mais continua à fumer. Sur le siège passager, il restait silencieux. L'affaire, déjà peu banale, était très obscure à plus d'un titre. Au bout d'un moment, il dit lentement :

— Solène Gormonnac… Tu as touché un point central, Ermeline. Où est-elle ?

— J'ai pensé qu'elle avait pu être enlevée.

— Enlevée, c'est ça…

— En même temps… En même temps, elle est peut-être en vacances, en voyage, en visite chez sa mère ? Va savoir !

— On s'en assurera. Si on ne la retrouve pas dans les heures qui viennent, on lancera un avis de recherche. Tant qu'on n'aura pas mis la main dessus, je sens qu'on piétinera.

Grimm se tut une bonne minute avant de reprendre :

— Et ce cadavre devant la commode, en position d'adoration, ce crâne de Neandertal… Tu en penses quoi ?

— Alors là… Pas grand-chose. Mystère…

Grimm éclata d'un rire sonore.

— Bref, on ne comprend rien et on est dans le brouillard le plus complet !

Alors, il jeta sa cigarette par la fenêtre d'un geste vif.

— Bravo ! Pour un écolo pur et dur, tu te poses là ! s'exclama Ermeline, horrifiée.

Sans lui répondre, Grimm tapa trois fois du plat de la main sur le tableau de bord, et s'écria, un rien exalté :

— Ça me plaît, Ermeline ! Ça me plaît beaucoup, cette affaire !

# 3

Ermeline sur ses talons, Grimm arpentait les couloirs de la PJ, pressé de retrouver Jarry et Blanchard pour les informer des étranges détails de l'affaire. Ses deux adjoints travaillaient tranquillement, chacun derrière son ordinateur.

Selon son habitude, Grimm tapa dans ses mains pour signaler qu'il improvisait une réunion.

— On a un crime intéressant sur les bras.

Ermeline s'assit à son bureau tandis que Jarry et Blanchard levaient vers leur patron des yeux interrogateurs. En quelques mots, il résuma les circonstances du drame. Il conclut en lançant les opérations :

— On a du pain sur la planche et il ne faut pas traîner. Des questions ?

Il n'y en eut pas, chacun attendant de connaître le rôle qui lui serait dévolu.

— Ermeline, tu te charges de l'enquête de voisinage et de retrouver le livreur qui a découvert le cadavre. Corentin et Éric, vous passez tout au peigne fin dans la maison. De mon côté, je contacte la famille de Solène pour savoir où elle est et je lance un avis de recherche en cas d'insuccès. Et, bien sûr, j'essaye d'en apprendre davantage sur son mari.

Pointant ensuite le menton dans leur direction, il ajouta sur un ton martial :

— Exécution !

Manière de tourner en dérision son rôle de chef, Grimm étant tout sauf autoritaire.

*
* *

Ce soir-là, quand Grimm rentra dans son appartement, il fut encore une fois frappé par la désolation qui y régnait. L'évier était encombré de vaisselle sale, la table de la cuisine n'avait pas été essuyée, le lit était défait, l'oreiller par terre. Le tube de dentifrice, sur la tablette de la salle de bains, n'avait pas été rebouché, et la serviette traînait sur le carrelage.

En fait, depuis la naissance de son fils, l'éloignement géographique d'Amandine était dur à supporter. Car, désormais, il existait un lien entre eux. Un lien difficile à nier ou à rompre. Indéfectible. À moins de faire une croix définitive et irrémédiable sur le passé – ce dont Grimm n'était pas capable –, un enfant témoignait de leur ancienne relation amoureuse.

Et puis, qui peut dire quand un amour est vraiment terminé ? Lorsque Amandine était venue le voir à Rennes quelques mois plus tôt, n'avait-il pas éprouvé pour elle la même tendresse qu'auparavant ? Il avait refusé de l'avouer, surtout à elle, mais au fond il n'était pas dupe.

C'était pourtant lui qui l'avait quittée ! Déjà insupportable quand il fallait se cacher du mari, la situation avait dégénéré lorsque celui-ci avait découvert que sa femme le trompait. Jusqu'à cette imbécile bagarre de chiffonniers où, bousculé et injurié par le jaloux, Grimm avait fini par lui mettre son poing dans la figure. À la PJ, en plus, devant ses collègues qui avaient assisté à la scène bouche bée.

Muté à sa demande. Loin. Du soleil écrasant de Montpellier au vivifiant crachin breton. Voilà quel avait été le résultat de cet amour agité ! Enfin… Pas le seul résultat ! Un enfant, c'était bien plus réel que toutes ces chamailleries d'adultes.

Grimm ouvrit le réfrigérateur et décapsula une bière. Il s'installa sur le canapé en allumant une cigarette.

Il n'avait jamais désiré vivre en couple. Trop solitaire sans doute pour se plier aux exigences et aux contraintes d'un ménage. Rien que ce mot lui faisait horreur, évoquant la serpillière et le balai.

Du reste, il n'en avait pas été question. Amandine ne voulait pas quitter son mari et ses deux enfants, affirmant aimer deux hommes en même temps, ce que Grimm n'avait jamais cru. Peut-être se trompait-il, car elle avait toujours paru sincère à ce sujet. En tout cas, elle en était convaincue ; ce n'était pas de la duplicité de sa part.

Évoquer les autres enfants d'Amandine engendrait un surplus de tristesse. Son fils avait un frère et une sœur. Là-bas était sa vraie famille, constituée, homogène, dont il n'aurait en grandissant aucune raison de douter.

Plus tard, dans son lit, Grimm saisit son portable et regarda des photos. Amandine, au parc d'enfants, assise sur un banc, d'une attirante beauté, ses longs cheveux châtains encadrant un visage régulier, dont les diverses expressions reflétaient cependant, malgré la douceur des traits, une volonté farouche et indestructible. Louis, qui ne tarderait pas à marcher. On le voyait se tenir debout, s'accrochant au banc, vacillant sur des jambes arquées encore potelées. La photo suivante le montrait assis sur son derrière, regardant le banc, interloqué de s'être effondré en arrière. Il n'était pas tombé de bien haut, en une chute molle et contrôlée, amortie à l'arrivée par sa couche. Sur la troisième, Grimm était accroupi et Louis, de nouveau debout, s'accrochait à ses genoux.

Maigres souvenirs d'une des rencontres clandestines organisées par Amandine, dans un parc, trois semaines auparavant. Une éternité. C'était tout ce à quoi il avait droit.

*

* *

Dès le lendemain matin, Ermeline mena l'enquête de voisinage. Un seul fait notable émergea des informations glanées chez les habitants de la rue. Rien n'indiquait que Solène fût absente ces derniers temps et deux témoins affirmèrent l'avoir aperçue le jour du meurtre, garant sa voiture au retour de son travail.

Dernière étape de ses investigations, Ermeline sonna à la maison située à droite de celle des Gormonnac. Elle patienta une pleine minute avant d'entendre une voix revêche de femme, en apparence assez âgée :

— C'est pour quoi ?

— Lieutenant Gasquet de la police judiciaire. Je souhaiterais vous poser quelques questions sur le drame qui s'est produit hier chez vos voisins.

Un silence. Un temps d'attente, puis des bruits de verrous qu'on ouvre. Ermeline en compta trois disposés de haut en bas sur la porte. Le battant s'écarta de vingt centimètres. Un visage ridé, une bouche édentée et deux yeux soupçonneux apparurent dans l'encadrement.

— Y a des femmes dans la police, maintenant ?

— Oui, madame, la preuve.

— C'est pas un métier de femme, ça ! Enfin, de nos jours, tout est à l'envers de toute façon…

— Puis-je entrer, madame ? Je n'en aurai pas pour longtemps.

La vieille laissa passer Ermeline, mais en maintenant la porte à peine entrouverte, comme si l'ouvrir en grand comportait un danger. Elle referma aussitôt derrière elle.

Il n'y avait dans la cuisine qu'une seule chaise, sur laquelle la vieille s'assit en lâchant :

— À mon âge, on peut pas rester debout trop longtemps.

Ermeline tira un carnet de sa poche.

— Vous êtes au courant de ce qui s'est passé à côté ?

— Toute cette police dehors depuis hier ? J'pense bien ! J'suis sortie voir, mais ils m'ont rembarrée sans ménagement ! Mais j'lis *Ouest France* et *Le Télégramme*, comme tout le monde !

— J'aurais voulu savoir si vous aviez remarqué quelque chose d'anormal le soir du meurtre.

— Le soir, avec la télé, j'entends rien !

— Et au cours de la journée ?

— Non, rien du tout !

Ermeline se demandait si elle n'allait pas écourter cet interrogatoire inutile quand la vieille ajouta sur un ton catégorique :

— Mais ça ne m'étonne pas !

— Qu'est-ce qui ne vous étonne pas ?

— Que ça finisse comme ça !

Ermeline leva les sourcils. Finalement, cette petite vieille en savait peut-être davantage que le reste du voisinage.

— Pourquoi dites-vous cela ?

— Ben tiens, elle le trompait !

— Vous êtes sûre ?

— Ma main au feu ! Il venait même chez elle !

— Qui ça ?

— Comment qui ça ? Son amant, ma p'tite !

— Vous l'avez vu ?

— Un peu qu'j'l'ai vu ! Et pas qu'une fois !

— Racontez-moi ça, madame. Vous l'avez vu comment ?

— Par la fenêtre ! À mon âge, on n'a pas beaucoup de distractions, alors je reste assise devant toute la journée. Et il vient souvent, le salopard ! Il se gêne pas, il gare sa voiture juste en face ! Un type jeune, brun, très brun…

— Vous sauriez le reconnaître ?

— Entre mille ! J'ai plus une bonne oreille, par contre j'ai de bons yeux. Et puis, c'est le genre de types qui ne respectent rien !

— C'est-à-dire ?

— Tenez, une fois, il a mis sa voiture sur la seule place handicapés de la rue !

Elle hochait la tête d'un air entendu comme si elle avait assisté au pire des forfaits.

— Oui, ma p'tite, une place handicapés ! Un jeune comme ça, qui court comme un lapin ! Un lapin, ah ! C'est le cas de le dire ! Un chaud lapin, oui !

Refermant son carnet, Ermeline s'adossa au radiateur.

— Et sa voiture, elle ressemble à quoi ?

— Bleue.

Avec ça, on n'irait pas loin. Il fallait trouver du concret, de l'exploitable. Soudain, la vieille haussa le ton :

— Vous savez ce que j'ai fait le jour où il s'est garé sur la place handicapés ?

— Non.

— Je suis sortie alors qu'il était chez sa maîtresse et j'ai noté le numéro de sa voiture. Puis j'ai appelé le commissariat pour le dénoncer. Et vous savez ce qu'il m'a dit, le planton de service ?

— Non.

— Que c'était pas de leur ressort, qu'ils avaient autre chose à faire ! C'est une honte ! De nos jours, on n'est plus protégés ! Les braves gens, on les abandonne ! Et on laisse faire les délinquants ! Voilà comment ça se passe maintenant !

Très remontée, elle s'agitait sur sa chaise et se lança dans une violente diatribe contre le désordre, les émeutes, les Arabes, les délinquants, les musulmans et les Noirs, qui pourrissaient la France qu'elle avait connue.

Pour mettre fin à ce discours qui confinait au délire paranoïaque, Ermeline la coupa :

— Et ce numéro, vous l'avez gardé ?

La vieille s'arrêta net et donna vers l'avant un coup de menton agressif.

— Pourquoi je l'aurais jeté ?

Ermeline s'attendait à la phrase inverse. Or, bingo ! cette folle, qui aurait trouvé sa place sous le régime de Vichy, avait conservé le numéro. Pourquoi ? Sans doute parce que ça peut toujours servir, pardi !

— Vous pouvez me le donner ?

La vieille se leva, se retourna, ouvrit un tiroir encombré de paperasses et farfouilla dedans.

— Faut que je le retrouve, avec tout ce désordre…

Pourtant, elle ne mit pas longtemps à sortir du fouillis un bout de feuille déchirée à l'emporte-pièce sur laquelle était inscrit le fameux numéro.

— Notez-le, parce que moi, je le garde !

— Bien sûr, je vous le laisse, madame, s'empressa d'affirmer Ermeline.

Tandis qu'elle recopiait le numéro, la vieille se vautra avec délice dans la dénonciation.

— Il vient le mercredi, elle ne travaille pas ce jour-là. C'est dégueulasse, quand je pense à ce pauvre M. Gormonnac qui part tous les jours à 7 h 30 pour aller au travail, sans se douter qu'on lui fait des cornes dans le dos. Elle, elle est prof ! Eh bien, ça fout pas grand-chose, les profs ! Je la vois partir à 8 h 30, 9 heures parfois, quand c'est pas 10 heures, et revenir à 16 ou 17 heures, et elle a aussi une matinée de libre, le vendredi.

C'était stupéfiant. Elle connaissait tout l'emploi du temps de ses voisins.

— Tromper son mari, devant tout le monde, sans honte, par vice ! Et c'est à des dépravées comme ça qu'on confie nos gosses ! Bel exemple pour la jeunesse ! Je vous le répète, je suis pas étonnée que ça finisse de cette manière ! C'était écrit !

# 4

— Elle avait un amant ? Bravo, Ermeline ! Avec le numéro de la voiture, on va vite mettre la main dessus.

Grimm exultait. Plusieurs variantes, mais un scénario classique. Pour s'en débarrasser, l'amant tuait le mari. Parfois, pas toujours, la femme était complice. Sa disparition laissait penser qu'ils avaient fui ensemble. Hypothèse, certes, mais un terrain connu et prometteur.

— Et la mise en scène macabre ? interrogea Jarry.

Grimm leva les bras.

— On ne comprend pas tout, cependant on avance ! Et vous deux, qu'est-ce que vous avez trouvé sur les lieux du crime ?

— Chou blanc ! Vraiment rien. Des photos de mariage, de fêtes, de vacances et de voyages, des paperasses administratives, des documents sans intérêt, des bouquins, des DVD, etc. On a saisi le portable de Gormonnac ainsi que les deux ordinateurs du couple et on les a remis au service informatique.

— OK, et toi, Ermeline, tu disais aussi que tu avais retrouvé le livreur ?

Seul Grimm était debout, à s'agiter et à parcourir la pièce de long en large. Ses équipiers étaient sagement assis à leur bureau, ne quittant pas leur patron des yeux.

— Il a sonné, sans réponse, mais comme la porte était grande ouverte, il a osé traverser le jardinet et, à peine entré, il a aperçu la victime dans le salon. Il a aussitôt appelé la police. Honnêtement, il est absolument hors du coup.

— Je n'en doute pas. Et qu'est-ce qu'il avait à livrer ?

— Un livre. Un manuel scolaire d'histoire niveau quatrième.

— Aucun intérêt. Bon, j'ai aussi contacté les parents de Solène Gormonnac et sa sœur. Aucun ne sait où elle se trouve. Du coup, j'ai vu avec le service ad hoc pour lancer un avis de recherche qui ne va pas tarder à être diffusé.

Puis, après une courte pause :

— Par ailleurs, j'ai potassé un peu la vie de nos deux clients. Lui, existence banale. Trente et un ans. Marié à vingt-cinq. Sans enfant. BTS, puis une école de commerce. Cadre moyen dans une grosse entreprise. Recruté en 2012. Aucune histoire particulière, pas de casier.

— Et elle ?

— Pareil, la même petite vie anodine. Née Mlle Pensec. Trente ans. CAPES d'histoire à vingt-quatre ans. Aussitôt balancée prof dans le collège d'un quartier difficile. RAS, vraiment. À part un amant, et donc une coucherie qui aurait mal tourné, pour l'instant on n'a rien.

Blanchard baissa les yeux sur l'écran de son ordinateur et, malgré son flegme légendaire, eut un sursaut de tout son grand corps.

— Oh ! Ça vient de tomber… J'ai le nom et l'adresse du propriétaire de la voiture.

— Super ! C'est qui ?

— Quentin Durbois.

— Debout, les enfants, on va tout de suite lui mettre le grappin dessus. Et on y va tous, parce que si c'est notre homme, il est plus que dangereux.

*
* *

Hormis Blanchard qui prit l'ascenseur, ils dévalèrent ensemble l'escalier en une bruyante cavalcade, heureux d'avoir enfin l'occasion de s'activer. Le terrain ! Voilà l'origine de leur motivation et de leur désir d'intégrer la police judiciaire. Et quelle n'était pas leur frustration, ces dernières années, de voir le travail de bureau grignoter, et même dévorer, la part des missions ! Surtout Grimm, le plus âgé des quatre, qui avait connu une autre époque.

Le temps passé derrière un ordinateur enflait désespérément à mesure du développement des logiciels et des technologies. C'était bien pour cette raison que Jarry avait si mal encaissé la dernière réunion organisée par le commissaire divisionnaire Babut.

Par contraste, dans la voiture qui démarrait, assis à l'arrière aux côtés de son géantissime collègue, il arborait un grand sourire de satisfaction. Grimm, qui avait pris le volant, se retourna vers Blanchard, lequel tenait un bout de papier dans son énorme paluche.

— Quelle est son adresse ?

— Vu l'heure, on va aller à son travail. C'est là qu'on a le plus de chances de le trouver, non ?

— Tout juste ! Et alors ?

— Direction centre-ville, rue Le Bastard.

La grande rue piétonne, sans conteste la plus commerçante de la ville.

— Et qu'est-ce qu'il fait, ce gars-là, dans la vie ? demanda Ermeline.

— J'ai pas beaucoup d'infos. Il serait propriétaire d'une boutique spécialisée dans la lingerie féminine.

— Ben voyons ! fit Grimm en ricanant. Un spécialiste des dessous féminins… Mme Gormonnac n'est peut-être pas sa seule maîtresse, à notre coco.

Il gara la voiture au ras de la boutique. Le nom « Tout pour elle » clignotait en lettres scintillantes sur la baie vitrée. De la voiture, ils jetèrent un coup d'œil à l'intérieur. Pas foule. Aucun client. Seule une jeune femme accrochait des corsages à un cintre.

— Bon, on y va ! s'écria Grimm en ouvrant sa portière.

Deux secondes plus tard, ils se trouvaient tous les quatre au centre du magasin. Quentin Durbois était invisible. Immobile, un lot de soutiens-gorge dans les bras, la vendeuse les considérait, un rien effrayée. Il est vrai que la tête de Blanchard touchait presque le faux plafond et qu'un tel quatuor dans ce genre de boutique était très inhabituel, sinon inquiétant.

Grimm fit un pas vers elle et montra sa carte.

— Police judiciaire. Nous aimerions parler à M. Durbois.

La jeune femme resta un moment la bouche ouverte, ahurie, puis lança un timide « Monsieur Durbois, on vous demande » en direction d'une porte ouverte située dans le fond.

— Laissez faire, merci, coupa Grimm en marchant d'un pas vif vers l'arrière-boutique, suivi par ses adjoints.

Quand il pénétra dans la petite pièce encombrée de cartons entassés les uns sur les autres, Grimm découvrit un homme debout devant une table, penché sur un livre de comptes. La trentaine, plutôt beau gosse, très brun, type méditerranéen.

— Monsieur Durbois ?

— Oui.

— Commandant Grimm de la police judiciaire. Nous avons quelques questions à vous poser. Si vous voulez bien nous accompagner.

Sa sidération fut manifeste. Durbois s'était redressé et ne bougeait pas d'un cil. Il finit par ânonner :

— Qu'est-ce que… ? Je comprends pas… Des questions ? Mais, enfin… Que se passe-t-il ?

— Nous vous expliquerons tout à la PJ. Ne vous inquiétez pas. Mettez votre manteau, ne perdons pas de temps.

Durbois baissa les yeux et se tut. Un léger tremblement agitait le bout de ses doigts. Il passa son pardessus en silence et, serré de près par Blanchard, il suivit Grimm.

Dans la boutique, il lui adressa la parole d'une voix mal assurée :

— Ça durera longtemps ?

— Je ne sais pas. Prenez vos dispositions.

Alors, se tournant vers la jeune vendeuse, Durbois dit simplement :

— Coralie, si je ne suis pas revenu avant ce soir, vous fermerez le magasin.

— Bien, monsieur Durbois.

*

* *

Grimm était pressé d'en finir. Pourtant, il n'avait pas encore décidé d'une garde à vue officielle. Il ne s'agissait pour l'instant que de l'audition d'un témoin. Elle pouvait se dérouler sans la présence d'un avocat qui, souvent, conseillait à son client de se taire. L'enquête avait tout à y gagner, surtout si le questionnement était mené habilement. C'était plus simple et cela permettait de savoir ce que l'individu avait dans le ventre. S'il mentait, on pourrait ensuite le mettre face à ses contradictions avec davantage de billes.

Pour cette raison, Grimm emmena Durbois dans son bureau, le fit asseoir et lui proposa aimablement un café ou un verre d'eau. Puis il alla informer Babut de cette interpellation. Grimm ne doutait pas que cet interrogatoire déboucherait sur une garde à vue. Cet individu était le suspect numéro un, le seul d'ailleurs, et ses relations avec Solène Gormonnac constituaient l'axe central de l'affaire.

Pour ne pas l'intimider, il demanda à Blanchard et à Jarry de se retirer – ce qu'ils firent en silence, mais non sans déception –, choisissant la seule Ermeline pour le seconder. Comme à son habitude, Grimm avait décidé de commencer par des questions très périphériques, histoire de mettre Durbois en confiance, et, par une succession de cercles concentriques de plus en plus serrés, comme un félin se rapproche de sa proie, il entrerait peu à peu dans le vif du sujet. Le but était de forcer le faux pas, les réponses contradictoires, l'incohérence, et de s'y engouffrer pour provoquer la chute et les aveux.

Grimm s'installa sur son fauteuil et dévisagca le suspect qui, de l'autre côté du bureau, se tassa un peu sur son siège.

— Monsieur Durbois, êtes-vous propriétaire de votre magasin ?

L'homme parut surpris par la question.

— Du fonds de commerce.

— Depuis quand ?

— Trois ans.

— Vous avez combien d'employés ?

— Une seule, que vous avez vue.

— Votre affaire marche bien ?

— Je n'ai pas à me plaindre.

Cette première rafale de questions était si surprenante que Durbois fronçait les sourcils et inclinait la tête sur le côté.

— Vous êtes marié ?

— Non.

— Une compagne ?

Brusquement, Durbois se rebiffa.

— Écoutez, je ne comprends pas ce que vous me voulez. Ma vie privée ne regarde que moi. Dites-moi plutôt ce que vous cherchez à savoir, ce sera plus simple.

Grimm ignora cette réaction et le fixa pendant une longue minute, sachant que le silence au cours d'un interrogatoire est toujours déstabilisant pour un suspect. Ermeline restait debout, derrière Durbois, adossée à la baie vitrée, les bras croisés.

Grimm reprit en appuyant sur chaque syllabe :

— Justement, monsieur Durbois, puisque vous évoquez votre vie privée, n'est-il rien arrivé de fâcheux dans celle-ci ces derniers temps ?

Il pâlit. Le trouble qu'il n'avait su cacher au moment de l'interpellation se manifesta à nouveau. Il déglutit à plusieurs reprises. Ses yeux erraient sur le rebord de la table.

— Je crois bien que si, ajouta Grimm avec insistance.

Alors, dans un souffle, Durbois lâcha :

— Il a porté plainte ?

Le regard de Grimm croisa celui d'Ermeline. Une faille s'ouvrait, mais dans une direction inattendue.

— Qui ? Qui a porté plainte ?

— Il n'a pas porté plainte ?

Grimm tapa du plat de la main sur le bureau et haussa le ton.

— Arrêtons cette comédie, monsieur Durbois ! Qui aurait pu porter plainte contre vous et pourquoi ?

À présent, le suspect se mordait les lèvres, conscient qu'il avait levé le voile sur un fait que ce commandant de la PJ ignorait. Trop tard. Grimm le prenait à la gorge.

— Je vous écoute et je vous préviens tout à la fois, monsieur Durbois. Si vous ne répondez pas à cette question, vous n'êtes pas près de rentrer chez vous. J'ai tout mon temps, ma collègue aussi. La patience est notre principale vertu. J'attends.

Il se renversa en arrière sur le dossier du fauteuil et croisa les mains sur son ventre. Le moment s'éternisa. Durbois se rongeait les ongles. Ermeline décida d'intervenir et, à l'entendre parler soudain dans son dos, il sursauta.

— Quand on pense que quelqu'un a, ou va, porter plainte contre soi, c'est qu'on a quelque chose à se reprocher. Qu'est-ce que vous avez fait de mal, exactement ? De toute façon, si vous pensez pouvoir nous le cacher, vous vous trompez. Vous vous doutez bien que vous n'êtes pas dans ces locaux pour une contravention impayée.

Ermeline avait sondé au hasard, à la recherche de points sensibles, essayant par intuition de s'adapter à l'idiosyncrasie de Durbois. Elle fit mouche et en fut elle-même étonnée.

— Je me doute que vous le saurez, de toute façon ! s'écria Durbois.

— Eh bien alors, dites-le-nous ! gronda Grimm. On gagnera du temps.

— C'est cette histoire avec Coralie. J'ai fait une connerie, je le sais bien.

— Coralie, votre employée ? Oui, et alors ?

— J'ai eu, avec elle… Comment dire… ? Ça s'est passé comme ça, c'était pas vraiment voulu, en fin de journée…

— Vous l'avez sautée, quoi !

— Oui… dit-il en baissant les yeux, gêné par la brutalité du propos.

Grimm avait l'impression de tirer le fil d'une pelote qu'il n'avait pas soupçonné aussi emmêlée en appréhendant Durbois.

— Et qui pourrait porter plainte ?

— Son copain.

— Diable ! Parce que vous l'avez forcée, Coralie ? Violée, peut-être ?

Durbois parut tout à coup épouvanté.

— Non, non, je vous assure, je l'ai pas violée. J'ai, j'ai un peu…

— Insisté, c'est ça ?

— Elle a protesté mollement. Au début seulement. Au tout début. Après, elle n'a plus rien dit.

— Mouais…

Ermeline lâcha avec une certaine animosité :

— C'est à elle de porter plainte, pas à son copain ! Elle lui a dit ?

— Je sais pas. Je l'ai cru en vous voyant débarquer au magasin. Je vous assure que c'était juste une fois. Je lui ai promis que ça ne se reproduirait plus. Qu'elle était très mignonne et que j'avais craqué. Elle a eu l'air de comprendre. C'était une tentation permanente, seul avec elle toute la journée…

— En somme, c'est la faute de Dieu, Il vous a abandonné ! affirma Grimm en souriant avec ironie.

Durbois leva vers lui des yeux perdus.

— Pourquoi dites-vous cela ?

— Et ne nous soumets pas à la tentation, amen ! Il n'a pas écouté votre prière, c'est sa faute.

— C'est surtout un abus de votre pouvoir hiérarchique pour obtenir des faveurs sexuelles, coupa Ermeline. Étant votre employée, elle a eu peur d'être virée si elle ne cédait pas. C'est puni par la loi.

Surpris par la tournure des événements, Grimm n'en jugea pas moins que le moment était venu d'entrer dans le vif du sujet.

— Ce qui peut-être vous ennuie le plus, c'est que votre maîtresse l'apprenne, non ?

— Ma maîtresse ? Quelle maîtresse ?

— Ne faites pas l'imbécile ! Nous savons que vous avez une maîtresse et nous connaissons son identité.

— Vous vous trompez, je n'ai pas de maîtresse. Des aventures, ici et là, assez décousues, sans lendemain…

Pour théâtraliser le coup qu'il allait porter, Grimm ouvrit au hasard une chemise qui traînait sur le bureau et en sortit une feuille. C'étaient les notes de frais de sa précédente mission. Il y posa un regard grave avant de relever la tête et de fixer Durbois.

— J'ai ici de nombreux témoignages qui révèlent que vous êtes l'amant de Mme Gormonnac.

Durbois se décomposa. Il ouvrit la bouche comme un poisson qu'on vient de jeter sur la berge.

— Solène ?

— Oui, Solène Gormonnac ! Au moins, vous ne niez pas la connaître.

— Non ! Mais Solène n'est pas ma maîtresse !

— Non ? Et elle est quoi pour vous, alors ? Une amie avec laquelle vous entretenez de chastes relations ?

— C'est ma sœur.

La feuille que Grimm tenait encore lui échappa des mains. Il sentit la colère l'envahir. Ce type leur racontait-il des salades depuis le début ? Il explosa.

— Ne vous foutez pas de nous ! Le nom de jeune fille de Solène Gormonnac est Pensec. Elle a une sœur et pas de frère. Et, surtout, pas de frère qui porterait le nom de Durbois, ça va sans dire !

Le suspect porta la main à sa bouche comme s'il avait une soudaine révélation.

— Oui, bien sûr, je comprends…

— Eh bien, pas nous, cher monsieur ! Nous, on ne comprend pas !

— En fait, ce n'est pas entièrement ma sœur.

— De mieux en mieux…

— C'est ma demi-sœur. Mon père, Yves Durbois, a été marié avec la mère de Solène avant de divorcer. Elle s'est remariée avec Gilles Pensec. Solène est issue de ce second mariage, moi du premier.

— Ah ?

— Nous avons la même mère, pas le même père.

— Oui, oui, ça va, j'ai compris !

Ne parvenant pas à dissimuler sa contrariété, Grimm se leva et se pencha vers Durbois en posant ses deux mains à plat sur le bureau.

— On va faire une pause.

— Dites-moi au moins ce qu'on me reproche, implora Durbois.

Sans répondre, Grimm sortit de la pièce, suivi d'Ermeline.

# 5

Dès qu'il fut dans l'open space, Grimm laissa éclater sa colère. Il donna un violent coup de pied dans une étagère.

— Putain, nous sommes ridicules ! C'est son frère ! On a vraiment l'air de sacrés cons !

En deux mots, Ermeline raconta à Jarry et à Blanchard le résultat de l'audition.

— Ce n'est pas si grave, lança Jarry. Si ce n'est lui, c'est donc son frère.

— Très drôle, Corentin. Quant à ta petite vieille, Ermeline, elle nous a foutus dedans dans les grandes largeurs !

— Désolée.

— Éric, par acquit de conscience, vérifie quand même l'état civil de Quentin Durbois.

En pestant, Grimm fit deux fois le tour de la salle, le front penché en avant comme un taureau qui va charger, les mains dans le dos. Parfois, il jetait un coup d'œil vers Durbois qui, de l'autre côté de la baie vitrée, se morfondait sur sa chaise. Puis, expirant bruyamment, il fit signe à Ermeline.

— Bon, on recommence en changeant de tactique.

Il s'assit de nouveau à son bureau tandis qu'Ermeline reprenait sa place derrière le suspect. Il s'éclaircit la voix avant de parler.

— Quand avez-vous vu votre sœur pour la dernière fois ?

— Solène ? Mercredi dernier. Je déjeune avec elle tous les mercredis parce qu'elle ne travaille pas ce jour-là. C'est devenu une habitude.

Ou bien ce type était très fort, ou bien il ignorait encore tout du drame. Dans le brouillard, Grimm avançait à tâtons.

— Et son mari ?

Le regard de Durbois se fit fuyant.

— Rarement…

— Rarement quoi ?

— On se fréquente peu. Nous n'avons pas… comment dire… d'atomes crochus.

— Vous ne vous entendez pas ?

— Pas vraiment.

Le portable de Grimm vibra dans sa poche. Il le tira discrètement pour lire le nom du correspondant : Amandine. En pleine audition, c'était bien le moment ! Il éteignit son téléphone d'un pouce rageur.

— Reprenons. Donc, le mari, moins vous le voyez, mieux vous vous portez, si je comprends bien ?

— On peut dire ça comme ça.

C'était très étrange. D'habitude très habile dans l'art du questionnement, Grimm ne trouvait aucune aspérité, aucune ligne directrice pour guider son intuition. Il laissa passer une demi-minute.

— Vous lisez les journaux, monsieur Durbois ?

— Non.

— Même pas *Ouest France* ?

— Quand j'ai le temps. Pas souvent.

Inutile de ruser. Grimm décida de jouer cartes sur table.

— Vous êtes ici parce que votre beau-frère a été assassiné et que votre sœur a disparu.

Durbois s'éjecta de sa chaise comme un diable à ressort. L'émotion était si forte qu'il était parcouru de tremblements. Il hurla :

— Qu'est-ce que vous racontez ? C'est pas possible !

Vive comme l'éclair, Ermeline fut sur lui en une fraction de seconde et, appuyant des deux mains sur ses épaules, le força à se rasseoir. Il tomba sur son siège. Sa voix devint plaintive.

— Comment ça, assassiné !? Et disparu, ça veut dire quoi ?

— Disparu, cela signifie que personne ne sait où elle est.

— C'est affreux.

— Ce serait donc moi qui vous l'apprends ?

— Mais oui, je vous assure, gémissait Durbois en se tordant les doigts.

Et puis, comme si ce commandant de la PJ connaissait la réponse, il demanda :

— Qui a assassiné Baptiste ?

Ce qui poussa Grimm à lui porter ce coup bas :

— À part vous, vous lui connaissez des ennemis ?

Coup bas que Durbois comprit parfaitement puisqu'il s'écria, affolé :

— C'est pas moi ! Je suis pas son ennemi ! On s'entendait pas très bien, OK, mais sans se détester ! Vous ne pensez tout de même pas… ?

— Je ne pense rien.

À ce stade de confusion, c'était d'ailleurs parfaitement exact.

— Un mot encore. J'ai informé hier votre mère du décès de son gendre et de la disparition de sa fille. J'ignorais votre existence, sinon je vous aurais appelé également. Comment se fait-il que votre mère ne vous ait pas téléphoné pour vous avertir ?

De nouveau, l'embarras de Durbois fut manifeste.

— Je n'ai pas de bons rapports avec ma mère. Le divorce s'est très mal passé et j'ai été élevé par mon père.

— Qui, pendant toute votre enfance, a cassé du sucre sur le dos de votre mère, influençant peut-être votre jugement ?

Durbois voulut protester, cependant, au dernier moment, il se ravisa et se tut.

Grimm échangea un regard avec Ermeline. Elle eut une moue significative. Tout cela ne menait à rien.

*

* *

Laissant une seconde fois Durbois seul dans le bureau, Grimm improvisa une réunion, qui fut courte. En l'état, aucun élément n'incriminait le suspect. Il n'était pas l'amant, mais le demi-frère. Il ne s'entendait pas avec son beau-frère, mais, jusqu'à preuve du contraire, ne possédait aucun motif d'assassinat. Sa mère ne l'avait pas prévenu, mais leur relation était dégradée.

Quel que soit l'angle d'attaque, les indices se dérobaient et rien ne pouvait être retenu contre le témoin. Le mettre en garde à vue ne se justifiait pas. Il fut décidé de le relâcher.

Dès que Durbois eut quitté l'hôtel de police, Grimm se rendit dans le bureau du commissaire divisionnaire Babut. Celui-ci était tranquillement assis et tournait les pages d'un parapheur en signant les yeux fermés. Attitude que Grimm avait souvent observée chez les patrons et qu'il trouvait étonnante : n'importe qui aurait pu glisser dans la liasse un faux compromettant.

— Ah, Grimm, entrez ! Alors, votre suspect ?

À l'invitation du commissaire, il s'assit lourdement sur une chaise.

— Rien !

— Vraiment ? Pourtant, vous aviez l'air sûr de votre coup.

— Ce n'est pas si simple. Il va falloir tout reprendre de zéro, j'en ai peur.

Babut posa son stylo sur le bureau.

— J'ai une intuition.

— Laquelle ?

— Je crois que c'est une affaire aussi juteuse que celle que vous avez résolue l'année dernière, cette histoire de croix solaire qui a défrayé la chronique.

Juteuse, c'était le mot fétiche de Babut quand l'intrigue était tout à la fois complexe et sanglante.

— Il serait souhaitable de la résoudre plus rapidement, car il nous en a donné, du fil à retordre, ce psychopathe.

Le « nous » était choquant. Qu'avait-il fait, le divisionnaire, dans cette enquête ? Pas grand-chose. Et encore, c'était un euphémisme. Grimm ne doutait pas qu'en haut lieu Babut s'était fait mousser pour récolter en toute fin de carrière les derniers galons qui lui manquaient.

Il ne lui en voulait même pas. Parce que son supérieur l'avait bien accueilli à Rennes, tolérait ses incartades et, justement, intervenait peu dans les enquêtes. Grimm était trop solitaire et indépendant pour ne pas se réjouir d'avoir un chef qui attendait la retraite et qui, pour cette raison, se reposait entièrement sur ses subordonnés sans les importuner.

Il acquiesça en silence.

De retour auprès de ses adjoints, il lut l'état civil de Durbois que Blanchard avait préparé. Il était bien le fils de Mme Pensec, mère de Solène et ex-Mme Durbois. Désormais, il fallait compter sur l'avis de recherche et, peut-être, des résultats nouveaux de la PTS ou de l'autopsie.

Le téléphone de Grimm vibra. Amandine. Il se réfugia dans son bureau pour répondre.

— Oui, Amandine ?

— Ah, Hubert, je suis contente de te joindre. Peux-tu descendre à Montpellier le week-end prochain ?

— Euh, c'est-à-dire, on n'est que mardi et une affaire assez complexe vient de démarrer…

— Tu peux ou tu peux pas ?

Elle ne changerait jamais. Toujours aussi directe. Amandine n'aimait pas les tergiversations et savait ce qu'elle voulait. Grimm aurait bien aimé posséder cette qualité.

— Mon mari est absent samedi et dimanche. Tu pourrais voir Louis plus longtemps.

Elle lui faisait une place, c'était indéniable. Pourtant, il avait la sensation de jouer les bouche-trous et l'atmosphère de complot et de mensonge qui accompagnait ses visites le mettait mal à l'aise.

Elle répéta :

— Tu peux ou tu peux pas ?

— Si, si, je peux. Je te rappelle en fin de semaine pour les détails.

— Kiss, Hubert.

— Embrasse Louis pour moi…

Il glissa le portable dans sa poche et, anxieux, s'approcha de la fenêtre, le regard accrochant les toits qui s'étendaient à perte de vue.

La tête d'Ermeline apparut à la porte de son bureau.

— On a été prévenus par la poste qu'ils avaient reçu un colis à destination des époux Gormonnac.

— On sait ce que c'est ?

— Non, on a envoyé quelqu'un pour le récupérer.

— OK, vous me préviendrez quand il sera arrivé.

# 6

La voiture roulait lentement sur le chemin bosselé. On n'entendait que le bruit des hautes herbes qui se couchaient à l'avant et frottaient sous le châssis. Parfois, quelques corbeaux croassaient dans le lointain et leurs cris isolés transperçaient l'air humide. Le temps était suspendu, la lande déserte.

Après avoir franchi les deux piliers de granit qui marquaient l'entrée de la propriété, le véhicule obliqua vers un vaste bâtiment. Il freina doucement, puis s'arrêta près du perron.

La portière s'ouvrit et une première chaussure à l'épaisse semelle prit contact avec le sol. Celui-ci n'était pas boueux et l'homme sortit de la voiture. Debout, immobile, il réajusta tranquillement le col de son pardessus.

Ouvrant le coffre, l'homme en tira un gros sac de courses et, le tenant à bout de bras par les poignées, il gravit les marches jusqu'au seuil de la demeure. Il posa le sac et sortit une belle clé ancienne de la poche de son manteau. La serrure se déverrouilla en deux claquements secs et sonores qui, par contraste, rehaussèrent le silence du lieu.

Le sol du vaste hall était recouvert de dalles de pierre anciennes souvent fracturées et dont certaines oscillaient sous les pas. L'air emprisonné, presque putride, qui stagnait dans l'obscurité derrière les murs épais, pénétrait dans les narines comme le souffle d'un cadavre. La température était plus basse qu'à l'extérieur.

Sur la grande table en bois de la cuisine, l'homme posa le sac avant d'ouvrir les volets d'une seule des trois fenêtres. Une faible lumière éclaira les murs blanchis à la chaux et le mobilier rustique. Peu de choses. Des chaises à la capucine au paillage fatigué disposées autour de la table, un vaisselier antique près de l'évier, et une commode, à gauche de l'énorme cheminée où subsistaient encore les restes noircis d'une vieille bûche.

Sans se presser, l'homme mit les produits frais dans le réfrigérateur et les boîtes de conserve sur une étagère. Posant la viande sur une planche à découper, il détacha avec un tranchoir, d'un coup sec et bien ajusté, une côte du carré d'agneau. Il la cuisina dans une poêle et fit cuire des lentilles dans une casserole.

Tenant de la main gauche une gamelle contenant ce repas, il retraversa le vestibule jusqu'à une porte. Il l'ouvrit et elle pivota avec un grincement désagréable sur des gonds rouillés. Les premières marches d'un escalier de pierre disparaissaient dans la pénombre. Précautionneusement, il commença à descendre. À mi-parcours, un bruit de chaîne se fit entendre.

— Du calme… c'est moi.

Il posa le pied sur un sol en terre battue. De nouveau, un bruit de chaîne.

— Ne pas avoir peur, c'est moi.

Sa voix était grave et calme. Le bruit cessa. D'un pas sûr, l'homme s'avança dans le noir, obliqua sur la gauche jusqu'à l'extrémité latérale de la cave. Là, il poussa le battant d'un box au mur de briques, s'agenouilla et posa la gamelle par terre.

— Mange.

Silence obstiné.

— Mange !

Comme il n'obtenait pas satisfaction, l'homme se pencha en avant, tâtonna et attrapa la chaîne, qu'il tira violemment à lui. Il haussa le ton.

— Mange, je te dis, ou je me fâche.

Il saisit le collier et le bascula vers la gamelle. Enfin, des bruits de mastication. L'homme relâcha sa pression.

— De la viande, comme tu dois l'aimer, mais pas trop cuite, parce qu'il faut que tu t'habitues.

Sortant son portable de la poche, il éclaira la scène, souriant de satisfaction.

— Voilà, c'est bien.

Puis, soulevant et soupesant un bidon posé sur le côté, il murmura :

— As-tu toujours de l'eau ? Oui, tu ne manques de rien.

Il attendit. Enfin, constatant que la gamelle était vide, il se releva et mit les mains dans ses poches.

— De grandes choses seront accomplies grâce à toi. De grandes choses… D'autres te rejoindront et la face de l'humanité en sera changée. Une aube nouvelle va se lever où tu auras ta place. Toute ta place, car tu en auras été la matrice, et on te vénérera pour cela. Oublie tes anciens maîtres ! C'est à moi désormais que tu dois faire confiance.

Et l'homme répéta en martelant chaque syllabe, heureux de cet alexandrin qui lui était venu spontanément :

— C'est à moi désormais que tu dois faire confiance.

# 7

Ermeline passa la tête par la porte du bureau de Grimm. Elle portait des gants en latex.

— Le colis est là.

— Et alors ? Encore des manuels scolaires pour madame ?

— On t'attendait pour l'ouvrir.

Posé au centre d'une table qui servait surtout à étaler des cartes pour organiser certaines interventions, le paquet était de forme cubique, haut de quinze centimètres. Il était entouré de papier kraft et solidement scotché sur les côtés. Jarry et Blanchard s'étaient déplacés et attendaient l'arrivée de leur supérieur, debout, les bras croisés.

— Qui est l'expéditeur ? demanda Grimm.

— C'est marqué là, sur l'étiquette, tapé à la machine… répondit Ermeline en s'emparant du paquet.

— Tu lis quoi ?

Ermeline orienta vers Grimm la face du paquet où l'étiquette était collée.

ANDRÉ TANLE
MANOIR DE LAN-AR-DENET

— André Tanle… Manoir de Lan-ar-denet… Bizarre. Pas très précis, comme adresse. Ce manoir serait-il connu dans toute la Bretagne ? Vous le connaissez, vous ?

Réponse négative et unanime.

— Ça a été posté où ?

Ermeline se pencha sur le cachet afin de le déchiffrer.

— Lorient. Expédié le lendemain de l'assassinat.

— Lorient… Bon, dépiaute-nous ça proprement, Ermeline.

Le colis était si bien empaqueté qu'elle dut utiliser une paire de ciseaux. Même avec cet outil approprié, elle eut du mal à dégager la boîte. Enfin, elle plia avec soin le papier d'emballage et le posa sur le côté.

La boîte n'était qu'un simple carton qui ne portait aucune inscription. Il s'ouvrait par le haut. Après un regard à Grimm pour obtenir son approbation, elle bascula l'opercule à la verticale. Il y eut un mouvement naturel du groupe autour de la table pour regarder à l'intérieur. Les têtes se penchèrent à se toucher. On distinguait le haut d'un récipient. Rien de plus.

— Tire-nous ça de là, Ermeline, qu'on voie ce que c'est.

À peine avait-elle extrait l'objet de sa boîte qu'Ermeline le laissa retomber sur la table en sautant vivement en arrière et en criant :

— C'est dégueulasse !

Dégueulasse, ça l'était vraiment, et un frisson de dégoût parcourut aussi bien Grimm que Blanchard et

Jarry. C'était un bocal à confiture, rempli d'un liquide transparent à l'intérieur duquel stagnait l'œil d'un être humain.

Le silence dura une pleine minute. L'horreur était là, devant eux, comme un rappel affreux et sinistre du meurtre de Baptiste Gormonnac.

Grimm murmura :

— Après lui avoir arraché l'œil, l'assassin l'a expédié par la poste à l'adresse de sa victime. C'est incompréhensible.

Même Jarry, pourtant peu avare de plaisanteries en tout genre, même les plus morbides, restait muet.

— On ne touche plus à rien, déclara Grimm. Le bocal part au labo, le papier et le carton aussi.

Au moment de se saisir du carton, Ermeline eut la surprise d'y apercevoir une enveloppe. Elle la sortit délicatement et l'inspecta des deux côtés. Vierge de toute écriture. Mais le rabat, qui n'avait pas été collé, bâillait et laissait entrevoir une feuille glissée à l'intérieur.

À l'aide d'une pince, elle la sortit de son logement et la déplia. Tous les regards suivaient ses gestes avec une attention inquiète. Elle la posa à plat sur la table et lut le message tapé à la machine :

**L'œil était dans la tombe et regardait Caïn.**

— Qu'est-ce que c'est que ce charabia !? s'écria Grimm.

— C'est le dernier vers d'un poème de Victor Hugo.

— Alors là, Corentin, ton immense culture nous épate.

— Aucun mérite, je l'ai étudié à l'école.

Grimm demanda à Ermeline de remettre la lettre dans son enveloppe pour que le labo l'analyse également. Puis il convia ses équipiers à s'asseoir à leur bureau et commença à faire les cent pas devant eux.

— Bigre ! On atteint des sommets dans l'horreur et dans l'obscur. Corentin, raconte-nous d'abord de quoi parle ce poème.

— C'est l'histoire de Caïn après qu'il a tué son frère Abel. Bourrelé de remords, il fuit avec les siens et se cache. Rien n'y fait, son sentiment de culpabilité le poursuit sous la forme d'un œil qui le fixe. Pour échapper à sa conscience, il se dissimule sous des tentes, puis fait construire des murs, enfin une ville fortifiée. Malgré tous ses efforts, l'œil est toujours là. Alors il décide de vivre sous terre, dans le noir, loin de tout et de tous. Mais quand il se trouve ainsi définitivement enfermé : l'œil était dans la tombe et regardait Caïn.

Concentré, Grimm écoutait tout en marchant, les mains derrière le dos. Quand Jarry eut terminé son récit, il leur fit face.

— Eh bé, c'est intéressant tout ça… Et le rapport avec Gormonnac ?

Pour un flic, mieux vaut des conjectures, même très incertaines, que le néant. Selon une habitude dont elle ne s'était jamais débarrassée, Ermeline leva la main pour prendre la parole.

— Je fais une hypothèse.

— Vas-y.

— Gormonnac s'est rendu coupable d'une action impardonnable. Son assassin l'a tué pour cette raison. Puis, comme pour indiquer que sa culpabilité demeure, même au-delà de la mort, il envoie l'œil qui symbolise la conscience, laquelle jamais ne le laissera en paix.

Grimm reprit ses allers et retours dans la pièce. Il soliloquait :

— Il doit y avoir de ça. Oui. On pourrait s'accorder sur cette explication psychologique. Quoique la psychologie, chez les assassins, parfois… En tout cas, c'est très logique. Très logique et donc rassurant.

Il pila net et se tourna vers Ermeline.

— Pourtant, ce qui me frappe le plus, c'est que le meurtrier prenne ce risque insensé d'envoyer un tel colis. Car il ne pouvait douter que ce dernier irait tout droit à la PJ.

— Moi, je crois qu'il nous nargue, déclara Blanchard.

— Oui, Éric, j'ai bien peur en effet qu'il nous nargue.

— Ce n'est pas incompatible avec l'hypothèse d'Ermeline, lâcha Jarry.

— C'est vrai aussi.

Allant au tableau blanc, Grimm y inscrivit le nom de l'expéditeur : André Tanle.

— Bon, faisons tourner les logiciels. Cet expéditeur, il existe ?

Ce fut comme un jeu. À celui qui irait le plus vite. Blanchard gagna.

— Rien. C'est un nom de famille qui n'existe pas.

— Un faux nom, comme on pouvait le supposer

Il écrivit ensuite le nom du manoir : Lan-ar-denet.

— Un résultat ?

De nouveau, les doigts frappèrent frénétiquement les claviers. Mais rien ne sortit.

— Bon, fit Grimm. Ou il a tout inventé, ou il y a un sens caché qui nous échappe. Lan-ar-denet, en breton, ça veut dire quelque chose ?

Seule Ermeline réagit.

— Je ne connais pas le breton, mais ma mère est du Finistère et, petite, j'ai passé toutes mes vacances chez mes grands-parents. Lan, qui s'écrit aussi Lann, originellement, ça signifie « la lande ». Ar, c'est « de ».

— Et « denet » ?

— Aucune idée. Un nom de lieu sans doute. La lande de denet, ou vers denet, quelque chose comme ça.

— Bon, eh bien, avec ça, c'est pas gagné ! Espérons que l'analyse par le labo de ce joli bocal à confiture nous donnera un peu plus de grain à moudre.

*

* *

Quand Ermeline et Grimm pénétrèrent dans l'antre inquiétant de la légiste, celle-ci les accueillit avec un grand sourire. Elle disséquait un corps et, à l'aide d'une scie vibrante, venait de couper le crâne d'un cadavre, dont la partie supérieure, détachée, reposait sur la table comme un bol vide. La cervelle intacte ressortait de la tête tel un chou-fleur sanguinolent. Une odeur âcre flottait dans la pièce.

— Entrez, les amis. Celui-là ne vous fera aucun mal. Ce n'est même pas un assassin. Un pauvre bougre, mort d'on ne sait quoi seul dans son jardin, et que, pour cette raison, sa famille fait autopsier.

Elle les avait appelés le matin même pour leur apprendre qu'elle en avait fini avec le sieur Gormonnac, que son rapport était prêt et qu'elle pouvait, en avant-première, leur révéler les résultats de ses investigations. Elle posa sur une table ses instruments de torture et s'empara d'un petit paquet de feuilles agrafées à la va-vite.

— Je vous en ai préparé une copie. Ce n'est pas encore finalisé, je dois relire tout ça pour mettre au propre, mais sur le fond rien ne changera.

Machinalement, Grimm lut les premières phrases, s'arrêta et demanda à brûle-pourpoint :

— Quoi de neuf que nous ne connaîtrions déjà ?

— Un truc très curieux et sûrement intéressant que nous ne pouvions voir sur les lieux du crime. Mais d'abord quelques confirmations. La mort est intervenue entre 20 et 22 heures. Le coup violent dans le front en est responsable. À partir de la plaie, qui correspond à un moule externe de l'arme, j'ai reconstitué avec précision sa géométrie, du moins la partie qui a perforé le crâne.

— Ça donne quoi ?

— Il s'agit d'un cône très aplati, très symétrique et très pointu à son extrémité, d'où la forme en triangle de l'incision. La profondeur de la blessure est de cinq centimètres, ce qui donne la hauteur du cône aplati. À la surface du front, la plaie dessine un ovale très allongé, de six centimètres de longueur et à peine deux centimètres de large.

— C'est donc un objet assez fin.

— Si vous voulez, quoique par rapport à une lame de couteau, c'est très épais.

— Certes.

— En revanche, je ne sais toujours pas ce que c'est. Trop grossier pour une flèche, rien à voir avec une hache ou un burin. Je penche plutôt pour un outil de jardinage. Du genre cisaille pour couper les haies, vous voyez ? Là encore, pourtant, la cisaille me paraît un peu fine vu la largeur de la plaie.

— Un sécateur ? tenta Ermeline.

— Un sécateur, ce serait pas mal, mais les deux lames réunies ont une forme très asymétrique, alors que la blessure, elle, est bien symétrique. En coupe, c'est un vrai triangle.

Grimm, qui tripotait le rapport entre ses mains depuis le début de la conversation, le roula tout à coup avec énergie et le glissa verticalement dans la poche de son blouson, d'où il ressortit en s'évasant. Il tapa dessus pour l'aplatir.

— Tant pis pour l'arme du crime. Quoi d'autre ?

— L'œil a été retiré de l'orbite avec la même arme, un peu comme on démoule les bords d'un gâteau avec un couteau.

— Oh… fit Ermeline en détournant la tête.

— Pardon ! Je ne voulais pas produire cet effet. Ce que je voulais dire, c'est que l'objet est, comme je l'ai déjà montré, à la fois pointu et tranchant. On peut s'en servir pour perforer et pour couper. Je confirme aussi que cette horrible opération a été effectuée post mortem.

Ermeline éprouvait les plus grandes difficultés à ne pas poser son regard sur le crâne scié en deux qui se trouvait sur la table. Les circonvolutions du cerveau débordant de la tête ressemblaient à un enchevêtrement répugnant de gros vers de terre. À cette vue, les traits de son visage se contractaient, évoquant un navire pris dans une tourmente. La légiste dut s'en apercevoir puisqu'elle saisit un linge blanc et, tout en parlant, le posa sur la tête.

— Savez-vous, dit Grimm, que l'assassin nous a expédié l'œil par la poste ?

— C'est très aimable de sa part.

— N'est-ce pas ? Dans un pot à confiture rempli de formol ou d'un liquide de ce genre, donc très bien conservé.

— Délicate attention.

— Qui, hélas, nous en apprend plus sur sa folie que sur son identité. Passons. Mais vous avez trouvé autre chose, disiez-vous ?

Sans répondre, la légiste s'approcha d'une étagère et ouvrit un tiroir, d'où elle sortit un paquet de photos grand format.

— Je les ai imprimées parce que le corps est au frigo et que nous n'allons pas le déranger.

— C'est sur le cadavre ?

— Oui. Quand je l'ai déshabillé, il y avait sur le bas du dos des marques, un ensemble de lignes assez surprenant. Des sillons tracés profondément dans la peau, jusqu'au sang, et toujours avec l'arme du crime, qui est finalement à usage multiple, comme un couteau suisse. Selon toute vraisemblance, ce dessin a été fait après la mort. Donc, on l'a d'abord tué, puis on a relevé sa chemise et on l'a rabaissée ensuite. Regardez vous-mêmes.

Le graphisme était d'une grande simplicité et plus abstrait que figuratif. Deux lignes horizontales recoupées par deux lignes verticales ressortaient clairement. D'autres segments, également horizontaux et verticaux, moins nets car moins profonds et plus courts, complétaient la représentation.

Ermeline s'écria spontanément :

— On dirait un hashtag !

— Ah ! Tu as la même réaction que moi. Et vous, Hubert, ça ne vous évoque pas un hashtag ?

— Plutôt un dièse.

— Mais enfin, Hubert ! Un hashtag ou un dièse, c'est du pareil au même !

Grimm fit une moue dubitative et lâcha sur un ton qui ne permettait pas de dire s'il plaisantait :

— Pour l'enquête, pas vraiment. Notre assassin est-il féru de réseaux sociaux ou fin mélomane ?

# 8

Le lendemain, Grimm fouillait le passé de Baptiste Gormonnac à la recherche d'un indice introuvable quand le téléphone sonna. Babut.

— Grimm, venez tout de suite dans mon bureau, c'est urgent.

Il y avait dans la voix du divisionnaire une tension qui alarma Grimm. Cette fois-ci, c'était du sérieux. Il se leva aussitôt et traversa à grands pas l'open space, sous les yeux étonnés de ses adjoints.

Il frappa à la porte de Babut qui décocha un « Entrez ! » très sec et d'une force inaccoutumée. Le commissaire, debout, face à la fenêtre, se retourna tout d'une pièce alors que Grimm restait sur le seuil.

— Entrez, entrez !

Puis, d'emblée, sans préambule :

— C'est la catastrophe !

— Quoi ?

— Il y a eu un meurtre, à Dinan !

— Dinard ?

— Non, Dinan ! Vous ne savez pas où c'est ?

— Non.

— Pas très loin de Dinard.

Grimm connaissait encore mal la géographie de la région. À vrai dire, il ne s'en souciait guère, découvrant les villes au hasard des missions et des enquêtes.

— Et en quoi c'est une catastrophe ? Un assassinat, c'est assez banal à la Crim.

— Pas celui-là ! Asseyez-vous.

Grimm obtempéra tandis que Babut restait debout, désignant de la main le téléphone qui se trouvait sur son bureau.

— Le procureur Lestanger vient de m'appeler. Ça s'est passé hier. Le propriétaire d'une galerie d'art, un certain McGronon, a été retrouvé mort à son domicile ce matin.

— Un Écossais ?

— Euh… je n'en sais rien, peut-être… Mais c'est vraiment pas ça le problème !

— Et quel est le problème ?

— Il était agenouillé devant un crâne ancien, dans la même position que Gormonnac, et l'œil arraché.

Grimm s'éjecta de sa chaise, le souffle coupé.

— Hein !?

— Ah ! Vous voyez que cela nous concerne ! Et c'est pas tout.

— Pas tout ?

— Non, sa femme aussi a disparu !

Dans un état frisant la sidération, Grimm se laissa retomber lourdement en arrière sur son siège. Il avait le regard incertain.

— J'y comprends rien. Qu'est-ce que ça signifie, un truc pareil ?

— Il va falloir le comprendre, et sans délai !

Vu l'apathie soudaine de Grimm, Babut prit les choses en main.

— Voici ce qu'on va faire. Vous allez vous rendre là-bas avec un de vos hommes. Évidemment, vous allez arriver un peu après la bataille, si je puis dire, et vous aurez affaire aux gendarmes locaux. C'est le procureur de Saint-Malo, un ami de Lestanger, qui a vu les similitudes avec notre crime et qui l'a appelé aussitôt. Ils sont en contact pour décider comment gérer cette affaire. Mais déjà, le proc de Saint-Malo va nous saisir, puisqu'il a admis que c'était la même que la nôtre. On va vous réserver deux chambres d'hôtel à Dinan pour le temps nécessaire. Il faut trouver le lien, Grimm !

Comme celui-ci ne réagissait pas, Babut assena :

— Le lien entre les deux victimes !

*

* *

C'était certes assez injuste et Grimm le savait, pourtant il avait choisi Ermeline pour le seconder à Dinan. Tout simplement parce que c'était une femme et qu'il préférait sa compagnie à celle de ses deux équipiers.

Grimm se sentait d'autant plus coupable de ce choix qu'il appréciait ses deux autres adjoints à leur juste valeur. Et il aimait particulièrement Jarry, qui, au-delà de ses qualités professionnelles et de son humour, avait quelque chose de différent. Il possédait une pensée originale et tranchante, qui surprenait et détonnait, surtout au sein de la PJ. Cette singularité était l'apanage d'un esprit indépendant, libre et sans attache partisane ou corporatiste, que Grimm estimait au plus haut point.

Mais voilà, il avait choisi Ermeline – c'était comme ça – et il se le reprochait. Tout en jetant un coup d'œil en direction de son adjointe qui conduisait, il se jura d'opter pour Jarry à la prochaine mission, d'autant que l'inaction rendait celui-ci malheureux. Le terrain était vraiment son élément. Plus que pour Blanchard, assez casanier de nature, et qui ne détestait pas rester des journées entières à l'hôtel de police comme un gros blaireau dans son terrier.

À 13 h 30, ils franchirent le panneau de la ville de Dinan.

— On a rendez-vous à 14 heures avec le capitaine Lecorsec, place des Merciers, rappela Grimm en consultant sa montre.

La voiture garée, ils gagnèrent à pied la place des Merciers où un gendarme en uniforme patientait dans une attitude un peu raide. Ils le rejoignirent et Grimm, lui serrant la main, se présenta, ainsi qu'Ermeline.

— Heureux de vous rencontrer, capitaine Lecorsec. Nous sommes à l'heure, mais je vois que vous êtes déjà là.

— À la gendarmerie, on a toujours considéré que le meilleur moyen de ne pas être en retard, c'était d'arriver en avance.

L'officier avait énoncé cette phrase, qui semblait tirée tout droit d'un recueil de maximes d'un vieux livret militaire, avec la pointe d'humour nécessaire pour que Grimm et Ermeline éclatent de rire. Le contact était établi, et dans les meilleures conditions.

C'était un homme jeune, svelte, les cheveux châtain clair, les sourcils roux, le regard franc. Il n'avait pas l'air bête, ce qui rassura Grimm pour la suite.

— Je vous ai donné rendez-vous ici parce que la maison où Malcolm McGronon a été assassiné est à deux pas. Allons-y !

En chemin, il donna quelques informations sur la victime.

— Malcolm McGronon était un galeriste. Français d'origine écossaise, bien connu à Dinan, il avait cinquante-trois ans. Marié à Laura McGronon, de quinze ans sa cadette. Père de deux enfants issus d'un premier mariage et qui vivent avec leur mère. A priori, rien ne laissait présager ce qui s'est produit. On ne lui connaissait pas d'ennemis. Pas d'antécédents, pas de casier. Un personnage établi, faisant partie de l'intelligentsia culturelle locale. Pas du genre à défrayer la chronique. Son magasin de tableaux se trouve rue du Petit-Fort, l'ancienne voie piétonne qui descend vers le port.

— Il y a un port à Dinan ? demanda Grimm, surpris.

— Vous ne connaissez pas Dinan ?

— Non, je suis depuis peu dans la région. Je viens de Montpellier…

— Ah, vous êtes un homme du Midi ! Mais, je le note, sans accent.

— Non, je n'ai pas d'accent.

Le ton étrange avec lequel Grimm avait confirmé l'observation du capitaine intrigua Ermeline. Encore une fois, elle constata qu'elle ne savait rien du passé de son patron, sinon qu'il venait effectivement de Montpellier. Mais avant ?

Dans une petite rue adjacente, le capitaine s'arrêta devant une de ces belles maisons à colombages et encorbellement datant de la Renaissance que Grimm admirait. Il détacha délicatement les rubalises qui barraient l'accès, sortit de sa poche une clé avec laquelle il déverrouilla la porte, et invita Grimm et Ermeline à entrer.

Le vestibule était sombre et étroit. On butait vite sur un très vieil escalier, de guingois, massif, et dont l'épaisseur de la rampe inspirait confiance. Le plafond était traversé d'énormes poutres.

— Mince, on faisait pas les choses à moitié à l'époque ! s'exclama Grimm.

— Ces vieilles maisons, vous savez, à part le feu, il n'y a pas grand-chose qui peut en venir à bout.

Tout en grimpant les marches, il poursuivait ses explications :

— Toute la maison appartient au couple, qui vivait à l'étage. Le rez-de-chaussée servait d'entrepôt et de débarras, une sorte d'annexe du magasin. Dans le temps, c'étaient les ateliers.

Ils pénétrèrent dans une première pièce, la plus grande, ornée d'une monumentale cheminée en granit qui, autrefois, devait servir à faire la cuisine tout autant qu'à se chauffer. Le sol à grosses lattes de bois était sinueux, avec des bosses et des creux, témoins des ajustements subis par le bâti au cours des siècles.

— Ça a joué, tout ça, remarqua Grimm.

— Oui, mais ça tient. Vous verrez, d'ailleurs, en ressortant, la maison penche sur le côté. Visuellement, c'est net ! En fait, ces maisons possèdent une certaine élasticité qui les protège de la rupture. Enfin, jusqu'à un certain point…

Sur le parquet, un rectangle était dessiné à la craie. Des taches rougeâtres à l'intérieur.

— C'est ici qu'on a retrouvé le corps. Au pied de cette grande table. Dessus était posé un crâne d'homme préhistorique. Notre équipe scientifique a tout mitraillé, et j'ai pris des photos avec mon portable.

Il le sortit de sa poche, le manipula quelques secondes et le donna à Grimm.

— Voyez vous-même.

Malcolm McGronon était à genoux, le buste plié en avant, le front touchant le sol, les coudes repliés et les deux mains à plat posées de part et d'autre de la tête, dans une position en tout point semblable à celle de Baptiste Gormonnac.

Ermeline sortit son téléphone et fit constater au capitaine l'exacte similitude de la mise en scène. Celui-ci questionna aussitôt :

— Et vous avez une hypothèse ?

— Aucune, en revanche la reproduction à l'identique du crime, si surprenante soit-elle, doit nous aider. On ne tue pas deux fois de la même manière – et quelle manière ! – sans raison.

Lecorsec montra une photo du crâne. Une copie conforme de celui retrouvé à Rennes.

— Et la blessure mortelle de McGronon ?

— Un coup d'une extrême violence dans le front avec un objet triangulaire. Au début, j'ai pensé à une truelle pointue, mais le légiste m'a dit qu'il s'agissait d'un objet plus épais. A priori, selon lui, on a arraché l'œil avec la même arme.

— Et le dos de la victime ?

— Le légiste l'a découvert au labo. Deux gros sillons verticaux et horizontaux creusés dans la peau et isolant un carré.

De quelque côté que l'on se tournât, le crime de Dinan était en tout point une réplique de celui de Rennes. Grimm fit le tour de la pièce.

— Des traces de lutte ?

— Oui, on dirait que McGronon s'est défendu. Ou alors sa femme, qui a disparu, comme vous le savez.

Grimm regarda par la fenêtre les badauds qui déambulaient tranquillement dans la rue.

— Pour moi, la disparition des épouses, c'est encore plus mystérieux que le crime lui-même.

— Il me semble que ça exclut qu'elles soient complices des meurtres, avança Ermeline. L'hypothèse que la femme de Baptiste ait été de mèche avec l'assassin ne tient plus à partir du moment où la femme de Malcolm a également disparu. Ce sont toutes les deux des victimes.

— Tu as sûrement raison, Ermeline.

# 9

Le capitaine Lecorsec ne cacha rien des investigations menées par son équipe. À la gendarmerie, il leur fournit une copie de tous les procès-verbaux des témoins interrogés, le résultat des recherches sur la vie de Malcom et Laura McGronon qui concernaient aussi bien leur correspondance, le cercle d'amis et les relations institutionnelles, que les relevés de comptes. Du bon travail, ordonné et sérieux. Mais, hélas, qui ne fournissait pas de piste et, surtout, aucun lien avec les Gormonnac.

Grimm demanda à Lecorsec une clé de la galerie de McGronon, un lieu qui, selon lui, pouvait receler des indices. L'après-midi passa en démarches auprès de la mairie, de la sous-préfecture et divers organismes locaux, Grimm voulant s'assurer qu'aucun litige ne concernait le commerce ou les biens immobiliers des McGronon. Après s'être épuisés à courir de droite et de gauche, à perdre du temps de bureau en bureau, Grimm et Ermeline terminèrent la journée découragés.

Ils rentrèrent à l'hôtel assez tard, mangèrent en silence et décidèrent d'aller se coucher dès la fin du repas. Ermeline s'était déjà glissée dans son lit et venait à peine d'éteindre la lumière que l'on frappa à sa porte. Elle reconnut la voix de Grimm.

— C'est moi. Tu es déjà pieutée ?

— Oui.

— On a oublié la galerie de McGronon. J'y vais. Tu m'accompagnes ?

— Maintenant ?

— Oui ou non ?

Bref silence éloquent.

— J'arrive. Le temps de me fringuer.

— Je t'attends en bas dans le hall.

Ermeline s'extirpa des draps et enfila ses vêtements en pestant :

— Quelle chienlit… Comme si on pouvait pas y aller tranquillement demain matin.

Moins de cinq minutes plus tard, pourtant, elle rejoignait Grimm dans le hall. Celui-ci s'étonna.

— Tu n'as pas pris ton arme de service ?

— Non. Tu veux que je remonte ?

— Pas la peine, j'ai la mienne. Mais c'est un principe à ne jamais négliger : dès qu'on est en mission, quelle qu'elle soit, on prend son flingue. On ne sait jamais.

— C'est vrai, mais j'étais déjà couchée et…

— Pas grave, on y va !

La nuit était nuageuse et de ce fait assez sombre. Quelques averses sporadiques, de faible intensité, tentaient de s'imposer, sans succès. Les passants étaient rares dans les petites rues du centre-ville. Grimm et Ermeline prirent la direction de la rue du Petit-Fort, qu'ils atteignirent en dix minutes. Celle-ci était déserte.

Sinueuse, étroite, pavée, bordée de maisons anciennes, elle dégageait un parfum médiéval qui valait le déplacement. Grimm appréciait et désignait à Ermeline les pierres apparentes ou les colombages, sans prendre le temps de s'arrêter pour les admirer.

Ils descendaient en silence cette ruelle hors du temps quand, à une trentaine de mètres de l'atelier de McGronon, Grimm étendit vivement le bras et plaqua Ermeline contre le mur. Se dissimulant à ses côtés dans la pénombre, il chuchota à son oreille :

— Il y a quelqu'un devant la galerie !

Ermeline retint son souffle tandis que Grimm, sans décoller son dos du mur, avançait la tête pour observer l'individu. Au niveau de l'entrée, celui-ci s'activait avec une barre de fer.

— Je crois qu'il essaye d'ouvrir avec un pied-de-biche.

Un craquement soudain indiqua que la porte avait cédé. L'homme regarda autour de lui et pénétra à l'intérieur. Grimm et Ermeline restèrent un moment silencieux.

— Qu'est-ce qu'on fait ?

— L'infraction est constatée, on l'interpelle, répondit Grimm. Je crois que ce lascar va nous en apprendre beaucoup sur l'affaire. Sors ton feu.

— J'en ai pas.

— Ah, merde, c'est vrai !

Ainsi démunie, Ermeline risquait gros si l'homme était armé et aussi dangereux qu'on pouvait le supposer. Il fallait trouver au plus vite la meilleure stratégie. La galerie se trouvait en contrebas sur le côté opposé. Avant toute chose, ils devaient traverser la rue pavée puis longer les maisons pour atteindre l'atelier. Difficulté supplémentaire, l'homme n'avait pas allumé la lumière et seul le halo mouvant d'une lampe torche apparaissait à l'unique fenêtre.

— S'il éteint sa lampe, on sera dans l'obscurité et ça pourrait canarder au petit bonheur. Faut pas se louper. Bon, voilà ce qu'on va faire. On descend jusqu'à l'entrée. Tu y restes, bien collée contre la façade à l'abri des balles.

— Et toi ?

— Moi, j'entre.

— Et ?

— Et j'improvise.

C'était peu de dire qu'Ermeline trouvait ce plan inabouti. Elle voulut le signifier, mais Grimm ne lui en laissa pas le temps.

— Go, on y va !

Grimm traversa la rue en courant, Ermeline à sa suite. Ils firent un arrêt, le temps d'échanger un regard, et descendirent ensuite au trot jusqu'à la porte. D'un geste de l'index, Grimm désigna à Ermeline l'emplacement où il souhaitait qu'elle prenne position. Puis il sortit son pistolet et le tint à deux mains verticalement.

Ermeline entendait le souffle de son chef qui s'accélérait. Elle pensait qu'il allait se précipiter dans l'atelier en hurlant, sommant l'homme de ne pas résister. Il n'en fut rien. Grimm se glissa à l'intérieur le plus doucement possible.

Grimm avait son idée. Avant d'appréhender l'individu, il voulait savoir ce que celui-ci était venu trafiquer dans la galerie. Braquant son arme vers l'avant, il pénétra dans une pièce unique où les tableaux devaient être exposés. Mais elle était plongée dans le noir, l'homme se trouvant à présent à l'étage. Il voyait le faisceau lumineux éclairer par intermittence le haut de l'escalier.

Le niveau du danger s'était sensiblement accru. Parvenir à grimper les marches sans les faire craquer, et donc sans se faire repérer, paraissait très hasardeux. Par ailleurs, l'homme bénéficiait désormais d'une position de surplomb qui l'avantageait et se révélerait inexpugnable s'il avait un flingue.

Au pied de l'escalier, la tête levée, Grimm hésitait. Il eut envie de ressortir et d'appeler la gendarmerie, où deux hommes au moins devaient être de garde. C'était la prudence la plus élémentaire. En même temps, l'homme donnerait bien du fil à retordre s'il tirait dans la rue par la fenêtre de l'étage. Un siège de longue durée serait alors nécessaire.

Pour cette raison, il commença à s'engager, posant très délicatement le pied sur la première marche. Puis la deuxième. Puis la troisième. À chaque étape, il attendait une dizaine de secondes pour s'assurer que l'individu ne s'était pas aperçu de sa présence. Il l'entendait marcher. Des claquements et des roulements étranges d'objets qu'on déplaçait lui parvenaient.

La cinquième marche craqua. Au-dessus de sa tête, les bruits cessèrent, la lampe torche s'éteignit. Silence artificiel, inquiétant. Grimm ne bougeait plus d'un pouce, le pistolet braqué vers le haut, prêt à tirer. Le temps s'éternisa, menaçant.

L'alternative était limpide. Soit Grimm redescendait et, se mettant à l'abri avec Ermeline, réclamait des renforts. Soit il tentait le tout pour le tout pour appréhender l'individu. Au cours de sa carrière, il avait souvent opté pour la seconde solution.

Pour la première fois, au moment d'effectuer le choix, il eut une pensée parasite qu'il n'avait jamais eue. Louis. S'il se faisait tuer là, dans cette rue magnifique du vieux Dinan, son fils n'en saurait jamais rien. Révéler sa paternité deviendrait d'ailleurs à ce point inutile qu'Amandine garderait le secret. Il mourrait sans que sa paternité soit reconnue. Cette réflexion lui provoqua un pincement au cœur et l'inhiba une poignée de secondes.

Puis, d'un coup, il se rua en avant, avalant les dernières marches, et déboucha dans une pièce qui, à l'instar du rez-de-chaussée, occupait tout l'étage. La fenêtre centrale l'éclairait faiblement et on devinait un amoncellement de cadres empilés aux quatre coins. Des tableaux remisés. Un genou à terre, d'un seul mouvement, Grimm balaya la pièce de son arme pointée en avant.

Il ne vit rien. Alors, l'angoisse montant en lui crescendo, il cria :

— Police judiciaire, rends-toi !

Il perçut un mouvement dans un angle de la salle. Orientant aussitôt son pistolet dans cette direction, il hurla à nouveau :

— Première sommation, sors de là !

Une voix, enfin, se fit entendre. L'homme avait peur.

— Ne tirez pas, je me rends.

— Sors de là, j'te dis ! Lentement, très lentement et les bras en l'air !

Une ombre émergea de derrière un grand cadre.

— Les bras en l'air !

L'homme s'exécuta. Grimm baissa d'un ton, mais sa voix révélait une tension persistante.

— On avance doucement et on s'allonge à plat ventre les bras en avant !

Sans protester, l'homme s'agenouilla puis s'allongea, comme Grimm le lui demandait.

— Voilà. C'est bien. Ne bouge plus.

Gardant son arme braquée sur le suspect et sans le quitter des yeux, Grimm appela Ermeline. Elle accourut.

— Passe-lui les menottes.

— Je n'en ai pas.

— Décidément, tu es venue en touriste, toi ! Tiens, voici les miennes.

À genoux sur l'homme, Ermeline saisit ses poignets et referma dessus les deux bracelets avec un claquement sonore.

— Fouille-le !

— Pas d'arme.

— OK, debout ! Ermeline, appelle les gendarmes.

# 10

— Non, c'est ma faute ! J'aurais dû t'obliger à remonter dans ta chambre pour prendre ton pétard et les menottes. N'en parlons plus, ça nous servira de leçon à tous les deux !

D'un grand geste du bras comme s'il cherchait à éloigner une mouche qui l'importunait, Grimm tentait de mettre fin à une conversation où Ermeline ne cessait de s'excuser et de se morfondre d'être allée « à poil » – selon son expression – à la galerie de McGronon. Il tenait d'autant plus à faire cesser cette séance d'autoflagellation qu'ils se trouvaient dans les locaux de la gendarmerie.

Le capitaine Lecorsec entra sur ces entrefaites et toussa pour signaler sa présence.

— Je ne tiens pas à assister aux dissensions de la police judiciaire.

— Il n'y a aucune dissension, nous nous parlons franchement, c'est tout. Ce n'est pas le cas dans la gendarmerie nationale ?

— Si, si, tout à fait, répondit Lecorsec avec un petit sourire en coin. En tout cas, bravo pour cette prise inattendue. Je venais vous prévenir que j'allais l'interroger maintenant.

*

* *

Lecorsec s'installa derrière son bureau. Face à lui, l'homme gardait la tête baissée, les mains sur les genoux. Une attitude de parfaite soumission. Il avait dépassé la quarantaine, était de petite taille, avec un front dégarni, une épaule plus haute que l'autre, le ventre naissant. Rien d'une force de la nature. Silencieux, Grimm et Ermeline occupaient une position latérale, tous deux assis sur une chaise.

— Selon votre carte d'identité, vous vous appelez Henri Durtol, né à… Durtol, en Auvergne. Comme c'est amusant ! Bon. Vous avez été arrêté après vous être introduit par effraction dans la galerie de M. McGronon. C'est doublement fâcheux. Vous savez pourquoi, je suppose ?

— Oui, concéda l'homme dans un souffle.

— Quelle est votre profession ?

— Copiste.

— C'est-à-dire ?

— Je suis peintre et je fais surtout des copies de tableaux.

Grimm fronça les sourcils. L'interrogatoire prenait d'entrée un tour qui, d'instinct, lui déplaisait. Imperturbable, Lecorsec poursuivait :

— Et ça sert à quoi, de faire des copies de tableaux ?

Durtol releva la tête pour la première fois.

— C'est très apprécié. Une bonne copie d'un Manet, d'un Delacroix ou d'un Picasso, ça se vend bien.

— Je l'ignorais. Bien, venons-en aux faits. Qu'est-ce que vous alliez faire chez McGronon ?

Aussitôt paniqué, l'homme s'écria :

— Je n'ai rien à voir avec le meurtre !

— Ce n'est pas ce que je vous demande. Avec un pied-de-biche, vous avez fracturé la porte de la galerie. Je répète donc ma question : pourquoi ?

L'homme se buta. Les lèvres pincées, le regard fuyant, il se tut pendant près d'une minute malgré l'insistance du gendarme. S'impatientant, Lecorsec balança avec une certaine brutalité :

— Vous êtes notre seul suspect dans l'affaire McGronon. Si vous persistez dans votre refus de répondre à mes questions, vous serez déféré au juge, qui vous mettra en examen pour assassinat.

Ce bluff produisit un effet de sidération chez Durtol. Il leva vers Lecorsec des yeux où se lisait l'affolement. Il articula avec difficulté, d'une voix faible :

— Pour assassinat ?

— Oui, pour assassinat ! Pas pour port illégal de pied-de-biche !

— Je n'ai rien fait.

— Ce n'est pas vrai, que vous n'avez rien fait ! Arrêtez de mentir ! Hier soir vous avez pénétré par effraction dans la galerie de la victime et vous refusez de nous en dire la raison. Nous n'avons pas besoin d'en savoir plus pour en tirer la conclusion qui s'impose !

Comme un molosse accroché par la gueule au pantalon d'un criminel, Lecorsec ne le lâchait plus. Il le harcelait et le menaçait du pire, alors qu'il n'avait aucun élément à charge. Ce n'était pas la méthode de Grimm, qui n'attaquait jamais frontalement un suspect. Désapprobateur, il se taisait, ne sachant comment intervenir avec doigté dans ce pugilat verbal où Durtol jouait le rôle de punching-ball.

— Avoue ! Ce sera plus simple ! Tu as peut-être des circonstances atténuantes ! Raconte-nous ce qui s'est passé ! Soulage-toi !

Lecorsec était passé au tutoiement. En abandonnant toute forme de respect, il renforçait le sentiment de culpabilité du suspect. Celui-ci paniquait. Il protestait de plus en plus faiblement d'une voix atone.

— C'est pas moi…

— Si, c'est toi ! Sinon tu serais pas là devant nous, pris la main dans le sac !

L'argument était faible, sinon inexistant, mais Durtol tombait dans le panneau, ayant l'impression d'être foutu car la situation semblait le condamner.

— Je ne veux pas payer pour un autre, lâcha-t-il précipitamment.

Lecorsec se retourna de tous les côtés, fit mine de chercher et finalement fixa Durtol.

— Quel autre ? Y a que toi, ici, tu vois bien ! Y a que toi parce que c'est toi l'assassin !

Ermeline reconnaissait la manière d'interroger de son ancien chef, le commandant Bouexière, qui n'hésitait pas à menacer les suspects, jusqu'à leur donner parfois quelques gifles pour les secouer. Une recette qui avait fait ses preuves, mais qui avait aussi poussé des innocents à s'accuser d'un crime qu'ils n'avaient pas commis. Le plus déconcertant était que cette technique musclée contrastait fortement avec le comportement du capitaine Lecorsec, jusque-là posé et réfléchi. Peut-être fallait-il y voir la trace d'une méthode inculquée à l'école de gendarmerie ?

Sous cette pression, le suspect craqua. Il se prit la tête entre les mains et se mit à pleurer. Même face à ce triste spectacle, Lecorsec aboya encore :

— Chialer, c'est pas une preuve d'innocence ! Tu n'attendriras pas les jurés en versant des larmes ! Allez, avoue donc, bon Dieu ! Tu nous feras gagner du temps. De toute façon, c'est baisé pour toi !

Mais l'homme pleurait toujours et n'écoutait plus. Grimm en eut assez.

— Capitaine, je suggère une courte pause.

Assez surpris, Lecorsec se tourna vers Grimm. Il devait penser que le suspect était à point et ne tarderait pas à tomber comme un fruit mûr. Grimm insista.

— J'aimerais vous parler.

— Bon, d'accord, comme vous voulez.

Au ton de sa voix, on devinait clairement sa déception. Ils laissèrent Durtol tassé sur sa chaise, avec un gendarme chargé de le surveiller.

Dans le couloir, Grimm prit aussitôt la parole.

— Dehors, si ça ne vous dérange pas.

— Pourquoi ?

— J'ai besoin de fumer.

Sur l'étroit perron de la vieille bâtisse, Grimm aspira d'abord trois longues bouffées. Pour sortir de ce qu'il estimait être une impasse, il ne voyait qu'un seul moyen. Mentir. Mentir effrontément pour tenter de prendre la main.

— Vous avez fait du bon travail, capitaine. Il est vidé et va lâcher le morceau. J'en suis sûr. Maintenant, il nous faut la jouer finement, et le fait d'assister à la séance va se révéler très utile.

— Ah ?

— On devrait appliquer la technique du « good cop, bad cop ».

— Vous croyez ? Il allait craquer.

— Vous avez joué admirablement le méchant, nous allons jouer les gentils. En ce moment, il marine dans son jus. Il fait même dans son froc après tout ce que vous lui avez balancé. On le laisse encore cinq minutes puis, Ermeline et moi, on reprend. Par contraste, on apparaît alors comme deux flics sympathiques à qui il peut se confier. Cependant, ça vous demande un petit sacrifice.

— Lequel ?

— Nous y retournons sans vous et on le cuisine avec des égards. On verra ce que ça donne. Peut-être aurons-nous besoin d'une seconde couche ? Dans ce cas, on se retirera et vous irez seul pour le malmener encore une fois. La stratégie, c'est l'alternance. Tantôt vous, tantôt nous. Nous jouons collectif, mais il n'en a pas conscience.

— Oui, oui, je sais… répéta Lecorsec à deux reprises.

Pourtant, à l'évidence, il hésitait. Avec la vague impression d'être dépossédé d'un interrogatoire qu'il avait imaginé mener jusqu'à son terme. Pour vaincre cette tergiversation, Grimm fit semblant de ne pas s'en apercevoir.

— On va y arriver ! Ermeline et moi, on entre en piste et on vous appelle dès que c'est à vous de prendre le relais.

Et, comme si l'affaire était entendue, il ajouta :

— Vous avez de la chance d'avoir vos locaux sur une si belle place. Elle s'appelle comment ?

— Du Guesclin. Place Du Guesclin.

*
* *

De retour dans le bureau, Grimm fit signe au gendarme qui surveillait Durtol qu'il pouvait disposer. Avant de s'asseoir, il rapprocha sa chaise de celle du suspect jusqu'à la toucher. Ermeline fit de même.

Grimm regrettait de l'avoir tutoyé la veille dans le feu de l'action. Pour le mettre en confiance, il s'attacha d'abord à réparer cette erreur.

— Monsieur Durtol, voulez-vous qu'on vous apporte un café ?

L'autre leva de pauvres yeux encore humides et dit plaintivement :

— Oui, merci. Je crois que ça me ferait du bien.

Un petit mouvement de tête de Grimm à l'adresse d'Ermeline et celle-ci sortit aussitôt du bureau. Il laissa passer quelques instants avant de reprendre la parole.

— Excusez le capitaine qui vous a un peu, comment dire… rudoyé.

Et un autre mensonge, qu'il jugea très opportun en la circonstance, lui vint naturellement à l'esprit.

— C'est un gendarme. La formation militaire, vous comprenez ? On y va au pas de charge, sans prendre de gants. On enfonce les lignes adverses. Ma collègue et moi, c'est très différent, nous sommes de la police judiciaire. Nous essayons avant tout de comprendre.

— Ah ?

Ermeline revenait et tendait à Durtol un gobelet fumant.

— Attention, c'est chaud.

— Merci.

Tandis que le suspect trempait ses lèvres dans le café, Grimm se cala en arrière sur sa chaise et se mit à parler sur le ton de la confidence.

— Vous savez, monsieur Durtol, je vais être très franc avec vous. Votre position n'est pas bonne. Dans cette horrible affaire de meurtre, il n'y a aucun témoin, aucune piste, rien. Rien, sauf vous. Et je peux vous assurer que le capitaine n'hésitera pas, comme il l'a affirmé d'ailleurs, à vous remettre à un juge d'instruction. À partir de là, la machine judiciaire peut s'emballer. Vous ne seriez pas le premier, hélas.

L'autre écoutait en buvant à petites gorgées.

— Il me semble donc que vous auriez tout intérêt, si vous voulez éviter le pire, qui pourrait être un procès d'assises avec un verdict très incertain dépendant d'un jury populaire, de répondre à nos questions. Vous avez certes commis un délit, mais qui n'est peut-être pas grand-chose à côté du crime qui nous occupe.

Grimm laissa Durtol digérer cette longue entrée en matière où il avait joué le rôle du flic compréhensif prêt à tendre la main. Puis il attaqua mezza voce comme s'il énonçait une évidence.

— Vous connaissiez M. McGronon, n'est-ce pas ?

— Oui.

— Comment ?

— Il était l'un de mes clients.

Surpris, Grimm jeta un coup d'œil à Ermeline.

— Expliquez-nous cela, monsieur Durtol.

— Je peignais des toiles pour McGronon. Je ne suis pas suffisamment connu pour vivre de ma production, en revanche je suis un bon copiste. Comme les touristes viennent dans la région pour la mer, il me commandait surtout des sujets maritimes et je réalisais des reproductions de tableaux célèbres. Par exemple de Vernet, Baur, Turner, Courbet et même Monet. McGronon me les achetait et les vendait ensuite dans sa galerie.

— Vous avez les factures pour prouver cette activité ?

D'un coup, Durtol se ferma, son regard devint fuyant et ses mains furent agitées d'un léger tremblement. Grimm sourit.

— Rassurez-vous, monsieur Durtol, nous ne sommes pas le fisc. Ce que vous dites ici restera strictement entre nous, je vous le promets. Il vous payait en liquide, c'est ça ?

— Oui. C'était son idée à lui, moi j'aurais préféré que ça se passe autrement.

— Bien sûr, bien sûr…

La nature des relations entre le galeriste et Durtol s'éclairait. Par ailleurs, Grimm sentait que le poisson était maintenant ferré et qu'il suffisait, avec un peu d'adresse, de lever la ligne pour l'amener sur la berge.

— Votre effraction d'hier soir serait-elle liée à ce commerce ?

— Oui.

Grimm posa quelques garde-fous afin de pousser Durtol à raconter toute la vérité.

— Attention. Tout ce que vous allez nous dire à présent sera facilement vérifiable. Si vous omettez quelque chose, le capitaine, qui a dû s'absenter mais qui va revenir, pourrait très mal l'interpréter. Et, pour lui, le moindre mensonge est une preuve du pire. Vous me comprenez ?

— Oui.

— Alors, je vous écoute. Nous considérerons qu'il s'agit de votre déposition avant de vous libérer.

Ermeline s'étonnait que Grimm s'engageât à interrompre une garde à vue qui n'était pas de son ressort, puisque c'était la gendarmerie qui l'avait ordonnée. La ruse la mit mal à l'aise. En même temps, elle admirait l'habileté et le savoir-faire de son chef. Durtol faisait désormais entièrement confiance à ce commandant de police judiciaire qui lui parlait avec tant d'humanité.

— J'ai fait récemment une copie d'un très beau tableau d'Henri Arden, un peintre belge du XIXe siècle. C'était une commande de McGronon et je la lui ai apportée. Mais, ce jour-là, il n'avait pas d'argent sur lui pour me régler. Je devais revenir le lendemain, et puis…

Un petit blanc, complété par Grimm :

— Et puis, il est mort.

La suite paraissait si évidente que Grimm termina lui-même l'histoire.

— Et, comme vous n'avez pas de facture ni de devis, que tout entre vous se faisait oralement et de la main à la main, vous vous êtes introduit chez lui pour récupérer votre tableau.

Le capitaine Lecorsec se précipita sur eux dès qu'ils sortirent du bureau.

— Alors ?

En quelques mots, Grimm résuma l'affaire. Cet homme, qui n'avait de toute façon pas l'étoffe du tueur recherché, avait fourni un récit factuel plausible le mettant hors du coup. S'il disait vrai, il serait facile de vérifier son activité de copiste en interrogeant ses proches. Par ailleurs, le tableau du peintre belge devait se trouver à l'étage de la galerie.

Parce qu'il n'avait pas assisté à l'audition, Lecorsec manifesta des doutes. Grimm les balaya d'un revers de main en prononçant cette phrase définitive :

— Nous vous le laissons.

Après vérification par la brigade de gendarmerie, Lecorsec, très déçu, se résolut à relâcher le suspect en début d'après-midi, non sans avoir enregistré l'infraction à la galerie dont celui-ci s'était rendu coupable.

*

* *

Au déjeuner, Grimm était retombé dans une morosité inquiétante. Il maugréa à plusieurs reprises :

— Deuxième piste, deuxième voie sans issue… Tu en penses quoi de tout ça ?

— Pour être très franche, Hubert, pas grand-chose. Et plus on accumule des faits, moins je comprends. Que le meurtrier envoie l'œil d'une de ses victimes par la poste, je crois que c'est unique dans les annales criminelles. Cette posture d'adoration devant un crâne d'une espèce humaine disparue n'a aucun sens. Dessiner une sorte de hashtag sur le dos des cadavres est complètement énigmatique. L'arme du crime ne ressemble à rien de connu. Et enfin, les épouses qui ont disparu. C'est un sac de nœuds.

— Mouais… Tu peux téléphoner au labo ? Ils doivent avoir des résultats à présent.

— Maintenant ?

— Oui, maintenant.

Dès qu'elle eut un interlocuteur, Ermeline demanda si certaines des expertises demandées étaient terminées. Grimm l'écoutait avec une attention qui témoignait de son impatience.

— Oui… ah… bien sûr… non… si, si… OK, merci.

Elle raccrocha.

— Et alors ?

— Pas d'empreintes ni d'ADN sur le crâne. Rien non plus sur les vêtements de Gormonnac. En fait, ils n'ont rien pour nous aider.

— Merde. On n'a pas de prise, dans cette affaire. Rien à empoigner, rien à saisir. Tout se défile. Y a plein de trucs étalés sous nos yeux et on ne voit rien.

— On est peut-être trop cons.

— C'est exactement ça, Ermeline, je crois qu'on est trop cons !

Triste constat. Souvent, dans ces cas-là, Grimm avait envie de tout envoyer promener. Lui qui, pourtant, pouvait s'enorgueillir d'avoir résolu plusieurs affaires vraiment complexes se sentait alors aussi nul qu'un jeune stagiaire sans expérience. Jamais, d'ailleurs, malgré l'excitation qui le prenait quand il suivait une piste et qu'il la déroulait jusqu'à son terme, avec un succès salué par ses supérieurs, il ne s'était considéré comme un flic brillant doté de capacités déductives au-dessus de la moyenne. Son caractère le portait à la dévalorisation, ou tout au moins au doute, et les moments d'euphorie qui accompagnaient ses réussites étaient toujours de courte durée.

De fait, quand Ermeline lui demanda comment il voyait la suite, il balança, rageur :

— Nous n'avons plus rien à foutre à Dinan ! On rentre à Rennes dès la fin du repas.

Puis, sans aucune raison, lui si secret sur sa vie privée, il lâcha :

— Vendredi soir, je pars à Montpellier.

Stupéfaite de cette confidence, Ermeline réagit spontanément.

— Ah oui ? Qu'est-ce que tu vas y faire ?

Un silence, signe d'embarras, et déjà Ermeline regrettait sa question. Elle ne savait rien sur son patron, sinon qu'une femme mystérieuse lui avait sauvé la vie en appelant Jarry à la rescousse la nuit où il s'était jeté seul dans la gueule du loup[1].

Grimm écrasa sa cigarette dans le cendrier.

— Je vais voir d'anciens collègues.

*

* *

Le lendemain matin, Grimm informa Babut du fiasco de la mission. Ensuite, il se rendit dans son bureau. Il n'alluma pas son ordinateur, mais une cigarette, se renversa en arrière dans son fauteuil en posant les pieds sur la table – sa position favorite – et tenta de tirer les enseignements de ce nouvel échec.

Quand on fouillait dans l'entourage et l'activité des deux victimes et de leurs épouses, on ne trouvait rien de commun. Or, le rituel du meurtre révélait un lien qui

---

1. Voir *Dans l'ombre du loup*, *op. cit.*

échappait aux investigations. Si le présent menait à une impasse, il fallait donc aller chercher dans le passé des deux hommes et de leurs femmes un événement oublié, commun, dont l'affreux épilogue venait de se produire. « L'assurance d'une longue recherche », pensa-t-il.

Son portable vibra. Lecorsec.

— Oui, capitaine ?

— Bonjour, commandant. Je vous appelle parce qu'il est arrivé un truc vraiment épouvantable.

De fait, sa voix tendue suggérait qu'il était encore sous le choc.

— La poste nous a apporté un colis envoyé à l'adresse de McGronon. On l'a ouvert et vous ne devinerez jamais ce qu'il y avait à l'intérieur.

— L'œil de McGronon !

Silence prolongé.

— Comment le savez-vous ?

Aïe ! Grimm avait omis d'informer son collègue de cet horrible détail pendant son séjour à Dinan. Avant tout, il fallait éviter de se brouiller avec Lecorsec, qui avait été l'artisan honnête et loyal d'une parfaite coopération entre la gendarmerie et la police judiciaire. Et qui le prouvait encore en l'appelant après cette macabre découverte.

— Je suis vraiment désolé, capitaine, j'ai totalement oublié… Excusez-moi… C'est comme ça, quand on est en mission loin de ses bases… À Rennes, nous avions aussi réceptionné un colis. Avec l'œil de Gormonnac dans un bocal à confiture.

— Ah ?

— J'espère que vous me pardonnerez…

— Tout de même, vous auriez dû y penser.

— C’est vrai, vous avez tout à fait raison. Je ne sais quoi vous dire.

Nouveau silence.

— Bon. Passons… Nous aussi, dans un bocal à confiture. Et avec un message.

— « L’œil était dans la tombe et regardait Caïn. » ?

— Décidément… Moi, au moins, vous conviendrez que je ne fais pas de la rétention d’informations.

De nouveau, Grimm se confondit en excuses, tentant de réparer sa bévue. Il sentait que Lecorsec était froissé ; heureusement, son caractère positif l’empêchait de se fâcher réellement.

Dès qu’il eut raccroché, Grimm se précipita dans l’open space pour prévenir ses collègues de ce nouveau développement.

— Abel avait-il un frère jumeau que Caïn haïssait également ? demanda Jarry le plus sérieusement du monde.

Le passé des deux victimes fut épluché à la loupe. Sans succès. Jamais les deux hommes n’avaient vécu dans la même ville, ni entretenu de relations professionnelles ou personnelles. Même chose pour leurs épouses, au point que Blanchard, au cours d’une réunion de groupe, suggéra la seule solution envisageable à ce stade :

— La mise en scène est identique, mais le tueur tue au hasard.

C’était une hypothèse désagréable, la pire de toutes, car elle laissait supposer qu’il pourrait y avoir une nouvelle victime. Et qu’il n’y avait aucun moyen de prévoir laquelle. Désormais, il fallait compter sur une erreur de l’assassin. Or, il n’en avait pas commis jusqu’à présent.

Pour l’instant, ils avaient affaire à un crime parfait, le casse-tête de tout officier de police judiciaire.

Grimm se désespérait et, faute de grain à moudre, il tentait d’occuper son esprit par les autres affaires en cours. Problème : aucune ne le captivait et son moral était en chute libre.

# 11

Louis marchait. Maladroitement, avec quelques pertes d'équilibre provoquant de petites chutes en arrière sur les fesses, mais il marchait. Grimm en était émerveillé. Il joua avec lui une bonne demi-heure tandis qu'Amandine, installée sur un banc, les observait. Ses deux autres enfants – un garçon de six ans et une fille de quatre ans – l'avaient accompagnée et effectuaient moult glissades sur le toboggan du parc. De loin, on aurait pu croire à un couple paisible et sans histoire.

Grimm rejoignit Amandine et alluma une cigarette tout en gardant les yeux fixés sur son fils.

Amandine dut élever la voix pour calmer ses aînés qui se disputaient sur un tourniquet. Grimm les considéra un moment en faisant tomber la cendre de sa cigarette par terre.

— Amandine, il ne faudra plus les amener.

— Pourquoi, ils te gênent ?

— Non, c'est pas ça.

— C'est quoi, alors ?

Grimm s'étonna de son absence de perspicacité, elle qui d'ordinaire n'en manquait pas.

— Ils sont trop grands maintenant.

— Trop grands pour quoi ?

— Pour se taire !

En entendant énoncer la vérité avec une telle clarté, Amandine la comprit enfin, mais elle poursuivit sa résistance.

— Tu crois qu'ils pourraient… ?

— C'est pas qu'ils pourraient, ils le feront ! Crois-tu qu'ils vont continuer à venir au parc et me voir y passer l'après-midi avec toi sans qu'à un moment ou à un autre ils en parlent par inadvertance à leur père ! Et là, ma chère, ce sera à toi de trouver une explication convaincante.

Amandine ne répliqua pas. Elle digérait les implications désastreuses de cette prédiction. Il fallait se rendre à l'évidence. Elle prenait en effet un risque qui, tôt ou tard, serait fatal au mur de mensonges construit autour de la paternité de Louis.

— Ce sera compliqué de ne pas les amener. À qui veux-tu que je les confie ?

— Écoute, Amandine, qu'est-ce que tu veux que je te dise !? Je n'en sais rien ! Mais, de fait, faudra bien ajouter une nouvelle pièce à ton imposture. Tu trouveras, je te fais confiance !

Grimm n'avait pas l'impression d'avoir été blessant. Pourtant, le silence qui suivit fut si long qu'il finit par se tourner vers Amandine. Sa sensibilité brutalisée, celle-ci était tassée sur le banc, le regard brouillé par des larmes roulant sur ses joues. Il eut aussitôt un pincement au cœur, un sentiment violent de culpabilité et le regret d'avoir été inutilement méchant.

— Excuse-moi… bafouilla-t-il.

— C'est rien, je le mérite peut-être.

— Non, s'il te plaît, ne dis pas des choses pareilles.

Il se laissa glisser sur le banc et, se collant à elle, il passa le bras par-dessus son épaule et la serra contre lui.

— Je suis con parfois. Faut pas m'en vouloir.

— Je t'en voudrai jamais de rien et tu sais pourquoi.

Grimm soupira. Il aurait préféré qu'elle ne poursuive pas sur ce registre, mais elle lâcha à voix basse :

— Parce que je t'aime.

Il la serra une dernière fois avant de la lâcher et sortit une cigarette de son paquet. Il fit attention à s'exprimer d'une voix douce dénuée de toute agressivité.

— Amandine, on ne peut pas aimer à la fois M. Grimm et M. Moncorgan.

— Si, on peut. Pourtant, tu vois, je préférerais que tu aies raison, ce serait plus simple.

Cent fois, ils avaient eu cette discussion et Grimm savait qu'elle ne menait à rien. Il tenta de changer de sujet.

— Justement, M. Moncorgan, que fait-il ce week-end loin de son épouse légitime ?

— Il est allé voir son frère, qui est malade. Vraiment malade… un cancer. C'est très triste.

Grimm hocha la tête. Il avait déjà éprouvé l'efficacité de ce médicament qui ne coûte vraiment pas cher. Quand votre situation personnelle paraît misérable, voire désespérante, il suffit de regarder autour de vous pour apercevoir le vrai malheur. Il n'est jamais loin, tout à la fois angoissant et libérateur, car on peut se féliciter d'être épargné.

Amandine s'agita, inquiète.

— Tu vois l'homme là-bas ?

Elle désignait un individu distant d'une vingtaine de mètres, adossé à un tronc d'arbre dans une contre-allée.

— Oui, je le vois.

— Ce matin, je l'ai croisé en face de chez moi. Il avait l'air de ne rien faire et maintenant il est là, dans le parc.

— Tu veux dire qu'il te suit ?

— Je ne sais pas.

— Attends, je vais aller lui dire deux mots, moi, à ce type !

Grimm se leva d'un bond. Amandine l'attrapa par le poignet.

— Non, Hubert, s'il te plaît ! Ne fais pas de scandale, je dois me tromper. On est là tous les deux, avec Louis…

À contrecœur, Grimm se rassit. Il observa l'individu dont l'allure était plus qu'étrange. Grand, massif, il portait un ample pardessus informe qui tombait jusqu'à ses chevilles et il avait des cheveux longs attachés en queue-de-cheval. À cette distance, il ne pouvait distinguer ses traits.

Au bout de quelques minutes, comme s'il se sentait espionné, l'homme leur tourna le dos et s'éloigna rapidement en direction de la sortie du parc. L'incident laissa une impression pénible et Grimm en ressentit une forte angoisse.

Ce soir-là, quand ils se séparèrent, Amandine, entourée de ses deux autres enfants, Louis dans les bras, posa un baiser furtif sur la joue de Grimm en murmurant :

— La prochaine fois, je viendrai seule avec Louis.

## 12

Le lundi matin, Grimm sortait des toilettes et remontait le couloir, maussade, quand la porte du bureau de Babut s'ouvrit. Le visage du commissaire apparut, congestionné. Butant sur son subordonné, il ne put contrôler sa voix et hurla presque :

— Grimm, j'allais vous chercher ! Entrez !

Il l'attrapa par la manche et le tira littéralement avant de refermer précipitamment.

— Grimm, c'est affreux ! On vient de m'appeler ! Un nouveau crime ! Comme les deux premiers ! Identique, vous comprenez, identique ! Le crâne, l'œil, les griffures dans le dos, tout pareil ! Et l'épouse qui a disparu !

— Merde !

— Ça, vous pouvez le dire ! Ah oui, on est dedans jusqu'au cou ! Je n'ose imaginer ce que vont écrire les journaux !

« Si ce n'était que ça ! » pensa Grimm. N'avoir pas pu éviter un assassinat, c'était bien pire. Leur incompétence avait des conséquences tragiques.

— Ça s'est produit où ?

— À Montpellier.

— Montpellier !? À l'autre bout de la France !?

— Oui, à neuf cents kilomètres d'ici ! Alors, deux crimes atroces dans le même département, Rennes et Dinan, passe encore, mais Montpellier, vous vous rendez compte ?

Blanchard avait raison. Le tueur frappait au hasard et, s'il se mettait à effectuer un tour de France de l'horreur, il serait d'autant plus difficile de lui mettre le grappin dessus. Babut passa derrière son bureau et saisit une feuille où il avait griffonné quelques notes à la va-vite.

— La victime s'appelle… Voyons, c'est mal écrit… Oui, voilà, c'est ça… Fabien Moncorgan.

Grimm eut l'impression qu'on lui avait donné par-derrière un violent coup de bâton au niveau des genoux. Ses jambes fléchirent et il dut étendre le bras pour se rattraper au mur. Il avait fortement pâli et paraissait s'asphyxier.

— Qu'avez-vous, Grimm ? Qu'est-ce qui se passe ?

L'effort fut surhumain. Il respira profondément, à plusieurs reprises.

— C'est rien…

— Vous êtes sûr ? Vous n'avez pas l'air bien.

— Si, si… J'ai très mal dormi. Une insomnie… Je suis épuisé.

— Asseyez-vous, mon vieux, asseyez-vous.

Grimm agrippa le dossier d'une chaise et se laissa tomber dessus. Embarrassé par la situation, Babut attendit quelques instants pour permettre à son subordonné de récupérer. Et puis, ne sachant comment l'aider davantage, il se pencha de nouveau sur sa feuille.

— Comme je vous le disais, l'épouse de la victime a disparu. Le couple a trois enfants, très jeunes, surtout le petit dernier. Ils ont été retrouvés au domicile de leurs parents. C'est le plus âgé qui a donné l'alerte en se rendant chez les voisins. Il a découvert le corps le matin.

Grimm avait le regard dans le vague. Il s'exprima avec un filet de voix si ténu que Babut dut le faire répéter.

— Pardon ?

— Je demandais où se trouvent les enfants à présent.

— Les enfants ? Mais… pourquoi… je n'en sais rien.

La question paraissait si étrange au divisionnaire qu'il jeta un coup d'œil inquiet à son subordonné. Vraiment, celui-ci paraissait au bout du rouleau, au point que l'idée d'un arrêt de travail lui traversa l'esprit.

— Avez-vous besoin de quelques jours, Grimm ? Je peux vous les accorder.

Sursautant comme s'il venait de recevoir un coup de fouet et comprenant que l'enquête pouvait lui être retirée, Grimm s'écria :

— Non ! Non, je n'ai pas besoin de médecin ni de vacances ! Je me porte très bien. Une nuit blanche, qui m'a foutu par terre… C'est tout.

Pour donner de la consistance à son explication, il improvisa :

— Ma machine à laver a déconné… Je l'avais lancée en soirée et, au milieu du programme, elle s'est mise à fuir de partout. Une véritable inondation dans l'appart ! J'ai dû éponger des litres et des litres à la serpillière. Ça m'a pris deux heures de tout nettoyer. J'étais éreinté et, après, je n'ai pas pu me rendormir.

— Bon, bon, d'accord.

Babut reposa la feuille sur son bureau.

— La PJ de Montpellier a commencé l'enquête, or elle est de notre ressort. Les procureurs de Rennes et de Montpellier discutent de la compétence territoriale entre les parquets des deux villes. Très certainement, le juge d'instruction de Montpellier se dessaisira pour celui de Rennes, comme ce fut le cas avec celui de Saint-Malo. Il va falloir se rendre là-bas. Si vous le souhaitez, le temps de vous remettre, vous pouvez déléguer cette mission à Jarry et Blanchard.

Grimm fut debout en un éclair.

— Non, je ne délègue pas ! Je veux y aller moi-même.

Face à cette combativité, Babut n'insista pas.

— Comme vous voudrez.

Dans le couloir, Grimm dut de nouveau s'appuyer contre le mur. Il avait l'estomac noué. Des vertiges et l'envie de vomir. Moncorgan était mort. Amandine peut-être aussi. Louis, perdu quelque part. Le monde s'écroulait et l'avenir s'ouvrait devant lui comme un gouffre.

# 13

Une demi-heure plus tard, Grimm surgit dans le cabinet du Dr Lipsky, la psychiatre qui l'avait aidé l'année précédente à surmonter sa dépression. Tel un possédé, les traits tirés, le visage amaigri, dans un état d'agitation extrême, il raconta tout. D'une traite, comme l'eau se déverse dans le lit asséché de la rivière après la rupture d'un barrage. Son débit verbal était tel qu'il fallut au Dr Lipsky une bonne minute pour comprendre le drame.

Puis Grimm lâcha comme une plainte :

— Je veux que vous me redonniez des médicaments.

La psychiatre ne répondit pas immédiatement, songeant que la vie parfois vous traite avec si peu d'égards qu'elle anéantit en une fraction de seconde la guérison entrevue. Grimm crut qu'elle refusait et, d'une voix où sourdait une incontrôlable colère, il balança :

— Vous ne pouvez pas me refuser ça ! Je ne dors plus, je ne parviens plus à réfléchir, je suis une loque ambulante ! Et il me faut aller à Montpellier !

Hagard, il hurla :

— À Montpellier !

Elle tendit une main dans sa direction.

— Bien sûr, je vais vous en donner, Hubert. Bien sûr…

Elle lui prescrivit du Lexomil. Une seule boîte, 6 mg, trente comprimés. Tout en rédigeant l'ordonnance, elle parlait doucement sans le regarder.

— Vous traversez une épreuve très difficile qui, en plus, aura des conséquences énormes sur votre vie future. Quelle que soit l'issue de ce drame, votre paternité va en être profondément modifiée. Les relations avec votre fils ne pourront plus être les mêmes. Il faudra prendre des décisions compliquées qui bouleverseront votre existence.

— Ça me fait peur, vous savez.

— Cela ferait peur à tout le monde.

*

* *

Dès sa sortie de la pharmacie, considérant qu'il n'en avait pas pris le matin, Grimm avala un comprimé entier. Le médicament eut une action rapide. Moins d'une heure plus tard, il commençait à envisager la situation sous un jour différent.

Le plus affreux – il ne cessait d'y penser –, c'est qu'il était convaincu d'avoir vu le meurtrier. Car cet individu louche, grand et massif, aux cheveux longs, vêtu d'un étrange et anachronique pardessus, espionnait Amandine. Il se sentait terriblement coupable d'avoir cédé si vite quand la main d'Amandine s'était refermée sur son poignet, et de ne pas être intervenu.

Il eut d'abord une première conviction. Parce qu'il connaissait les Moncorgan, surtout Amandine, il écarta l'idée d'une quelconque connexion avec les deux précédentes victimes. Moncorgan, qui vivait à Montpellier et dirigeait une agence de voyages, n'avait aucune relation avec un cadre d'une entreprise d'import-export située à Rennes ou un marchand de tableaux établi à Dinan.

En raison de ce nouveau meurtre, il adhérait de plus en plus à l'hypothèse de Blanchard : « La mise en scène est identique, mais le tueur tue au hasard. » Restait à comprendre pourquoi, après deux crimes distants de seulement cinquante kilomètres, le tueur s'était déplacé dans le sud de la France.

Enchaînant l'action à la réflexion, il saisit son téléphone.

— Capitaine Lecorsec, bonjour. J'aurais besoin d'une précision. Qu'indique le cachet de la poste pour le lieu d'expédition du colis contenant l'œil de McGronon ?

— Ah ! Coïncidence, je m'étonnais hier soir que vous ne me l'ayez pas demandé. Poste centrale de Brest.

— Ah ! Et l'expéditeur ?

— Une adresse étrange. Attendez une seconde, je vous la recherche.

Grimm patienta, agacé. Il était dans un nouvel état d'esprit, pressé d'avancer, de comprendre et d'en finir. Toute inhibition liée à sa détresse s'était dissoute dans un seul comprimé de Lexomil.

— Je vous la lis : André Tanle, Manoir de Lan-ar-denet. Inutile de préciser qu'il n'existe pas d'André Tanle ni de manoir de Lan-ar-denet.

— La même adresse fantaisiste ! Merci, capitaine.

Ne doutant pas un instant que l'œil de Moncorgan – à cette pensée, il eut un haut-le-cœur – serait expédié à son domicile prochainement, il estima que l'endroit où l'affreux paquet serait posté apporterait un élément déterminant sur le nomadisme ou la sédentarisation du criminel.

La seconde conviction s'attachait à Amandine. Elle n'était pas morte. Elle ne pouvait pas l'être. Trois femmes avaient désormais disparu et aucune découverte macabre n'avait été signalée. Si le meurtrier avait eu l'intention de les tuer, il s'en serait chargé en même temps que leur mari. Les épargner et les enlever étaient le signe qu'elles étaient plus précieuses vivantes que mortes.

Qu'elles soient retenues prisonnières, sans doute ensemble, pour une raison aussi obscure qu'inquiétante, révélait que le criminel possédait une tanière. Ce qui supposait un enracinement géographique. Grimm espéra que le colis avec l'œil de Moncorgan serait expédié de Bretagne, révélant que cette région était l'épicentre de la folie du meurtrier.

Enfin, il y avait Louis, auquel il se refusait de penser, mais qui n'était pas étranger à sa farouche volonté de descendre le plus vite possible à Montpellier.

Il bondit hors de son bureau et interpella Corentin, parce qu'il se l'était promis et n'était pas homme à se renier.

— Tu m'accompagnes à Montpellier. Allez, debout ! On va passer chez toi pour que tu fasses ton sac et après, zou, cap au sud !

*
* *

Ils roulèrent l'après-midi entière, se passant le volant tous les deux cent cinquante kilomètres environ. Comme à l'accoutumée, Grimm roulait vite, s'attirant finalement une remarque de Jarry lancée à la cantonade :

— Tu sais que je ne t'aiderai pas à payer la contravention pour excès de vitesse ?

— Je ne te le demanderai pas de toute façon.

— Nous sommes bien d'accord…

Peu après 22 heures, ils débarquèrent dans l'hôtel où deux chambres avaient été réservées à leur nom.

Alors que Jarry vidait son sac pour entasser dans une penderie le peu de vêtements emportés, son portable vibra. Surprise : c'était Grimm, pourtant au même étage dans une chambre au bout du couloir.

— Corentin, je te propose d'aller boire un pot dans le premier café venu.

— Ah bon ? Je pensais qu'on allait se pieuter.

— Il vaut mieux que je te parle avant demain.

— De quoi ?

— Je t'attends dans le hall.

Le téléphone dans la main, Jarry resta interloqué. Le ton de son supérieur l'avait intrigué. Qu'avait-il donc à lui dire d'urgent alors qu'ils venaient tous les deux de passer tant d'heures à discuter dans la voiture ? Mystère.

Il referma la porte de la penderie, attrapa son blouson et descendit. Grimm faisait les cent pas devant l'entrée de l'hôtel. Sans un mot, il l'invita à traverser la rue jusqu'à l'enseigne lumineuse d'un bar PMU.

— Je vois que tu ne choisis pas un palace, remarqua Jarry.

Grimm entra sans répondre. Ils s'installèrent à une petite table un peu cradingue et, comme le patron ne semblait pas pressé de venir prendre la commande, Grimm le héla :

— Une mousse, s'il vous plaît !

— Moi aussi ! compléta Jarry.

Derrière le bar, le gros type en pleine discussion avec un client tourna vers eux des yeux globuleux, mais mit un point d'honneur à poursuivre sa conversation, qu'il abrégea néanmoins, avant de décoller enfin son ventre du comptoir.

Jarry comprit vite que son chef était dans l'embarras. Tant que les bières ne furent pas servies, Grimm demeura obstinément muet, le regard fuyant. Enfin, en une gorgée, il vida la moitié de son verre avant même que le patron n'ait le temps de regagner le bar.

— J'aurais dû prendre une pinte. Un demi, c'est vraiment un dé à coudre.

— Tu peux en prendre un autre tout de suite si tu veux.

Grimm sourit. Sans toucher à sa bière, Jarry attendait patiemment.

— Bon, Corentin, j'ai des choses importantes à t'apprendre avant que ne commencent nos investigations ici. C'est un peu délicat et dans l'équipe tu seras le seul à savoir. Je compte sur ta discrétion.

Bien qu'il évitât de manifester son intérêt, Jarry avait deviné qu'il allait enfin découvrir un pan de la vie privée de son patron. N'était-il pas commandant d'une brigade à Montpellier avant d'être muté en Bretagne ?

La relation entre cette mission et des confidences lui parut évidente. Il acquiesça d'un mouvement de tête.

— Je connais Mme Moncorgan.

— Quoi !?

— Oui. J'ai été son amant.

— Sans blague ?

— Pendant deux ans, à l'insu de son mari, nous avons eu une liaison.

— Tu te fous de moi ?

— Pas du tout. Hélas, je suis très sérieux.

Abasourdi, Jarry porta machinalement son verre à ses lèvres et but une gorgée de bière.

— Ça s'est mal terminé. Moncorgan l'a appris et, un jour, à la PJ, il a essayé de me casser la figure devant toute mon équipe.

— À la PJ ?

— Il a surgi comme un fou, m'a saisi par le paletot, m'a craché des injures au visage…

— Et ?

— Et je lui ai foutu mon poing dans la gueule. Nez cassé, du sang partout… Enfin, tu vois le tableau.

— Tout à fait. Du genre : faut pas gonfler Gérard Lambert quand il répare sa mobylette.

— Si tu veux.

Grimm finit son demi d'un trait.

— Un autre, patron !

Il soupira.

— C'est pour cette raison que j'ai été muté à Rennes.

— Ah, d'accord… On t'a exfiltré, en quelque sorte.

— Ce fut à ma demande, c'était inévitable.

— Il a porté plainte ?

— Non. C'était lui qui m'avait agressé et toute mon équipe pouvait en témoigner. L'affaire a été enterrée sans faire de vagues.

Dans le silence, le patron posait le demi sur la table et repartait. Dès qu'il fut derrière son comptoir, Grimm reprit :

— On va enquêter sur les Moncorgan et, cette histoire, tu risques de la découvrir. J'aimerais qu'elle ne figure pas dans notre rapport.

— Évidemment, ce serait fâcheux, on te retirerait l'enquête.

En cette circonstance, donner sa parole afin de couvrir son chef ne posait pas de problème éthique à Jarry. Celui-ci pourrait compter sur lui. Cependant, la question dépassait sa simple personne.

— Tes anciens collègues, sous tes ordres à l'époque, ils s'en souviennent, de cette bagarre. Tu ne crains pas qu'ils la déterrent ?

Alors, Grimm, en haussant les épaules :

— Non. Pourquoi le feraient-ils ?

# 14

Elle se réveilla dans l'obscurité et sa première sensation fut le contact froid de ses mains avec la terre battue. Son corps était recroquevillé en position fœtale, coincé à l'angle de deux murs. Peu à peu, sa conscience émergeait du brouillard et des perceptions insupportables et inhabituelles l'envahissaient : une lourdeur implacable comme si des vapeurs toxiques stagnaient dans sa tête, une cage thoracique comprimée qui l'obligeait à aspirer lentement l'air tel un poisson hors de l'eau, des membres cassés et tordus.

Elle eut grand peine à déplier ses bras et ses jambes, gênée par une pesante chaîne en fer dont, malgré ses efforts désespérés, elle ne parvenait pas à se défaire. L'opération prit du temps, beaucoup de temps. Un de ses bras se bloqua à plusieurs reprises, une de ses jambes sembla se tordre et vriller autour du genou. Après dix minutes d'un combat douloureux, elle se retrouva sur le dos avec la même impression d'impuissance que le scarabée qui ne parvient pas à se retourner.

De la même manière, elle agitait les bras au-dessus de son corps, jusqu'au moment où elle put basculer sur le côté et prendre appui sur un coude. Portant la main à son cou, elle découvrit avec stupeur le collier qui l'enserrait. Ses doigts glissèrent le long de la chaîne. Attachée ! Attachée dans un lieu obscur et glacial, comme une chèvre à son piquet.

Soudain, elle s'immobilisa. Un bruit avait résonné sur sa droite. Un cliquetis de chaîne aussi, et elle imagina l'inconcevable. Elle n'était pas seule. D'autres, comme elle, étaient entravés, retenus dans des box semblables au sien fermés par une porte en bois.

Le cliquetis cessa. Elle espérait l'entendre à nouveau, elle suppliait intérieurement pour qu'il retentisse encore. Elle avait envie d'appeler, mais l'effroi la rendait muette. Elle tira sur sa chaîne, allongea le cou, tendit le bras, mais elle ne put qu'effleurer le battant sans parvenir à le pousser. Prisonnière, sans aucune chance de s'échapper.

L'inquiétant silence ranima ses souvenirs.

Alors, elle eut un flash aveuglant. Jusqu'à présent, sa mémoire avait effacé ces instants atroces, qui maintenant surgissaient du néant avec une force inouïe. L'horrible scène de sa capture, son mari tué sous ses yeux, le sang, la violence de l'être immonde qui l'avait attrapée… Elle éclata en sanglots.

*

* *

Les larmes s'estompèrent, asséchées peu à peu par l'accablement cru qui la submergeait. L'atmosphère humide et froide de sa prison était si souveraine que la conscience d'être hors du temps et hors du monde anéantissait en elle tout espoir de s'échapper. Personne ne viendrait jamais la délivrer, car personne ne saurait jamais qu'elle pourrissait dans ce cachot.

Elle se replia sur elle-même dans le cliquetis de la chaîne. Une voix de femme chuchota derrière le mur de briques.

— Qui est là ?

La respiration suspendue, elle attendit, l'oreille aux aguets.

— Qui est là ? répéta-t-on avec véhémence.

Alors, parce qu'il lui parut évident que cette femme partageait son triste sort, elle osa répondre.

— Je suis enchaînée. Je ne peux pas sortir.

— Moi aussi. Avec vous, nous sommes trois. Il a tué votre mari ?

— Oui, dit-elle dans un souffle, et les larmes lui montèrent aux yeux.

— C'est un monstre.

Comment en effet le qualifier autrement ? La vision qu'elle en avait conservée la faisait suffoquer de terreur et la poursuivrait désormais sans relâche. Elle ferma les paupières dans une tentative désespérée pour y échapper. Puis, convaincue que la seule alliée dans ce cauchemar se trouvait à moins de deux mètres, elle lança :

— Depuis combien de temps êtes-vous là ?

Dans le lointain, elle perçut le bruit d'une porte qui s'ouvrait. Aussitôt, la voix de sa compagne d'infortune perça le silence :

— Taisez-vous, le voilà !

Un pas pesant et lent résonna sur des marches en granit. L'homme descendait. Il fit une pause quand ses chaussures touchèrent la terre battue. Amandine se plaqua contre le mur, y appuyant son dos de toutes ses forces, comme si elle cherchait à s'incruster dans les pierres.

Par les planches disjointes de la porte de sa geôle, elle distingua un rayon de lumière qui oscillait doucement. Les pas reprirent, plus feutrés sur le sol humide, et approchaient. Terrorisée, Amandine ne parvenait plus à contrôler sa respiration ; son cœur battait durement dans sa poitrine, à lui faire mal, et le souffle lui manquait.

La lumière s'immobilisa, posée par terre, et des clés s'entrechoquèrent, jusqu'à ce qu'elle entende la sonorité sèche d'une serrure brusquement déverrouillée. C'était sa porte. Amandine crut défaillir. Le battant grinça sur ses gonds et s'ouvrit lentement. Une faible clarté pénétra dans le box et la lourde silhouette de l'homme apparut dans l'encadrement. Amandine, telle une suppliciée livrée au bourreau, ferma les yeux.

Un silence effrayant se prolongea, dans une sorte de face-à-face cruel, où l'homme, sans bouger, observait calmement Amandine dont les membres, sous l'horrible tension, commencèrent à trembler.

Une voix grave et rocailleuse s'éleva, saturant l'espace clos. Y perçait le mépris le plus absolu.

— Tu as peur.

Incapable d'émettre le moindre son, Amandine se taisait. L'homme reprit plus fortement, irrité par ce mutisme :

— Tu as peur. Dis-le-moi, que tu as peur !

— Oui, j'ai peur… bafouilla Amandine.

— L'avouer est une première étape.

Puis l'homme fit deux pas en avant et posa une assiette par terre.

— De la viande presque crue. Il faudra t'y habituer, et vite. C'est une seconde étape.

Il souleva et soupesa un bidon placé dans un angle du box qu'Amandine n'avait pas remarqué.

— Ici, tu as de l'eau en quantité suffisante. Bois autant que tu veux.

Se redressant, il posa la main sur le battant. Amandine crut qu'il allait refermer la porte, mais il recula de quelques pas et se posta au milieu de la cave.

Alors, d'une voix assourdissante, qui filait sous la voûte en croisée d'ogives et se répercutait en écho, s'élevant par saccades pour rouler et retomber en cataracte, il déclama, l'index accusateur :

— Écoutez, vous autres ! Écoutez ! Cette misérable créature ne connaît pas encore le grand dessein ! Celui du ciel et de la Terre, des astres et des forces indomptables ! Celui de la puissance des grands arbres millénaires dont les racines pénètrent l'empire des ténèbres et dont la tête tutoie les étoiles ! Ah, sotte espèce qui se croit unique, incapable de concevoir le trésor qui dort en elle ! Trésor égaré, martyrisé, rejeté, ce diamant d'une pureté incomparable que je vais ressusciter du fond des âges. Et que j'insufflerai en vous, femelles dégénérées, femelles perdues, à qui je tends une main salvatrice !

L'homme levait les bras et touchait de ses doigts le plafond bas, caressant les arêtes de schiste et la courbe des arches.

— Dans le cloaque obscur où croupit l'humanité, une flamme grandit qui brûlera les gènes atrophiés ! Une peau neuve, plus ferme, plus résistante, plus pure, se constitue et vous recouvrira ! Vous ensevelira ! Tremblez, race maudite ! Votre temps est révolu !

Et, après un rugissement effrayant, il rabattit avec violence la porte d'Amandine.

# 15

— Tu reconnais la maison ? demanda Jarry, la main en visière et clignant des yeux face au soleil.

Depuis quelques instants, sur le trottoir opposé, ils l'examinaient en silence. Grimm sortit son paquet et alluma une cigarette. Il souffla, racla sa gorge et murmura :

— Non. Nous allions à l'hôtel…

Deux policiers en civil discutaient sur le seuil.

— Eux, par contre, je les reconnais. Le grand à droite, c'est Camus, et l'autre, c'est Boudiaf. Deux de mes anciens hommes.

— Sympas ?

— Très.

Ils traversèrent la rue et pénétrèrent dans l'étroit jardin. Grimm serra chaleureusement la main de ses anciens subordonnés.

— Alain, Ahmed, ça fait plaisir de vous revoir !

— Nous aussi, chef !

Ce mot le fit sourire. Chef ! Une période passée, mais heureuse, et dont il se souvenait avec nostalgie.

— Chef, chef… en vérité, c'est qui, votre chef, maintenant ?

— Lespinouse.

— Ah… Il en rêvait. Je suppose qu'il est aux anges d'avoir pris ma place ?

— Pire que ça, répondit Ahmed avec un clin d'œil.

— Il est là ?

— Non, mais il va passer. Le comité d'accueil, c'est que nous deux.

— OK. Je vous présente le capitaine Corentin Jarry.

Sourires, nouvelles mains serrées.

Malgré une apparente décontraction, Grimm ressentait un profond malaise qui provoquait en lui une très forte tension. Car ce n'était pas seulement la maison des Moncorgan, c'était aussi celle de son fils Louis. Un peu par effraction, à la faveur de circonstances tragiques, il pénétrait dans son monde, son petit univers encore limité : le portail, l'allée bordée d'herbe, la porte d'entrée et tout le reste qu'il allait découvrir, dont sa chambre.

Grimm combattait son émotion. Elle se révélait un handicap, car il avait aussi quelque chose de très difficile à faire ce matin-là. Une action délicate, qu'il devait accomplir en cachette, même de Jarry. Depuis la veille, il y songeait avec angoisse.

— Bon ! lança-t-il avec brusquerie. On y va ? Vous nous montrez tout ça ?

— Suivez le guide ! répondit Ahmed sur le ton de la plaisanterie et sans prendre la mesure de l'agitation inquiète de son ancien patron.

*
* *

La maison des Moncorgan était de construction récente, à toit plat, avec une vaste pièce au rez-de-chaussée, un salon-salle à manger aux murs blancs, très lumineux grâce à de larges baies vitrées donnant à l'arrière sur une terrasse de plain-pied, prolongée par un jardin de bonne dimension occupé en son milieu par un saule pleureur.

Le drame s'était produit dans ce séjour et des auréoles rougeâtres, dont certaines de grande dimension, tachaient le carrelage. Grimm et Jarry observaient en silence, cherchant un improbable indice.

— La Scientifique a fait son travail, déclara Camus. Ils ont tout passé au peigne fin, sans trouver grand-chose. C'est sur cette table que se trouvait le crâne et Moncorgan lui faisait face en position d'adorateur. Et un œil avait été retiré de son orbite. Bref, un crime en tout point semblable à ceux de Bretagne.

— L'œil, l'assassin va vous le renvoyer par la poste, lâcha Jarry, les mains dans les poches.

— C'est vrai ?

— Nous, on les a reçus, en tout cas. Avec une jolie citation : « L'œil était dans la tombe et regardait Caïn. »

— Ça veut dire quoi ?

— Va savoir. Que l'assassin venge le meurtre d'Abel ? Si cette hypothèse est exacte, le moins qu'on puisse dire, c'est qu'il aurait la rancune tenace.

Alain et Ahmed échangèrent un regard. Ils n'étaient pas habitués à cet humour distillé sans y toucher, avec l'apparence du plus grand sérieux.

Absent de la conversation, Grimm faisait le tour de la pièce, l'air morose. Il s'assit finalement sur une chaise et sortit un carnet de sa poche. Jarry le considéra avec surprise, car cette attitude d'enquêteur consciencieux qui prend des notes pour ne rien oublier ne lui ressemblait pas.

— Bien, bien… commença-t-il. M. Moncorgan est mort et sa femme est introuvable. Au sujet de celle-ci, vous avez une piste ?

Ses deux collègues, ayant clairement à l'esprit la relation entre Grimm et l'épouse disparue, eurent un moment d'hésitation.

— Aucune, finit par répondre Boudiaf d'une manière qui se voulait la plus neutre possible.

— Vous avez saisi du matériel ?

— Le classique. Les deux ordinateurs du couple et le téléphone portable de Moncorgan…

— Et celui de sa femme ?

— On n'a pas mis la main dessus. Et on ne peut pas le géolocaliser, donc il est soit éteint, soit détruit.

Pointant négligemment son stylo vers le plafond, Grimm demanda, comme ennuyé par cette routine :

— Et les chambres, vous les avez perquisitionnées ?

— Inspectées seulement. Nous n'y avons pas encore effectué une fouille systématique, déclara prudemment Camus qui, retrouvant d'anciens réflexes, eut peur que son ex-patron ne le leur reproche.

Grimm le rassura.

— Il est peu probable qu'on y déniche quelque chose d'intéressant, vu qu'on n'a absolument rien trouvé au domicile des deux autres victimes. La solution est ailleurs.

Tambourinant sur la table du bout des doigts, l'air agacé par le peu d'informations nouvelles, il semblait chercher une piste à explorer. Il lâcha tout à coup :

— Et les enfants, où sont-ils ?

— On a interrogé le plus âgé, mais il n'y a vraiment rien à en tirer pour faire avancer l'enquête. Il a découvert son père mort, après le crime qu'il n'a pas vu, et il est dans un sale état psychologique.

— Certes. Mais je te demande où ils sont.

— Aucune idée. Tu sais où sont les enfants, toi, Ahmed ?

— Chez les grands-parents.

— De ?

— De la victime. Les parents de M. Moncorgan.

— Ah… Tous les trois ?

— Oui, je crois.

Étonné par ces questions, Jarry haussait les sourcils, mais se taisait, gardant les mains dans les poches, adossé à une commode. Refermant son carnet, Grimm se leva et tourna en rond, comme s'il ne savait pas quoi faire. Puis il annonça calmement :

— Je vais faire un tour à l'étage.

— Je viens avec toi ?

— Non, Corentin, c'est pas la peine. Prends des photos de la configuration des lieux, on en discutera, et note ce que Ahmed et Alain savent de la manière dont s'est déroulée l'agression.

*

* *

L'escalier, d'une simplicité hypermoderne, sans contremarche, était dépourvu de rampe. « Dangereux pour un môme qui sait à peine marcher », pensa Grimm. À l'étage, il hésita face à plusieurs portes. Il les ouvrit une à une, et son cœur se serra quand il découvrit la chambre de Louis : un lit à barreaux, des livres pour bébé sur la moquette, une table à langer, une étagère avec des vêtements si petits qu'il en fut ému et un babygro qui traînait par terre.

Il referma aussitôt la porte pour ne pas perdre de temps. Ayant repéré une pièce qui servait de bureau au mari, il retourna dans la chambre du couple, où un secrétaire se trouvait près de la fenêtre. Il était flanqué sur sa gauche d'une bibliothèque chargée de classeurs et de livres. Le lieu intime d'Amandine.

Non sans nervosité, il farfouilla dans les documents laissés en évidence, compulsant rapidement des piles de dossiers sans rien trouver. S'ils se trouvaient là, et Grimm n'en doutait pas, Amandine avait dû les cacher. Il inspecta les tiroirs. L'un résista. Fermé à clé. Il n'hésita pas une seconde. Sortant son kit de crochetage de la poche de son blouson, il s'activa sur la serrure. Un jeu d'enfant. En quelques secondes, il en était venu à bout et, d'un geste fébrile, jetait le contenu du tiroir sur le bureau.

Ses mains tremblaient quand il trouva ce qu'il cherchait. Il sortit les feuilles de leur enveloppe pour vérifier qu'il ne se trompait pas.

Au même moment, la porte s'ouvrit et la tête de Jarry apparut.

— Tu fais quoi ?

Précipitamment, Grimm fourra les papiers dans sa poche.

— Rien, Corentin.

— Rien, rien… Pas tout à fait quand même.

— Rien, j'te dis ! affirma Grimm avec agressivité.

Jarry eut une moue expressive pour montrer qu'il n'était pas dupe.

— Bon, comme tu veux. Lespinouse est arrivé, il veut te voir.

— Oh ! putain…

De justesse ! Grimm poussa un soupir de soulagement qui n'échappa pas à Jarry.

— Ouf ! Moi aussi, je suis rassuré, il était moins une… murmura-t-il comme s'il partageait ce sentiment.

En passant devant Jarry qui tenait la porte, Grimm lui saisit le bras.

— Excuse-moi, Corentin. Je te promets de t'expliquer. Est-ce que je peux compter sur toi ?

— Les plus fidèles compagnons de l'amitié sont la franchise et la sincérité.

— Je sais, Corentin. Fais-moi confiance, tu sauras tout.

— J'espère bien.

*
* *

Lespinouse attendait au milieu du séjour, les bras croisés. Il n'avait pas changé. Un visage étroit flanqué de deux favoris assez anachroniques, des incisives proéminentes qui évoquaient le rongeur, un nez court, en trompette, et un regard ambigu, difficile à déchiffrer, qui incitait à la méfiance.

Sans chaleur et presque à regret, Grimm lui serra la main.

— Capitaine Lespinouse, me voilà donc de retour à Montpellier pour une enquête bien singulière, pas vrai ?

— Commandant Lespinouse.

— Ah ? Félicitations…

Ahmed et Alain, navrés, assistaient en retrait à ces froides retrouvailles. Quant à Jarry, il comprit immédiatement que le nouveau chef de la brigade, à l'inverse des deux autres, n'aurait pas été qualifié de « très sympa » par son patron s'il avait eu le temps de le lui demander. Après les présentations d'usage, il se recula pour prendre appui contre un mur de la pièce, remettant les mains dans les poches, laissant venir les événements.

Grimm désigna les taches sur le carrelage.

— Ahmed et Alain m'ont mis au parfum. Le meurtre est la copie conforme de ceux sur lesquels nous enquêtons. Nous allons donc nous en occuper au même titre, sous la direction du procureur Lestanger et du juge déjà désigné. Bien sûr, je te donnerai toutes les infos dont tu as besoin pour ton rapport. Vous avez en votre possession le portable de Moncorgan et les ordinateurs du couple. J'en souhaite la restitution pour que nous puissions analyser leur contenu.

— C'est déjà fait.

— La restitution ?

— Non, l'analyse du contenu.

— Bon, dans ce cas, je veux au plus vite une copie de ce que vous avez trouvé ayant un rapport avec l'affaire.

Grimm avait sans doute tort de se comporter comme si Lespinouse était toujours sous ses ordres. À vrai dire, il ne pouvait pas s'en empêcher, prenant même un malin plaisir à en rajouter, or, plus il parlait, plus le visage de Lespinouse se fermait.

— Je pense que vous n'avez rien découvert d'intéressant, étant donné qu'en Bretagne nos investigations n'ont rien donné. Je me trompe ?

Un sourire mauvais éclaira le visage de Lespinouse.

— Tu penses que… tu penses que… C'est très pratique de penser pour les autres.

Il y eut une soudaine tension dans la pièce et Jarry décolla son dos du mur. Grimm toisa son interlocuteur.

— Je ne pense pas pour les autres, je t'informe des résultats de l'enquête que nous avons menée. Nous n'avons pour l'instant aucun suspect.

— Moi, je me fous des résultats d'une enquête menée au fin fond de la Bretagne. Ce qui m'intéresse, c'est ce meurtre, sur mes terres, et ce n'est pas toi qui vas me dire qu'il n'y a aucune piste. Parce qu'il y en a une justement !

Silence épais. La dernière intervention de Lespinouse avait été assenée comme une déclaration de guerre. Le « sur mes terres » avait glacé l'atmosphère, révélant que le nouveau commandant ne renonçait à aucune prérogative. À présent, Jarry s'inquiétait de la tournure que prenait la rencontre.

Troublé, Grimm tergiversait. Le sous-entendu de Lespinouse ne lui avait pas échappé, mais il croyait encore se tromper. Était-il possible que son ancien subordonné aille jusque-là ? Il tâta prudemment le terrain :

— Ah bon ? Parce que, toi, tu as des indices concrets à te mettre sous la dent et dont nous pourrions profiter ?

— Certainement ! Des faits très concrets qui, dans ce type d'affaires, désignent généralement non seulement un suspect mais aussi un coupable.

— Tiens donc !

Lespinouse pointa vers Grimm un index accusateur.

— Fais pas le mariole ! Je serais à ta place, je ferais profil bas.

— Vraiment ?

En fait, Grimm n'avait désormais plus de doute sur le mauvais coup que son interlocuteur avait préparé. La rage montait en lui et il avait des difficultés à la contrôler. Le filet était jeté et il ne savait pas comment l'éviter. Par défi, il s'écria :

— Allez, vide ton sac, Lespinouse ! Je t'écoute !

— Dans les ordinateurs et le portable de Moncorgan, on n'a rien trouvé. C'est entendu. Dommage que nous n'ayons pas accès au téléphone de Mme Moncorgan. Je suis convaincu que nous y aurions trouvé quantité de choses intéressantes.

— Comme ?

— Comme, peut-être, des SMS récents échangés avec un officier de la police judiciaire.

— Ordure !

Le coup était porté, un peu masqué encore, mais très explicite pour qui connaissait l'histoire. Jarry, qui avait parfaitement compris, contourna la table et se plaça au côté de son supérieur, légèrement en arrière.

Lespinouse était aux anges. Il prenait à témoin ses deux hommes qui baissaient des yeux embarrassés et désolés vers le sol.

— Personne ne l'ignore, à Montpellier, que tu as eu une aventure torride avec la belle Mme Moncorgan. Et que tu as cassé la gueule au mari ! Tout le monde le sait, sauf ton adjoint à qui tu as dû cacher ce petit détail de l'affaire, non ?

— Je ne l'ignore pas du tout, coupa Jarry avec netteté.

Cette intervention cassa le rythme de l'accusateur. Il resta un instant la bouche ouverte, pris de court. Puis son visage s'assombrit et il fronça les sourcils.

— Eh bien, bravo ! Vous avez de drôles de pratiques en Bretagne ! Donc, chez vous, on confie l'enquête à une personne qui, par ses relations avec la victime, est le suspect numéro un. Vous entendez ça, vous autres ?

Il se tournait vers ses deux hommes pour les inciter à rire avec lui. Il n'y parvint pas et, contrarié, décida de lancer l'assaut définitif.

— Grimm, tu vas nous suivre à la PJ pour que je puisse t'interroger plus tranquillement.

— Tu déconnes ?

— Pas du tout.

— Tu n'as pas l'autorité compétente pour mettre un commandant de la police judiciaire en garde à vue.

— Qui parle de te mettre en GAV ? Je veux t'entendre comme témoin. Et, crois-moi, si tu refuses, avec ce que nous savons déjà, tu vas te foutre dans une sacrée merde.

— Espèce de salaud !

L'envie d'empoigner Lespinouse par le col et de le projeter de toutes ses forces contre la baie vitrée fut si violente que Grimm eut du mal à se retenir. Le visage congestionné par la colère, les yeux lançant des éclairs, les lèvres serrées, il avança d'un pas vers son ancien adjoint, avant de faire volte-face et d'entraîner Jarry à l'autre extrémité de la pièce.

— Pas de petits conciliabules, on part tout de suite ! aboya Lespinouse dans leur dos.

Face à Jarry, les doigts tremblants, Grimm était à ce point révolté qu'il ne parvenait plus à parler. Si bien que son collègue, posant sur son épaule une main réconfortante, murmura à son oreille :

— Il n'y croit pas lui-même. Que cherche-t-il ?

— À m'évincer et à récupérer l'enquête, articula Grimm d'une voix hachée.

— Respire profondément, ça va aller mieux.

Grimm prit trois longues inspirations, releva les yeux et croisa le regard de Jarry.

— Écoute-moi, Corentin. Le patron, de toute façon, connaîtra la vérité tôt ou tard. Soit par nous, soit par le compte-rendu de mon audition rédigé par ce connard. Il vaudrait mieux que ce soit par nous, mais il faut choisir le bon timing. Pour l'instant, tu m'accompagnes et tu sers de témoin, en quelque sorte. Ce soir, de retour à l'hôtel, on aura une vision plus claire de la stratégie à adopter et j'appellerai notre divisionnaire. OK ?

— OK.

Lespinouse surgissait entre eux deux et les séparait sans ménagement.

— Allez zou ! Ça suffit maintenant, on y va !

# 16

Lespinouse autorisa Grimm et Jarry à utiliser leur voiture de location pour se rendre à la PJ à condition que Boudiaf les accompagne. Celui-ci, installé à l'arrière, éprouvait une telle honte de la situation provoquée par son supérieur qu'il jetait régulièrement des coups d'œil inquiets vers l'avant du véhicule. Au bout de cinq minutes, il bafouilla :

— Je suis vraiment désolé.

— Tu n'y es pour rien, Ahmed, répondit Grimm, qui avait laissé le volant à Jarry.

— Je t'assure que je n'étais pas au courant qu'il allait te faire ce coup-là.

— Évidemment, Ahmed, je m'en doute bien ! Déjà, quand il était mon second, il n'arrêtait pas de me contredire et de m'emmerder dès qu'il le pouvait. Je supposais naïvement qu'en prenant ma place il se calmerait, mais, apparemment, c'est plus profond. Il ne m'a jamais aimé et, malgré ma mutation, il me poursuit de sa détestation.

— Pourquoi ? demanda Jarry sans tourner la tête.

— Va savoir ! C'est vrai que je l'ai toujours considéré comme un con. Il a dû le sentir. Ceci explique sans doute cela. En tout cas, je ne me suis pas méfié en débarquant ici, et j'ai eu tort.

C'était peu dire que Grimm aurait préféré revenir à la PJ de Montpellier dans de meilleures conditions. Il y avait dirigé une équipe avec bonheur, résolvant de nombreuses enquêtes parfois compliquées, et, à l'exception de Lespinouse, il avait toujours entretenu avec ses collègues d'excellentes relations. Il avait aimé la ville, ses habitants, son climat et il repensait parfois à ces années-là avec nostalgie, surtout quand le crachin breton s'obstinait et que le ciel s'obscurcissait des jours durant.

Il se sentait humilié par la tournure des événements. De plus, il craignait de n'avoir pas encore bu le calice jusqu'à la lie car rien, probablement, ne lui serait épargné au cours de cette ridicule audition. Le mettre dans la position de l'accusé, du suspect tout au moins, et le cuisiner sur sa vie privée constituait une revanche indigne et odieuse de la part de son ancien subordonné. Que savait-il, ce con ? Pas grand-chose a priori, sinon ce que tout le monde avait découvert le jour où Moncorgan, hors de lui, avait surgi comme un démon pour lui casser la figure.

Ce fut une première et très désagréable surprise pour Grimm de constater que Lespinouse occupait désormais son ancien bureau et qu'à dessein il avait décidé d'y conduire l'audition. Histoire de bien lui faire sentir sa chute.

Assis sur une chaise inconfortable, Grimm se tenait face au bureau derrière lequel, occupant son ancien fauteuil, Lespinouse était tout gonflé de son importance. Tout sourire, il plastronnait, ouvrant avec délectation une chemise qui devait contenir les maigres éléments à charge contre son ancien supérieur.

Grimm avait exigé que Jarry soit présent, requête que Lespinouse n'avait pas refusé d'accorder, convaincu que ce collègue ignorait certains détails, lesquels, une fois connus, entameraient la confiance portée à son patron et flétriraient sa réputation. Camus et Boudiaf, debout côte à côte près de la porte, fixaient obstinément leurs chaussures, montrant par leur attitude qu'ils auraient préféré ne pas participer à cette infamie.

— Grimm, commençons par le commencement. Jusqu'à ton départ en catastrophe de Montpellier, tu as entretenu des relations intimes avec Mme Moncorgan.

Levant le nez de son dossier et pointant en avant ses dents de rongeur, il demanda suavement :

— Tu dois te souvenir de son prénom ?

Le visage fermé, Grimm croisa les bras pour toute réponse.

— C'est pas gentil pour elle… Amandine, elle s'appelle Amandine. Joli prénom en vérité, non ? Bon, reprenons. Or, comme souvent dans ce genre de situations, le mari en a eu connaissance. Pas de chance ! Pour toi surtout. Et, un jour, alors qu'il venait s'expliquer sur cette situation dans nos locaux – c'est dire s'il n'avait pas de mauvaises intentions –, tu lui as cassé la gueule. Je ferai remarquer que c'était plutôt lui l'offensé et que, pour tout dédommagement, il a eu le nez à moitié pété et une dent brisée en deux. Bigre. Quelle violence à l'encontre d'un mari trompé et dans son bon droit !

Grimm lâcha entre ses dents :

— Tu sais parfaitement, puisque tu étais là, qu'il m'a agressé le premier et a tenté de me frapper.

— Peut-être, mais tout de même, ce fut une riposte bien disproportionnée contre un homme qui, l'enquête interne l'a montré, ne s'était jamais battu de sa vie. Tu es fier de cet exploit ? S'attaquer à plus faible que soi, c'est lâche et cela révèle une haine qui inquiète.

— Tu dis n'importe quoi.

— Crois-tu ? C'est qu'à présent Moncorgan a été assassiné et que, fatalement, on se pose des questions.

— Tu m'emmerdes, Lespinouse. Le jour du meurtre, j'étais à Rennes et ce sera facile à prouver.

— Holà ! Pas si vite. Pour l'instant, on analyse le contexte.

Les yeux de Lespinouse brillaient et Grimm comprit que son sac de saloperies était loin d'être vide. Il fallait rester stoïque, encaisser, au risque autrement d'aggraver sa situation.

— Alors, Grimm, j'ai une question que tout le monde se pose : aimais-tu Amandine ?

— Je n'ai pas à répondre à cette question.

— Tu crois ? Parce que de deux choses l'une. Soit tu l'aimais et on peut pardonner ta violence. Soit tu ne l'aimais pas et, dans ce cas, non seulement ta brutalité est inexcusable, mais en plus ça montre que tu es un mec peu reluisant qui se contrefout des femmes qu'il baise parce qu'il n'y a que le cul qui l'intéresse.

Grimm s'éjecta de sa chaise comme s'il avait reçu une décharge électrique. En une fraction de seconde, il atteignit le bureau et, empoignant Lespinouse par le vêtement, il le souleva du fauteuil, lui criant en pleine face :

— Espèce de salopard ! Tu me dégoûtes !

Mais déjà Jarry le ceinturait et le tirait en arrière, le forçant à se rasseoir.

— Calme-toi, bon Dieu, Hubert ! N'entre pas dans son jeu !

Satisfait par l'incident, Lespinouse souriait en réajustant sa chemise.

— Vraiment violent, décidément, ce type. Voilà qui est très intéressant. Cet incident, devant témoins en plus, sera noté dans le procès-verbal.

Conscient de s'être fait piéger, Grimm se passait les mains sur le visage en fermant les yeux.

— Donc, Grimm, tu l'aimais ou pas ?

— Va te faire foutre.

— Aimable, en plus… Poursuivons par un aspect de la plus haute importance pour l'affaire. As-tu revu Mme Moncorgan depuis ton exil forcé de Montpellier ? Et, plus précisément, s'il faut mettre les points sur les i, avez-vous continué à entretenir des relations intimes ?

Outre que cette intervention montrait que Lespinouse ne manquait pas d'intuition, la question était vicieuse.

Puisque personne ne savait que Louis était son fils, ses visites récentes à Montpellier seraient interprétées de la manière suivante : en cachette du mari, en dépit de l'éloignement géographique, les amants avaient continué à se fréquenter. Si donc Grimm avouait avoir reçu Amandine à Rennes ou être allé à Montpellier pour la rencontrer, il confortait cette fable de l'amant assassin du mari et fournissait de nouvelles armes à son ancien subordonné pour l'écarter de la direction de l'enquête.

Que fallait-il répondre ? Décision délicate, qui s'apparentait à un choix entre Charybde et Scylla.

La vérité le disqualifiait définitivement pour mener l'enquête. Pire, si le rapport de Lespinouse était rédigé à charge, un magistrat borné ou peu imaginatif pourrait effectivement considérer Grimm comme un véritable suspect. Il en résulterait un embourbement de la justice qui profiterait au meurtrier. Mais mentir faisait courir le risque encore plus considérable d'être renvoyé de la police. Un commandant de la PJ pris en flagrant délit de mensonge au cours d'une audition ne saurait espérer l'indulgence de ses supérieurs.

Certes, le téléphone d'Amandine n'avait pas été retrouvé. Donc, les SMS échangés avec elle n'avaient pas été découverts. Restait néanmoins son propre téléphone qui en portait la trace, Grimm ne l'ignorait pas.

Comme un homme qui joue son va-tout, il mentit.

— Non, j'ai coupé les ponts.

— Bien, on va vérifier. Tu vas nous donner ton portable.

Réagissant au quart de tour, Grimm se leva d'un bond.

— Tu vas trop loin, Lespinouse ! Il est hors de question que je te file mon téléphone.

— Tu as quelque chose à cacher ? Donne-le, je te dis ! Ahmed et Alain, prenez-le-lui !

Les deux policiers n'eurent pas le loisir d'hésiter : Grimm tendit une main autoritaire dans leur direction.

— Ne vous en mêlez pas, vous deux ! J'ai répondu à toutes les questions. Oui, j'étais l'amant de Mme Moncorgan quand je vivais à Montpellier ! Oui, j'ai rompu en quittant la ville ! Point barre. Je ne sais rien de plus et je n'ai rien à voir avec l'assassinat du mari. Cette audition est terminée.

Pris de court par l'attitude de supérieur hiérarchique que Grimm avait reprise, en particulier avec ses anciens hommes, Lespinouse restait coi. Déstabilisé, il cherchait à reprendre le contrôle de la situation quand la voix de Jarry s'éleva calmement :

— De toute façon, commandant Lespinouse, vous n'êtes pas habilité à saisir le portable d'un policier du même grade que vous et qui, de surcroît, est le responsable officiel d'une enquête coordonnée par le commissaire divisionnaire Babut sous la tutelle de M. le procureur Lestanger et d'un juge d'instruction. C'est à eux, en dernier ressort, d'apprécier si, pour les besoins de l'enquête, le téléphone du commandant Grimm doit être ou non analysé.

Le poids des mots – divisionnaire, procureur, juge – et les arguments d'ordre juridique assommèrent Lespinouse. Il n'eut pas le temps de réfléchir au fait qu'il outrepassait peut-être ses droits que Grimm se dirigeait vers la porte.

— Viens, Corentin, on se tire !

# 17

Dans la rue, Grimm alluma aussitôt une cigarette. Encore rouge de colère, il fulminait, tournait en rond. Son état évoquait celui d'un boxeur prêt à en découdre.

— Putain de salopard ! Je sais pas ce qui me retient de remonter et de lui foutre mon poing sur la gueule !

— Un soupçon de lucidité peut-être… dit Jarry avec flegme.

Il patientait, les mains derrière le dos, observant son patron dont la tension peinait à redescendre. Quand Grimm commença à se calmer, il tenta de l'orienter vers une action constructive :

— Nous avons des décisions importantes à prendre. Il nous faudrait un endroit plus paisible que ce carrefour et ces bruits de voitures.

Pinçant les lèvres, Grimm hocha la tête. L'ayant si longtemps fréquenté, il connaissait le quartier sur le bout des doigts.

— Tu as raison et y a un petit bistrot sympa pas loin. Let's go !

Pratiquement désert à cette heure de la journée, le café était modeste, à l'ancienne, simple rendez-vous d'habitués qui le fréquentaient surtout le matin avant d'aller au travail ou en soirée avant de rentrer à leur domicile. Heureux de pouvoir discuter en toute tranquillité, ils s'assirent l'un en face de l'autre à une table située au fond du bar.

Le patron s'approcha et son visage s'éclaira.

— Ah, commandant Grimm ! Longtemps qu'on vous a pas vu dans le secteur.

— J'ai été muté à Rennes, répondit Grimm en serrant la large paluche qui se tendait vers lui.

— De retour ?

— Brièvement, pour les besoins d'une enquête.

— Un meurtre ?

— Hélas, oui.

— Tous ces gens qui s'entre-tuent, c'est bien malheureux. Qu'est-ce que je vous sers ?

— Un demi pour moi et... ?

— Un allongé, compléta Jarry.

— OK, je vous apporte ça tout de suite.

Grimm, soudain, éclata de rire.

— Parfaite, ton intervention, Corentin ! Le Lespinouse, il en est resté comme deux ronds de flan.

— Les cons, faut les impressionner et leur faire un peu peur. Tout de même, il est gonflé, le mec...

— Tu trouves ? Je ne me souviens plus dans quel film Ventura déclare : « Les cons, ça ose tout, c'est même à ça qu'on les reconnaît. »

— *Les Tontons flingueurs*.

— C'est ça, exactement ! *Les Tontons flingueurs*. Lespinouse, c'est un champion du monde. Le problème, c'est qu'il est méchant et qu'il fait des dégâts. Je suis pas dans la merde, moi...

Le patron posait le demi, puis le café, avant de s'éclipser sans rien dire. Le visage de Grimm s'assombrit.

— Je vais être dessaisi de l'enquête.

— J'en ai peur.

— Putain ! C'est Mercier qu'aurait dû être nommé à ma place. Avec Mercier, j'aurais pas eu d'ennuis.

— Oui, mais ce fut Lespinouse et, ça, on n'y peut rien.

Le regard de Grimm s'égara vers le comptoir. Il observa un homme seul, à l'allure fatiguée et aux vêtements défraîchis, qui terminait un petit blanc et faisait signe au patron de lui remplir son verre à nouveau. Le tableau évoquait la déveine, la dépression et une poisseuse dérive vers l'alcoolisme et la pauvreté.

— Y a plus malheureux que moi quand même, murmura-t-il sans détacher ses yeux du triste spectacle.

Jarry tourna la tête vers le client et approuva silencieusement. Mais comme son supérieur continuait à contempler l'ivrogne solitaire, presque hypnotisé par ce misérable destin, il prit l'initiative de le ramener à la réalité.

— Tu seras dessaisi, certes, mais je crois qu'il vaudrait mieux que le patron apprenne la situation autrement que par Lespinouse. À mon sens, tu devrais l'appeler le plus tôt possible.

Grimm ne semblant pas l'entendre, il haussa la voix :

— Ce sera bien pire si le patron découvre par un tiers ton ancienne relation avec Mme Moncorgan.

Les paupières à présent baissées, fixant le sol, Grimm persistait dans son silence. D'une main, il caressait le demi sans le boire, de l'autre, il étreignait son paquet de cigarettes.

— Oh, Hubert, tu m'écoutes ?

Grimm sursauta.

— Appeler le patron ? Oui, tu as raison, il faut que j'appelle le patron…

— Eh bien, appelle-le.

— Oui, je l'appelle.

Mollement, Grimm sortit le portable de sa poche. Jarry l'observait tout en versant le sucre en poudre dans son café.

— Allô, Ermeline ?… Oui, c'est Hubert… Oui, oui, tout va bien, pas de problème… Non, on va rentrer demain… J'aurais besoin que tu fasses une recherche… Tu notes ?… Voilà, dégotte-moi le nom et l'adresse de la mère de Mme Moncorgan… Oui, sa mère… C'est urgent, Ermeline, il me faut ça rapidement… Aujourd'hui, ou demain matin au plus tard… Merci, Ermeline. À plus.

Il raccrocha et reposa le téléphone sur la table. Jarry tournait la cuillère dans sa tasse, consciencieusement, en insistant sur les bords.

— Tu m'expliques ?

— Quoi ?

Le plus extraordinaire était bien que Grimm avait l'air sincèrement étonné par la question.

— Tu dis que tu vas téléphoner au patron et, en réalité, tu appelles Ermeline pour tout autre chose. À quoi joues-tu ?

— Oui, le patron, tu as raison, il faut l'avertir de la situation et négocier.

— Négocier quoi ?

— Il est impératif que l'affaire ne soit pas récupérée par ce con de Lespinouse et que nous gardions la main dessus, même si je suis écarté.

— Et qui va la diriger, cette enquête, si ce n'est plus le commandant Grimm ?

— Toi.

— Moi ?

— Oui. C'est la meilleure solution. Officieusement, je continuerai à travailler dessus.

Perplexe, Jarry porta sa tasse à ses lèvres. Au comptoir, l'homme commandait son troisième petit blanc. Au même instant, un couple pénétra dans le bar, saluant le patron, ce qui conféra un semblant d'animation à l'atmosphère jusque-là bien morne des lieux.

— Le patron n'acceptera jamais.

— C'est ce qu'on va voir.

Grimm ramassa son portable, composa le numéro et attendit, le téléphone collé à son oreille. Comme la sonnerie se faisait entendre, il lança à voix basse à l'adresse de Jarry :

— Il va falloir jouer serré.

— C'est le moins que l'on puisse dire…

Un déclic et la voix du divisionnaire retentit.

— Commandant Grimm ?

— Bonjour, commissaire. Avez-vous un peu de temps à m'accorder ? Sinon, je vous rappelle plus tard.

— Non, je suis dans mon bureau et disponible. Alors, comment avance l'enquête ? Du nouveau ?

— Pas vraiment. Les collègues de Montpellier n'ont rien trouvé, comme on pouvait s'y attendre. Les circonstances du crime sont identiques à celles des précédents sans qu'on puisse déceler ni le mobile ni la raison pour laquelle les Moncorgan en ont été victimes.

— C'est fâcheux.

— Certes. Mais si les collègues de Montpellier sont dans le brouillard complet, Jarry et moi avons une piste.

— Ah bon, que ne le disiez-vous tout de suite ! Sérieuse, la piste ?

— Suffisamment sérieuse pour qu'elle mérite d'être explorée à fond. J'y crois beaucoup.

— De quoi s'agit-il ?

— Avant de vous en parler, j'ai aussi une mauvaise nouvelle.

— Diable !

— Vous connaissez mon dossier. Vous êtes d'ailleurs le seul à Rennes.

— Oui…

— Vous savez que j'ai été muté à Rennes suite à une malheureuse histoire.

— Oui, oui…

— J'avais une relation avec une femme mariée et ça a mal tourné.

— Je sais. Vous avez un peu démoli le portrait de l'époux qui était venu vous quereller.

— C'est ça. Ce que vous ne savez pas, c'est l'identité de ma maîtresse de l'époque.

— Quel rapport avec notre affaire ?

— Énorme, monsieur le divisionnaire.

— Vous m'intriguez.

— Ma maîtresse était Mme Moncorgan.

Un silence assez long refléta la stupéfaction de Babut. Il était assommé, puis il explosa d'un coup.

— Nom de Dieu, vous vous foutez de moi, Grimm !

— Hélas, c'est la stricte vérité.

— J'en reste sans voix. Vous vous rendez compte de ce que vous m'annoncez !

— Oui, c'est pour cela que je vous appelais.

— C'est inadmissible ! Inqualifiable ! Et vous comptiez garder ce secret longtemps ?

— Non, je comptais vous en informer dès que j'aurais visité la scène de crime à Montpellier. Et le résultat est que nous avons une piste.

— Une piste ? Une piste ? Mais, Grimm, vous devinez les conséquences de votre comportement inacceptable ?

— Je les mesure tout à fait, monsieur le divisionnaire, c'est pourquoi je vous demande de me décharger de cette enquête.

— Vous n'avez rien à me demander ! Démis, vous l'êtes d'office !

— C'est entendu. Je voudrais néanmoins vous faire une suggestion.

— Une suggestion ? On aura tout entendu !

— Deux des trois crimes relèvent strictement de notre juridiction. Pour l'instant, le procureur est à Rennes, le juge d'instruction aussi. Nous sommes l'équipe qui connaît le mieux l'affaire et nous travaillons dessus depuis le début. Par ailleurs, nous avons de bonnes raisons de penser que le meurtrier vit en Bretagne. Enfin, nous sommes les seuls à avoir une piste. Alors, de deux choses l'une : ou bien l'instruction est décentrée à Montpellier, repartant de zéro, au risque de s'enliser parce que la PJ locale, n'ayant pas la connaissance des deux premiers meurtres, part vraiment sur de très mauvaises bases, ou bien nous conservons l'enquête, sans moi, et nous perçons ce mystère et arrêtons l'assassin.

— Vous voulez que l'enquête soit confiée au commandant Bouexière ?

— Non, pas du tout ! Lui non plus ne connaît rien aux crimes en question.

— Bon, alors ?

— Il faut que l'affaire soit dirigée par la personne qui, après moi, est la plus au parfum de ses tenants et de ses aboutissants.

— Et c'est qui ?

— Jarry.

Nouveau blanc assez long. Babut ne s'était pas récrié. Il paraissait envisager cette option. Grimm tenta d'enfoncer le clou.

— Toute autre solution ralentira l'enquête et laissera à l'assassin les coudées franches pour de nouveaux meurtres. Jarry est sur une piste que lui seul peut explorer. Avec l'aide de Blanchard et d'Ermeline, bien entendu. Il s'agit d'une affaire hors norme, très médiatisée, et c'est nous, la PJ de Rennes, qui allons la résoudre.

Sensible à l'argument qui suggérait que la PJ de Rennes tirerait tout le profit de la résolution de l'enquête, Babut déclara prudemment :

— Quelle est votre piste ?

— Nous pensons que la mère d'Amandine Moncorgan a été en relation avec Solène Gormonnac.

Écoutant la conversation, Jarry tressaillit sur sa chaise. Quant à Babut, il mordait à l'hameçon.

— Vraiment ? Une connexion, enfin ?

— Et nous sommes les seuls à l'avoir découvert. C'est pourquoi Jarry vient d'appeler Ermeline pour que l'on trouve son adresse.

Nouveau bond de Jarry sur sa chaise.

— Je comprends. Cependant, pensez-vous que Jarry a les compétences pour mener à bien une telle mission ? Comme vous le disiez à l'instant, c'est une affaire hors norme, d'une rare complexité, je ne sais pas si Jarry…

— Bien sûr que si ! Il en est tout à fait capable. C'est un excellent flic. Remarquable, même.

— Oui, oui, c'est un bon flic, toutefois…

— Je travaille avec lui depuis suffisamment longtemps pour n'avoir aucun doute à ce sujet.

— Il faut que j'y réfléchisse…

— Merci, monsieur le divisionnaire. Un mot encore. Démettez-moi en expliquant au procureur Lestanger et au juge d'instruction que mes relations avec la PJ de Montpellier sont si mauvaises – raison pour laquelle j'ai été muté – qu'aucune collaboration efficace ne sera possible tant que je serai en charge de l'enquête. Inutile d'entrer dans des détails qu'ils n'ont pas à savoir. Il s'agit de ma vie privée et j'aimerais qu'elle ne soit pas connue de toute la place de Rennes.

— Bien sûr, bien sûr, je ne voudrais pas vous faire du tort. Cependant, vous avez manqué gravement aux règles les plus élémentaires de notre profession, et à notre éthique aussi, en me cachant…

— C'est vrai. Je suis impardonnable. Croyez-moi, je le regrette profondément, mais mon but était d'avancer vers la compréhension de ces meurtres atroces, et ce fut le cas.

— Je vous donne une réponse demain.

— Merci encore, monsieur le divisionnaire. Je vous souhaite une bonne fin de journée.

Grimm raccrocha, expira bruyamment et, d'une voix un peu sous tension, lança à son adjoint :

— Je pense que c'est gagné.

*

* *

Après avoir bu la dernière goutte de son café, Jarry reposa calmement sa tasse et scruta son supérieur, les mains bien à plat sur la table, doigts écartés.

— Je ne sais pas si je dois me réjouir de cette promotion inattendue et encore bien hypothétique. Je comprends surtout que tu veux absolument continuer à mener cette enquête et que cet acharnement est suspect. Je préciserai ma pensée : tu me caches quelque chose.

— J'ai besoin d'une sèche. On sort cinq minutes ?

— Tu fumes trop.

Grimm se leva et, longeant le comptoir, prit soin de prévenir le patron du bar :

— J'en grille une sur le trottoir.

Dehors, il observa tout en fumant les voitures qui passaient dans la rue. Patient, Jarry s'adossa au mur dans une position qu'il affectionnait, les mains dans les poches, la tête inclinée sur le côté, l'air détaché.

— Je te dois des excuses, annonça Grimm tout à coup.

— Enfin une parole sensée…

— Corentin, je vis des moments difficiles. Depuis l'enlèvement d'Amandine, je suis torturé d'angoisse. Je navigue à vue, au jour le jour, et je fais comme je peux. Tu trouves que je suis en train de merder ?

— Pas qu'un peu.

— Tu as raison. Mais je dois retrouver Amandine, c'est vital…

Jarry laissa passer quelques secondes avant de déclarer le plus doucement du monde :

— Si on commençait par mettre un peu d'ordre dans tous tes mensonges. Mme Moncorgan, tu as continué à la voir après ta mutation, c'est ça ? Elle est venue à Rennes et tu es allé à Montpellier.

— Oui, mais ce n'est pas ce que tu penses. Nous n'avons jamais recouché ensemble.

— Ah ? C'est donc une grande et belle amitié, lâcha Jarry avec ironie.

— Ce n'est pas non plus tout à fait ça. J'aime beaucoup Amandine…

— Tu l'aimes beaucoup ou tu l'aimes ?

Grimm parut surpris qu'une telle question lui soit posée. Son corps se balança d'avant en arrière, d'un pied sur l'autre.

— Franchement, je n'en sais rien.

— Bon, continue…

— Continuer quoi ?

— La liste de ce que tu me caches.

Grimm resta silencieux.

— Soyons clairs, Hubert. Si je ne connais que la moitié des infos, je refuserai de diriger cette enquête même si le patron me la confie. Tu comprends cela ?

— Oui. Qu'est-ce que tu veux savoir ?

— Arrête de jouer au con, s'il te plaît.

Ce n'était pas dit méchamment, plutôt avec un certain découragement. Grimm jeta son mégot, sortit machinalement son paquet et alluma une seconde cigarette.

— D'abord, reprit Jarry, tu vas me dire ce que tu as piqué chez les Moncorgan. Ces papiers, c'était quoi ?

Instinctivement, Grimm posa la main sur sa poche comme pour vérifier qu'ils étaient toujours là.

— Toi, pour te faire parler, il faudrait les méthodes de l'Inquisition. Si tu ne m'expliques pas de quoi il s'agit, je téléphone au patron pour refuser ta suggestion.

— Non, ne fais pas ça !

— Ça dépend de toi.

Grimm fit quelques pas et s'assit sur une borne d'incendie, obligeant Jarry à se rapprocher. Les coudes sur les genoux, le buste penché en avant, le regard fixant le macadam, il tapotait du doigt l'extrémité de sa cigarette pour en faire tomber la cendre.

— Me promets-tu de garder cela pour toi ?

— Écoute, Hubert, je ne peux rien te promettre. Si c'est possible, oui.

Après un hochement de tête, Grimm leva les yeux vers son adjoint.

— Dans le secrétaire d'Amandine, j'ai récupéré un test ADN.

— De qui ?

— De moi.

— Extraordinaire ! Eh bien, voilà la pièce manquante qui éclaircit le mystère…

— Te moque pas, Corentin.

— Excuse, mais faut avouer que ça me la coupe un peu. Et pourquoi ton analyse ADN se trouvait-elle dans le bureau de Mme Moncorgan ?

— Elle fut faite avec mon accord pour savoir qui était le père de son troisième enfant, le petit dernier.

— Parce que c'est toi !?

— Oui.

Jarry siffla de stupéfaction.

— Tu comprends, Corentin, que je devais récupérer ces analyses avant que les collègues de Montpellier ne mettent la main dessus. Sinon, j'étais grillé.

— Tu l'es de toute façon depuis le coup de Jarnac de Lespinouse.

— Pas autant. Pour l'instant, la version officielle est que je n'ai jamais revu Amandine depuis mon départ de Montpellier.

— Et je suppose que je dois aussi m'en tenir à ce mensonge ?

— Oui, autrement l'enquête nous sera retirée.

Pensif, Jarry marcha de long en large devant Grimm qui, tel un spectateur assistant à un match de tennis, tournait la tête alternativement à droite et à gauche. Puis Jarry se planta face à son supérieur.

— Et la suite ?

— Quelle suite ?

— Cette histoire de la mère de Mme Moncorgan qui aurait été en relation avec Mme Gormonnac.

— Un bobard pour ferrer le patron.

— Non mais, c'est pas vrai ! Tu vas trop loin… Tu vas tous nous plonger dans la mouise avec des indices inventés de toutes pièces.

— Pas du tout ! Il suffira de dire que cette piste n'a rien donné. Le patron sera déçu, et voilà tout !

— En fait, tu n'as appelé Ermeline que pour donner de la consistance à une fausse piste. C'est ça ?

Au même instant, le téléphone de Grimm vibra dans sa poche.

— Oui, Ermeline… Super !… Mme Lumelle ? Bien, OK… Envoie-moi tout ça par SMS. Bises, ma belle, et merci !

Grimm se leva, satisfait.

— Ermeline me textote le nom, l'adresse et le téléphone de la mère d'Amandine.

— Et qu'est-ce qu'on en a à foutre de ces coordonnées, vu ce que tu viens de m'apprendre ?

— Faudrait pas partir sans payer. Attends-moi, je reviens.

Grimm rentra dans le bistrot tandis que Jarry tournait en rond dans la rue. Quand son patron ressortit, il lui emboîta le pas en silence.

Dubitatif, perplexe, il avait l'impression d'être entraîné malgré lui dans un jeu dangereux. Les mensonges de Grimm à sa hiérarchie et ses incohérences, comme sa joie de recevoir des infos inutiles sur la mère de Mme Moncorgan, le tracassaient. En raison des aveux arrachés sur ses « moments difficiles » et ses « angoisses », il soupçonnait Grimm de prendre des médicaments qui peut-être altéraient sa lucidité et son comportement. L'idée de codiriger l'enquête avec lui l'inquiétait plus qu'elle ne le réjouissait.

Une fois tous les deux installés dans la voiture, il crut logique d'annoncer :

— Donc, si je comprends bien, demain matin, on rentre à Rennes.

— Non, on va à Toulouse voir la mère d'Amandine.

# 18

Par l'autoroute, les deux cent cinquante kilomètres séparant Montpellier de Toulouse furent avalés en deux heures et demie. Grimm conduisait et ne desserrait pas les dents, le visage tourmenté, tapotant nerveusement le volant et jetant parfois des coups d'œil furtifs vers Jarry qui regardait droit devant lui, en apparence indifférent.

Quand ils se garèrent à proximité de l'immeuble, Jarry lâcha sur un ton désabusé :

— Et moi, je fais quoi pendant ce temps-là ?

— Comme tu veux. Tu te promènes, tu vas boire un coup… Ce ne sera pas long. Enfin, je l'espère.

Quand ils se séparèrent, Jarry souhaita néanmoins bonne chance à son patron. Il ajouta à mi-voix :

— Pas facile comme démarche.

Grimm acquiesça en silence.

Le bâtiment C où vivait la mère d'Amandine était peu esthétique, et même franchement disgracieux, emblématique des constructions édifiées à la va-vite dans les années soixante.

L'ascenseur étant en panne, il monta les escaliers jusqu'au quatrième étage, respira profondément sur le palier, et sonna. La veille, il avait téléphoné pour prendre rendez-vous, ne voulant pas risquer de trouver porte close. Il avait expliqué être en charge de l'enquête sur l'assassinat de M. Moncorgan et sur la disparition de son épouse. La voix de son interlocutrice lui avait donné une impression de fatigue et de tristesse.

Il n'attendit pas longtemps. Une dame d'environ soixante-quinze ans, petite, aux cheveux blancs, aux traits tirés et avec des cernes noirs sous les yeux, apparut dans l'encadrement. Amandine lui avait rarement parlé de sa mère – était-ce une discussion entre deux amants qui se voient brièvement ? – et il la découvrait, ignorant d'elle à peu près tout, jusqu'à son nom, avant l'appel d'Ermeline. Mme Lumelle, donc. La seule information en sa possession était qu'elle était veuve puisque le père d'Amandine était décédé depuis plusieurs années. Si ce n'était l'épreuve qui la marquait, elle paraissait énergique et en pleine possession de ses moyens.

— Monsieur Grimm ?

Elle s'effaça pour le laisser pénétrer dans un appartement aux dimensions modestes, propre et bien rangé. Assis sur le canapé du salon, il accepta un café qu'elle prépara dans la cuisine, porte ouverte, si bien que Grimm pouvait la voir aller et venir, la cafetière à la main ou disposant deux tasses sur un plateau.

À pas prudents, elle déposa avec précaution le plateau sur la table du salon avant de servir les tasses.

— Du sucre ?

— Non merci.

Elle s'installa face à Grimm dans un fauteuil d'où elle devait regarder la télévision et demanda d'une voix tremblante :

— Monsieur, depuis votre coup de téléphone, je ne vis plus. Êtes-vous là pour m'annoncer une mauvaise nouvelle concernant Amandine ?

Jamais Grimm n'avait pensé que cette vieille maman ait pu se tourmenter ainsi depuis son appel, imaginant qu'un policier venait à son domicile pour lui annoncer la mort de sa fille.

Il dit d'une voix précipitée :

— Pas du tout, madame, pas du tout ! Rassurez-vous, je ne suis porteur d'aucune mauvaise nouvelle.

— Dieu soit loué…

— Je dirige l'enquête et, croyez-moi, je fais tout mon possible pour la retrouver.

— Vous pensez qu'elle est encore vivante ?

— J'en suis persuadé, madame.

— Ah ?

Cette assurance fit naître un fol espoir. Le regard de Mme Lumelle reprit de la consistance. Et bien que Grimm ne fût pas aussi convaincu que son affirmation le laissait paraître, il se voulait réconfortant.

— Trois femmes ont disparu. À ce jour, aucune n'a été retrouvée. Si l'assassin avait voulu les tuer, il l'aurait fait en même temps que les maris. Selon mon expérience, il les séquestre.

— C'est affreux. Où donc peut-il les retenir prisonnières ?

— Je n'en sais rien, mais des indices concordants semblent indiquer la Bretagne.

— La Bretagne ? Si loin ! Mais pourquoi ?

— C'est le mystère que j'essaye de percer.

Il y eut une pause assez naturelle pendant laquelle Grimm, la tasse à la main, but plusieurs gorgées de café. Le moment difficile approchait et il sentait les battements de son cœur s'accélérer. L'impression que c'était trop dur et qu'il n'y arriverait pas encombrait son esprit et le paralysait. Il toussa à plusieurs reprises pour s'éclaircir la voix et se donner du courage.

— Madame Lumelle, comme je vous l'ai dit au téléphone, j'appartiens à la police judiciaire de Rennes. Mais il y a moins de deux ans, je travaillais à Montpellier. Déjà commandant, j'y dirigeais une équipe.

La vieille dame écoutait en silence, son air intrigué indiquant qu'elle se demandait pourquoi cet officier de police l'entretenait de cette manière.

— Ce que j'ai à vous annoncer est très délicat. Vous n'y êtes pas préparée et je crains que cela ne vous fasse un choc.

— Ça concerne Amandine ?

— Oui.

Grimm racla sa gorge une nouvelle fois.

— Voilà, c'est... comme je vous le disais... très délicat. Je ne suis pas tout à fait en mission officielle. Je suis venu vous rencontrer pour vous mettre au courant de faits que vous ne devez plus ignorer.

— Quels faits, monsieur ?

Désormais, son visage exprimait une angoisse que Grimm ne voulait pas prolonger. Comme un démineur qui tremble à l'idée que son intervention sera peut-être la dernière, il annonça le plus doucement possible :

— Quand j'étais à Montpellier, j'ai été l'amant de votre fille.

— Pardon ?

— Amandine et moi, nous avons eu une relation.

— Ma fille trompait Fabien ?

— Oui.

— Avec vous ?

— Oui.

Mme Lumelle paraissait abasourdie. Elle scrutait Grimm comme si un mythomane lui faisait face.

— Je n'arrive pas à le croire.

— C'est pourtant vrai.

— Elle ne m'en a jamais rien dit. Amandine, vous êtes sûr ?

Cette dernière réplique fit sourire Grimm malgré lui.

— Oui, j'en suis sûr, madame.

— Excusez-moi, mais c'est tellement… insensé. Si je m'attendais…

Sans même s'en rendre compte, Grimm avait sorti son paquet de sa poche et le manipulait.

— Si vous voulez fumer, monsieur, ne vous gênez pas. Mon mari a fumé devant moi pendant quarante ans…

— Vraiment, vous m'autorisez ?

— Si je vous le dis.

Pendant que Grimm allumait une cigarette, elle ouvrit un tiroir de la commode, en sortit un cendrier qu'elle posa sur la table, sans cesser de secouer la tête dans un mouvement impuissant de dénégation.

— C'est incroyable, ça…

Grimm se demandait s'il n'allait pas interrompre cette confession quand, installée de nouveau dans son fauteuil, la vieille dame reprit la parole tout en fronçant les sourcils d'un air de reproche :

— Et pourquoi êtes-vous venu m'annoncer cela ? Ne croyez-vous pas qu'il aurait mieux valu que je l'ignore ?

Cette dernière phrase, dont la justesse le frappa, le convainquit d'aller jusqu'au bout.

— C'est que cette relation a eu une conséquence très importante tant pour Amandine que pour moi.

— Laquelle ?

Le dernier aveu serait sans conteste le plus dur à encaisser pour Mme Lumelle. Grimm avala sa salive et lança tout de go :

— Louis est mon fils.

On eût dit que la foudre était tombée dans le salon tant la vieille dame resta pétrifiée. Son immobilité était même inquiétante, le buste statufié, les traits figés, jusqu'aux paupières qui avaient cessé leurs battements réguliers.

Au bout de quelques instants, tentant de réagir, elle articula avec difficulté, comme si ses lèvres avaient été cerclées de fer :

— Qu'est-ce que vous avez dit ?

— Que Louis est mon fils.

— Louis, mon dernier petit-fils ?

— Oui, madame.

Le choc était rude pour Mme Lumelle. Son regard erra sur le tapis, remonta vers la fenêtre, parcourut le plafond pour se fixer enfin sur sa tasse de café.

— Ce n'est pas possible.

— C'est pourtant l'entière vérité.

Pour rejeter une information qu'elle ne parvenait pas à intégrer, elle affirma alors avec force :

— Fabien savait très bien que Louis était son fils !

— Disons plutôt qu'il ignorait ne pas être le père.

— Mais, enfin, monsieur, Fabien l'a déclaré à la mairie. C'est son fils, il n'y a jamais eu de doute sur cette question !

— Fabien n'a en effet jamais douté de sa paternité, mais ce n'est pas son fils, c'est le mien.

— Personne ne peut affirmer une chose pareille ! Le père, on ne sait jamais qui c'est, si on va par là ! Et comme Fabien vivait avec Amandine, c'est presque certain que c'est lui le père ! Et puis, en plus, ma fille aimait Fabien, j'en suis certaine.

— Elle me disait aimer deux hommes à la fois, son mari et moi.

— Mouais. Ce qu'une femme raconte à son amant... répondit-elle avec un regard par en dessous indiquant que cette dernière assertion lui paraissait plus que fantaisiste.

Grimm ne s'était pas attendu à une telle résistance. Or il devait absolument convaincre Mme Lumelle de son droit sur Louis. Son droit de le voir et son droit de l'élever. Car c'était bien cela qu'il était venu chercher chez la grand-mère de son enfant : la reconnaissance de sa paternité dans la famille même d'Amandine.

Il déclara sur un ton toujours conciliant, cependant un peu plus sec :

— Il y a des preuves scientifiques.

— Des preuves scientifiques de quoi ?

— Du fait que je suis le père de Louis.

— Comme ?

Grimm empoigna son blouson qui traînait à sa droite sur le canapé et en tira des feuilles pliées en quatre. Il les garda dans la main.

— Je suis vraiment désolé de vous tourmenter à ce point, madame. Il faut que vous compreniez que c'est vital pour moi. En plus, c'est Amandine qui a voulu s'en assurer. Au départ, j'étais contre. Elle a insisté, tellement insisté, que j'ai cédé et que j'ai fait une analyse ADN. En la comparant à celle de Louis, Amandine a prouvé que j'étais son père.

— C'est Amandine qui l'a voulu ?

Sur le moment, cette indication paraissait avoir plus de poids pour Mme Lumelle que le test génétique lui-même.

— Oui, Amandine voulait impérativement savoir qui de Fabien ou de moi était le père. C'était chez elle une obsession. Ensuite, elle m'a promis qu'elle révélerait la vérité à Louis quand il serait en âge de comprendre.

— Le petit, vous ne l'avez jamais vu ?

— Au contraire, je suis venu à de nombreuses reprises à Montpellier. Amandine organisait des rencontres dans des parcs de la ville.

Il tendit son portable à Mme Lumelle.

— Regardez ! Voici des photos que j'ai prises le mois dernier. Il commençait à marcher.

Tandis que Grimm faisait défiler les clichés sous les yeux de la vieille dame, il commentait :

— Là, c'est Amandine qui le tient par la main… Ici, c'est moi avec lui… Et là, il glisse sur le petit toboggan… Avec son frère aussi… Enfin, Amandine, moi et le petit dans nos bras.

— Qui a pris cette dernière photo ? Qui était avec vous ?

— C'est un selfie. En fait, c'est moi qui tiens l'appareil.

— Ah ?

Les clichés produisaient un effet qui semblait également surpasser l'argument biologique. Découvrir que cet homme, qu'elle ne connaissait ni d'Ève ni d'Adam et qui avait surgi aujourd'hui dans son appartement, avait eu d'aussi fortes relations avec sa fille chérie la remuait. Comme une véritable démonstration de l'existence de Grimm auprès de Louis et d'Amandine. Et de son attachement à cet enfant.

Elle ferma les yeux et laissa retomber ses bras le long de son corps.

— Vous seriez le père de Louis… Heureusement que ce pauvre Fabien n'en a jamais rien su.

— Vous savez, je m'étais résigné à la situation, même si elle était difficile à accepter. Mais l'assassinat de votre gendre change tout. Louis est mon fils et je suis le seul père qui lui reste. J'ai désormais des responsabilités à assumer.

— Sans doute… répondit-elle d'une voix absente.

*
* *

Mme Lumelle avait refait du café. Bien que remuée par cette révélation, elle semblait l'avoir en partie digérée, admise, tout du moins. Elle resta longtemps silencieuse, se passant les mains sur le visage telle une personne fatiguée, lissant sa peau flétrie, perdue dans un abîme de réflexion que Grimm ne comprit que quand elle demanda soudain :

— Vous êtes venu pour le reprendre ?

— Non, pas pour l'instant. Je suis ici pour que vous compreniez que, s'il y a un flic qui veut impérativement retrouver votre fille, c'est moi. Cette enquête, je ne l'abandonnerai jamais, quoi qu'il m'en coûte, au risque même d'être renvoyé de la police.

— Pourquoi vous renverrait-on ?

— En raison de mes relations avec Amandine, l'affaire m'a été retirée, mais je continue à chercher, en cachette, contre les injonctions de ma hiérarchie. Et j'agirai ainsi jusqu'à ce que ce monstre soit mis hors d'état de nuire.

— Je comprends et je vous en remercie. Vous me redonnez de l'espoir parce que, jusqu'à présent, la police m'a paru impuissante.

— Celle de Montpellier est dirigée par un incapable qui perd son temps à régler de vieilles querelles. Il n'y a rien à attendre de ce côté-là.

— Qui est chargé de l'enquête si on vous l'a retirée ?

— Un de mes adjoints en qui j'ai toute confiance. Le capitaine Jarry.

Grimm avait conscience qu'il s'engageait trop puisque Babut n'avait pas encore fait connaître sa décision, mais il souhaitait que Mme Lumelle reste avec une image claire et rassurante de la situation.

— Et je voudrais insister sur un point. Personne ne sait que Louis est mon fils à part trois personnes.

— Qui sont ?

— Amandine, bien sûr, le capitaine Jarry et vous-même. Ce secret doit être gardé. Ce serait trop long de vous en expliquer la raison, mais le divulguer maintenant freinerait mon enquête. Mes supérieurs me mettraient d'autres bâtons dans les roues.

— Je vous le promets.

Désignant son paquet de cigarettes, il ajouta :

— Je peux ?

— Je vous en prie.

Quand, peu de temps après, Grimm enfila son blouson et se dirigea vers la porte, il avait le sentiment de n'avoir pas abordé un point qui lui tenait à cœur. Quelque chose manquait pour que sa démarche soit complète. Se rappelant l'une des questions angoissées de Mme Lumelle, il s'arrêta sur le palier et, se retournant, lui fit face.

— L'avenir est incertain et je ne le maîtrise pas. Si Amandine est vivante, ce que j'espère, et si nous parvenons à la tirer des griffes de l'assassin, elle aura à décider de la manière dont elle élèvera ses trois enfants. Je ne crois pas que ce sera avec moi, même si je serai toujours disponible, pour Louis en particulier, et pour elle aussi. Cependant, ma paternité sera rétablie officiellement, j'y tiens. Si, par le plus grand des malheurs, Amandine ne nous revient pas, je prendrai Louis avec moi. Mais vous pourrez le voir aussi souvent que vous le souhaiterez. Vous êtes sa grand-mère.

Elle lui tendit la main.

— Je crois que vous êtes un type bien, monsieur Grimm. Puissiez-vous retrouver ma fille…

Descendant l'escalier de l'immeuble, Grimm se sentait délivré d'un grand poids. Claquant la portière de la voiture, avec un sourire presque enfantin, il dit joyeusement à Jarry :

— Ça s'est bien passé !

— Tant mieux. Et maintenant ?

— Maintenant ? On rentre à Rennes !

*

* *

Babut appela vers 15 heures. Jarry conduisait et Grimm, nerveusement épuisé par sa rencontre avec Mme Lumelle, somnolait, allongé sur la banquette arrière. Le commissaire adopta un ton sec et peu propice à la concertation.

— Allô, Grimm ? J'ai beaucoup réfléchi et j'ai appelé le procureur Lestanger pour en discuter avec lui. Les circonstances sont inédites. Nous avons évoqué une procédure disciplinaire à votre encontre, mais eu égard à vos états de service antérieurs, en particulier à cette affaire de la croix solaire que vous avez résolue l'an dernier, et ne souhaitant pas ajouter à vos problèmes, nous y avons renoncé.

— Merci, monsieur le divisionnaire.

— Toutefois, attention, plus d'incartade. Je vous l'annonce solennellement : c'est la dernière fois. Vous m'entendez ?

— Oui, monsieur.

— Je devrais logiquement me tourner vers le commandant Bouexière pour vous remplacer, mais vos arguments sont justes. Il n'a pas suivi l'enquête et le temps qu'il en découvre les détails, trois crimes en trois lieux différents, nous perdrions un temps précieux. Je vais donc désigner le capitaine Jarry. Il sera secondé par le capitaine Blanchard et le lieutenant Gasquet. Bien que j'aie des doutes sur les capacités de Jarry, dont le comportement étrange est parfois, comment dire…

— Décalé ?

— Euh… Si vous voulez. Réfractaire serait plus juste. Qu'importe, vous l'affirmez, c'est un bon flic, et je considère l'équipe dans son ensemble, plutôt que ce personnage parfois fantasque dont personne n'a jamais deviné ce qu'il pensait exactement. Je compte sur la solidité de Blanchard et le dynamisme de la jeune Gasquet pour le seconder utilement.

C'était bien la première fois que Babut prenait en considération Ermeline et, de surcroît, pour porter sur elle un jugement positif. Grimm sourit et leva le pouce à l'intention de Jarry qui l'observait dans le rétroviseur.

— Grimm, une chose doit être bien claire cependant. Vous quittez la scène. Cette affaire ne vous concerne plus. Je ne veux de votre part aucune interférence d'aucune sorte. C'est compris ?

— Je vous le promets, monsieur le divisionnaire.

— Bien. Le procureur va prendre rendez-vous avec le juge d'instruction pour lui expliquer notre proposition. Encore faut-il que celui-ci soit de notre avis…

Grimm n'avait guère de doutes sur la question, mais il n'eut pas le temps de l'exprimer que Babut reprenait :

— Et cette piste, la mère de Mme Moncorgan, qu'est-ce que ça donne ?

— Je ne sais pas, parce que je ne travaille plus sur cette enquête. Dès notre retour, Jarry vous informera des récents développements.

Surpris, Babut resta quelques secondes le bec cloué avant de marmonner, agacé :

— Bon, bon, je verrai Jarry à votre retour.

Et il raccrocha. Grimm s'exclama aussitôt :

— Corentin, tu obtiens la direction de l'enquête !

— Je suis ému par cette marque de confiance.

— Tu seras aidé par le solide Blanchard et la dynamique Gasquet.

— J'en suis ravi.

— Cependant, toi, tu es un réfractaire, dixit le patron.

— Ça me va bien…

# 19

L'homme empoigna son sac de sport et lança un salut à la cantonade à ceux qui s'habillaient dans le vestiaire ou traînaient sous la douche. Il remonta le couloir, serrant parfois une main ou délivrant un sourire aux personnes rencontrées.

Populaire en raison de sa gentillesse, il était aussi admiré pour son brillant parcours. N'avait-il pas été trois fois champion de France dans la catégorie des poids lourds et sélectionné pour les jeux Olympiques ? Un exemple pour les plus jeunes, qui rêvaient de l'imiter.

Dehors, il releva le col de son blouson et entama d'un pas vif le chemin qui le conduisait chez lui. Fatigué par sa journée de travail qui se terminait à 21 heures, comme chaque soir, mais ne le regrettant jamais, tant il était heureux de continuer à exercer son art après son arrêt de la compétition un an auparavant.

L'âge venant, trente-quatre ans, il avait décidé de raccrocher les gants, mais sans quitter le milieu pour autant, transmettant désormais son expérience et sa science aux plus jeunes. Il était devenu prof. Le Prof.

Celui que les adolescents considéraient comme un grand champion inégalable – il était de fait inégalé dans le club –, et dont on tentait de s'approprier le style. Tout en esquive et en jab, il tourbillonnait autour de son adversaire grâce à un jeu de jambes fluide, un peu à la Mohamed Ali de la grande époque, le fatiguant ainsi avant de le cueillir par un enchaînement de directs ou un crochet.

Bien sûr, il trouvait parfois rébarbatif et ennuyeux de devoir répéter les mêmes gestes, montrer les mêmes positions, et les rectifier sans cesse chez les élèves. Certains étaient doués et progressaient vite. Avec eux, le contact était agréable, l'émulation intéressante. Avec d'autres, l'enseignement devenait un sacerdoce, d'autant plus que sa gentillesse naturelle l'empêchait de dire crûment la vérité. « Change de sport, la boxe n'est pas faite pour toi ! » n'était pas une phrase qu'il se sentait capable de lancer à la figure d'un jeune plein d'espoir et d'admiration.

C'était peut-être sa faiblesse. Après tout, on ne doit pas entretenir de faux espoirs. Sa femme, elle aussi sportive de haut niveau, le lui répétait souvent. Il y songeait en empruntant l'avenue grouillante de voitures et éclairée par les grands lampadaires.

Plus loin, la faim le saisit et il eut hâte d'arriver et de manger. Son épouse, qui rentrait beaucoup plus tôt, préparait le repas et surtout l'attendait, ce qu'elle n'était pas obligée de faire. C'était une chose bien agréable de n'avoir qu'à glisser les pieds sous la table pour se restaurer après tant d'efforts physiques et de papoter tranquillement avec sa compagne de leur journée respective.

L'immeuble enfin ! Il lui fallait tout de même une demi-heure de marche pour rentrer de la salle de sport. Il aurait pu utiliser les transports en commun, mais le gain de temps aurait été minime, et bien qu'il ne manquât pas d'activité sportive – c'est le moins que l'on puisse dire –, il préférait encore dérouler ses longues jambes que de s'entasser, debout, dans un bus bondé.

En revanche, il n'allait pas jusqu'à monter les étages à pied. *Enough is enough*, se disait-il en appuyant sur le bouton. C'était d'ailleurs à ce moment-là qu'il ressentait vraiment la fatigue. Attendre que l'ascenseur descende jusqu'au rez-de-chaussée se révélait finalement pire que de marcher dans la rue.

Par habitude, il comptait le nombre d'étages pour que l'ascenseur arrive au rez-de-chaussée. Ce soir-là : quatre. Son étage. Était-ce donc sa femme ou son voisin qui était monté en dernier ? Il ouvrit la porte et appuya sur le bouton.

L'esprit vide, il sortit sur le palier et, sans allumer car l'ampoule ne fonctionnait pas, il atteignit la porte et posa la main sur la poignée. À ce moment précis, il eut une étrange sensation. Un obscur instinct l'avertit de quelque chose d'anormal. Un mouvement s'était produit quelque part, l'air s'était resserré, comprimé peut-être, et un bruit insignifiant avait accompagné ce léger changement d'état.

Entraîné par son sport à réagir sans réfléchir, il fit brusquement volte-face. Il devina, plus qu'il ne vit, une masse se jeter sur lui et son cerveau flasha un objet en hauteur qui s'abattait sur lui. La pensée fut totalement absente de son geste réflexe, comme au combat quand le poing de l'adversaire se détendait avec une brutale soudaineté et que son buste pivotait au même instant pour l'éviter. Il leva son coude en une fraction de seconde et reçut le coup sur l'avant-bras.

D'une vivacité hors du commun, il attrapa de la main gauche le bras de l'assaillant qui allait le frapper une nouvelle fois et, de la droite, il balança un direct qui percuta de plein fouet le visage de l'agresseur. Sous le choc, d'une extrême violence, celui-ci bascula en arrière et roula sur la moquette sale du palier. Son arme avait valdingué près de la porte du voisin.

Dans une position d'attente, sur la pointe des pieds, les deux bras le long du corps, tel le boxeur qui vient d'envoyer au tapis son adversaire, il attendait, prêt à soutenir un nouvel assaut.

Mais l'individu se releva d'un bond et, sans demander son reste, s'élança dans l'escalier, qu'il dévala quatre à quatre. Il n'eut pas le courage ni l'énergie de le poursuivre dans une course aussi effrénée que vaine. Il resta un moment sans bouger, laissant son rythme cardiaque décélérer. Son regard fut attiré par l'arme abandonnée qui avait glissé en partie sous le paillasson du voisin.

Il s'agenouilla, la ramassa et, le front plissé de perplexité, il l'examina avec attention, la tournant et la retournant dans sa main.

— Bon Dieu… Qu'est-ce que c'est que ce truc ?…

# 20

— Solène… Solène… chuchotait Amandine, plaquée contre le mur de briques qui la séparait de la geôle voisine.

À plusieurs reprises, dans le silence inquiétant de la cave, elles avaient communiqué et échangé les maigres informations en leur possession. Outre la similitude du crime commis sous leurs yeux, la brève lutte avec le ravisseur qui avait usé de chloroforme pour les endormir et les transporter dans le coffre d'une voiture, Amandine connaissait désormais le prénom de cette compagne d'infortune, la ville où elle avait été enlevée (si éloignée de Montpellier) et son âge.

En revanche, Solène n'avait pu lui donner beaucoup d'indications sur Laura, la femme qui se trouvait dans la première cellule. Celle-ci se taisait et sa voix trahissait la terreur et l'épuisement quand elle tentait de s'exprimer. Elle paraissait avoir subi un traumatisme si profond qu'elle restait prostrée dans un état de sidération.

— Solène, tu m'entends ?

— Oui, je t'entends.

— Il n'est pas venu. Ni hier ni avant-hier.

Un silence, comme si le fait d'en parler était susceptible d'alerter le monstre.

— Tu crois qu'il a été arrêté ?

— Si c'est ça et qu'il ne dit pas à la police où on est séquestrées, on va crever de faim.

La perspective de mourir, attachées, privées d'eau et de nourriture, dans cette cave froide et humide les faisait défaillir. Amandine entendit la chaîne de Solène qui se déployait.

— Qu'est-ce que tu fais ?

— Je rampe sur le dos pour voir si je peux atteindre la porte avec les pieds.

— Et alors ?

— J'y arrive. Jambes repliées, je peux donner des coups de talon. La serrure paraît vieille et pas solide.

— Tu vas essayer ?

Silence de nouveau. Solène hésitait.

— Mais qu'est-ce que tu vas faire après ? s'inquiétait Amandine.

Puis il y eut des coups répétés. Solène y mettait toute sa force, de la rage, même, frappant le battant avec violence, les deux pieds réunis. Soudain, un bruit sec. Le verrou avait cédé et la porte s'était ouverte à toute volée.

Devant cette réussite inattendue, les deux femmes se taisaient, incapables d'en mesurer les conséquences.

— Qu'est-ce que tu vois ? demanda Amandine.

— Il y a un peu de lumière qui tombe d'un étroit soupirail sur la droite.

À présent, Amandine entendait Solène qui tirait sur sa chaîne comme une possédée. Il fallait réussir à la desceller du mur, sinon ce premier succès n'aurait servi à rien. Elle tirait, s'acharnait, les deux mains enserrant et glissant le long des maillons. Rien ne bougeait.

Tout à coup, une voix puissante en provenance du soupirail la tétanisa.

— Qu'est-ce que vous trafiquez, bordel !?

Le silence qui succéda à cette brutale intervention fut horrible. Le monstre était là, revenu d'on ne sait où, hélas libre de ses mouvements. La chimère d'une arrestation salvatrice s'évanouissait. Le cauchemar allait recommencer.

Le temps fut suspendu. Jusqu'à ce que les gonds de la porte de la cave grincent affreusement, annonciateurs de la tempête qui allait se déchaîner. Cette fois-ci, il descendait vite, sautant même quelques marches. Il courut ensuite sur la terre battue, découvrit la porte ouverte, et Solène recroquevillée au plus profond de sa geôle étroite. Il poussa un rugissement inhumain.

— Ah, salope, c'est toi qui veux nous quitter ? Tu refuses mon offre qui te sauve la vie ? Ingrate ! Sale égoïste qui ne pense qu'à elle-même et à son petit confort de merde !

Il rit affreusement.

— Sortir ? Eh bien, tu vas sortir un peu !

Il pénétra dans la cellule et, à l'aide d'une clé, déverrouilla le collier qui attachait Solène à la chaîne. La saisissant par les cheveux, il la traîna hors de la geôle. Solène hurlait de douleur.

— Dis pas que ça fait mal, sournoise ! Menteuse ! Perfide ! Hypocrite !

Il l'empoigna sous les aisselles pour la mettre debout. Du bras, il désignait le soupirail.

— C'est par là que tu voulais filer ? Tu vois pas qu'il y a des barreaux, connasse !

La poussant dans le dos, il l'obligea à faire le tour des murs de la cave, la frottant contre le salpêtre.

— Tu es une passe-muraille, toi ? Comme dans le livre de Marcel Aymé ? Allons donc, tu n'es qu'une pauvre sotte sans cervelle ! Comme toutes ces femelles dégénérées qui peuplent notre planète !

Il la balança contre la porte de sa cellule. Solène heurta le battant au niveau du front et s'effondra sur le sol. Sur le dos, elle geignait, quand l'homme se jeta sur elle. À califourchon, il agita ses puissantes mains au-dessus de la tête de la jeune femme comme au théâtre de marionnettes.

— Tu les vois celles-là ?

Solène gémissait, incapable de prononcer une parole. L'homme hurla :

— Tu les vois celles-là ? Réponds ou j'te tue !

— Oui, je les vois, bafouilla Solène entre deux sanglots.

— Elles soignent le mal ! Tu vas faire leur connaissance. Pense avant tout qu'elles sont justes et bonnes !

Et il gifla la jeune femme avec une telle force que sa tête pivota sur le côté. La saisissant par le menton, il la repositionna, visage face à lui, et gifla de nouveau, du revers cette fois-ci. La tête de Solène partit dans l'autre sens comme celle d'un pantin désarticulé.

— Ça fait du bien, hein ? Ça remet les idées en place, tu ne trouves pas ?

Il la saisit par le cou, serrant jusqu'à ce que Solène, au bord de l'asphyxie, hoquette et râle. Alors, il approcha sa tête énorme et cracha sur les lèvres ouvertes.

— Demande pardon !

— Pardon…

— Encore et plus fort ! Excuse-toi !

— Pardon, je m'excuse…

— Toi, tu as de la chance que le monde ait besoin de ton utérus. Si on pouvait te l'arracher et qu'il fonctionne sans toi…

D'un bond, il se releva, la souleva comme une plume et la jeta dans sa geôle. En une seconde, il l'attacha de nouveau à la chaîne et ne put s'empêcher de lui décocher un violent coup de pied dans le ventre. Pliée en deux, Solène vomit de la bile.

— La porte, ouverte ou fermée, ça n'a aucune importance. Tu pourras jamais te détacher !

Il tourna les talons et s'éloigna d'un pas lourd. Au pied de l'escalier, il jeta un regard en arrière et murmura, déçu :

— Cette engeance ne mérite pas la destinée grandiose qui est la sienne.

# 21

De son bureau, Grimm surveillait les allées et venues de Jarry. En une matinée, celui-ci était sorti deux fois et, à chaque fois, il était revenu l'air contrarié. En marmonnant, il frappait les touches de son clavier d'ordinateur comme s'il enfonçait des clous. À n'en pas douter, il y avait du Babut là-dessous et cette nouvelle responsabilité – la direction de l'enquête –, obtenue de haute lutte, n'allait certainement pas améliorer les relations du divisionnaire avec Jarry, car celui-ci n'était pas du genre à supporter le harcèlement hiérarchique et administratif.

Au moment où leurs regards se croisèrent, Grimm lui fit un petit signe discret. Jarry le rejoignit et s'assit à califourchon sur la chaise.

— Il me fait chier !

— Ah ?

— Une première fois, il me convoque pour me demander ce que donne la piste de la mère de Mme Moncorgan.

— Qu'as-tu répondu ?

— Que, malgré nos espoirs, ça n'avait rien donné. Là-dessus, il devient désagréable et me dit qu'il te soupçonne d'avoir inventé une fausse piste pour le convaincre de me confier cette affaire.

— Ça prouve qu'il est pas si con que ça. Et la seconde fois ?

— Il me balance tout un sermon sur le fait que mener une enquête ça exige de l'ordre et de la méthode, que je dois à tout moment le tenir au courant de son évolution, des pistes et des hypothèses, qu'il ne faut jamais oublier de lui faire un rapport écrit et circonstancié pour tout nouveau développement, que je ne dois pas me surcharger et tomber dans l'erreur de tout faire moi-même, que je dois déléguer à Éric et à Ermeline une partie des recherches pour recueillir le maximum d'informations, puis confronter les données avec eux, etc., etc., etc.

— Bref, il te fait chier.

— C'est ce que je dis.

Avant-bras relevés, posant les coudes sur la table, Grimm enfouit un moment son visage entre ses mains. Il déclara d'une voix basse et sombre :

— Le plus affreux est que nous ne trouvons aucun lien entre les époux, ni entre les épouses. Si Amandine est encore vivante, il ne s'agit peut-être que d'un sursis. Ce genre de psychopathes ont une logique interne qui n'est pas la nôtre. Leurs obsessions morbides rendent leur comportement imprévisible et, surtout, impénétrable pour les enquêteurs tant que leur pathologie n'est pas cernée. Et la pathologie de ce type, je ne la comprends pas.

Après un temps de silence, Jarry avança prudemment :

— En raison de l'absence de relations entre les victimes, nous avons conclu que l'assassin les choisit au hasard. Soit ! Alors, le seul point commun de ces crimes est leur mise en scène. Je pense que nous n'y avons pas accordé assez d'attention.

— Précise.

— Ce crâne de Neandertal n'est pas là sans une très bonne raison.

— Pourquoi ? Une scénographie macabre rappelant la brièveté de la vie, notre triste condition de mortels niée par notre indécrottable vanité. Ce sont des symboles classiques et je ne vois pas bien ce qu'on peut en tirer.

— À mon avis, c'est différent. Il ne s'agit pas d'un crâne quelconque, mais de celui d'un homme de Neandertal. C'est pas rien, tout de même, c'est pas anodin. Il y a quelque chose là-dessous, non ?

— C'est vrai que c'est bizarre, mais je ne vois pas où ça mène.

— Tu t'y connais, toi, en préhistoire ?

— Non.

— Il faudrait qu'on s'adresse à un spécialiste. Un vrai, un mec calé sur le sujet. Il doit bien y en avoir à l'université. Parce que, quand même, on a des choses à lui montrer : le crâne, la position d'adoration, les marques sur le dos. Tout cela a peut-être une signification qu'on ignore et qui serait liée à Neandertal.

— Oui, ça vaut le coup de se renseigner.

Ermeline passa la tête par l'entrebâillement de la porte.

— Je peux vous déranger ?

— Entre !

Posant une fesse sur le bureau, elle agita un papier qu'elle tenait à la main.

— J'ai reçu une info curieuse qui pourrait avoir un rapport avec notre affaire.

— Reçue comment ?

— Par une collègue de mon âge avec qui j'ai fait l'école de police et qui bosse maintenant à la PJ de Strasbourg. Elle est tombée sur un truc bizarre qui lui a fait penser à nos meurtres. Elle m'a envoyé un article paru dans un journal local.

Du même mouvement, Grimm et Jarry se soulevèrent de leur siège.

— Quel journal ? demanda Grimm.

— Elle l'a mentionné dans son mail, mais je ne me souviens pas. Je peux aller voir si tu veux ?

Faisant signe que cette vérification était inutile, Grimm questionna :

— *L'Alsace* ? Les *Dernières Nouvelles d'Alsace* ?

Surprise, Ermeline marqua un temps d'arrêt avant de s'écrier :

— Les *Dernières Nouvelles d'Alsace*, c'est ça !

— Les *DNA*, OK… Et alors, cet article ?

— C'est dans les pages faits divers. Je vous le lis, c'est très court.

STRASBOURG

Agression dans le quartier de Neudorf

Hier soir, M. Laurent N'Gom-Caron rentrait chez lui lorsqu'il a été violemment attaqué sur le palier de son appartement. Parvenant à repousser et à mettre en fuite l'assaillant, M. N'Gom-Caron, qui pense avoir été victime d'une tentative de meurtre, ne souffre que de légères contusions. Il a décrit son agresseur comme très chevelu et vêtu d'une sorte de cape informe qui le recouvrait entièrement. Dans la lutte, l'individu a perdu son arme, laquelle s'est révélée être, détail surprenant, un très beau silex taillé comme ceux utilisés par les hommes préhistoriques.

La fin de la lecture fut d'abord accueillie par un silence prudent qui fut rompu assez vite par Jarry.

— Franchement, ça n'a peut-être rien à voir. Mais quand même, c'est curieux. Un mec qui tente d'en tuer un autre avec une arme préhistorique. Sait-on jamais ? C'est peut-être notre homme. Qu'est-ce que tu en penses, Hubert ?

Bien que celui-ci ne soit plus chargé officiellement de l'affaire, Ermeline et Jarry se tournaient d'instinct vers leur patron pour connaître son point de vue et décider de la suite. Ce dernier hésitait. Certes, on ne devait rien négliger, mais que leur psychopathe, déjà meurtrier à trois reprises et ayant fait disparaître les épouses de ses victimes, puisse être mis aussi facilement en déroute, jusqu'à perdre son arme dans la bagarre, ne plaidait pas en faveur de cette piste.

Dans le même temps, le manque d'indices et de faits nouveaux, l'absence de perspectives et l'enlisement désespérant qui menaçait l'enquête pesèrent fortement sur sa décision. Faute d'être fondée sur une réflexion et des déductions logiques, la stratégie du moment aurait pu se résumer en un slogan : l'action plutôt que l'immobilisme. Grimm s'y rallia.

— Allez à Strasbourg pour interroger ce M. N'Gom-Caron.

— Tu viens avec nous ? demanda Ermeline.

— Impossible ! Que dirai-je au patron si je vous accompagne ? Que je vais en Alsace me recueillir sur la tombe de ma mère ?

Cette dernière phrase, prononcée spontanément, était si bizarre que Jarry et Ermeline firent semblant de ne pas l'avoir entendue. Profitant du flottement créé, Grimm se leva et passa dans l'open space.

— Éric, tu vas à la pêche de tout ce que tu peux trouver sur un certain Laurent N'Gom-Caron habitant Strasbourg.

Puis il se retourna vers ses deux autres collègues et lança :

— Profitez-en pour visiter le quartier de la Petite France, ça vaut vraiment le coup d'œil.

*
* *

Assis côte à côte dans le train qui les menait à Strasbourg, les deux flics s'occupaient en silence, Ermeline parcourant un guide sur la ville alsacienne, Jarry se délectant d'un roman policier de Fred Vargas.

Au bout d'un moment, délaissant la brochure, Ermeline tapota sur son portable, puis releva la tête et, sans regarder son coéquipier, déclara calmement, telles les conclusions d'une réflexion entamée de longue date :

— Tu vois, à Dinan, le capitaine de gendarmerie a très justement remarqué qu'Hubert n'avait pas l'accent du Midi alors même qu'il venait de Montpellier. Et si je repense à la conversation d'hier, il connaissait le nom du journal local qu'il appelait les *DNA*, nous a incités à visiter le quartier de la Petite France et, plus troublant encore, a parlé de la tombe de sa mère. Tu crois qu'il est alsacien ?

Sans répondre, Jarry referma son livre, qu'il posa en équilibre sur ses genoux. Ermeline poursuivit.

— Quand je regarde sur Internet l'origine de son nom, je lis que c'est un nom de famille alsacien-lorrain.

— Oui, alsacien, lorrain… ou d'origine allemande. Les frères Grimm n'étaient pas alsaciens, que je sache.

— En tout cas, son nom est germanique.

— Sans aucun doute.

Ermeline restait sur sa faim. Elle sentait que son patron avait très probablement un rapport étroit avec l'Alsace. C'était une avancée dans la connaissance de sa vie privée, si secrète qu'il n'en parlait jamais, et encore moins de son passé, comme si ce dernier avait été effacé par quelques fâcheux événements.

Elle se rappela une confession surprenante lâchée par Grimm dans un mouvement d'humeur : « Je n'ai ni femme, ni maîtresse, mais je vais peut-être avoir un enfant[1]. »

— Tu sais qu'un jour il m'a dit qu'il n'avait pas de femme mais qu'il allait avoir un gosse ! T'es au courant de ça, toi ?

Jarry jeta à Ermeline un regard par en dessous, fronça très légèrement les sourcils, puis, calant son dos contre la banquette dans la recherche de la meilleure position pour dormir, il murmura les yeux mi-clos :

— Non, je ne suis pas au courant.

---

1. Voir *Dans l'ombre du loup*, *op. cit.*

*

* *

Le brigadier qui avait reçu la plainte de M. N'Gom-Caron n'avait pas pris l'affaire au sérieux. Une agression, certes, mais sans dommage corporel, sans blessé, et un assaillant peu vaillant qui avait pris la fuite à la première résistance rencontrée. Abandonnant même sur place son arme, que la victime avait apportée, si primitive qu'elle avait fait rire tout le commissariat !

Placée sous une épaisse pile d'autres dossiers jugés plus urgents, la plainte avait peu de chances d'être exhumée un jour. Il fallut pourtant bien la retrouver quand Jarry et Ermeline l'exigèrent, et ce fut une réelle surprise pour ces policiers de s'apercevoir que des collègues de la PJ d'un lointain département désiraient mener des investigations sur un fait aussi banal.

Le compte-rendu de l'agression était très succinct – le brigadier l'ayant réduit à trois phrases – et les circonstances si platement résumées qu'on aurait pu l'appliquer à n'importe quelle bagarre.

Quant à la pierre, ce fut encore plus compliqué de remettre la main dessus. Les fonctionnaires se renvoyaient la balle. Untel l'avait donnée à Pierre, qui l'avait transmise à Paul, lequel l'avait confiée à Jacques, ce dernier le niant en prétendant ne l'avoir jamais vue. Par bonheur, la femme de ménage qui écoutait la conversation assura qu'elle avait découvert un caillou sous un bureau et que, ne sachant qu'en faire, elle l'avait déposé temporairement au sommet d'une armoire métallique. De fait, on l'y découvrit, en équilibre instable, menaçant de tomber derrière le meuble où il serait sans doute resté coincé pendant plusieurs années à l'insu de tous.

Mais, au lieu d'un vulgaire caillou, Jarry et Ermeline prirent possession d'un objet magnifique, harmonieux, taillé dans une très belle matière et d'une symétrie parfaite. Faute de mieux, Ermeline le glissa dans son sac à main, toute précaution pour y retrouver des empreintes ou des traces ADN de l'agresseur étant inutile après son périple chaotique dans le commissariat.

Agacés par tant d'incurie, Ermeline et Jarry quittèrent les lieux au plus vite et décidèrent de contacter directement la victime. Rendez-vous fut pris à 21 heures, l'homme ne pouvant rentrer plus tôt à son domicile en raison de son travail. Ayant de longues heures devant eux, ils s'installèrent dans un bistrot pour patienter. Ermeline consulta de nouveau la copie du procès-verbal de la plainte et s'écria soudain :

— Ah ! Je comprends mieux !

— Qu'est-ce que tu comprends mieux ?

— Tu sais quelle est la profession de N'Gom-Caron ?

— Non.

— Professeur de boxe. Je suppose qu'il a du répondant quand on l'agresse.

— Sûrement… Boum, boum ! Direct du gauche, crochet du droit, uppercut au foie et hop, relevez-vous et revenez la semaine prochaine !

— J'appelle Éric pour en savoir plus.

Ermeline colla son portable à l'oreille tandis que Jarry commandait un autre café.

— Allô, Éric ? Oui, on est dans la place… Tu as des infos sur N'Gom-Caron ?

Elle écoutait en hochant la tête.

— Bien ! N'Gom-Caron a trente-quatre ans, marié sans enfant, casier judiciaire vierge. C'est un métis. N'Gom est un nom courant au Sénégal et ses grands-parents paternels y sont nés. Le patronyme Caron a été accolé à N'Gom à la suite du remariage de sa mère. Il est prof de boxe dans une salle de sport où il travaille à temps plein.

*

* *

Ce fut son épouse qui ouvrit la porte quand ils se présentèrent au domicile du témoin à 21 heures précises. Femme d'apparence sportive, assez grande, musclée et déliée, elle avait l'allure d'une sprinteuse. Elle les introduisit dans le salon et appela son mari. Ce fut un choc. Laurent N'Gom-Caron mesurait plus d'un mètre quatre-vingt-dix. D'une stature impressionnante, les épaules et les pectoraux saillant sous le tee-shirt tandis que les biceps menaçaient de faire éclater les manches du vêtement. Le teint cuivré rappelait ses origines africaines.

Il proposa un verre de vin que Jarry et Ermeline acceptèrent – une entorse au règlement car ils étaient loin de leur base –, non sans gêne cependant quand ils constatèrent que leur hôte se contentait d'un verre d'eau. Un vrai professionnel donc, qui ménageait son outil de travail.

Assis le buste droit, les mains posées à plat sur ses cuisses largement ouvertes, il manifesta d'abord sa surprise.

— Je suis étonné de vous voir parce que mon histoire n'a pas semblé intéresser outre mesure les policiers du commissariat. J'ai même eu l'impression, excusez-moi d'être franc, que je les importunais.

— C'est tout à fait vrai, confirma Jarry.

— Pourtant, vous êtes là.

— Nous sommes de la police judiciaire de Rennes et nous travaillons sur une affaire qui pourrait être en rapport avec votre agression. C'est ce que nous cherchons à savoir, en tout cas. Donc, je vous demanderai de me raconter dans les moindres détails ce qui vous est arrivé et, surtout, si possible, de décrire votre agresseur.

N'Gom-Caron relata son agression le plus précisément possible. Il expliqua comment il avait paré le coup.

— Un peu en catastrophe, avec le coude. Sa pierre était très pointue, elle a entaillé mon blouson et elle m'a blessé à l'avant-bras. Après, ça saignait bien, je peux vous le dire, mais sur le coup, dans l'action, je ne m'en suis pas aperçu, j'ai rien senti. C'est là. Le médecin m'a fait quatre points de suture.

N'Gom-Caron montra son bras gauche où Ermeline et Jarry découvrirent un pansement au niveau du poignet qu'ils n'avaient pas remarqué jusque-là, tant la musculature du boxeur avait monopolisé leur attention.

Puis N'Gom-Caron raconta comment il avait envoyé l'individu au tapis.

— Vous avez essayé de le poursuivre ?

— Non, j'étais déjà content de m'en sortir comme ça. Quand je l'ai touché, sa pierre a valdingué dans l'angle opposé du palier. Il n'a même pas pris le temps de la récupérer.

— Vous pourriez nous décrire votre agresseur ?

— À cette heure-là, sans lumière, il fait très sombre sur le palier. Ce qui m'a frappé le plus, ce sont ses cheveux. Longs et dégueulasses. Je n'ai pas bien vu son visage, mais c'était celui d'une brute, très grossier, carré, avec de grosses arcades, une mâchoire puissante.

— Et sa taille ?

— Grand.

— Comme vous ?

— Peut-être, ou en tout cas pas beaucoup plus petit.

— Ses vêtements ?

— Très bizarre. Une sorte de manteau enveloppant qui tombait sur ses chevilles. Et aussi, je les ai bien vues quand il a détalé, des sandales aux pieds, sans chaussettes.

Sa femme écoutait son mari, lequel insistait sur un point qui lui tenait à cœur.

— Je peux vous assurer une chose. Le gars a frappé de toutes ses forces et il visait la tête. J'aurais pas bloqué son bras, je serais mort. Il voulait me tuer. J'ai aucun doute là-dessus.

— Vous avez reçu des menaces de mort ? Avez-vous des ennemis qui vous haïraient à ce point-là ?

— Non, personne.

— Mon mari n'a que des amis, affirma son épouse comme s'il était nécessaire de prendre sa défense.

— Je n'en doute pas, madame, acquiesça Ermeline en souriant. Bref, monsieur N'Gom-Caron, vous n'avez aucune hypothèse sur l'identité de cet homme ni sur la raison pour laquelle il vous a attaqué.

— Aucune idée, vraiment. Ce n'est pas quelqu'un que je connais.

— Vous en êtes sûr ?

— Certain.

— Dernière question que je vous pose à tous les deux : connaissez-vous Malcom et Laura McGronon ? Ces noms vous disent-ils quelque chose ?

N'Gom-Caron et sa femme se regardèrent un bref instant, les sourcils relevés.

— Non, pas du tout.

— Baptiste et Solène Gormonnac ?

— Pas plus.

*

* *

D'un pas lent de badaud, Jarry et Ermeline marchaient en silence dans la rue.

— Tu sais ce que je pense ? commença Jarry la bouche pleine et en écartant le kebab de son corps pour éviter que la sauce blanche ne tombe sur ses habits.

— Non, mais tu vas me le dire…

— Je pense que notre boxeur et sa femme mériteraient une protection.

— Tu crois que l'agresseur est notre tueur ?

— Je n'en ai pas la preuve formelle, mais j'en ai la conviction. Il l'a guetté sur le palier, l'a attaqué quand la porte a été ouverte, a vraiment tenté de le tuer. S'il avait réussi son coup, l'épouse aurait ensuite été sans défense, susceptible d'être enlevée. Il s'est servi d'un silex taillé qui pourrait bien être l'arme qui a tué les trois autres victimes. Ah merde, je m'en suis mis sur le futal !

— Ça partira au lavage…

Sortant la pierre de son sac, Ermeline la posa sur un banc.

— Tu fais quoi ?

— Je la photographie pour l'envoyer à Hubert.

Jarry s'essuyait la bouche avec la serviette en papier.

— Et maintenant, on fait quoi avant d'aller se coucher ?

— Allons visiter le quartier de la Petite France puisqu'il paraît que c'est très beau !

# 22

Le matin en consultant son portable, Grimm découvrit la photo envoyée par Ermeline. Il eut un choc. La pierre taillée était d'une rare harmonie, témoin de ce que les hommes dits primitifs étaient capables de faire des millénaires auparavant.

Filant sous la douche et s'habillant en toute hâte, il appela le Dr Pointcarré pour lui annoncer qu'il allait passer à l'institut immédiatement. Celle-ci refusa d'abord de le voir surgir à l'improviste, sans rendez-vous, se disant débordée par trois cadavres arrivés la veille. Elle suggéra l'après-midi, ou plutôt le lendemain matin. Grimm insista, affirmant que la vie de trois femmes était en jeu, que les heures comptaient pour les sauver, alors que les trois cadavres n'attendaient plus rien de personne et n'étaient plus en mesure de s'offusquer d'aucun retard.

À la fin, elle céda, sans doute pour échapper à cette culpabilité que Grimm tentait de lui insuffler sournoisement. Elle le fit avec son humour morbide habituel :

— Venez à 11 heures. Je vous verrai entre deux clients !

Grimm ne consulta pas sa montre. Il se mit en route et, à 10 heures, il frappait à la salle d'autopsie et entrait. Le Dr Pointcarré farfouillait dans les viscères d'un cadavre éventré. Elle releva la tête, reconnut Grimm, et explosa :

— Vous êtes incroyable, Hubert ! Je vous ai dit 11 heures !

— Je sais, mais c'est très urgent.

— Urgent, urgent ! Vous voyez ce que je suis en train de faire ? Je vais sortir l'estomac pour examiner son contenu. Vous voulez le faire à ma place ?

— …

— Non ? Bon, eh bien dans ce cas, asseyez-vous sur cette chaise et taisez-vous !

L'oreille basse, mais bien décidé à obtenir satisfaction, Grimm s'installa et prit son mal en patience. Il était dans la place et la légiste serait bien obligée de répondre à ses attentes. Celle-ci piochait à pleines mains, marmottait et lâchait parfois quelques injures, manifestant son agacement de travailler ainsi sous la pression. Puis, soudain, vaincue par l'obstination de Grimm, elle se redressa, levant ses mains gantées pleines de sang à la hauteur de son visage, et s'écria :

— Qu'est-ce que vous voulez à la fin !? C'est quoi cette chose urgente ?

Sans s'excuser ni la remercier de cesser son travail pour répondre à sa demande, Grimm lui montra la photo sur son portable.

— À Strasbourg, un homme a été violemment attaqué avec cette pierre.

— Et alors ? Vous venez m'annoncer que vous êtes muté en Alsace ?

— Ce silex taillé, je voudrais savoir si ce n'est pas l'arme qui a tué Gormonnac.

— Ah ?

Retirant ses gants, le Dr Pointcarré s'empara du téléphone et examina le cliché.

— Elle n'est pas à l'échelle 1:1 cette photo.

— C'est-à-dire ?

— Je ne connais pas les dimensions réelles de l'objet. J'aurais besoin de sa hauteur, de sa largeur et de son épaisseur.

Priant pour qu'Ermeline soit disponible, Grimm l'appela aussitôt. Par chance, elle répondit.

— Vous êtes dans le train du retour ? Tant mieux ! Peux-tu me donner les dimensions du silex taillé : hauteur, largeur et épaisseur ?

Bougonnant, la légiste soufflait d'exaspération et jetait des regards impatients à l'estomac déposé sur le bord de la table. Grimm raccrocha.

— Hauteur 16 cm, largeur 9,5 cm, épaisseur max 3 cm.

Le Dr Pointcarré alla droit à une armoire et sortit une chemise d'un tiroir.

— Les mesures sont dans le dossier. Passez-moi de nouveau la photo, s'il vous plaît. Je vais l'imprimer.

Grimm observait la légiste. Munie d'une règle avec laquelle elle mesurait les dimensions de la photo et effectuant régulièrement de petits calculs sur une feuille de papier, elle accompagnait ses actions en se parlant à elle-même.

— D'abord, calculons l'échelle de cette photo… largeur de la pierre sur le cliché, une petite règle de trois… OK, c'est fait… Donc, nous avions une plaie profonde de 5 centimètres… ce qui sur la photo nous positionne… nouvelle petite règle de trois… ici… et encore une règle de trois pour connaître la largeur… 6 centimètres, comme la plaie de Gormonnac… maintenant, elle faisait 2 centimètres de large… dommage que je n'aie pas une photo de profil du silex… mais avec une largeur max de 3 centimètres de l'objet, sur un profil triangulaire régulier… ça donnerait… ça donnerait environ 2 centimètres…

Tout à coup, elle jeta à la poubelle son papier barbouillé de chiffres et rangea la photo imprimée dans la chemise, qu'elle referma.

— Alors ? demanda Grimm, surpris par ce silence.

— Alors ? L'extrémité de votre pierre taillée se logerait dans la plaie de Gormonnac comme un pied dans sa chaussure.

— C'est donc l'arme du crime ?

— Si c'est pas elle, c'est une coïncidence tout à fait extraordinaire, cher ami.

— Formidable ! Cette fois-ci, nous avons vraiment du concret dans cette enquête. J'ai envie de vous embrasser !

— Pourquoi pas, mais si vous le faites, je vous oblige à manger un morceau de chocolat.

— Bon, tant pis.

# La Société des Amis
# de
# Neandertal

# 1

Tout sourire, Jarry revenait du couloir le pouce levé.

— Il est parti !

Quand aucune affaire importante ne venait bousculer l'ordre établi, le commissaire Babut suivait des horaires assez réguliers. En particulier, il quittait son travail peu après 18 heures. Du fait de l'interdiction faite à Grimm de se mêler de l'enquête, la décision avait été prise de se réunir le soir après son départ. En toute tranquillité, donc, sans risque de voir surgir le divisionnaire au milieu de la discussion.

Dès le signal positif de Jarry, Grimm claqua des mains – une habitude chez lui pour sonner le rassemblement – et, sans attendre, saisit le feutre du tableau blanc. Il écrivit six mots : *Neandertal*, *silex taillé*, *sacrifices rituels*, *enlèvements*.

— Nous avons cherché en vain une relation entre les victimes. C'était une perte de temps. L'agression de N'Gom-Caron nous oriente vers une piste que Jarry m'avait suggéré d'explorer.

— Laquelle ? demanda Ermeline.

— Considérant que la présence d'un crâne de Neandertal devait revêtir une signification singulière, il voulait que l'on consulte un spécialiste de la préhistoire. On sait maintenant que l'arme des crimes est un silex taillé qui n'était pas destiné à être découvert puisque le meurtrier ne l'a laissé ni chez Gormonnac, ni chez McGronon, ni chez Moncorgan. Or, quel intérêt ce type aurait-il à tuer avec un tel objet s'il ne s'en servait pas dans sa scénographie ? Cela prouve que la mise en scène n'est pas un leurre pour nous égarer. Il y a du rituel sacrificiel dans cette affaire, ce qui colle avec l'arme du crime, la posture des victimes, les marques faites dans leur dos post mortem, l'œil arraché, et l'enlèvement des épouses.

Tout en parlant, Grimm pointait du doigt sur le tableau les mots qu'il avait écrits. Ermeline acquiesçait sur l'essentiel du raisonnement tout en affichant un certain scepticisme.

— Je suis d'accord, mais tout de même, si les victimes sont choisies au hasard, pourquoi donc aller les dégotter à Rennes, à Dinan, à Montpellier et enfin à Strasbourg ?

— C'est un mec qui aime voyager, déclara Jarry, imperturbable.

— OK, c'est un point qui nous échappe, reprit Grimm. Mais nous aurons peut-être la réponse avec un bon connaisseur de Neandertal. Je me charge de trouver un spécialiste de la préhistoire et d'aller lui exposer l'affaire.

Jarry tiqua.

— Faudrait pas que le patron l'apprenne, sinon tu vas te prendre une sacrée charge.

— Bien sûr. On va rester le plus discrets possible, mais pour rassurer notre cher divisionnaire et lui montrer qu'on avance, expose-lui cette piste. Tu diras que c'est toi qui en as eu l'idée.

— Ce qui est le cas d'ailleurs.

— Exact !

Alors, presque honteux de s'être emparé de l'hypothèse d'un autre et de l'avoir ensuite oublié, il ajouta aussitôt :

— Excuse-moi, Corentin.

— Y a pas de mal, je ne suis propriétaire de rien, même pas de mes élucubrations.

*

* *

Dès le lendemain matin, Grimm s'était mis à la recherche d'un préhistorien, si possible spécialiste de l'homme de Neandertal. Naviguant sur Internet, il avait découvert un centre d'archéologie rattaché à l'université, un centre à la vocation sans doute plus large que sa demande spécifique, mais où, peut-être, des gens compétents seraient susceptibles de le renseigner.

Il prit son téléphone et appela. Après quelques interlocuteurs successifs, tous très aimables, il fut renvoyé de poste en poste jusqu'à celui d'un professeur avec lequel il prit rendez-vous. Ce chercheur, qui affirmait travailler seul dans son bureau toute la journée, accepta de le rencontrer le jour même et à n'importe quelle heure, excepté entre midi et deux.

Et comme Grimm essayait de préciser l'heure de sa visite, il le coupa en lançant : « Quand vous voulez !

Aujourd'hui, vous n'aurez qu'à frapper à la porte, je serai là ! »

Décidant de battre le fer tant qu'il était chaud, Grimm ramassa le dossier de l'enquête, saisit son blouson et sortit de son bureau. Il fut saisi au vol par Jarry, qui paraissait l'attendre.

— Au fait, Hubert, tu m'as dit que le patron m'avait traité de réfractaire.

— Il me semble en effet que c'est le mot qu'il a utilisé pour te qualifier.

— Un réfractaire, donc quelqu'un qui n'obéit pas, qui est rebelle à l'autorité, qui s'oppose et refuse de se soumettre.

— C'est un peu ce que j'ai cru comprendre.

Alors, d'une manière inattendue et surprenante, Jarry pointa l'index vers le haut et dit d'une voix forte :

— Eh bien, réfractaire, je ne le suis pas ! Car je suis comme vous ! Je me courbe devant l'autorité, je ferme ma gueule, je tais ce que je pense, et j'obéis servilement. Voilà la vérité ! Le patron se trompe s'il me croit du fer dont on forge les émeutiers.

— Eh bien, dis donc, tu m'en diras tant.

Bien que silencieux, Ermeline et Blanchard avaient du mal à dissimuler un sourire.

— Personnellement, reprit Grimm, moi, je me sens assez libre.

— Parce que tu triches ! Quand tu fais quelque chose qui déplaît aux autorités, tu te dissimules, tu le fais en douce. Certes, tu as un petit côté insubordonné, voire insoumis, mais tu t'arrêtes sagement aux portes de la révolte ouverte.

— Ma parole, tu me tailles un short !

— Regarde cette enquête. Tu en as été démis, mais tu continues à la mener. Discrètement, en cachette, dans le dos du patron. Est-ce que ce n'est pas une bonne illustration de ton comportement ?

Grimm était plus troublé qu'il ne le laissait paraître par le numéro de Jarry. Il reconnaissait tricher souvent dans le cadre de son métier. Cette propension à filouter servait chez lui de soupape, libérant à petites doses une énergie négative qui sinon exploserait avec une puissance difficilement maîtrisable. Jusqu'ici, il n'y avait jamais réfléchi, mais le jugement de Jarry l'y forçait, et cela lui déplaisait. Il se détourna en balayant l'espace d'un revers de main.

— Tu m'agaces avec tes conneries… Bon, je vais voir un prof de préhistoire à la fac. Éric, tu viens avec moi ?

— Pourquoi ?

— Parce que si cette entrevue donne quelque chose, il faudra faire un rapport au patron et que ça ne peut pas être moi puisque je ne travaille pas sur cette affaire.

Jarry ricana.

— Oh, ça va, Corentin !

## 2

Puisqu'il suffisait de frapper à n'importe quelle heure, Grimm frappa. La réponse fut immédiate.

— Entrez !

Cordial, le professeur Rouvray se leva et serra la main des deux visiteurs. Il eut l'air surpris par la taille de Blanchard – qui ne l'était pas ? –, mais cet étonnement fut de courte durée. Il désigna deux chaises face à son bureau, qu'il regagna aussitôt.

La cinquantaine sportive, c'était un homme au visage acéré, avec un nez court mais fortement busqué, des fossettes qui se creusaient profondément quand il souriait et des cheveux suffisamment longs pour les rejeter en arrière, dégageant le front. Il présentait tous les signes de la civilité, étant avenant et attentif, mais son regard bleu azur, perçant, se posait sur vous avec une fixité étrange.

Après les présentations d'usage, Grimm entra directement dans le vif du sujet, ne souhaitant pas faire perdre son temps à ce chercheur dont la table était encombrée d'articles scientifiques.

— Nous enquêtons sur des meurtres sordides où une mise en scène et l'arme du crime semblent avoir un rapport avec la préhistoire et plus précisément l'homme de Neandertal. Comme vous êtes un spécialiste de…

— Je vous arrête tout de suite, je ne suis pas un spécialiste des hommes préhistoriques et encore moins de l'homme de Neandertal.

Grimm manifesta sa surprise.

— Excusez-moi, mais j'avais cru comprendre que…

— Que j'étais en mesure de vous renseigner. C'est exact. Pour être franc, je travaille sur l'âge du bronze, période beaucoup plus récente, et je suis un spécialiste de la métallurgie. Mais, quand j'étais un jeune doctorant, j'ai travaillé avec l'équipe du professeur de Lumley à Tautavel, dans les Pyrénées-Orientales. L'homme de Tautavel, ça vous dit quelque chose ?

— Non.

— C'est un fossile très ancien, plus de 400 000 ans, qui correspond très vraisemblablement à un ancêtre de Neandertal. Bon, tout ça, c'est de l'histoire ancienne pour moi, une autre vie, mais disons que, forcément, je connais la question. En plus, je me tiens au courant des dernières découvertes sur le sujet. Je vous écoute.

— Avant tout, professeur, je souhaiterais faire une mise au point, commença Grimm avec gravité. Si nous vous contactons aujourd'hui, c'est en qualité d'expert qui pourrait nous aider à y voir plus clair. Cependant, c'est une affaire criminelle, non encore élucidée, et les circonstances des crimes doivent impérativement rester secrètes. Rien ne doit fuiter en dehors de ce bureau. Vous me comprenez ?

— J'en suis bien conscient et je me sens honoré par votre confiance. Vous pouvez compter sur ma totale discrétion, répondit Rouvray en posant la main sur son cœur.

Ouvrant le dossier qu'il avait apporté, Grimm détailla les meurtres sans omettre aucun détail. Au fur et à mesure de son exposé, il passait au professeur les photos de la position des cadavres, du crâne de Neandertal et des marques sur le dos des victimes. Rouvray examinait soigneusement les clichés. Grimm montra aussi une photo de l'orbite évidée de Gormonnac.

Concernant le crâne, Rouvray confirma qu'il s'agissait de celui d'un Neandertal. Front fuyant, absence de menton, face légèrement projetée en avant, arcades sus-orbitaires proéminentes et chignon osseux à l'arrière. Une description en tout point semblable à celle donnée par le Dr Pointcarré. En revanche, il resta muet en découvrant la position du corps.

— Est-ce qu'un tel cérémonial vous évoque quelque chose, professeur ?

— Honnêtement, non. À ma connaissance, ceci n'a jamais été décrit nulle part. Par contre, ça, c'est intéressant.

Il désignait les marques sur le dos de la victime.

— Le dièse ?

— Oui, ce dièse, comme vous dites, ou ce hashtag. Récemment, on a découvert dans une grotte à Gibraltar ce signe gravé dans la pierre par l'homme de Neandertal. Il serait vieux de 39 000 ans pour être précis. Ce serait l'une des premières manifestations d'art pariétal jamais sculptées dans la pierre par l'homme. Encore que, en Espagne, on attribue maintenant à Neandertal des peintures vieilles de 65 000 ans.

— Et alors, quelle serait la signification de ce signe ?

— Personne ne le sait vraiment. Une représentation symbolique ? L'indice d'un rituel ?

Restait enfin à connaître l'avis de Rouvray sur l'arme du crime. Parce qu'elle constituait une pièce à conviction, elle se trouvait dans un sac plastique scellé, heureusement transparent, que Blanchard donna au professeur. Grimm afficha également le silex taillé sur son écran.

Retournant plusieurs fois le sac plastique dans sa main, Rouvray hochait la tête en signe d'admiration.

— Très belle pièce… magnifiquement réalisée… d'une symétrie quasi parfaite… très pointue… une face convexe et une face plate… Voyons la photo, si on voit mieux certains détails…

Il l'examina une pleine minute tandis que Grimm commençait à s'impatienter.

— Vous en pensez quoi ?

— C'est un beau biface cordiforme moustérien.

— Euh… prenons les choses dans l'ordre. Cordiforme ?

— En forme de cœur.

— Moustérien ?

— C'est une période de la préhistoire qui va de 350 000 à 35 000 ans. Une longue durée d'industrie lithique qui est le fait de Neandertal. Ce biface est de très belle facture, exécuté avec une maîtrise parfaite, et donc, à mon avis, représentatif de la période la plus récente du moustérien.

Grimm et Blanchard échangèrent un regard complice. Neandertal était bien au centre de l'affaire, même l'arme du crime, non destinée à être découverte par la police, s'y rapportait.

— Monsieur le professeur, c'est sans doute très rare un objet comme celui-ci et difficile d'en posséder un. Faut-il le dérober dans un musée ? Ou alors l'acheter dans une transaction privée à un prix que j'imagine exorbitant ?

— J'en conviens, c'est rare et cher, répondit Rouvray en souriant de la naïveté de son interlocuteur, mais celui-ci est un faux.

— Ah bon !? À quoi voyez-vous cela ?

— Aux éclats. À travers le sac plastique, j'aurais hésité, mais c'est particulièrement net sur la photo. Il est trop beau. Il n'y a aucune patine, aucune usure. Ce silex a été taillé très récemment.

— Et qui est capable de faire ça ?

— Plusieurs personnes qui travaillent à l'ancienne, à la manière des hommes préhistoriques, et vendent leur production.

— À l'ancienne ? Mais ça doit prendre un temps fou !

— Détrompez-vous. Combien de temps faut-il, à votre avis, pour faire une pièce comme celle-ci par un de ces spécialistes ?

— J'en sais fichtrement rien. Un mois ? Qu'est-ce que tu dirais, Éric ?

— Une semaine ?

— Un quart d'heure, messieurs.

— Non ? Je ne vous crois pas.

— Je l'ai vu faire moi-même. À partir d'un bloc de silex, en une seconde, un gros éclat est détaché d'un coup sec avec une pierre ronde, ensuite avec des frappes bien ajustées on le réduit à la taille et à la forme globale voulues, et enfin on le façonne dans les détails par petites percussions rapides avec un bois de cerf. Vraiment, je vous le jure, pour un type doué et expérimenté, quelques minutes, pas plus.

Reprenant le sac plastique contenant le biface, Grimm n'en revenait pas. Un quart d'heure seulement ! C'était à peine croyable.

— Et c'est vendu combien ?

— Un biface ? Quatre fois rien. Entre trente et quarante euros.

— Si peu ? Surprenant. Il reste un point qui me turlupine. Une fixation sur Neandertal, pour un homme actuel, c'est étrange, non ? Vous voyez une explication ?

— Hum… On entre dans le domaine de la psychologie. On peut faire des hypothèses.

— Lesquelles ?

— Sans vouloir vous désobliger, que connaissez-vous à la préhistoire et plus précisément à l'homme de Neandertal ?

— Rien.

— Voilà qui est clair. Un petit débriefing semble nécessaire.

*

* *

Le professeur Rouvray se renversa sur le dossier de son fauteuil, la tête bien en arrière, croisa les jambes en joignant les mains au niveau de son ventre, dans une attitude calme et supérieure qui signait son milieu d'origine. Mais, à l'inverse de cette position très étudiée, le regard qu'il jeta sur Grimm brillait d'un éclat singulier, presque inquiétant.

— L'homme moderne est apparu il y a environ 300 000 ans en Afrique. Notez bien qu'à cette époque, c'est amusant, nous étions tous noirs… Beaucoup plus tard, des groupes ont quitté ce berceau africain pour se répandre en Asie et en Europe. Quand ces groupes sont arrivés au Moyen-Orient vers 50 000 ans, puis en Europe, ils sont entrés en contact avec une autre espèce d'humains déjà présente sur place depuis bien longtemps : Neandertal. *Homo sapiens neanderthalensis*, pour être précis.

— Il était arrivé comment, celui-là ?

— En ayant quitté l'Afrique bien avant nous. Neandertal et l'homme moderne ont une lignée ancestrale commune qui s'est scindée en deux au moment de cette migration antérieure. Ce voyageur plus précoce a lentement évolué pour donner en Europe Neandertal, tandis que nous évoluions de notre côté pour aboutir à ce que nous sommes aujourd'hui et conquérir toute l'Afrique. Vous me suivez ?

— Oui. Et quand on eut achevé cette conquête africaine, on est allés voir ailleurs.

— C'est cela. Bref, vers 50 000 ans, au Moyen-Orient et en Europe, c'est le choc, deux humains face à face.

— Je suppose qu'ils se sont entre-tués.

Cette remarque amena sur les lèvres de Rouvray un sourire assez méprisant.

— Non, pas du tout, quelle idée !

— En tout cas, le plus intelligent a supplanté le plus bête.

— On ne peut pas dire cela non plus. Ce serait admettre que Neandertal était plus archaïque.

— Ce n'est pas le cas ? Je croyais que Neandertal était une brute peu raffinée qui…

Levant les bras en l'air, Rouvray le coupa d'une voix autoritaire :

— Ah, que c'est agaçant ! Toujours le même préjugé qui court depuis un siècle et demi ! Oui, on a longtemps considéré Neandertal comme une sorte de singe mal dégrossi, une ébauche ratée de l'homme moderne, et on l'a représenté comme un être stupide, hirsute, avec un gourdin et traînant ses femmes par les cheveux !

Le gourdin, la femme tirée par les cheveux… Ce n'était pas ce que Grimm pensait, cependant il n'osa pas interrompre le professeur, qui montrait tous les signes d'un énervement inattendu.

— En fait, malgré ses différences morphologiques, Neandertal était très probablement aussi intelligent que nous. Il savait faire et entretenir le feu, il était un chasseur hors pair, il soignait et protégeait les blessés et les vieillards, il avait l'usage de la parole et, enfin, il enterrait ses morts, ce qui est la preuve d'une pensée transcendantale. On est loin du gros bâton et de la femelle martyrisée !

— Je prends note, mais dans ce cas pourquoi a-t-il disparu ?

— Ça, c'est une autre question dont on ne connaît pas la réponse. En revanche, on sait une chose !

— Quoi ?

— Grâce à leurs ancêtres communs, ces deux espèces étaient encore suffisamment proches pour permettre une hybridation.

— Une hybridation ? Vous voulez dire… ?

— Je veux dire qu'ils ont eu des rapports sexuels et que des métis sont nés. On a ainsi des fossiles qui empruntent des caractéristiques physiques à l'un et à l'autre. Pas grand-chose à voir avec des barbares qui s'entre-tuent, n'est-ce pas ?

— En effet. Faites l'amour, pas *La Guerre du feu*…

Rouvray ne cilla même pas à cette pointe d'humour. Il conserva un sérieux imperturbable et reprit :

— Plus extraordinaire, les analyses ADN révèlent que nous tous, humains modernes, vous comme moi, possédons environ deux à quatre pour cent du patrimoine génétique de Neandertal.

— Vraiment ?

— Et qu'en plus, nous n'avons pas hérité des mêmes gènes. Ils ont été répartis au petit bonheur à chaque hybridation. Si bien que, au total, nous pouvons reconstituer jusqu'à quarante pour cent du génome néandertalien.

— Je suis estomaqué.

— Vous pouvez l'être. En quelque sorte, à travers les âges, malgré sa disparition, Neandertal survit en nous.

— Il survit en nous… répéta Grimm, songeur.

Satisfait de l'effet produit, le professeur marqua une pause pendant laquelle ses yeux bleus, froids et d'un éclat métallique, se fixèrent alternativement sur Grimm et Blanchard. Puis il respira profondément, manifestant un mélange d'agacement et d'indulgence, à la manière d'un homme qui jouit de son savoir face aux ignorants.

Levant la main pour capter de nouveau l'attention, il poursuivit :

— Il y a toutefois une limite à cette hybridation. Aucune lignée patrilinéaire ne rattache notre espèce à Neandertal. Son chromosome Y, qui se transmet uniquement de père en fils, n'a jamais été retrouvé chez nous. Une incompatibilité génétique partielle existait donc bien entre les deux espèces.

— Je ne suis pas sûr d'avoir bien compris. Pouvez-vous traduire en français, s'il vous plaît ?

Ayant des difficultés croissantes à supporter l'attitude du professeur Rouvray, lequel semblait avoir délibérément abandonné les explications simples et pédagogiques pour un jargon spécialisé, Grimm avait décidé de manier l'humour pour éviter de s'énerver. Rouvray lui lança un coup d'œil où le plaisir de sa supériorité s'affichait clairement.

— Pour vous, je traduis : un homme de Neandertal ne pouvait avoir un enfant avec une femme moderne, car le fœtus était rejeté, interrompant la grossesse, alors que l'inverse fonctionnait sans problème.

Et, d'une manière si surprenante et si saugrenue qu'elle provoqua une certaine stupeur, le professeur changea de registre. Glissant dans le graveleux et le vulgaire, il déclara avec un petit rire nerveux :

— Ou alors, autre hypothèse, on a baisé leurs femmes, mais on les a empêchés de baiser les nôtres !

Depuis quelques minutes, des signaux d'alerte vibraient aux oreilles de Grimm. Rouvray était un étrange personnage. D'un naturel convivial et accueillant au début de la conversation, didactique et éclairant, il s'était transformé peu à peu en un homme suffisant, se servant de ses connaissances pour rabaisser ses interlocuteurs. Et, à la fin, il avait cédé à une pointe d'hystérie, de très mauvais goût, qui signait une véritable instabilité d'humeur.

Le silence se prolongea, devenant gênant. Il fut opportunément rompu par Blanchard.

— J'ai bien compris votre cours de préhistoire, professeur, mais il me reste une question. Vous ne parlez pas de Cro-Magnon. C'est qui, celui-là, dans cette histoire ?

— Ah, Cro-Magnon ! Décidément, le grand public ne retiendra jamais que deux noms de fossiles : Neandertal et Cro-Magnon !

Il se passa alors un canular si inattendu que Grimm eut du mal à ne pas en rire ouvertement. Blanchard se leva et, dépliant la totalité de son double mètre, dit calmement :

— C'est exact, je suis le grand public…

Rouvray resta bouche bée quelques secondes, une légère rougeur colorant ses joues. Il donnait l'impression d'avoir perdu sa contenance, mais comme Blanchard se rasseyait sagement sans rien ajouter, il bafouilla d'abord deux mots inaudibles – des excuses peut-être ? – avant de s'éclaircir la voix et de revenir à la question posée.

— Cro-Magnon est un fossile découvert au XIX^e^ siècle aux Eyzies, en Dordogne. C'est un homme moderne, pas plus différent que vous et moi. Ce nom a désigné pendant longtemps notre espèce, surtout en Europe, par opposition à Neandertal, en revanche ce terme n'est plus guère utilisé par les scientifiques de cette manière. Cro-Magnon est désigné pour ce qu'il est : un fossile d'humain moderne. Mais, pour le grand…

Le professeur s'interrompit et, se mordant les lèvres, balaya du regard sa table de travail.

— … pour les amateurs, Cro-Magnon reste la manière la plus simple pour parler de l'homme moderne qui rencontra Neandertal en Europe il y a 40 000 ans. Voilà ce qu'on peut dire de Cro-Magnon.

Comme si l'incident précédent ne s'était pas produit, Blanchard remercia et reprit :

— Auriez-vous connaissance dans la région d'individus qui, fascinés par Neandertal et lui vouant un véritable culte, pourraient en avoir eu le cerveau perturbé au point de perdre les pédales ?

Dans un premier temps, Rouvray parut déconcerté par la question. Il secoua la tête négativement, puis donna l'impression de peser le pour et le contre.

— Une idée qui pourrait nous aider ? insista Grimm.

— Peut-être, mais vraiment…

— C'est à nous d'en juger. Du reste, vous ne porteriez pas une accusation, vous nous donneriez simplement un renseignement potentiellement utile.

— Écoutez… Il existe une bande de zozos qui, je le sais, se réunissent pour entretenir la mémoire de Neandertal.

— Ah ! Voilà qui est très intéressant. Qui sont ces gens ?

— Euh… Je ne les connais pas. Ils m'avaient contacté parce qu'ils souhaitaient que je leur fasse une sorte d'exposé sur les théories les plus récentes. Vous savez, en sciences, ça bouge beaucoup. Les vérités d'hier ne sont pas celles d'aujourd'hui et encore moins celles de demain.

— Je n'en doute pas. Pouvez-vous nous donner des noms, des adresses ?

— Il faudrait que je retrouve le mail… Mais j'ai des boîtes, je classe, je ne jette jamais rien, sauf les spams.

— Essayez.

Le professeur s'installa à un autre bureau, plus petit, sur lequel se trouvait son ordinateur. Il resta silencieux en faisant défiler devant lui une suite impressionnante de courriels. Il eut soudain une exclamation triomphante.

— Ça y est, j'ai mis la main dessus ! C'était il y a trois ans. Signé d'un certain M. Kermarrec. Je vous le lis ?

— S'il vous plaît, et puis vous nous l'imprimerez.

— « Cher professeur, je suis le président de la SAN. La SAN est la Société des Amis de Neandertal. Notre but est de promouvoir la réhabilitation de cet homme ancien qui a été injustement caricaturé. Malgré votre emploi du temps que nous devinons chargé, nous serions vraiment très heureux de vous recevoir dans nos locaux pour que vous nous exposiez les découvertes les plus récentes concernant Neandertal. Votre date sera la nôtre. En espérant de votre part une réponse favorable, bien à vous, Hervé Kermarrec. »

— Et vous avez donné une réponse favorable ?

— Non. J'ai répondu que je n'avais pas le temps. Vous savez, si on devait répondre à toutes les sollicitations, on ne ferait plus rien.

— Bien sûr.

Grimm se leva, suivi avec un temps de retard par Blanchard.

— Une copie de ce mail et nous nous sauvons. Je crois que vous nous avez valablement aidés. Merci du temps que vous nous avez consacré.

— Ce fut un plaisir.

Disant cela, le professeur Rouvray évitait de regarder Blanchard et il lui serra la main si brièvement que celui-ci n'eut même pas le temps de véritablement la saisir.

# 3

Dans la voiture qui les ramenait à la PJ, Grimm riait à en pleurer.

— Super, Éric, il l'a pris en pleine poire. Franchement, le coup du grand public, ça m'a scotché !

Sans aucune émotion et avec son flegme habituel, Blanchard dit :

— Il commençait à me chauffer.

— Moi aussi ! Quand il a parlé de sa lignée patrimachinchose et de son chromosome Y, j'ai eu l'impression qu'il s'amusait de nous voir paumés. Et, avec toi, il venait d'être franchement méprisant. Ton intervention lui a rabattu son caquet. Après, il est redevenu correct. Bravo !

Jubilant, Grimm enchaînait les virages et accélérait dans les lignes droites. Il visualisait la scène et la réaction du professeur Rouvray.

— Curieux bonhomme ! Au début, il avait l'air sympa et il s'est métamorphosé petit à petit. Jusqu'à nous écraser de son savoir. Et puis, incroyable ! cette sortie sur le fait que nous aurions baisé les femmes Neandertal en empêchant l'inverse ! Ça m'a sidéré !

— Sur le fond, je le trouve plutôt inquiétant. Il a une façon de vous scruter qui met mal à l'aise.

— En tout cas, on a appris des choses intéressantes. Et, surtout, il nous a donné une piste. Cette Société des Amis de Neandertal, la SAN. Il faut contacter ce Kermarrec. Avec un nom pareil, on n'aura pas de mal à le trouver.

— Détrompe-toi, ce patronyme est très courant en Bretagne. Déjà, il y a deux r, ça va en éliminer un certain nombre.

— J'ai son mail de toute façon.

— Exact.

*
* *

Babut interpella Grimm alors que celui-ci remontait le couloir en compagnie de Blanchard.

— Grimm, j'aimerais vous parler.

Un ton sec, peu amène. L'instant d'après, il s'asseyait face au divisionnaire. Le commissaire le considérait avec des yeux lourds de reproche. Dans sa main, il tripotait deux feuilles de papier. Grimm avait déjà deviné la raison de cette convocation impromptue et il savait qu'il allait encore devoir jouer serré.

— J'ai reçu la transcription d'une audition menée par le commandant Lespinouse. Vous voyez de quoi il s'agit ?

— Tout à fait.

— Pourquoi ne m'en avez-vous pas parlé ?

— Parce que je ne suis plus sur cette affaire.

— Mais, bon Dieu ! est-ce normal que je découvre si tardivement que vous avez été interrogé comme témoin dans l'enquête que vous dirigiez !?

L'urgence d'un premier mensonge s'imposait.

— Quand cela s'est produit, je vous avais déjà informé de mes relations passées avec Mme Moncorgan et vous m'aviez démis de mes fonctions.

Babut hésita.

— Je préfère ne pas vérifier la chronologie des événements.

« Pas aussi facile à rouler dans la farine, le vieux ! » pensa Grimm. En même temps, renoncer à effectuer cette vérification indiquait que le commissaire n'avait pas l'intention de lancer une procédure disciplinaire. Il devait plutôt s'attendre à une engueulade en règle.

— Et ce que je lis me stupéfie ! Vous avez agressé Lespinouse ! Vous êtes fou ou quoi !?

— Lespinouse me déteste. Il m'a toujours détesté. Agitant l'hypothèse que Mme Moncorgan était toujours ma maîtresse, ce qui n'est pas le cas et il le sait pertinemment, il a insinué des choses sur ma vie privée que je n'oserais même pas vous rapporter. Jarry en est témoin.

— Jarry était présent ?

— Oui, vous pourrez lui demander. Alors, c'est vrai, parce qu'il m'insultait, je suis sorti de mes gonds. Notez que je n'ai fait que le saisir par le colbac, rien de plus. Je ne l'ai pas frappé.

— Encore heureux !

Le divisionnaire pestait et sa méchante humeur n'était pas près de s'apaiser. Il fermait le poing, pliant et froissant sans le vouloir les deux feuilles de papier.

— Vous avez refusé de signer le procès-verbal. Pourquoi ?

— Je suis un commandant de la PJ. M'interroger de cette manière ne pouvait pas se faire sans la décision d'un supérieur. Si Lespinouse avait été divisionnaire, comme vous, j'aurais signé. Me cuisiner comme témoin dans cette affaire outrepassait ses prérogatives.

— Je n'en suis pas sûr. Ce qui est certain, c'est qu'il n'en a pas parlé à sa hiérarchie, sinon j'aurais été le premier à en être averti. En fait, vous êtes aussi con l'un que l'autre !

— Ne trouvez-vous pas curieux qu'il ait agi de cette manière ?

— C'est étrange, en effet. Qu'espérait-il ?

— Il voulait récupérer l'enquête, pardi ! C'est un carriériste qui a tenté de vous voler l'affaire. À vous et au procureur Lestanger. Il a raté son coup, mais le procédé était pitoyable.

À l'évidence, Babut était sensible à l'argument. Grimm enchaîna aussitôt sur un autre registre :

— J'ai très mal vécu cette audition. Que dis-je ? cette audition… Cette mise en accusation, oui ! Il faisait semblant de croire que moi, amant de Mme Moncorgan, j'avais assassiné le mari. Dégueulasse et grotesque.

— Assez ridicule en effet !

C'était gagné. La défense d'un de ses hommes primait désormais sur la réprimande. Écrasant les feuilles entre ses deux grosses paluches, Babut fit une boule du compte-rendu et la jeta dans la poubelle.

— On va oublier ça. Mais, encore une fois (et disant cela le commissaire pointait son index vers Grimm), je ne veux plus vous voir vous occuper de cette affaire ni de près ni de loin. Compris ?

Un second mensonge s'avérait indispensable.

— Promis.

Pourtant, le soupçon devait agiter souterrainement le divisionnaire. À moins que ce ne fût une intuition. Il demanda à brûle-pourpoint :

— D'où reveniez-vous avec Blanchard ?

— De… du centre-ville… on enquête sur le braquage de la rue du Champ-Jacquet. Une sale affaire, le gardien a été tué… Entre ce braquage mortel, le trafic de LSD au Blosne et la filière de prostituées bulgares à Villejean, ce n'est pas le travail qui manque. Ne vous inquiétez pas, je ne fais pas de fixette sur cette histoire de Neandertal.

*
* *

Dès qu'il fut dans son bureau, Grimm alluma son ordinateur et tapa dans un moteur de recherche : SAN Société des Amis de Neandertal. Rien, l'association n'avait pas de site Internet. Curieux.

Le plus simple était sans doute de se servir de l'adresse mail. Il y avait la possibilité de se présenter comme commandant de la PJ menant une enquête. Cependant, outre que ce serait laisser une trace écrite qui pouvait tôt ou tard tomber entre les mains de Babut, infiltrer l'association était peut-être une meilleure idée. En effet, si le nombre d'adhérents se révélait élevé, il faudrait les fréquenter, les observer et accumuler des indices si l'un d'entre eux présentait un profil suspect.

Grimm se créa une adresse mail pour dissimuler son identité et, après quelques hésitations, commença à taper :

Cher monsieur,

Depuis plusieurs années, je suis absolument passionné par l'homme de Neandertal, lisant tout ce qui sort sur le sujet. Vous comprendrez mon plaisir quand, par l'ami d'un ami, j'ai découvert l'existence de votre association. Je serais très heureux d'en faire partie. Pouvons-nous convenir d'un rendez-vous pour que nous puissions en discuter de vive voix ?

Très cordialement

Il hésita sur son nom d'emprunt. S'inspirant du psychopathe qui l'avait contacté un an auparavant par mail dans l'affaire de la croix solaire, il signa Hubert Perrault. Bien que ce ne soit pas précisément un bon souvenir, il en sourit. Par ailleurs, en conservant son prénom, il s'assurait de réagir naturellement et sans flottement si quelqu'un l'utilisait.

Voilà. Il appuya sur la touche *Entrée*, comme on lance une bouteille à la mer, et il n'avait plus qu'à espérer que son interlocuteur reçoive son message, et surtout, y réponde.

Ensuite il informa ses coéquipiers de ce qu'il venait de tenter.

— Ne crois-tu pas, demanda Jarry, qu'il aurait mieux valu débarquer chez lui, l'interroger dans les règles et obtenir la liste des membres de l'association pour poursuivre les investigations ?

— Peut-être. Mais le risque était d'alerter l'assassin s'il se trouve parmi eux. Les infiltrer pourrait se révéler plus discret et donc plus payant.

— On dirait que l'on parle d'une société secrète, s'amusa Ermeline.

— Secrète, je ne pense pas, mais ils n'ont pas de site Internet en tout cas. Au fait, Éric, tu pourrais vérifier si une Société des Amis de Neandertal a été déclarée auprès de la préfecture ?

Blanchard se mit aussitôt au travail, tapotant d'abord sur son ordinateur et composant ensuite un numéro sur son téléphone.

Grimm retourna dans son bureau. Kermarrec ne répondait pas. Il allait falloir s'armer d'une patience dont il se sentait à peine capable. Et, bien qu'il s'efforçât de ne pas y penser, le terrible sort d'Amandine l'obsédait dès que son cerveau se trouvait sans dérivatif. Le reste de la journée se passa en rédaction de rapports divers, mais toutes les cinq minutes il ne pouvait s'empêcher de consulter ses mails.

Rien.

Le soir, à regret, il dut se résoudre à quitter l'hôtel de police et à rentrer chez lui.

*

* *

Quand il pénétra dans son appartement, son humeur bascula et il se sentit envahi par un vide inquiétant. Se convaincre que la SAN constituait une piste sérieuse était un peu de l'ordre de la méthode Coué. « Une bande de zozos », avait affirmé le professeur Rouvray. Des illuminés peut-être, mais des assassins…

Pendant ce temps, Amandine croupissait quelque part, dans un lieu inconnu. Était-elle seulement encore vivante ?

Sentant monter une angoisse insupportable, il sortit de sa poche la boîte de Lexomil. Stupeur. Elle était vide. Il avait pris le dernier comprimé le matin.

Malgré l'heure tardive, il pensa téléphoner au Dr Lipsky. Il s'excuserait, il insisterait et il passerait chez elle en coup de vent pour récupérer une boîte. C'était cavalier, humiliant aussi pour lui, mais indispensable.

Saisissant son mobile, il fit défiler ses contacts. Il s'arrêta net sur un nom comme si, de lui-même, l'appareil s'était bloqué dessus. Il reçut comme une violente décharge dans le ventre et, en proie à une impulsion soudaine, il appela. Et il supplia le ciel que la personne réponde.

Un déclic. Une voix. Petite, à peine audible.

— Allô ?

— Madame Lumelle ?

— Oui ?

— Hubert Grimm à l'appareil.

Silence d'angoisse de la part de la vieille dame.

— Rassurez-vous, je n'ai pas de mauvaises nouvelles.

— Ah…

— Je n'en ai pas de vraiment bonnes non plus, sinon que nous avons une piste. Et que nous allons l'explorer à fond. Je voulais vous le dire.

— Je vous en remercie beaucoup, monsieur Grimm. Vous savez, je ne vis plus. Chaque coup de téléphone m'angoisse. J'ose à peine décrocher.

— Je comprends… Il faut garder espoir. Je garde espoir… J'y crois et je me bats pour qu'on la retrouve. Madame Lumelle, je voulais aussi savoir… C'est important pour moi…

— Oui ?

— … si vous aviez revu Louis.

— Oui ! J'ai eu les trois enfants ce week-end. Leurs autres grands-parents les ont déposés vendredi et les ont repris dimanche soir.

— Comment va-t-il ?

— Je ne vous cache pas que les deux grands ne vont pas bien, surtout l'aîné, mais Louis va aussi bien que possible. Il parle. Enfin, quand je dis il parle… à cet âge-là, on ne parle pas encore. Mais il prononce des mots et il est en avance. Parfois, c'est drôle, comme toujours avec les très petits. Il y a eu une chanson qui est passée à la radio. Il écoutait. Il ne comprenait rien, mais il écoutait. À un moment, dans la chanson, on entendait « diplomates ». Après, il a répété plusieurs fois avec difficulté : « tites tomates ». C'est ce qu'il avait capté. C'était tellement mignon !

Grimm en avait les larmes aux yeux.

— Si vous saviez comme j'ai envie de le revoir…

— Je m'en doute, monsieur Grimm.

Un instant d'hésitation.

— Est-ce que vous m'autorisez à vous appeler Hubert ?

— Bien sûr.

— La prochaine fois que je les reçois, voulez-vous que je vous prévienne ? Vous feriez un saut à Toulouse pour le voir.

— Oui, vraiment oui, c'est tellement gentil de votre part d'y penser.

— C'est normal, Hubert, vous êtes le seul papa qui lui reste et il faut qu'il apprenne à vous connaître.

— Merci, madame Lumelle.

— Henriette.

— Merci, Henriette.

L'effet de cette brève discussion fut aussi efficace qu'un comprimé de Lexomil. Grimm se sentait beaucoup mieux. Une partie de ses angoisses était retombée. Apaisé, il consulta ses mails et tressaillit. Kermarrec avait répondu.

Cher monsieur,

Je suis ravi de l'attention que vous portez à notre modeste association. Nous ne demandons qu'à partager notre passion pour cet homme si longtemps méprisé. Appelez-moi au numéro ci-dessous, nous conviendrons d'un rendez-vous. Étant retraité, j'ai un emploi du temps assez élastique.

Bien à vous,
Hervé Kermarrec

Contact établi. Il était cependant trop tard pour téléphoner. Dommage. Après un repas succinct, Grimm se coucha.

Au final, du professeur Rouvray à Hervé Kermarrec, la journée avait été particulièrement productive pour l'avancement de l'enquête. Grimm était satisfait. Restait à espérer que tout cela ne l'engageait pas sur une fausse piste.

Dans son lit, lumière éteinte, il souriait en répétant : « tites tomates ».

# 4

Le lendemain, à peine arrivé à l'hôtel de police, Grimm appela Kermarrec. L'homme se montra courtois, aimable, et même, Grimm l'aurait juré, sincèrement heureux de l'intérêt porté par son interlocuteur à son association. Rendez-vous fut pris en début d'après-midi à Bruz, bourgade proche de Rennes, où il résidait.

Dès qu'il raccrocha, Grimm se précipita dans l'open space où Jarry et Ermeline bavardaient, un café à la main, tandis que Blanchard, son immense buste enroulé en spirale afin de lire l'écran de son ordinateur, travaillait en silence.

— J'ai rendez-vous avec Kermarrec chez lui à 14 heures.

L'information atteignit le cerveau de Blanchard, qui releva la tête.

— Au fait, hier soir, tu es parti sans me demander ce qu'il en était pour la SAN.

— Et alors ?

— Déclarée dans les règles à la préfecture. C'est une association type loi 1901. Donc très banale, sans but lucratif. Kermarrec en est le président et un certain Jean Buchellet, le trésorier.

— Créée quand ?

— En 2013.

— Ça fait donc déjà un moment que l'association existe. Peux-tu creuser sur Kermarrec et Buchellet, s'il te plaît ? Qu'on sache exactement qui sont ces deux-là.

Nerveux car il craignait que cette piste de la SAN ne se révèle infructueuse, Grimm se réfugia de nouveau dans son bureau. Il tournait en rond, une cigarette à la main qu'il n'allumait pas, quand il reçut un appel sur son portable.

Boudiaf. Que lui voulait donc son ancien subordonné à Montpellier ?

— Ahmed ?

— Hubert, salut ! Lespinouse a envoyé le compte-rendu de ton audition à ton patron. Pas trop d'ennuis ?

— Pour l'instant, ça va. Évidemment, j'ai été démis et je ne dirige plus l'enquête.

— Il a réussi son coup, le salopard…

— Certes, mais on a conservé l'affaire, c'est l'essentiel. Jarry, que tu as vu à Montpellier, a été officiellement désigné pour me remplacer. Mais je continue à m'y intéresser, comme tu t'en doutes…

— Justement, c'est pour ça que je t'appelais. Comme Lespinouse ne te dira jamais rien, même si l'info date un peu, je voulais t'en informer.

— De quoi ?

— Comme tu l'avais prédit, nous avons reçu l'œil de Moncorgan dans un bocal de confiture.

— Reçu ? Tu veux dire : envoyé à l'adresse de Moncorgan ?

— Oui, c'est ça. Avec le mot : « L'œil était dans la tombe et regardait Caïn. »

— Décidément, toujours le même délire… Avez-vous regardé le cachet de la poste ?

— Bien sûr : Saint-Brieuc.

— Ah !

L'information était précieuse. Elle confirmait l'enracinement de l'affaire en Bretagne. Brest-Lorient-Saint-Brieuc dessinaient un triangle à l'intérieur duquel l'assassin devait posséder sa tanière. Et il y était retourné avant d'envoyer l'œil de sa victime. Retourné sans délai, une fois son meurtre accompli, emmenant avec lui Amandine pour la séquestrer avec les autres. Une hypothèse logique à laquelle Grimm voulait croire.

— J'ai aussi le nom de l'expéditeur et son adresse. Bidon, on a vérifié.

— André Tanle, manoir de Lan-ar-denet.

— Exact !

Grimm remercia chaleureusement son ancien coéquipier pour son coup de téléphone tandis que Boudiaf lui assurait qu'il l'appellerait de nouveau s'il avait d'autres informations à lui fournir.

Aussitôt, Grimm informa ses adjoints de la nouvelle. Elle n'étonna personne. Fermant la boucle de trois meurtres en tout point similaires, ce scénario macabre témoignait de représentations mentales obsessionnelles dont les motivations, hélas, restaient obscures. Cependant, Grimm commençait à en avoir une idée, encore ténue et vacillante, qu'il s'efforçait de protéger et de fortifier avec les mêmes difficultés que la flamme d'une bougie menacée par le vent. Et qu'il gardait secrète pour l'instant de peur de se tromper. Mais aussi par une sorte de superstition, comme si l'énoncer pourrait l'exposer trop tôt aux critiques et la désagréger.

Avant de quitter la PJ, Grimm donna les coordonnées complètes de Kermarrec à Jarry. Par prudence. Mission officieuse, en cachette de Babut, quelques précautions se devaient néanmoins d'être prises.

Ayant vendu sa voiture en débarquant à Rennes, pour des raisons écologiques qu'il commençait à regretter vu la gêne que cela lui occasionnait parfois, il emprunta celle d'Ermeline.

*

* *

À Bruz, il se rendit aussitôt à l'adresse de Kermarrec. La maison, de taille modeste, se trouvait au cœur d'un lotissement propret qui alignait des petits jardins bien entretenus, des haies impeccablement taillées, et des chiens assis à l'étage supérieur. Une impression d'uniformité dominait.

L'homme qui ouvrit à Grimm était de petite taille, mais trapu et de constitution robuste, la tête recouverte d'une abondante toison blanche. Il lui serra la main chaleureusement, comme si le nouveau venu était un vieux camarade, et l'invita à entrer.

Attendant en retrait dans le couloir, dans une attitude réservée due peut-être à sa timidité, sa femme lui fit un sourire un peu contraint et les accompagna dans le salon.

— Un café ? demanda-t-elle.

— Volontiers, madame, c'est très gentil à vous.

Du regard, Grimm parcourut la pièce. Nulle originalité dans ce décor très classique. La France moyenne habituelle, avec un grand téléviseur qui commandait la disposition du canapé et des deux fauteuils, une table basse, une commode et un vaisselier, un sol carrelé. Seul un détail important différait de l'ordinaire : les bibelots. Ceux-ci reflétaient la passion pour la préhistoire du propriétaire des lieux.

Le dessus de la commode était recouvert d'une impressionnante collection de pierres taillées, silex ou obsidiennes de dimensions variées et de fort belle facture. Elles étaient posées sur des supports métalliques discrets qui les maintenaient à la verticale, ce qui les mettait en valeur. Les plus belles pièces, en nombre réduit, se trouvaient sur la table basse, de sorte que le regard les découvrait naturellement une fois assis.

Le plus surprenant était le buste d'un homme préhistorique monté sur un piédestal à la manière du XIX$^{e}$ siècle. Une tête massive, d'une touchante humanité, surmontait d'impressionnantes épaules et de puissants pectoraux.

Dans la vie, Grimm ignorait beaucoup de choses, mais il avait la particularité d'apprendre vite. Il n'eut aucune peine à reconnaître le front fuyant, l'absence de menton, le large nez, la barre osseuse au-dessus des yeux et l'arrière du crâne allongé en ballon de rugby.

— Ah, je vois que vous admirez mon homme de Neandertal ! lança Kermarrec avec un grand sourire de contentement.

— Il est magnifique.

— N'est-ce pas ? C'est un ami, sculpteur de profession, qui l'a exécuté sur mes indications. Il est vraiment très doué. Certes, ça m'a coûté un peu cher, mais quel beau travail ! Ne dirait-on pas que cet homme va nous parler et nous confier sa peine d'avoir été à ce point déprécié et rejeté ?

— Si, effectivement, on le dirait.

Grimm était sincère. Le buste était très réussi et l'intention du sculpteur d'humaniser une brute ne faisait aucun doute.

L'épouse de Kermarrec posa un plateau supportant seulement deux tasses, ce que Grimm remarqua immédiatement. Sans commenter, il s'assit sur le canapé que lui désignait Kermarrec. Celui-ci servit le café tandis que sa femme se retirait.

— Du sucre ?

— Non merci.

La tasse à la main, Kermarrec eut un sourire indulgent.

— Mon épouse ne prendra pas le café avec nous. Vous comprenez, elle trouve que je radote avec Neandertal. Hélas, et je le regrette, nous ne partageons pas la même passion pour notre ancêtre. Car il est un peu notre ancêtre, non ?

— Certainement ! Si chacun d'entre nous possède environ 3 % de ses gènes, et si nous pouvons, grâce à cet héritage dispersé, reconstituer 40 % de son capital génétique, il est indubitablement notre ancêtre.

— Je suis heureux de vous l'entendre dire. Il est dommage que nos contemporains continuent à l'écarter de notre lignée alors que nous devrions l'accueillir comme une sorte de grand-oncle.

— Voilà, un grand-oncle ! C'est ainsi que nous devrions le considérer.

Il fallait jouer le jeu et, de ce côté, Grimm n'était pas disposé à faire les choses à moitié. Il avait emmagasiné chez le professeur Rouvray un petit bagage de connaissances nouvelles qu'il n'hésiterait pas à déverser à l'occasion.

Désignant du doigt la commode et la table basse, il enchaîna :

— Vous avez aussi une impressionnante collection de silex taillés.

— Oui, et j'en ai d'autres ailleurs que vous ne voyez pas !

— En plus, ils sont très variés.

— Effectivement, il y a de tout. Des racloirs, des grattoirs, des bifaces, des denticulés, des pointes, etc.

— Tous du moustérien ?

— En effet, on peut les attribuer à cette période.

Avec respect, Grimm s'empara d'un beau biface qui trônait sur la table basse comme une pièce maîtresse. Le silex taillé ressemblait étrangement à celui du meurtrier.

— Ce sont des faux ?

— La plupart, oui, achetés à des artisans qui les fabriquent. Fort bien d'ailleurs, vraiment des copies conformes.

— La plupart ?

L'attitude de Kermarrec trahit une gêne palpable. Il s'expliqua avec réticence.

— Il existe des pièces qui… comment dire… qui circulent. Des filières un peu illicites, parallèles… Je ne sais pas moi-même d'où elles proviennent…

— De vols sans doute ?

— Certainement, mais à qui les rendre ? s'exclama Kermarrec en levant les bras vers le plafond. En tout cas, on les reconnaît tout de suite à leur patine. Encore qu'on puisse aussi se faire rouler ! Mais j'ai l'œil pour ça.

— Et ce biface ?

— Un faux, hélas. Il est pourtant superbe, n'est-ce pas ?

Grimm le remettait à sa place en acquiesçant tandis que Kermarrec buvait une gorgée de café. En reposant sa tasse, il reprit :

— Retraité, j'ai désormais tout mon temps pour me consacrer à une marotte qui me tient depuis l'enfance. Et vous-même, monsieur Perrault, cette attirance pour Neandertal, c'est nouveau ou vous l'avez depuis longtemps ?

— C'est relativement récent. J'ai vu plusieurs documentaires scientifiques à la télévision sur le sujet et j'avoue que cet homme préhistorique m'a fasciné.

— Qui ne fascinerait-il pas ?

— Votre femme apparemment, susurra Grimm en souriant.

Kermarrec rit de bon cœur à cette saillie. Puis, baissant lui aussi la voix et se penchant vers son interlocuteur, il ajouta :

— Touché ! Comme quoi, la passion des uns n'ébranle pas l'indifférence des autres.

Reprenant normalement après ce discret aparté :

— Et comment avez-vous eu vent de notre association ?

— Par le professeur Rouvray, que j'ai rencontré tout à fait par hasard. Il m'a dit que vous l'aviez contacté, mais que, par manque de temps, il n'avait pas pu répondre favorablement à votre invitation.

— Bien sûr que si ! Nous l'avons reçu.

— Ah bon ? Je croyais qu'il avait refusé votre proposition de venir faire une petite conférence.

Kermarrec sembla chercher dans sa mémoire.

— Oui… vous avez raison. Au début, il m'avait répondu qu'il avait trop de travail. Mais, par téléphone, j'ai insisté et il a fini par accepter. Je l'ai caressé dans le sens du poil. Le professeur Rouvray, qui est d'une intelligence remarquable et qui possède une connaissance encyclopédique sur tant de choses, a besoin d'être… comment ne pas être désobligeant ?… d'être… reconnu à sa juste valeur…

— Flatté ?

— C'est cela, flatté ! Je crois que c'est le mot exact. Je n'osais pas le dire ! Au cas où vous auriez été l'un de ses amis…

— Pas du tout ! Je le connais à peine. Mais j'ai eu le temps de repérer ce trait de caractère.

Une connivence s'établissait au sujet d'une tierce personne, ce qui demeure toujours la meilleure façon de rapprocher deux individus. La complicité fut scellée par un large sourire partagé.

— Ah, le cachottier, donc il est venu ! affirma Grimm joyeusement.

— Il faut dire que je l'ai appâté avec notre petite cérémonie.

— Quelle cérémonie ?

— Tous les trois mois, à la pleine lune, nous organisons un hommage à notre héros dans un lieu très spécial que sillonnent des ondes favorables.

— Où ça ?

— Au Val sans Retour dans la forêt de Brocéliande. Vous connaissez ?

— Non.

— Un lieu magique ! Emblématique de la légende arthurienne. La fée Morgane y enfermait les chevaliers infidèles en amour. Deux cent cinquante au total, qui furent délivrés par Lancelot du lac.

— Mais… le rapport avec Neandertal ?

— Aucun ! Sauf que ce lieu enchanteur a été fréquenté par Neandertal bien avant la naissance de toutes ces légendes. On le sent, on le respire ! C'est très intimement perceptible dans l'atmosphère qui se dégage des fougères, des ajoncs, des genêts, et du lac bien entendu. Au printemps, quand le pâle soleil joue à travers les branchages et les feuilles naissantes, on croit apercevoir sa mâle silhouette glissant de tronc en tronc sur le tapis humide de l'humus.

Un mystique ! Plus qu'un passionné, Grimm découvrait un mystique, qui percevait l'ombre de Neandertal encore étroitement mêlée à la nature. Cette cérémonie était la convergence de tous ces illuminés, adorateurs de celui qu'ils considéraient comme un parent éloigné. Il devait absolument y assister. Mais s'ils étaient nombreux, l'affaire ne serait pas simple. Car Grimm était déjà prêt à imaginer des centaines de fervents, tenant haut des flambeaux et se livrant à des rites occultes, au fin fond de ce val au nom peu engageant.

— Combien l'association compte-t-elle de membres ? demanda-t-il.

— Pas assez ! C'est notre problème. Nous ne parvenons pas à ranimer la flamme du souvenir. L'égoïsme de notre espèce est sans limite. Elle oublie ce qu'elle doit à notre ancêtre tutélaire, niant ses gènes qu'il nous a généreusement transmis pour nous permettre de nous acclimater loin de l'Afrique, dans ces régions froides et peu ensoleillées. Sans lui, nous n'y serions pas parvenus. Il n'y a pas plus grand crime que l'ingratitude.

Des crimes plus grands que l'ingratitude, Grimm en avait vu plus d'un, hélas, au cours de sa carrière... Il dit un peu brusquement, s'agaçant de ne pas obtenir de réponse à sa question :

— Certes, certes ! Mais combien êtes-vous ?

— Sept.

En effet, c'était peu. Tant mieux. Sept personnes dont il allait falloir passer l'existence au peigne fin pour, peut-être, faire émerger un suspect.

— J'aimerais beaucoup aller à cette cérémonie !

— Avec plaisir, cher ami ! Vous adhérez ?

— Bien sûr, j'adhère ! C'est mon rêve de me retrouver intégré à un groupe qui partage mes aspirations.

Kermarrec se leva aussitôt et ouvrit un tiroir de la commode d'où il retira un cahier d'écolier. Se rasseyant, il l'ouvrit en grand en disant :

— Vous allez nous trouver bien dépassés, mais nous ne sommes pas informatisés. Je note à l'ancienne, avec des colonnes que je trace moi-même.

— Ça n'a pas d'importance. J'ai déjà vu que vous n'aviez pas de site Internet.

— Oh que non, grand Dieu ! Pour quoi faire ?

— De la publicité pour l'association et recruter de nouveaux membres...

— Vous croyez ? Peut-être... Bien, je vais noter votre nom.

— Hubert Perrault.

— Orthographié comme le conteur ?

— Exactement.

Penché sur le cahier, Kermarrec écrivait avec application.

— Votre adresse ?

Pris de court, Grimm donna une adresse bidon.

— Les Horizons, 20 rue de Brest à Rennes.

— Ah oui, les deux grandes tours. Vous savez que Milan Kundera y a vécu quand il a fui la Tchécoslovaquie ?

— Non, je l'ignorais.

— J'ai déjà le numéro de votre portable. Je le note aussi. Et votre profession ?

Ça se corsait. Grimm se reprochait de ne pas s'être construit une identité complète. Il improvisa.

— Comptable dans une petite entreprise.

— Comp – ta – ble… Voilà. La cotisation est de cent euros par an. Ça peut paraître beaucoup, mais nous ne sommes pas très nombreux et il faut acheter le matériel pour nos petites cérémonies ou louer les salles pour les rares expositions que nous organisons sur Neandertal. Par chèque ?

Kermarrec menait rondement l'affaire, heureux qu'un nouveau membre rejoigne l'association. Quant à payer par chèque, il n'en était pas question, bien entendu, Hubert Perrault n'ayant pas de compte en banque…

— Je n'ai pas mon carnet sur moi, s'excusa Grimm en ouvrant son portefeuille. Et je n'ai que trente euros. Je peux vous régler la suite plus tard ?

— Bien sûr, nous ne sommes pas aux pièces.

Parce qu'il s'agissait d'argent, cette vieille expression le fit rire.

— Puis-je connaître votre profession ? demanda Grimm à brûle-pourpoint.

— J'étais professeur d'histoire dans un collège à Nantes. Mais je suis né à Bruz et j'ai eu envie d'y revenir à la retraite. Je préfère le calme des petites villes à l'agitation frénétique des grandes cités.

Tout cela était d'une telle banalité, son interlocuteur paraissait si transparent… L'infiltration de la SAN par Grimm démarrait de manière décevante, d'autant qu'il perdait cent euros sans aucun espoir de se les faire rembourser par son administration.

— Puis-je savoir les noms des autres membres ? On ne sait jamais, j'en connais peut-être un.

— Vous croyez ? Le trésorier est Jean Buchellet. C'est aussi un retraité. Il habite une commune voisine.

Simple confirmation, Blanchard ayant déjà donné cette information.

— À Rennes, il y a les Saulzoir, un couple d'une quarantaine d'années. M. Héricourt, le plus jeune, la trentaine, habite Dinan.

Dinan. Grimm dressa l'oreille et redoubla d'attention.

— Mme Grésillon, la cinquantaine, vit à Chateaubriand. Avec Mme Saulzoir, elle est la seule représentante du sexe féminin. Les femmes ne paraissent pas très sensibles aux charmes de Neandertal… Et enfin, M. Gallo, résidant à Ploërmel, retraité également.

Kermarrec releva la tête.

— Vous connaissez certains de nos amis ?

— Hélas non, mais j'apprendrai à les connaître.

— Vu l'éloignement géographique de notre petite communauté fraternelle, nous ne nous réunissons pas très souvent. C'est la raison pour laquelle notre association tourne au ralenti. Nous serions plus nombreux et plus proches les uns des autres, nous pourrions avoir une autre ambition. Une fois l'an, en janvier, nous organisons une assemblée générale avec un bon repas dans un restaurant. C'est un moment convivial très sympathique. Mais rien n'égale notre cérémonie en hommage à Neandertal. Elle a lieu, vous avez de la chance, dans une semaine. Je vous appellerai.

Grimm consulta sa montre.

— Je ne vais pas vous déranger plus longtemps.

— Vous ne me dérangez pas le moins du monde. Au contraire.

— Eh oui, mais voilà, je ne suis pas encore en retraite et j'ai du travail qui m'attend.

Remerciant chaudement Kermarrec pour son accueil, Grimm s'éclipsa. Dès qu'il fut assis dans sa voiture, sans attendre de peur d'oublier, il écrivit sur son carnet :

Kermarrec – Bruz
Buchellet – ?
Les Saulzoir – Rennes
Héricourt – Dinan
Mme Grésillon – Chateaubriand
Gallo – Ploërmel

Il resta un moment à scruter la liste, comme si un indice pouvait en surgir, puis, songeur, il mit le contact et démarra.

# 5

Amandine sentit une sueur glaciale couler dans son dos jusqu'à ses reins. Elle tira sur sa chaîne pour se recroqueviller au plus profond de sa cellule. L'horrible grincement de la porte de la cave venait de retentir. Ce bruit la terrorisait, surtout depuis la dernière apparition du monstre, et symbolisait désormais l'horreur de son affreuse condition.

Les pas qui, marche après marche, résonnaient sous la voûte annonçaient la suite du cauchemar. Bientôt, ce serait son tour, elle le savait. La veille, lorsqu'il s'était arrêté face aux geôles où croupissaient les trois femmes, sa voix s'était élevée, féroce :

— Femelles élues, écoutez le message des âges anciens ! Celui des ondes et des fluides qui, par-delà les temps, parvient jusqu'à nous et nous transcende. L'un des usurpateurs de notre terre a résisté et n'a pas permis que j'amène ici une nouvelle compagne du renouveau. Qu'importe ! Vous êtes trois, et il suffit. Avec cette seule triade, j'engendrerai les hommes renouvelés, régénérés, qui se lanceront à la conquête du monde.

Il s'était ensuite approché de la geôle de Laura dont Amandine avait rarement entendu la voix. Seul un cliquetis de chaîne, faible et comme craintif, signalait parfois sa présence. Dans un silence de mort, la clé avait été actionnée, effectuant dans la serrure un tour complet.

Puis il y avait eu des hurlements de terreur, une fureur et une violence qui avaient poussé Amandine à se boucher les oreilles, à ramper sur le sol et à se cogner le front contre le mur. Enfin, un cri de jouissance mêlé à des sanglots insoutenables, déchirants, qui s'étaient peu à peu mués en un râle de souffrance à peine audible.

Ensuite, de nouveau, le bruit sec du mécanisme de la serrure qu'on refermait à clé. Et l'homme, d'une voix presque apaisée, avait affirmé :

— La vengeance s'accomplit. Vous en êtes l'instrument et vous devez en être fières. Que cesse enfin, par mes actes, l'exclusion dont la Race a été victime. L'orgasme interdit n'est plus. Et la généreuse et puissante semence dont vous avez été privées vous est désormais accessible. Un jour sur trois. Réjouissez-vous !

À présent, il se tenait là, immobile, debout face aux trois portes fermées, et Amandine tremblait et grelottait d'effroi à l'idée qu'il ouvre la sienne.

Ce fut un soulagement, un soulagement d'une lâcheté sans nom, quand elle comprit qu'il suivait l'ordre chronologique de la capture. C'était le tour de Solène. Depuis qu'elle avait été battue, celle-ci ne parlait plus. Elle restait désespérément muette malgré les appels d'Amandine, ses ressorts vitaux ayant été détruits par la brutalité de son bourreau. Et ce silence avait plongé Amandine dans une solitude effrayante.

Épargnée. Aujourd'hui, Amandine l'était, et bien que ce ne soit qu'un répit de courte durée, son corps se relâcha, s'effondra sur le sol, épuisé par la tension subie.

Puis les cris d'épouvante la soulevèrent dans un spasme et elle se plaqua sur le sol, tentant désespérément de ne pas entendre l'innommable et brutale union qui se perpétrait derrière la cloison. Une plainte lancinante sortit de sa gorge et, dans l'obscurité hostile, elle pleura l'ultime espérance qui l'avait désertée.

# 6

Grimm déposa les clés sur le bureau d'Ermeline.

— Et voilà ! Je ne l'ai pas abîmée, ta bagnole. Je l'ai conduite comme une vieille dame.

— Tant mieux.

Au petit trot, il alla jeter son blouson sur le dossier de son fauteuil. Mal, puisque ce dernier se décrocha dans le même mouvement et tomba à terre. Il ne s'en préoccupa pas et retourna aussitôt auprès de ses équipiers. Il saisit le feutre du tableau blanc et écrivit la liste des membres de la Société des Amis de Neandertal ainsi que leurs lieux de résidence. Puis il alla jeter un coup d'œil dans le couloir et, revenant sur ses pas, il claqua des mains pour démarrer une réunion de travail.

— Pas de Babut en vue ! On va faire vite. S'il surgit, on dira que c'est toi, Corentin, qui m'as demandé de participer à la réflexion commune.

— OK.

— J'ai vu Kermarrec. Un passionné, un peu mystique sur les bords, qui n'a pas l'air capable de faire de mal à une mouche. Si c'est lui, je me rase la tête !

— Quel âge ?

— Je sais pas, mais retraité. Soixante-cinq ? Soixante-dix ? Il m'a donné la liste des autres amoureux de Neandertal. Bonne nouvelle : ils sont peu nombreux. Sept, on va vite en faire le tour. Mauvaise nouvelle : s'ils sont tous du même acabit, je crois qu'on perd notre temps. Mais c'est notre seule piste, on va l'explorer à fond. Je veux le plus vite possible le pedigree de chacun. Corentin, tu prends Kermarrec et Buchellet. Éric, tu prends les Saulzoir et Héricourt. Ermeline, tu prends Mme Grésillon et Gallo.

Avant de poursuivre, il attendit que ses équipiers notent sur une feuille les noms qu'il leur avait attribués.

— Éric, un détail troublant, le professeur Rouvray nous a menti.

— Ah bon ?

— Il a répondu à l'invitation de la SAN et il a assisté à l'hommage que ces « zozos », comme il les a appelés, rendent régulièrement à Neandertal.

— Quel hommage ?

— J'y viens. Mais j'aimerais connaître la raison qui a poussé ce monsieur à nous raconter un bobard.

— Non seulement il est désagréable, ce mec, mais en plus il nous cache quelque chose, marmonna Blanchard.

Acquiesçant d'un signe, Grimm fit une moue expressive pour montrer la méfiance que le professeur lui inspirait depuis cette information donnée par Kermarrec.

— Par ailleurs, l'association tourne au ralenti. Ils sont si peu à partager cette étrange passion et, en plus, assez dispersés, ce qui les empêche de se voir souvent. Cependant, tous les trois mois, à la pleine lune, ils célèbrent leur héros par une cérémonie qui a lieu au Val sans Retour. Cette cérémonie, j'y suis invité parce que je suis devenu moi aussi un ami de Neandertal.

Le visage grave, Jarry ne put s'empêcher d'affirmer :

— Je t'envie d'être devenu le copain d'un chasseur-cueilleur au front bas, capable de t'assommer d'un simple revers de sa grosse paluche.

— Monsieur Jarry, il paraît que cet homme est beaucoup plus civilisé que vous ne le pensez et qu'il est d'un naturel serviable et affectueux.

— Ça y est, il est tombé dans la secte.

En claquant des mains une seconde fois, Grimm mit fin à ce début de récréation lancée par Jarry.

— Finie la plaisanterie, au boulot !

*

* *

Chaque jour comptait. Si l'assassin détenait les femmes des victimes, rien n'indiquait qu'il ne finirait pas par les tuer. Avec un frisson qui lui parcourut l'échine, Grimm pensait que, tôt ou tard, ce serait le cas. Son expérience des criminels allait en ce sens. Du reste, comment imaginer qu'il les libérerait, puisque les relâcher permettrait de remonter jusqu'à lui ? Or, il ne pouvait pas les séquestrer ad vitam æternam.

Retrouver Amandine allait bien au-delà d'une obsession. Pour Grimm, c'était vital. Amandine était la mère de son enfant. Grimm ne concevait pas que Louis, surtout dans ses plus jeunes années, puisse être privé de sa maman. Cette pensée lui était insupportable. Elle provoquait en lui une sorte de terreur fébrile, réminiscence d'un très ancien passé, qu'il balayait brutalement en s'écriant « Je la retrouverai et je la ramènerai à son fils ».

Pour cette raison, toutes ses facultés intellectuelles étaient tendues vers un seul but. Déchiffrer l'énigme qui faisait obstacle à la résolution du problème. Et si, peu à peu, l'enquête s'orientait vers un fou sanguinaire qui paraissait se prendre pour Neandertal, il n'en restait pas moins que le choix des victimes demeurait un mystère. Aucune connexion, ni de près ni de loin, n'avait pu être établie entre elles. Or, par une intuition qui le pressait chaque jour davantage, il ne croyait pas que ce fût possible. Il y avait une relation quelque part, un lien incompris, et il était impératif qu'il le découvre.

Ce soir-là, après un repas frugal – l'appétit lui manquait –, il s'installa sur son lit, un carnet sur les genoux, le stylo à la main. Il commença par écrire, dans l'ordre chronologique des meurtres, les noms des victimes et les étudia avec attention. L'idée qui le guidait était encore très vague, mais elle tournait autour de la notion de rébus, d'anagramme ou d'acronyme.

Son esprit pratiquait une gymnastique intense avec les mots, les lettres ou les syllabes, les déplaçant comme des cartes et cherchant une signification cachée. Parfois, il écrivait fébrilement, se lançant dans des tentatives qui se révélaient hélas infructueuses. Le temps passa sans laisser entrevoir une ouverture. Il butait sur une solution qui peut-être n'existait pas. Au bout d'une heure d'effort, le découragement aurait pu, aurait dû le gagner, mais il persévérait tant bien que mal, s'accrochant à une conviction que rien, pourtant, ne confirmait.

Il finit par se lever, alla ramasser son paquet qui traînait sur la table de la cuisine, un cendrier qu'il posa sur la couette et, allongé de nouveau, le dos bien calé par deux oreillers, il alluma une cigarette.

Maintenant, il ne cherchait plus réellement, se contentant de laisser son regard errer sur les mots, imprégnant son cerveau de leurs particularités. C'était une lente assimilation, une absorption quasi inconsciente, une pénétration subtile des sens cachés, dont il espérait une maturation souterraine et, finalement, fructueuse.

Quand il compta cinq mégots dans le cendrier, il décida de passer dans la salle de bains, se lava les dents et se déshabilla. Il posa sur la moquette le carnet, le stylo et, coulé sous la couette, la lumière éteinte, sur le dos, les yeux ouverts, il s'empara de nouveau du problème. Le triturant, le malaxant, le pétrissant sans relâche, le pulvérisant en morceaux, jusqu'à ce que son cerveau ne soit plus qu'une machine à usage unique, tournée exclusivement vers la résolution de l'énigme.

Cet état, il le connaissait pour l'avoir souvent éprouvé au cours de sa carrière. L'insomnie en serait la conséquence. Le prix à payer. Comme s'il avait quitté son enveloppe charnelle, il n'était plus Hubert Grimm. Il n'habitait plus nulle part, il n'avait plus de passé, ni d'affect, ni de désir. Il n'était plus rien, sinon une pensée isolée, dégagée de toute contingence, absente du monde réel, une sorte de mâchoire de chien refermée sur un os, d'huître accrochée à son rocher. S'accomplissait une symbiose totale entre sa conscience et le labyrinthe du mystère dont il arpentait les chemins, les tours et les détours, les culs-de-sac, revenant cent fois, mille fois en arrière, pour explorer encore et encore de nouvelles directions.

Les heures s'écoulèrent et la fatigue le submergeait. Pourtant, si écrasante fût-elle, elle n'était pas en mesure de le faire céder. Sa réflexion s'emballait tel un moteur que rien ne peut plus arrêter, qui se nourrit de ses propres échecs comme d'un carburant inépuisable. Grimm se tournait et se retournait dans son lit et, courbaturé par la tension et l'adrénaline accumulée, il avait mal aux épaules, aux bras et aux jambes, qu'il étirait parfois pour rejeter les assauts de l'épuisement.

Au petit matin, enfin immobile, il finit par somnoler, les paupières lourdes, mais les songes fugaces qui prenaient possession de son cerveau n'étaient qu'un ballet noir de lettres et de mots tourbillonnant autour de lui tels des spectres grimaçants. Plus tard, il plongea dans un sommeil agité, vide et haché.

Le réveil sonna. Il ne l'entendit pas. Quand il se réveilla enfin, ses yeux exténués s'arrêtèrent longtemps sur le cadran avant d'en déchiffrer l'heure. 11 heures.

11 heures. La matinée était foutue. Il eut des difficultés à s'extraire de sous la couette, et, pivotant ses jambes, toujours assis sur le lit, il posa les pieds sur le carnet. Il le ramassa pour le ranger sur la table de nuit avant de passer, d'un pas mou et sans consistance, dans la salle de bains.

Au moment où l'eau frappa son crâne et ruissela sur son corps, il eut une sorte d'éclair, de flash étrange. Il sortit précipitamment de la cabine, courut sans se sécher dans la chambre pour s'emparer à nouveau du carnet. Il saisit le stylo et inscrivit la solution, le mot que son cerveau venait de lui proposer. Il décortiqua, compta, écrivit fébrilement et, devant le résultat, il laissa échapper le stylo qui roula sur la moquette pour disparaître sous le radiateur.

Il avait réussi. Enfin. Une solution d'une simplicité biblique dont il ne comprenait pas pourquoi elle avait nécessité une nuit entière de souffrance, qui se soldait par un mal de tête épouvantable.

Retournant dans la salle de bains, il avala deux cachets d'aspirine, s'habilla et s'allongea de nouveau sur son lit avec un sentiment de plénitude et de libération. Quelques minutes plus tard, il dormait d'un sommeil de plomb.

# 7

Il était environ 3 heures de l'après-midi quand Grimm, rasé de près, sortit de son immeuble pour se diriger vers la station de métro.

En centre-ville, il se mit en quête d'un magasin de jouets. Dans la boutique, il s'adressa à la vendeuse qui lui donna aussitôt ce qu'il désirait. Un jeu connu, banal, déjà vendu à des millions d'exemplaires. Déclinant l'offre d'un emballage cadeau, totalement inutile en la circonstance, il repartit avec la boîte sous le bras et prit résolument la direction de l'hôtel de police.

Quand il débarqua dans le vaste espace-bureau de ses collègues, il était 4 heures de l'après-midi. Debout près de la fenêtre, ses adjoints discutaient de l'affaire, échafaudant leurs propres hypothèses.

L'apercevant, Ermeline eut cette réaction spontanée :

— Où t'étais ? On s'inquiétait.

Parcourant du regard la pièce, Grimm tira une table qui ne servait à personne, et sur laquelle s'entassaient des piles de dossiers. Il entreprit ensuite de poser par terre les documents.

— Asseyez-vous là, ordonna Grimm en désignant la table. On va jouer.

— Quel jeu ? demanda Jarry.

— Au Scrabble.

— Ah, c'est pour ça, la boîte ?

— Oui, c'est pour ça !

Tandis que, déplaçant leur fauteuil, ses collègues s'asseyaient en échangeant des mimiques significatives – leur patron avait-il perdu la tête ? –, Grimm s'énervait sur le plastique entourant le carton, qu'il finit par déchirer sans ménagement. Il posa ensuite un seul chevalet face à ses adjoints. Et, retournant le sac, il déversa en vrac les jetons au centre de la table.

— Et le plateau ? protesta Jarry.

— Pas besoin du plateau. Maintenant, écoutez-moi !

Il s'approcha du tableau blanc et déboucha un feutre qu'il commença à agiter devant lui tout en parlant.

— Parce que nous n'avons pas trouvé de relations entre les victimes, nous avons supposé qu'elles avaient été choisies au hasard par l'assassin. En fait, c'est une erreur et vous allez vous-mêmes le découvrir par ces petits travaux pratiques.

— Très bien, commenta Jarry, ça va nous rappeler l'école.

— Je vais vous aider, parce qu'il m'a fallu une nuit entière pour trouver et que je ne vais pas attendre jusqu'à demain. Il faut de la patience et du temps.

— Patience et longueur de temps font plus que force ni que rage, ponctua Jarry.

Sans prêter attention aux commentaires de son facétieux collègue, Grimm écrivit sur le tableau :

Gormonnac
McGronon
Moncorgan
N'Gom-Caron

— Voici les noms de famille des quatre victimes. A priori, rien à en tirer. Pourtant, si on y regarde de plus près, on est frappé par un fait curieux. Vous voyez lequel ?

Le front plissé, les trois équipiers scrutaient sans succès les noms inscrits sur le tableau.

— Alors ?

— Ben non, on ne voit pas, lâcha Ermeline, un peu agacée par le numéro de son chef.

— Ça ne saute pas forcément aux yeux, mais chaque nom est composé de neuf lettres.

— C'est pas vrai ! s'écria Ermeline toujours aussi vive. Dans McGronon, il n'y en a que huit !

Grimm eut un moment d'arrêt et regarda le tableau.

— Ah oui, c'est exact, excusez-moi ! C'est d'ailleurs une difficulté sur laquelle j'ai buté. En fait, il faut écrire McGronon comme ça se prononce et comme d'ailleurs ces noms écossais s'écrivent tout aussi bien.

Il effaça McGronon du tableau pour écrire :

Mac Gronon

— OK, neuf lettres, comme ça, ça marche ! dit Ermeline.

— Et le plus extraordinaire, reprit Grimm, c'est que ce sont les mêmes. Je vous les écris dans l'ordre alphabétique.

— Sacrée trouvaille ! Et qui mène à quoi ? commenta Jarry, et son ton, sincère, n'avait plus son ironie habituelle.

— À l'explication du choix des victimes.

— Vraiment ?

Grimm désigna les lettres entassées au centre de la table.

— Prenez ces neuf lettres, A C G M N N O O R, et disposez-les sur le chevalet comme si vous alliez faire une bonne petite partie de Scrabble.

Il est probable que Jarry, Ermeline et Blanchard auraient rechigné à suivre cette directive si leur patron ne leur avait pas montré la singularité des quatre patronymes des victimes. Encore stupéfiés par cette découverte, ils s'exécutèrent en silence. Quand ils furent prêts, Grimm fit un geste théâtral du bras, qui décrivit une vaste courbe dans l'espace.

— À présent, messieurs dames, à vous de jouer !

— Qu'est-ce qu'on cherche exactement ? questionna Jarry.

— Le mot que l'on peut former avec ces neuf lettres et qui est en rapport avec notre affaire.

— Un anagramme ! s'écria Blanchard.

— Exactement, Éric ! Sauf que le mot est féminin : une anagramme.

— Dans ce cas, pas besoin de Scrabble. Le premier logiciel d'anagrammes venu, et je te trouve le mot !

Joignant le geste à la parole, il sortit son portable de sa poche et se mit à le tripoter. Il fixa son écran en silence.

— Merde, je vois rien… Ça existe avec six des neuf lettres : garçon, Monaco, rognon, racoon, romano, gnomon, morgon, rançon. Mais avec les neuf, y a pas.

— Bon, eh bien alors, cherchez avec les jetons de Scrabble.

— Comment veux-tu qu'on trouve si un logiciel ne le donne pas ?

— Moi, je vous dis qu'il existe, bordel ! Je vous laisse une demi-heure.

Grimm rentra dans son bureau. Il s'installa dans son fauteuil, décolla les pieds pour les poser sur sa table, jambes bien allongées selon sa position favorite, orientant son buste de façon à observer ses collègues, tous trois le nez penché sur le chevalet et qui effectuaient tentative sur tentative en déplaçant et réagençant les neuf jetons un peu au petit bonheur.

— Ils ont pourtant une ligne directrice… murmura-t-il.

Il alluma une cigarette sans les quitter des yeux. Le temps passait et il était en train de se demander s'il n'allait pas leur donner la solution quand il vit Babut déboucher de l'extrémité du couloir et entrer dans la pièce.

En un éclair, il remit ses pieds sur le sol et, posant la cigarette allumée dans le cendrier, il ouvrit précipitamment un dossier et fit mine d'être absorbé par une tâche complexe.

— Qu'est-ce que vous faites ? gronda Babut en arrêt devant la table, le chevalet et les jetons de Scrabble. Vous jouez au Scrabble !? Vous vous foutez du monde ou quoi !?

Jarry se leva, un peu pâle.

— Pas du tout, monsieur le divisionnaire. Je vais vous expliquer.

— Vous avez intérêt à être clair dans vos explications parce que vu ce que je vois… !

Sans complexe, Jarry se déplaça jusqu'au tableau blanc et pointa les quatre patronymes.

— Nous venons de découvrir que les noms de famille des victimes sont tous les quatre constitués de neuf lettres et qu'en plus ce sont les mêmes. Ici – il pointait en dessous des noms – les lettres A C G M N N O O R.

Babut fixait le tableau.

— C'est à peine croyable…

— Monsieur le commissaire, nous venons d'établir la relation qui existe entre les victimes.

— C'est insensé…

— Certes, mais c'est un fait. En toute logique, nous pensons que ces neuf lettres doivent posséder une signification particulière en relation avec notre affaire.

Grimm, dont la porte était ouverte, écoutait et jetait des coups d'œil discrets par les baies vitrées pour suivre la scène. Babut se triturait le menton en fronçant les sourcils.

— Une signification particulière ? Mais laquelle ?

— C'est ce que nous cherchons avec ce jeu de Scrabble. Nous penchons vers une anagramme.

— Un anagramme, plutôt ?

— Une anagramme, monsieur le divisionnaire, le mot est féminin.

— Ah bon ? Vous êtes sûr ?

— Oui.

Devant une réponse aussi ferme, le commissaire n'insista pas.

— En fait, je venais pour savoir où vous en étiez parce que depuis deux jours vous ne m'informez plus. Je constate avec plaisir que ça avance, c'est bien. Je ne sais pas où on va avec ça, mais vous tenez quelque chose, c'est certain. Bravo, mon vieux.

Jarry s'inclina avec humilité. Tout à coup, Babut tourna la tête vers le bureau de Grimm. Du cendrier s'élevaient des volutes de fumée qui s'évasaient vers le plafond.

— Nom de Dieu, il fume encore dans son bureau !

Il se rua vers la porte et apostropha son subordonné :

— Grimm, vous m'éteignez ça tout de suite !

De mauvaise grâce, Grimm écrasa la cigarette dans le cendrier.

— Ça fait cent fois que je vous le répète ! Il est formellement interdit de fumer dans les locaux, même dans son bureau ! Vous commencez sérieusement à me courir sur le haricot !

Les yeux baissés, Grimm attendait que l'orage passe. Celui-ci fut bref car déjà Babut tenait un motif de satisfaction.

— Vos collègues travaillent sur l'affaire des crimes préhistoriques, ils font de gros progrès, et vous ne vous en mêlez pas. Je suis heureux que vous teniez votre parole.

— C'est la moindre des choses, monsieur le divisionnaire.

— Et vous bossez sur quoi en ce moment ?

— Toujours le casse du Champ-Jacquet.

— Ça avance ?

— Euh… oui. Je vous en parlerai bientôt.

— À la bonne heure !

Satisfait, Babut tourna les talons. Dès qu'il eut disparu, Jarry passa la tête par l'entrebâillement de la porte.

— Excuse-moi, Hubert, mais j'ai été obligé... Ce n'est pas dans mes habitudes de m'approprier les mérites des autres.

— C'est pas grave, Corentin, on s'en fout. Tu as bien fait.

À ce moment, une exclamation de joie les fit sursauter. C'était Ermeline.

— J'ai trouvé !

Grimm et Jarry se précipitèrent et découvrirent une Ermeline radieuse, fière de sa persévérance et de sa perspicacité, qui tournait le chevalet pour que chacun puisse lire le mot. Blanchard affichait un visage contrarié, presque boudeur, et affirma :

— J'y étais presque.

— Félicitations, Ermeline ! Je te tire mon chapeau ! On trouve la même chose et, de toute façon, c'est la seule solution, complimenta Grimm avec générosité.

Au tableau, sous les neuf lettres alignées dans l'ordre chronologique, il écrivit :

Cro-Magnon

C'était une grande satisfaction que d'avoir enfin la solution sous les yeux, satisfaction que ne semblait pas partager Blanchard.

— Pourquoi mon logiciel ne m'a pas donné ce mot ?

— Sans doute parce que c'est un mot composé. Au Scrabble, ils sont d'ailleurs interdits.

Cependant, le plaisir d'avoir résolu l'énigme était grandement tempéré par l'atrocité du résultat. Ermeline l'exprima dans un silence général :

— Trois personnes ont été sauvagement assassinées uniquement parce que leur nom de famille pouvait être recomposé en Cro-Magnon. C'est horrible…

— Cela démontre que ce type est un malade dont la perception de la réalité est totalement altérée. Il vit dans un monde qui n'est plus le nôtre. Je ne sais pas si, dans la vie courante, il parvient à le dissimuler. Sans doute, sinon il aurait déjà été interné. En attendant, nous devons prendre deux mesures immédiates.

— Lesquelles ?

— Demander à la police de Strasbourg de mettre en œuvre des mesures de protection pour Laurent N'Gom-Caron. Il a échappé à une première tentative de meurtre, mais il risque gros à mon avis. Ensuite, il faut trouver un moyen d'éplucher tous les patronymes des personnes qui vivent sur notre territoire et qui pourraient avoir un nom composé des neuf lettres identiques à celles de Cro-Magnon.

— Comment on fait ça ? demanda Blanchard.

— Tu t'en charges, répondit Grimm.

Blanchard marmonna que c'était toujours lui qui devait se farcir ce type de recherches et que ce n'était pas juste.

— Éric, c'est parce que tu es le plus efficace dans cet exercice, rétorqua Grimm sans s'inquiéter outre mesure de la réaction de son collègue.

Alors que ses équipiers avaient regagné leurs bureaux respectifs, il tira une chaise et s'assit dessus, jambes allongées et bras croisés.

— Cette découverte un peu ahurissante m'a permis de faire mûrir une idée que je triture depuis un moment.

— On t'écoute, dit Jarry.

— Avec un silex taillé, réplique d'un biface néandertalien, un mec tue des hommes qu'il associe à Cro-Magnon en raison de leur patronyme. Des individus qui représentent donc Cro-Magnon, c'est-à-dire nous, l'homme moderne, au moins de manière symbolique, mais pour lui, j'en ai peur, d'une façon concrète et réelle. Ses crimes s'accompagnent d'une mise en scène élaborée. Entre autres, un œil est arraché et sert, par la citation de Victor Hugo, à révéler aux yeux du monde la culpabilité des victimes. Ce dernier point est absolument capital.

— Pourquoi ?

— Parce qu'il faut le mettre en relation avec la disparition des épouses et les propos du professeur Rouvray. Celui-ci nous a expliqué une histoire complexe de lignée patrilinéaire et de chromosome Y qu'il a ensuite traduite par une affirmation imagée et lamentable à la fois. Tu t'en souviens, Éric ?

— Si je m'en souviens !

— À vous, Ermeline et Corentin, je vous la livre dans son écrin originel : « On a baisé leurs femmes mais on les a empêchés de baiser les nôtres. »

— Tu déconnes ? s'écria Ermeline.

— Eh si ! C'est ce qu'on appelle un dérapage de la part d'un professeur d'université à l'excellente réputation. Si encore c'était avec son meilleur pote, autour d'un verre, OK, mais là… Bref, Neandertal n'aurait jamais pu avoir un enfant avec une femme moderne. La génétique s'y serait opposée. Et c'est le second point primordial en accord avec le premier. Nous sommes coupables…

— Qui ça, nous ? interrogea Blanchard.

— Nous ! Cro-Magnon ! Nous sommes coupables d'avoir profité des femmes Neandertal sans que la réciproque soit possible. Le décor est planté pour le délire de cet assassin hors norme.

Grimm marqua une petite pause avant d'exposer sa théorie. Il eut le sentiment que Jarry et Ermeline avaient déjà compris alors que Blanchard, peut-être toujours contrarié de n'avoir pas résolu lui-même l'anagramme, continuait à faire de la résistance.

— Le meurtrier se prend réellement pour Neandertal. Il en est persuadé, j'en suis certain. Son but est de venger ses ancêtres, d'une part en tuant l'ennemi honni et, d'autre part, en capturant ses femmes pour abuser d'elles.

— J'ai bien peur que tu aies raison, conclut Jarry. Et tu penses qu'un tel cinglé est membre de la SAN ?

— Peut-être. Va savoir ! Mais, à vrai dire, le professeur Rouvray m'intéresse aussi beaucoup.

— Sûr qu'il est pas net, celui-là, affirma Blanchard. En plus, il nous a menti !

— Voilà pourquoi il faut le coucher sur la liste des suspects. Quand on ment, il y a toujours une bonne raison.

Grimm se leva et rangea consciencieusement la chaise à sa place.

— Demain, j'irai revoir ce bonhomme. Quant à toi, Corentin, va exposer au patron tout ce que tu as trouvé.

— Tu le prends mal ?

— Mais non, pas du tout ! Je te charrie.

Ermeline étonna l'assistance en disant avec un grand naturel :

— Tu t'es rasé, Hubert ? C'est rare de te voir comme ça. Ça te rajeunit et ça te va bien !

— Euh… Bien. Merci, Ermeline, répondit Grimm, troublé par la remarque.

# 8

Grimm prit le risque de se rendre à l'université sans rendez-vous. Certes, le professeur Rouvray pouvait être en réunion ou bien travailler avec un collègue, ou même être parti en mission sur un terrain de fouilles. Mais l'effet de surprise avait son importance et Grimm tenait à le tenter.

Donc, dès le lendemain matin, il frappa à la porte du bureau et eut le plaisir d'entendre la voix de Rouvray claironnant un « Entrez » sonore sur le même ton que précédemment.

Pourtant, quand Rouvray découvrit l'identité de son visiteur, il se raidit et lança sur un ton des plus ironiques :

— La police de nouveau… Serais-je donc suspect ?

— Non, professeur, rassurez-vous, vous ne l'êtes pas, mais j'ai une question à vous poser. Courte question d'ailleurs. Cela prendra très peu de temps.

— Eh bien, prenez cependant celui de vous asseoir.

Grimm s'installa tandis que Rouvray affectait l'attitude de la personne qui est bien patiente d'accepter sans broncher d'être encore dérangée.

— L'autre jour, vous nous avez indiqué que la SAN vous avait sollicité.

— C'est exact.

— Et vous nous avez également affirmé que vous n'aviez pas accepté cette invitation car, selon vos propres termes, si on devait répondre favorablement à toutes les sollicitations, on ne ferait plus rien.

— Oui…

— Or, je suis entré en contact avec la SAN et ils se souviennent très bien de vous, de votre venue et de votre participation à la cérémonie au Val sans Retour. Comment est-ce possible ?

Grimm avait adopté un air faussement naïf en lâchant la dernière phrase. À présent, il attendait en souriant, le nez pointé vers le professeur. Celui-ci arbora un air embarrassé. Nier eût été inconcevable et il n'était pas dupe de l'expression indifférente adoptée par ce commandant de la PJ.

— À vrai dire, commença-t-il assez lentement, on s'est mal compris. Quand ils m'ont contacté, j'ai en effet refusé, comme je vous l'ai dit. Ensuite ils ont insisté et ils souhaitaient tellement ma présence que j'ai finalement accepté.

— Pourquoi ne pas nous l'avoir dit l'autre jour ?

— Je ne sais pas. Cette cérémonie assez ridicule ne m'a pas marqué, elle m'était un peu sortie de la tête et j'ai oublié de vous en parler. C'est grave ?

— Non.

En apparence, l'atmosphère était cordiale et détendue. Pourtant, Grimm sentait que le professeur était sur le qui-vive et étudiait ses réactions.

— Donc, reprit-il, vous avez eu l'occasion de voir cette « bande de zozos », comme vous les avez qualifiés vous-même.

— C'est sans doute, effectivement, parce que je les ai rencontrés que je les ai appelés de cette manière, rétorqua Rouvray avec un sourire entendu.

— Dites-moi, cependant, est-ce que parmi ces « zozos », l'un d'entre eux ne vous aurait-il pas paru un peu plus « zozo » que les autres, voire inquiétant et même dangereux ?

Rouvray, impassible, fixa Grimm une bonne minute. Hésitait-il ? Cherchait-il dans sa mémoire ? Le silence se prolongeait, qui intriguait Grimm. Au bout d'un moment, il tenta :

— Je ne connais que Kermarrec.

— Oh non, pas Kermarrec ! Lui, c'est un insignifiant, presque un illuminé, qui croit voir Neandertal rôder autour de lui pendant la cérémonie et presque guider ses pas et ses gestes.

Un insignifiant ! Il n'avait pas fallu attendre longtemps pour que le mépris intrinsèque de Rouvray pour ses semblables réapparaisse. Sans se formaliser, Grimm insista :

— Quelqu'un d'autre alors ?

— C'est délicat…

La réponse révélait clairement que le professeur avait bien une idée sur la question, même s'il rechignait à l'exposer.

— En aucun cas il ne s'agit d'accuser une personne. J'étudie plutôt le caractère des uns et des autres, les potentialités. Si j'explore cette piste, je n'ignore pas qu'elle est peu crédible. Je ne dois cependant rien laisser au hasard. Donc, vous pensez à qui ?

— Il y avait bien ce type, assez bizarre, silencieux, plutôt en retrait du groupe et au regard équivoque. Peut-être une simple impression… Il faisait nuit, les torches projetaient un éclairage rasant, l'ambiance du rituel, tout ça…

— Vous avez son nom ?

— Pas du tout ! De nom, je ne connais que Kermarrec. Et puis aussi son acolyte, un certain Bachelot, Bachelet, Béchelet…

— Buchellet.

— Oui, c'est ça, Buchellet. Insignifiant lui aussi. Un retraité qui s'emmerde et qui s'est trouvé une raison de vivre.

La nature de Rouvray reprenait peu à peu le dessus et les exemples de mépris s'intensifiaient avec, en prime, une pointe de vulgarité.

— L'homme au regard équivoque, vous pourriez me le décrire un peu mieux ?

— Pour ce que je l'ai vu…

— Sa taille, sa corpulence ?

— Grand. Sur ce point, il n'y a pas de doute. Il nous dépassait tous d'une tête. Et plutôt du genre lourd, pas gros à proprement parler, mais massif.

Renseignement précieux, qui faisait écho au témoignage de Laurent N'Gom-Caron et à l'homme qu'il avait aperçu dans le parc avec Amandine.

— Célibataire ?

— Comment voulez-vous que je le sache ?

— Je vous demande cela parce qu'il y a un couple.

— Ah oui ! Non, ce n'est pas le mari du petit couple un peu gnangnan, qui est beaucoup plus jeune. Notre homme est plus âgé.

— C'est-à-dire ?

— Vous me posez de ces questions ! La cinquantaine ?

— OK. Et quoi d'autre ?

— Franchement, rien. Il n'est pas venu au restau pour le dîner qui précède la cérémonie.

— Pourquoi ?

— Je n'en sais rien, il faudrait poser la question à Kermarrec. Ce type est arrivé directement sur les lieux, il a serré la main brièvement aux autres, mais pas à moi, puis il s'est mis dans la file et il a accompli le rituel comme tout le monde. À la fin, il est parti le premier après avoir serré toutes les mains et, de nouveau, en oubliant la mienne.

Était-ce cette indifférence à sa personne qui avait froissé le professeur et qui le poussait à attirer le regard de la police sur ce participant peu convivial ? Quoi qu'il en soit, si les renseignements étaient exacts, l'individu méritait une attention toute particulière.

Grimm remercia Rouvray, s'excusa de lui avoir fait perdre du temps dans son travail et se retira. Quand il fut parti, le professeur resta longtemps pensif en se balançant doucement d'avant en arrière sur son fauteuil.

*

* *

De retour à l'hôtel de police, Grimm informa ses coéquipiers du résultat de son entrevue avec Rouvray.

Pour cerner l'individu que le professeur avait évoqué, il demanda aussitôt un compte-rendu sur les identités des membres de la SAN.

— Pour l'instant laissons tomber Kermarrec, Buchellet, Mme Grésillon et les Saulzoir.

— J'ai quand même pas bossé pour rien ? protesta Jarry.

— Non, bien sûr, mais on va d'abord se focaliser sur les deux qui pourraient correspondre à notre homme. Éric, qu'est-ce que tu as appris sur Héricourt ?

Éric soupira – il n'aimait pas être bousculé –, ouvrit un tiroir pour sortir une chemise. Une feuille à la main, il récita comme à l'école :

— Daniel Héricourt, né à Lorient. Vit à Saint-Malo où il est employé de banque. Célibataire, trente-deux ans. Pas de casier. Je sais que c'est maigre, mais je n'ai rien d'autre.

— Tu n'as pas sa taille par hasard ?

— Non, je ne pensais pas que c'était important, je vais me renseigner.

— Bon. Ermeline, que donne Gallo ?

— Jean Gallo, soixante-treize ans, né à Vannes, habite Ploërmel où il a été receveur des postes. Marié, trois enfants déjà âgés. Petite vie tranquille, je n'ai rien de spécial. Pas de casier non plus.

— Sa taille ? demanda Grimm, découragé.

— Aucune idée, mais je peux l'obtenir.

D'un pas nerveux, Grimm fit plusieurs allers et retours dans la pièce, les mains derrière le dos. En soupirant, il s'arrêta net et écarta les bras en s'exclamant :

— Ça ne colle pas ! Aucun des deux n'a le profil décrit par Rouvray. Aucun ! L'un est trop jeune, l'autre est trop vieux. Mme Grésillon, on l'élimine. Les Saulzoir, un petit couple gnangnan d'après Rouvray, c'est pas le mari. À éliminer aussi ! Kermarrec, je l'ai vu et, franchement, il n'a pas le profil d'un tueur. Buchellet, ce serait son alter ego, donc c'est kif-kif bourricot. Mais, bordel, c'est qui le type dont Rouvray m'a parlé !?

Silence général, rompu par la voix calme de Blanchard :

— Héricourt mesure 1,87 m.

— Ah ! Il est grand !

— Et pèse 66 kilos.

— Merde ! Un grand maigre !

Jarry tenta d'atténuer le découragement de son patron.

— Tu nous as raconté que Rouvray n'était pas sûr de lui. Qu'il faisait nuit, que c'était éclairé avec des torches, etc. Il a pu se tromper sur l'âge ?

— Et sur la corpulence ?

— S'il faisait froid, le jeune Héricourt, qui n'a que la peau sur les os, s'était peut-être chaudement habillé avec plusieurs pelures enfilées l'une sur l'autre et un grand manteau. Qui sait ?

— Mouais…

La tête basse, les yeux fixant ses chaussures, Grimm reprit ses allers et retours d'un bout à l'autre de la pièce.

— Gallo mesure 1,64 m, annonça Ermeline.

— Trop petit !

— Et pèse 82 kilos.

— Un petit gros maintenant, ça ne fait pas l'affaire non plus !

De désespoir, parce qu'il avait mis beaucoup d'espoir dans cette piste, Grimm se laissa tomber sur une chaise. Son portable vibra dans sa poche.

— Allô ?… Ah, bonjour, monsieur Kermarrec… Oui… La pleine lune samedi prochain ?… Non, j'avais oublié… Bien sûr, je veux participer… Où ça ?… Très bien, à quelle heure ?… OK… Je m'en réjouis… Comptez sur ma présence, j'ai hâte de rencontrer les autres membres de l'association… Tout le monde sera là ?… Parfait !… Oui, à samedi, monsieur Kermarrec.

Songeur, Grimm remit lentement son téléphone dans sa poche.

— Vous avez compris ? La cérémonie a lieu samedi prochain. Tant mieux, je pourrai voir de près tous ces « zozos » !

# 9

Grimm avait proposé de rejoindre Kermarrec à son domicile pour le suivre jusqu'au restaurant où l'association devait dîner avant la cérémonie. Ayant de nouveau emprunté la voiture d'Ermeline, il arriva chez le président de la SAN à 18 heures, comme convenu. Il y fit la connaissance de M. Buchellet, le trésorier de l'association.

Grisonnant et marchant un peu au ralenti, l'homme était affable, modeste et souriant. Il souhaita la bienvenue au nouveau membre avec une gentillesse qui révélait sa joie de voir grossir l'organisation. À contrecœur, mais conscient que les bons gestes favorisent la confiance, Grimm se dépouilla des soixante-dix euros manquants pour payer le reste de sa cotisation.

Tandis que Buchellet prenait place dans la voiture de Kermarrec, Grimm monta dans la sienne et les accompagna sur les soixante-dix kilomètres de trajet vers le centre de la Bretagne. Après avoir quitté les grands axes, ils sillonnèrent la campagne et s'arrêtèrent finalement sur la place d'un village. Un petit groupe d'individus, qui patientait auprès de véhicules garés le long de l'église, leur fit des signes de bienvenue en les apercevant.

Cinq personnes. Avec le président et le trésorier, l'association était au complet et Grimm allait pouvoir commencer ses investigations.

— Vous connaissez ce village ? lui demanda Kermarrec alors que Grimm, la clé à la main, venait de cliquer pour fermer sa voiture.

— Non, pas du tout.

— Il s'appelle Néant. Néant-sur-Yvel pour être précis.

— C'est une plaisanterie ?

— Pas du tout. Mais ce n'est pas ce que vous croyez. Le nom vient du breton *Nenv* qui signifie les cieux ou le paradis. Quoique, évidemment, ce serait amusant de penser que le néant côtoie le Val sans Retour, n'est-ce pas ?

— En effet !

En définitive, Kermarrec n'était pas dénué d'une certaine forme d'humour. Et, décidément, non, il n'avait rien d'un candidat pour les horribles crimes perpétrés avec un biface néandertalien.

— Venez, que je vous présente. Ils sont tous impatients de vous connaître.

En allant à leur rencontre, puis en serrant des mains avec aux lèvres son plus aimable sourire, Grimm n'avait pas besoin d'entendre leur nom pour les reconnaître.

Côte à côte, les Saulzoir représentaient l'archétype du couple fusionnel où la parole de l'un ne diffère jamais de celle de l'autre. Une seule bouche et une seule pensée pour deux personnes. Des visages gentillets qui reflétaient un peu leur manque de personnalité, puisqu'ils devaient se mettre à deux pour en avoir une. « Voici donc les “gnangnans” de Rouvray », pensa Grimm.

Un jeune homme d’une trentaine d’années, grand et maigre, un peu voûté, qui paraissait aussi flexible qu’une branche de saule. Héricourt, l’employé de banque, le seul qui avait la taille supposée du suspect. Mais guère sa corpulence.

Cette corpulence, M. Gallo, ancien receveur des postes, la possédait indubitablement, et le mot était un euphémisme. Mais il était de petite taille et de surcroît le plus âgé, soixante-dix ans passés, et on l’imaginait mal se précipiter sauvagement sur ses victimes ou se relever d’un direct en pleine figure de Laurent N’Gom-Caron.

Quant à Mme Grésillon, elle avait l’allure d’une ancienne soixante-huitarde, casquette gavroche sur la tête, pantalon bouffant et chaussures de randonnée, petit sac à dos sur les épaules. Elle paraissait dynamique, active et d’une bonne humeur affichée. Trop peut-être, genre « La vie est belle, les gens sont gentils », qui agaça Grimm.

Ce premier examen ne suscitait guère l’enthousiasme. Si l’assassin se trouvait parmi ces personnes, Grimm avait de quoi désespérer de ses capacités d’observation et d’analyse. Le découragement le gagna. Il avait presque envie de sauter dans la voiture et de rentrer chez lui.

— Où dîne-t-on ? lança-t-il à la cantonade pour gommer cette très mauvaise impression.

— Ici, à l’auberge de la Table ronde ! répondit Kermarrec en désignant un restaurant qui se trouvait en face de l’église, juste de l’autre côté de la rue.

Tout dans ce coin se rapporte à la légende du roi Arthur. Vous verrez, on y mange très bien.

*

* *

Si Grimm, au cours du repas, poursuivit son observation des membres de la SAN, il trouva les conversations bien ennuyeuses, car elles tournaient toutes autour de l'homme de Neandertal. Cependant, il nota que chacun en avait une approche assez différente et même parfois divergente.

Mme Grésillon en faisait une sorte de bon sauvage à la Rousseau. Épargné des turpitudes de notre espèce, Neandertal représentait l'être humain à l'état de nature, innocent, charitable et généreux, d'une pureté d'âme comparable à celle des enfants. Ce qui, en raison de sa force herculéenne qu'il n'utilisait jamais à mauvais escient, le plaçait au sommet de l'humanité.

Kermarrec et Buchellet, quant à eux, se situaient sur un autre versant. Un versant quasi mystique. Neandertal vivait en nous par les gènes qu'il nous avait transmis et cet héritage se manifestait dans nos comportements et nos pensées. Cet ancêtre s'exprimait à travers nous. Pour le meilleur, évidemment. Il fallait donc faire émerger ce legs, le faire admettre par nos contemporains, ce qui passait par une action délibérée et symbiotique avec le grand disparu. Sans doute cette approche était-elle à la base de la création de la SAN, dont le président et le trésorier étaient les fondateurs.

Héricourt portait haut l'étendard de la science. Il n'y avait chez lui ni mysticisme ni rêverie. Des chiffres, des faits, du rationnel, du concret, et une connaissance encyclopédique de cet homme préhistorique depuis les premières fouilles au XIXe siècle jusqu'aux dernières découvertes de la génétique. C'était du reste toujours vers lui qu'on se tournait quand une précision scientifique s'avérait nécessaire.

Les Saulzoir faisaient dans le naïf. Neandertal représentait pour eux une sorte de patriarche biblique, un aïeul lointain à l'aura magnifique dont on connaît la vie sans l'avoir jamais rencontré. Presque un substitut de Dieu. Ou du Père Noël.

Enfin, plus difficile à cerner, Gallo oscillait entre toutes ces approches, discutant avec chacun, établissant le lien dans les échanges entre l'idéaliste, les mystiques, le scientifique et les naïfs.

Une chose toutefois les rapprochait tous, leur amour incommensurable pour l'homme de Neandertal.

Il était déjà 11 heures du soir quand le dîner se termina. Chacun reprit son véhicule et, à la queue leu leu, à vitesse réduite, on quitta Néant-sur-Yvel pour prendre la direction de Tréhorenteuc, commune d'une centaine d'habitants dont la renommée tenait entièrement à la popularité de la légende arthurienne. Peu après la sortie du village, un parking désert et aménagé pour les visiteurs fut investi par la petite file de voitures.

*
* *

— Vous ne pouvez pas imaginer, monsieur Perrault, combien l'été, en journée, cet endroit est noir de monde. Inimaginable ! Mais, en cette saison et la nuit, nous n'y avons jamais rencontré personne. C'est pourtant à ce moment-là que l'âme du lieu se révèle, déclarait Kermarrec à Grimm tout en sortant du coffre de son break deux caisses de matériel.

Tirant quatre torches de la première caisse, il ajouta à l'adresse du nouveau venu :

— Nous pouvons vous appeler Hubert ?

— Bien sûr !

— Et nous tutoyer ?

— Certainement !

Kermarrec distribua les flambeaux. Les rôles paraissaient déjà attribués, depuis la première cérémonie peut-être, puisqu'il n'y eut pas besoin de parole pour que Buchellet en prît une, les Saulzoir deux et Gallo la dernière.

Autant la première caisse était banale, en métal bon marché, autant la seconde était belle, une malle plus qu'une caisse, avec une armature de bois et de peau cerclée de fer, et une poignée sur chaque côté. Grimm nota cette différence qui devait être liée à la valeur des objets transportés. De fait, personne ne l'ouvrit et les torches furent allumées.

Jusqu'au bout, s'accrochant au récit du professeur Rouvray, Grimm avait espéré qu'un inconnu se joindrait à eux. Pourtant, à leur arrivée, aucune voiture ne stationnait sur le terre-plein et aucune ne surgit avant leur départ. Sa déception était forte. L'homme grand et massif était désespérément absent. Il fallait donc accomplir cette cérémonie avec les sept présents dont pas un ne présentait le profil recherché.

Comme pour une procession, une colonne se forma. Buchellet et Gallo avaient pris la tête, éclairant le sentier avec les torches qu'ils tenaient verticalement dans la main droite. Les Saulzoir fermaient la marche, leur flambeau à bout de bras. Juste devant eux, Héricourt retenait ses grandes jambes pour ne pas dépasser Mme Grésillon. Au milieu, Kermarrec et Grimm avançaient sur la même ligne, portant la malle. Heureusement, Grimm le constata avec soulagement, celle-ci n'était pas lourde.

Car le parcours s'avérait malaisé. Le chemin, plat au début, au milieu des champs pour autant que Grimm pût en juger grâce au ciel dégagé, s'enfonça dans une obscure forêt avant de plonger en une pente raide, longeant un ruisseau qui se déversait parfois en cascade à travers les rochers et les arbres. Sec au départ, le chemin recouvert d'un tapis de feuilles mortes devint glissant, et l'humidité se ressentait à travers les vêtements.

— Il faudra, dit Kermarrec à voix basse, que tu refasses ce circuit en plein jour. C'est un site magnifique. Dans un premier temps, nous descendons vers le lac, que nous contournerons en suivant la berge, puis nous remonterons pour aller sur la crête au Rocher des Faux-Amants.

— Le Rocher des Faux-Amants ?

— C'est son nom. Mais nous n'avons cure des légendes de la forêt de Brocéliande, de la fée Viviane et de Merlin l'enchanteur. Nous sommes là parce que Neandertal a vécu ici et que son empreinte se respire encore dans l'air, en particulier les nuits de pleine lune.

L'épais silence figeait l'atmosphère qui semblait hors du temps. À la lumière jaune des torches, cette étroite et profonde vallée sur laquelle planait l'ombre maléfique de la fée Viviane semblait propice à l'existence de créatures fabuleuses comme des elfes, des gnomes, des lutins ou des korrigans. Qu'un homme préhistorique puisse surgir des bois n'avait plus rien d'absurde et Grimm se surprit à imaginer Neandertal fuir à leur approche, tel le yéti.

Une brume tenace, qui s'écartait et se reformait perpétuellement au ras de l'eau, recouvrait le lac aux reflets inquiétants. Dans l'obscurité, les eaux glissaient doucement, par paquets, et des masses plus sombres semblaient parfois en bomber la surface comme si le monstre du loch Ness peuplait les profondeurs.

Leur lent contournement sur une rive parfois spongieuse fut ponctué par des hululements de chouettes qui, gênées dans leur chasse nocturne, remontaient vers les crêtes en frôlant la cime des arbres. De son vol saccadé, une chauve-souris tourbillonna un instant autour du groupe et disparut dans le brouillard stagnant du lac en émettant un cri aigu.

Sur la berge opposée, l'ascension débuta par un sentier plus étroit dans la forêt de feuillus.

— Nous ne suivons pas le chemin des touristes, mais des sentes connues des seuls chasseurs, glissa Kermarrec à mi-pente. C'est plus rude, mais ainsi nous sommes vraiment sur les traces de Neandertal.

Puis le groupe émergea de la forêt. La végétation se raréfia, le roc apparut et la lande domina. De l'herbe rase, quelques fougères et des ajoncs au milieu d'une large arête rocheuse aux lignes tranchantes qui finalement l'emporta. Sur cette crête, Kermarrec désigna un sommet qui avait déjà attiré l'attention de Grimm.

— Le Rocher des Faux-Amants.

Structure double ou bloc fendu en son milieu, c'était un schiste de couleur rouge qui présentait de larges plans fortement redressés selon une direction est-ouest, comme les affleurements alentour. Tandis que la petite troupe se dirigeait vers ce promontoire, Kermarrec confia la malle à Héricourt et prit Grimm à part.

— À présent, Hubert, le silence est de mise. L'hommage que nous rendons à Neandertal doit traverser le temps pour l'atteindre, et seule une attitude digne et respectueuse peut y parvenir. Tu verras, c'est un rituel assez simple que nous avons codifié et qui est désormais immuable. Nous faisons tous exactement la même chose, l'un après l'autre, dans le recueillement le plus absolu. Tu passeras en dernier. Tu n'auras donc qu'à nous observer et nous imiter quand ton tour viendra.

Grimm acquiesça d'un signe de tête. Il avait le sentiment qu'il allait se livrer à un cérémonial ridicule dont il aurait honte et qui, de surcroît, se révélerait inutile à l'enquête.

Au pied du rocher, la malle fut ouverte. Kermarrec en sortit un crâne de Neandertal et une série de silex taillés. Grimm reconnut certaines pièces parmi les plus belles qu'il avait aperçues chez le président de la SAN. Avec précaution et une certaine vénération, le crâne fut déposé au sommet du rocher, au bord de sa face antérieure, de sorte à rester bien visible des participants qui se groupaient tout autour.

Les pierres taillées, parmi lesquelles figuraient de nombreux bifaces, des grattoirs, des racloirs et quelques pointes magnifiques, furent placées autour du crâne comme s'il s'agissait de biens lui appartenant qui lui étaient rendus. Les torches furent éteintes.

Disposés en cercle, les participants restèrent d'abord immobiles, debout, dans une attitude d'humilité non feinte. Puis, le premier, Kermarrec s'avança. Grimm assista alors à une scène qui le pétrifia.

Le président s'agenouilla face au crâne. Il courba le buste en avant, le front touchant le sol, les coudes repliés et les deux mains à plat de part et d'autre de sa tête. Il ne bougeait plus.

Grimm crut revoir l'infortuné Gormonnac que l'assassin avait plié de cette manière face au crâne posé sur la commode. Sous le choc, sa respiration s'accéléra et son regard se figea, incapable de se détacher du corps recroquevillé devant lui.

Il hésita. Mais comme les autres membres de la SAN paraissaient extatiques, perdus dans des pensées lointaines, il sortit discrètement son portable et prit une photo en tenant l'appareil au bout de son bras ballant.

L'instant dura. Kermarrec ne se releva qu'au bout de plusieurs minutes. Sans un mot, il retourna dans le cercle. Buchellet prit sa place, s'agenouillant dans une position strictement identique. Grimm prit un second cliché. Jugeant qu'il avait à présent une preuve suffisante pour rendre compte du rituel, il glissa le portable dans sa poche.

Ce fut ensuite le tour de Gallo. La lune, ronde et brillante dans un ciel étoilé, éclairait la scène, projetant une lumière blanche, puissante au point que leurs ombres étaient visibles. Le champ de vision de Grimm s'élargit pour embrasser la lande déserte jusqu'au rideau d'arbres tout proche qui, à l'opposé du sentier emprunté pour parvenir au sommet, barrait l'horizon à une dizaine de mètres.

Quand Héricourt permuta avec Gallo, Grimm, dont tous les sens étaient en éveil, perçut un craquement du côté des arbres. Une branche morte mêlée au tapis végétal avait cédé. Un bruit si caractéristique qu'il tourna instinctivement les yeux dans cette direction. Il ne vit rien. Même pas la lourde silhouette d'un sanglier ni le profil fuyant d'un renard.

Grimm se devait de rester attentif car son tour approchait. Mme Saulzoir succéda à Héricourt, puis son mari prit sa place. Au moment où celui-ci se relevait, une brève agitation dans les branchages, non loin de l'endroit où le craquement avait retenti, alerta Grimm. Il scruta la pénombre sans succès. Mais il ne put poursuivre son observation, car le moment où il devait se coucher face au crâne était venu.

Il le fit avec le sentiment que quelque chose d'anormal se produisait et qu'il manquait peut-être une occasion d'en apprendre davantage. Le front contre le rocher, il patienta le temps nécessaire, qui semblait laissé à l'appréciation de chaque participant. Sans doute écourta-t-il son hommage pour se remettre au plus vite sur ses jambes.

Cependant, à ce stade, la cérémonie n'était pas terminée. Grimm sursauta quand il entendit les membres de la SAN, de nouveau tous en cercle, la tête levée vers le ciel, pousser à l'unisson un cri déchirant, si long qu'il paraissait ne jamais finir. Pris au dépourvu, il ne put s'y joindre.

Tout à coup, il le vit enfin. Une ombre, celle d'un homme, avait glissé entre deux troncs. Il n'y avait aucun doute. Sans réfléchir, il s'élança.

# 10

Une quinzaine de mètres le séparait de la lisière. Le regard fixé sur l'arbre derrière lequel la silhouette se dissimulait, il se ruait en avant et sa main, par réflexe, tâtonnait le long de sa hanche, cherchant la crosse de son arme de service. Mais elle ne rencontra que le vide.

Déjà, à Rennes, il avait hésité à emporter son arme. Trop visible. Il savait qu'il ne pourrait pas la garder sur lui, ni au repas ni à la cérémonie. Finalement, jugeant que la prudence la plus élémentaire dans une mission de ce type était de ne pas s'en séparer, il l'avait prise mais il avait dû se résoudre à la laisser dans la boîte à gants de la voiture d'Ermeline.

Plus que quelques mètres ! Les semelles de ses chaussures heurtaient les aspérités et les reliefs du schiste, mais la roche, dure et résistante, accrochait et permettait une course rapide. L'autre devait le regarder foncer ainsi dans sa direction et Grimm s'étonnait de ne pas le voir apparaître.

Alors qu'il touchait presque au but, une ombre se détacha du tronc et détala vers la profondeur du bois.

Ayant tardé à prendre une décision, elle avait peu d'avance et Grimm accéléra.

Puis le terrain changea. Quittant le rocher, son pied s'enfonça dans un sol de terre, humide et recouvert de feuilles mortes, qui le ralentit. Il fallait aussi slalomer entre les troncs et, les bras en avant, écarter les ramures qui cinglaient son visage. Parfois, il devait se baisser pour passer sous une branche basse ou, au contraire, l'enjamber en sautant. L'effort pour avancer devenait intense et l'écart entre lui et l'individu ne se réduisait guère.

L'attitude du fuyard était très différente de la sienne. Grimm, qui ne le lâchait pas des yeux, découvrait un être qui, à distance, avait tout d'un colosse. Il se souciait peu des branches, passant au travers, tout droit, son buste les repoussant à la manière d'un autobus.

L'opposition de style était saisissante. Plus souple et plus léger, Grimm zigzaguait avec vivacité. L'autre, tout en force, traçait un sillon rectiligne à travers la forêt. Et cette différence ne profitait ni à l'un ni à l'autre. Seule la fatigue pourrait les départager. Or, Grimm commençait à s'essouffler. Il s'inquiétait de ne pas pouvoir tenir longtemps un tel rythme. Imperceptiblement, il ralentissait. Mais comme l'autre ne creusait pas l'écart pour autant, il en déduisait que l'épuisement devait également gagner le fugitif.

Celui-ci obliqua vers la droite, direction qu'il conserva sur une centaine de mètres. Puis il vira de nouveau à droite, reprenant la direction du talweg. « Il connaît les lieux », pensa Grimm. Car ces changements de direction, deux seulement, au cœur de la forêt, de nuit, ne paraissaient pas être le fruit du hasard, ni le parcours d'un homme pourchassé qui ne sait plus que faire.

Quand la ligne de crête apparut de nouveau, très en aval du Rocher des Faux-Amants où la cérémonie s'était déroulée, Grimm accéléra dès que ses pieds adhérèrent aux fermes arêtes de schiste. C'était un effort intense que seul son gabarit léger permettait et que l'individu, plus lourd, ne pouvait effectuer.

L'autre était à présent tout proche. De dos, Grimm discernait mieux le grand manteau qui l'enveloppait et les cheveux longs, hirsutes, tombant en vagues sur les épaules. Enfin, les pieds nus dans des sandales, ce qui devait constituer un handicap pour la course. Ce détail conforta Grimm dans son espoir de le rattraper. Mieux chaussé, il avait un avantage dont il devait profiter tant que le sol agrippait de cette manière.

Bien qu'à bout de souffle, il accéléra encore. Dans son esprit, grâce à sa maîtrise des techniques d'arrestation, il pensait avoir le dessus dans le combat rapproché.

L'homme atteignit le rebord du ravin. S'il parvenait à se jeter dans la pente, il reprendrait de l'avance. Redoublant d'efforts, Grimm parvint à le talonner et, au moment ultime, à la manière d'un joueur de rugby, il plongea en avant, les bras écartés qu'il referma autour de la taille du fuyard.

Sans réduire sa course, celui-ci le traîna sur plusieurs mètres. Puis il ralentit et s'arrêta. Accroché à son dos, le corps allongé et les genoux touchant terre, Grimm n'eut pas le temps de réagir. L'homme se retourna tout d'une pièce et, dans le même mouvement, le frappa à la tempe. Choc terrible d'un objet dur qui ébranla son crâne. Grimm lâcha prise.

Il se sentit soulevé, porté comme une plume au-dessus des épaules de l'homme, qui le balança dans le ravin. Désarticulé pendant un court vol plané, Grimm chuta durement et dévala la pente. Il s'immobilisa sur le dos, la tête en bas, et son regard se fixa sur la grosse lune ronde qui l'éclairait obliquement.

Il vit aussi, au sommet, sur la ligne de crête surplombant le val, l'image floue de l'homme, sa haute silhouette penchée au-dessus du ravin. L'image se brouilla. L'instant d'après, l'homme avait disparu.

Il porta la main à sa tempe et la retira pleine de sang. Une vive douleur dans le dos le fit gémir quand il essaya de se remettre à l'endroit. Puis ce fut comme si on éteignait la lumière. Son cerveau enregistra une ultime sensation, celle d'un voile noir impénétrable, et il s'évanouit.

*
* *

Quand il reprit connaissance, le jour commençait à poindre. Une lumière blafarde éclairait le ciel et les crêtes, alors que le fond du Val sans Retour restait plongé dans l'obscurité. Dans une semi-conscience, des pensées étranges et inconsistantes l'agitèrent. Sans retour, le val l'était certainement, car il était le gouffre étroit où tombent les morts, engloutis par les eaux noires du lac. Néant, le village proche, portait ce nom comme un avertissement donné aux visiteurs de passer leur chemin.

Avec de grandes difficultés, il pivota pour mettre ses jambes face à la pente et se stabiliser. Il sortit son portable. Ça ne captait pas. Le visage de Kermarrec s'imposa à son esprit. Qu'avaient pensé les membres de la SAN en le voyant s'élancer ainsi vers les bois, sans un mot, et ne pas en revenir ? L'avaient-ils attendu avant de retourner au parking ? Sans doute. Ils devaient aussi l'avoir appelé sur son téléphone. Qui ne captait pas…

Il visualisa sa voiture sur le parking. Seule désormais, et qui attendait son retour. Que c'était loin ! Que d'efforts surhumains il allait devoir entreprendre pour l'atteindre !

Sur les fesses, il commença à se laisser glisser en avant. Mais le sang cognait dans sa tête, comme un marteau sur sa tempe meurtrie, et la douleur dans le dos persistait. Il devait s'arrêter tous les mètres, récupérer et repartir.

Il lui fallut une heure pour atteindre le fond du ravin, occupé par un ruisseau. Pas de lac à cet endroit, ce qui le surprit avant qu'il comprenne qu'il devait se situer en aval de celui-ci. Il parvint à se lever et, claudiquant, s'arrêtant à chaque pas ou presque, il traversa le ruisseau, pataugeant dans l'eau, glissant sur les galets qui en tapissaient le lit.

Une fois sur le chemin, il s'assit sur le côté et attendit. Il se sentait si faible que le découragement le gagnait. Ses yeux se fermaient d'eux-mêmes. Dans un sursaut, il consulta de nouveau son portable. Pas de réseau.

Il s'allongea un moment, mais il avait peur de s'évanouir, si bien qu'il se releva, et, titubant, il entreprit péniblement la lente ascension qui devait le ramener au parking. Son dos le faisait souffrir, ajoutant un handicap supplémentaire et l'obligeant à maintenir son buste le plus droit possible. Dès qu'il se penchait en avant, une vive douleur lui faisait pousser un cri, le forçant à s'accroupir et, les dents serrées, à attendre qu'elle cesse avant de repartir.

Encore une heure de petits pas, moins pénibles quand il arriva sur du plat, et le parking fut en vue. Il fixait la voiture, effectivement seule, plein d'espoir, tel un chevalier de la Table ronde qui a échappé au dragon et découvre enfin le Graal à portée de main.

Il s'accrocha au capot, chercha les clés dans sa poche et cliqua. Quand il fut assis, laissant la portière ouverte, son téléphone captant à nouveau, il appela. C'était dur pour lui d'en convenir, mais il n'était pas en état de conduire.

Après plusieurs sonneries, une voix ensommeillée lui répondit.

— Hubert ?

— Ermeline, je suis au Val sans Retour, sur le parking à la sortie de Tréhorenteuc. Téléphone à Corentin. Dis-lui de prendre sa bagnole et de venir avec toi pour me chercher.

— Pourquoi !?

— Je suis blessé.

# 11

Bras croisés, Grimm était assis sur le lit d'hôpital, le dos bien calé par deux oreillers. Quand l'infirmière s'éclipsa, Ermeline et Jarry en profitèrent pour se glisser dans la chambre.

— Alors, on te ramène ? demanda Ermeline.

— Non, ils veulent me garder en observation vingt-quatre heures à cause du coup à la tête. Paraît que même si je n'ai pas vomi, je me suis évanoui trop longtemps et il y aurait risque d'hémorragie cérébrale ou quelque chose comme ça. Enfin, par prudence, quoi !

Il était clair que cet arrêt forcé agaçait Grimm au plus haut point. Un gros pansement cachait sa tempe gauche, qu'il tapotait régulièrement.

— Vous direz au patron que je suis tombé la tête la première dans l'escalier de mon immeuble parce que je le dévalais en courant.

— J'étais là, affirma Jarry.

Cette réplique fit sourire Grimm qui se redressa avec difficulté.

— Putain, le dos, ça fait mal ! Heureusement, rien de cassé. C'est un coup, quand j'ai été balancé dans la pente. Un rocher qui ressortait, je suis tombé dessus au niveau des reins. Ça a écrasé tout ce secteur. Dans deux jours, je trotte comme un lapin, vous verrez !

C'était un peu difficile à croire, comme un lapin surtout, néanmoins ses deux coéquipiers, positifs et rassurants, confirmèrent cette prédiction avec application.

— Même si ça a mal tourné, j'ai pas perdu ma soirée ! La première certitude est que la piste de la SAN est la bonne. C'est bien de ce côté-là qu'il faut chercher.

— La seconde est que l'homme décrit par Rouvray existe bien, mais que ce n'est pas quelqu'un de la SAN.

— Exact, Ermeline ! C'est une découverte majeure et dont la signification m'échappe. Il n'est pas membre de la SAN. Or, selon Rouvray, il les connaît et a déjà participé à la cérémonie. Pourquoi, cette fois-ci, se cachait-il ?

— C'est un timide qui a peur des nouveaux, suggéra Jarry de son ton imperturbable en s'asseyant sur une chaise.

— Timide, froussard, farouche… Et costaud !

— C'est pas incompatible.

— Le plus stupéfiant, qui m'a laissé sur le cul, c'est cette cérémonie ! La scénographie est identique à celle des meurtres ! Dingue ! J'avoue, quand je repense à cette « bande de zozos », car c'est bien une bande de zozos ! que l'assassin soit parmi eux est impensable. Impensable ! Ou alors j'arrête ce métier !

— Ne fais surtout pas ça, Hubert, ce serait une immense perte pour la police judiciaire et notre pays tout entier. Ta place vacante ne pourrait jamais être comblée.

— Merci, Corentin…

— L'un d'eux est peut-être complice du meurtrier ? proposa Ermeline. L'un d'eux ou plusieurs ?

— J'y ai déjà pensé. Mais, vraiment, moi qui les ai vus de près, qui ai dîné avec eux, je ne vois pas lequel. En plus, ils sont un peu ravagés, mais sympas.

Grimm ferma les yeux. Trop d'incertitudes nuisent à la définition d'une stratégie. Il fallait pourtant en élaborer une. Et vite, si possible. Sa situation vis-à-vis de la SAN se révélait un handicap. Soit il poursuivait son rôle d'infiltré dans l'association, soit il changeait de tactique et la PJ – Jarry, Ermeline et Blanchard – entrait en action pour interroger chacun de ses membres.

— Il faut avant tout comprendre qui a inventé la mise en scène de cette cérémonie, dit-il à voix basse comme s'il se parlait à lui-même. Est-ce seulement Kermarrec et Buchellet ? Ou tous ensemble ? Quelqu'un d'autre ? Se sont-ils inspirés d'un livre ? D'un article scientifique ?

— Tu vas leur demander ?

— Je crois, Ermeline, qu'il le faut.

— Mais tu n'es pas grillé désormais ? Ta disparition dans la forêt, ça ne peut que les alarmer, non ?

— Sûr ! Je ne suis pas grillé pour autant. Tu sais que mon portable ne captait pas là-bas, mais, depuis, j'ai vu que Kermarrec avait essayé de m'appeler plusieurs fois. Il suffit que je lui donne une explication convaincante.

— Dire que tu as eu brutalement envie de pisser seul dans un coin isolé, loin d'eux parce que tu es extrêmement pudique, me paraît de nature à rassurer tes potes. Je serais toi, je jouerais la carte de l'envie pressante.

— Arrête de déconner, Corentin, s'il te plaît. Ça me fait mal au dos quand je ris.

— Alors, qu'est-ce que tu vas lui raconter ? questionna Ermeline.

— Aucune idée. Faut que je trouve.

Le téléphone posé sur la table de chevet vibra. Grimm regarda l'écran.

— Merde, Kermarrec !

— Au moins, ça prouve qu'il t'aime bien, remarqua suavement Jarry. Il s'inquiète, le pauvre.

Reconnaissant qu'il ne pouvait pas faire le mort trop longtemps, il décrocha.

— Allô, Hervé ?

— Ah, Hubert, enfin ! Que s'est-il passé ? Tu es parti comme un fou vers la forêt et on t'a pas revu. On t'a attendu, tu sais ?

— Je m'en doute et je suis vraiment désolé.

— Pourquoi as-tu filé comme ça ?

— C'est que… j'ai vu… j'ai cru voir… c'était peut-être l'effet de la cérémonie… Je ne voudrais pas que tu te moques de moi… enfin, il était là… il nous regardait…

— Qui ?

— Neandertal !

— …

— Oui, je sais, tu vas penser que je suis zinzin…

— Non, Hubert, pas du tout ! Je le sens moi-même à chaque cérémonie. Son esprit est là. Il nous enveloppe. Je ne suis pas étonné. Mais, tu l'as vu… euh… matériellement ?

— Une silhouette, derrière un arbre. Et je ne sais pas ce qui m'a pris, j'ai voulu le toucher, lui parler peut-être ? J'ai eu peur qu'il disparaisse et je me suis précipité. Ce fut comme un appel… un appel… irrésistible.

— Et alors ?

— L'ombre a détalé à travers bois et je l'ai suivie. Longtemps. J'ai dû tourner en rond parce que je suis tombé dans le val, que j'ai dévalé en vrac.

— Nom d'un chien ! Tu t'es fait mal ?

— Oui, et pas qu'un peu. La tête, le dos, j'ai morflé. Je ne pouvais plus bouger et le portable passait pas. Ça va, au final, rien de grave. Mais il m'a fallu un temps incroyable pour revenir à ma voiture.

— Oh, je m'en veux ! Nous aurions dû appeler les secours.

— Non, non, c'est ma faute. Oublions cela. Dis-moi, Hervé, j'ai été fasciné par la cérémonie. Trop, peut-être… Est-ce que je peux te demander qui l'a imaginée ?

— Oui, bien sûr… Ah, voilà ma femme qui revient de la boucherie ! Je l'attendais dans la voiture. Je vais devoir te laisser, mais pourquoi ne viendrais-tu pas dîner à la maison un soir ? On reparlerait de tout cela tranquillement devant un bon repas. Qu'en dis-tu ?

— Entendu ! Quand tu veux.

— À la bonne heure ! Je te rappellerai. À bientôt, Hubert.

Jarry siffla d'admiration.

— Chapeau ! Mais ils sont cons à ce point de croire à un tel bobard ?

— Ça dépend lesquels. Lui, il a un côté mystique prêt à gober n'importe quoi à partir du moment où on évoque l'essence ou l'esprit de Neandertal. Avec d'autres, il aurait fallu inventer autre chose. Héricourt par exemple, ou Mme Grésillon, il aurait été beaucoup plus difficile de leur vendre une telle salade. Disons que je me suis adapté à l'idiosyncrasie de Kermarrec.

— Un vrai cours du petit menteur illustré…

— Quoi qu'il en soit, le sort en est jeté. La stratégie, je ne l'ai pas choisie. Je vais donc continuer ma mission de taupe au sein de la SAN. Va juste falloir que je me retape un peu. Vous savez ce que je vais faire ?

— Non.

— Le médecin m'a proposé un arrêt maladie d'une semaine. Sur le coup, j'ai refusé, en fait je vais le prendre. Comme ça, je pourrai consacrer tout mon temps à l'enquête, en cachette du patron et sans être gêné par d'autres affaires.

Pensif, Grimm tapotait de nouveau le pansement au niveau de sa tempe. Ermeline s'approcha.

— J'aurais bien voulu voir. Dommage qu'il y ait cette énorme compresse.

— Ils m'ont fait six points de suture. Tu veux jeter un coup d'œil ?

— Ben, enfin, Hubert, ça va pas ?

Sans écouter la protestation d'Ermeline, Grimm décolla l'extrémité de la bande autoadhésive et, plissant les yeux de douleur, tira dessus d'un coup, ce qui arracha la compresse. La plaie apparut : une large entaille recousue avec du gros fil. Ermeline restait stupéfaite, autant de découvrir la blessure que du geste insensé de son patron.

Jarry s'approcha à son tour.

— Ah oui, il y a un bon pète sur la carrosserie. De la tôle à redresser. Avec quoi il t'a fait ça ?

— Je sais pas. Une pierre, je pense.

— La pointe d'un biface.

— Non, parce que si c'était le cas, je crois que je serais mort à l'heure qu'il est.

Sortant de sa torpeur, Ermeline s'alarma.

— T'aurais pas dû faire ça, c'est complètement idiot ! Ça resaigne, du coup !

De fait, les points de suture se gorgeaient peu à peu de sang.

— Appelle l'infirmière, Ermeline, elle va me refaire un beau pansement tout neuf.

— Tu fais chier, Hubert ! Elles ont autre chose à faire, les infirmières !

— Tu as raison, j'suis qu'un con.

Quelques minutes plus tard, une aide-soignante entrait dans la chambre et, découvrant le sang qui commençait à couler sur la joue et le pansement posé sur la table de nuit, s'écriait :

— Qu'est-ce qui s'est passé ? C'est incroyable !

— Je ne comprends pas, il s'est décollé tout seul, répondit Grimm, les yeux baissés.

*

* *

En fin de matinée, de retour à la PJ, Jarry fut aussitôt convoqué par Babut. Selon le divisionnaire, quelque chose de « très grave » s'était produit. Quand il entra dans le bureau, celui-ci ne l'invita pas à s'asseoir. Il pointa son index dans sa direction et s'écria d'une voix furieuse :

— Je ne sais pas où vous étiez ce matin, mais pendant ce temps-là, votre homme de Neandertal, il continue son carnage !

Jarry pâlit. Malgré les recommandations effectuées à la police de Strasbourg, Laurent N'Gom-Caron avait donc été assassiné. C'était affreux de penser qu'on savait qu'il était en danger de mort et qu'on n'avait pas su le protéger.

— Il est mort ? balbutia Jarry.

— Qui ça, il ?

— N'Gom.

— Non, ce n'est pas votre Alsacien qui est mort ! Ça s'est passé ici, à Rennes ! Et c'est une femme !

— Une femme !?

L'information était si déstabilisante que Jarry restait muet, ne parvenant pas à l'intégrer dans le schéma criminel élaboré jusqu'à présent.

— Et plus précisément une étudiante, reprit Babut. Tout concorde ! En posture d'adoration devant un crâne ancien, le front défoncé par un objet contondant, et l'œil arraché. Ça doit encore être bien joli à voir ! Pour l'instant, je n'ai pas de photo. C'est le lieutenant du commissariat de quartier qui m'a appelé.

— Quel est son nom ?

— Le lieutenant Germonot.

— Non, l'étudiante.

— Ah, l'étudiante ?

Babut farfouilla sur son bureau, soulevant des feuilles entassées en désordre et marmonnant qu'en ce moment il perdait tout. Puis il approcha un papier de ses yeux et lut :

— Audrey Petitjean.

— Petitjean… C'est pas possible.

— Et pourquoi c'est pas possible ?

— Avec Petitjean, on ne peut pas faire Cro-Magnon.

Trois pleines secondes, Babut fixa Jarry dans les yeux puis, le visage rouge de colère, balayant l'air d'un mouvement du bras, il hurla :

— Eh bien, ça prouve que vos déductions sont des conneries !

Jarry encaissa cette charge sans broncher. Il en goûtait l'ironie amère. Chaudement félicité une semaine auparavant par le divisionnaire pour une brillante démonstration qui était l'œuvre de Grimm, elle lui collait à présent au doigt comme le sparadrap du capitaine Haddock, jusqu'à recevoir une volée de bois vert parce qu'elle se révélait erronée.

Tout à son courroux, Babut ne se souciait guère des états d'âme de son subordonné.

— Je vous donne l'adresse et vous vous rendez sur les lieux tout de suite avec Blanchard. La Scientifique y est déjà et Pointcarré probablement aussi.

— Bien.

— Le lieutenant Germonot est sur place.

— Bien.

— Allez, mon vieux ! Action ! Restez pas là comme un sac de pommes de terre !

Ébranlé, Jarry tournait les talons quand il fut interpellé par le divisionnaire :

— Et Grimm, où était-il ce matin ? Je ne l'ai pas vu !

— À l'hôpital.

— À l'hôpital !? Il est malade ?

— Non, il est tombé dans l'escalier de son immeuble.

— Ah bon ?

— Vous savez qu'il n'a pas de voiture. Alors, parfois, je passe le prendre chez lui et on boit un café vite fait dans son appart. En partant, il a loupé la première marche et il a basculé tête la première. Un sacré vol plané.

— Nom de Dieu… C'est grave ?

Adouci, Babut paraissait même inquiet et son visage, la mâchoire décrochée, les yeux figés, s'était comme allongé.

— À la réception, sa tête a heurté au niveau de la tempe. Six points de suture. Et puis il s'est à moitié écrasé le bas du dos au niveau des reins. C'est très douloureux, quoique sans conséquence. Il va rester vingt-quatre heures à l'hôpital avant de rentrer à son domicile. Le médecin lui a notifié un arrêt maladie d'une semaine qu'il va vous faire parvenir.

— Nom de Dieu de nom de Dieu… répétait Babut. Oh là là… Vous lui transmettrez mes vœux de prompt rétablissement.

— Bien sûr.

En refermant la porte, Jarry entendit le divisionnaire qui se parlait à lui-même.

— C'est fâcheux tout de même au moment où il disait avoir presque résolu l'affaire du cambriolage de la rue du Champ-Jacquet.

*

* *

Après avoir mis au courant Ermeline et Blanchard du meurtre de l'étudiante, Jarry téléphona à Grimm. Celui-ci écouta l'information sans piper mot. À la fin, il prit le temps de réfléchir à la nouvelle stratégie imposée par les circonstances.

— À partir de maintenant, l'enquête se divise en deux. De votre côté, très officiellement, vous travaillez sur l'assassinat de cette pauvre fille. Et, de mon côté, très officieusement, profitant de ma semaine de vacances, je poursuis la piste de la SAN. En toute logique, tôt ou tard, on va se rejoindre. Et j'espère que ça ira vite.

— Mais, Hubert, l'anagramme de Cro-Magnon ne marche pas, insista Jarry. On s'est fourvoyés.

La riposte de Grimm fut immédiate.

— Arrête, Corentin ! Ce n'est pas parce que ce meurtre ne cadre pas entièrement avec la série précédente que nous nous sommes trompés ! Allez sur place et essayez de comprendre !

Après la crise de Babut, Jarry se sentait un peu las d'être traité de cette manière. Il changea de sujet.

— Tu sors quand finalement ?

— Demain.

— Et, en attendant, tu te balades dans l'hôpital ?

— Non.

— Qu'est-ce que tu fais ?

— Je suis assis sur mon lit.

— Tu regardes la télé ?

— Non.

— Tu fais quoi ?

— Je m'emmerde.

# 12

Vérifiant une nouvelle fois l'adresse sur son écran, Ermeline leva les yeux et considéra le bâtiment.

— Non, ça c'est le D. On s'est gourés.

— Alors, y a pas de C ! pesta Jarry.

— Il doit être derrière.

— Mouais… En tout cas, c'est mal foutu, leur affaire. Je ne sais pas comment on peut s'y retrouver.

Débarquant quelques minutes auparavant en voiture, ils avaient repéré le fourgon de la PTS et un véhicule de police. Depuis, ils cherchaient le bâtiment exact où le corps avait été retrouvé. Mais la disposition des immeubles dans ce grand ensemble s'organisait selon un maillage obscur qu'aucun panneau ne permettait de décrypter.

— Là-bas, c'est le C ! s'écria Ermeline en tendant le bras.

— Pas trop tôt.

L'ascenseur en dérangement – un classique qui surprend toujours –, mais heureusement trois étages seulement à grimper pour parvenir, au bout d'un long et triste couloir encombré de voisins à la mine défaite, jusqu'à l'appartement de la victime. En fait, un studio. Devant la porte, trois policiers et quatre agents de la PTS revêtus de leur combinaison blanche paraissaient désœuvrés.

— Capitaine Jarry de la PJ… Et voici le lieutenant Gasquet.

Jarry et Ermeline serrèrent consciencieusement la main des trois policiers, mais essuyèrent un refus poli de la part des agents de la Scientifique qui évitaient de contaminer leur combinaison avec des ADN externes.

Le lieutenant Germonot était un grand gaillard à l'imposante stature, brun de peau, le front haut, une mâchoire proéminente et un nez large qui supportait des lunettes. Expansif, le genre de type qui prend tout du bon côté, il donna de lui-même les explications à leur apparente oisiveté.

— C'est trop exigu là-dedans pour qu'on puisse y travailler tous ensemble sans se marcher dessus. Douze mètres carrés ! Nous, les flics, on ne peut que monter la garde, et les scientifiques, plus de deux, c'est déjà trop ! En plus, y a la légiste, maintenant.

Une bonne nouvelle que de savoir le Dr Pointcarré sur place. Grâce à sa rigueur et à son sens du détail, les circonstances du meurtre seraient rapidement connues. Jarry jeta un coup d'œil par la porte ouverte.

La pièce était effectivement petite. Un micro-coin cuisine avec une table minuscule, un lit, un bureau, des étagères, une salle d'eau resserrée avec douche, lavabo et toilettes. Mais ce qui accrochait le regard, hélas, était le corps de l'infortunée jeune femme, agenouillée devant son bureau sur lequel, bien en évidence, était posé un crâne.

Le chef des agents de la PTS, dont la taille et la maigreur avaient frappé Grimm chez Gormonnac, était accroupi près du corps et scrutait la vieille moquette décolorée. Un de ses adjoints faisait de même dans la salle de bains.

Assis sur le lit, le Dr Pointcarré rangeait ses instruments dans une sacoche. Elle leva les yeux vers l'entrée.

— Ah, capitaine Jarry ! Et Ermeline… Attendez, j'arrive.

Bouclant sa mallette médicale, elle leur apporta des surchaussures en plastique.

— Hubert n'est pas là ?

— Euh… Non, il est sur une autre affaire.

La légiste parut dubitative.

— Une autre affaire… Plus importante que celle-ci ?

— On ne peut pas être partout, lâcha Jarry d'un ton un peu précipité.

— Certes…

— Alors, qu'est-ce que ça donne ?

La légiste les fit entrer, mais le chef de la PTS leur demanda de se tenir à l'écart du corps afin d'éviter de polluer la scène de crime et pour qu'il puisse, sans gêne, continuer sa recherche d'indices. Vu l'étroitesse des lieux, ils s'assirent tous les trois sur le rebord du lit.

Dans un silence épais, leurs regards s'attardaient sur le cadavre. Par un instinct lié à l'espèce, les crimes d'enfants ou de jeunes adultes provoquent toujours un profond malaise, un écœurement sans limite, un sentiment de gâchis lamentable. Que l'on puisse détruire, voler ainsi la vie d'êtres humains à l'orée de leur existence rend le crime plus abominable.

Et l'étudiante, dont les longs cheveux blonds recouvraient la tête en s'étalant sur la moquette, dont le corps mince, souple et chaud de son vivant, avait été plié dans cette affreuse posture que le froid de la mort avait maintenant figée, produisait cet effet accablant, littéralement écrasant, alourdissant l'âme, devenue aussi pesante qu'un énorme rocher tombant au pied d'une falaise.

Au bout d'une pleine minute, le Dr Pointcarré brisa ce silence mortifère :

— La mort a été donnée par un objet pointu provoquant une profonde entaille triangulaire sur le front. Je ferai les mesures pour la comparer à celle de Gormonnac. A priori, vous avez récupéré l'arme du crime, donc elles devraient être différentes.

— En effet.

— Le cadavre a été trimballé pour être placé dans cette position. N'est-ce pas, Aurélien ?

Le chef de la PTS cessa momentanément son travail et désigna la salle de bains.

— Elle a été tuée sur le seuil et traînée ensuite jusque-là.

Tandis que le chef de la PTS se penchait de nouveau sur la moquette sans plus se soucier de la discussion, la légiste reprit :

— Le crâne est celui d'un Neandertalien. La mise en scène est identique à celle que j'ai déjà vue.

— Et le dos ?

— Je n'ai pas eu le temps de vérifier, mais il y a du sang sur le bas du chemisier. Pour l'instant, on effectue la recherche de traces sur les vêtements et sur le sol.

À contrecœur, Ermeline prenait quelques photos des lieux et, il le fallait bien, du cadavre.

— Vous avez retrouvé son portable ? demanda-t-elle au chef de la PTS.

— Non.

— Son ordinateur ?

— Non.

Il se releva, et sa taille était encore plus impressionnante pour ceux installés sur le lit, qui eurent l'impression de lever la tête au plafond pour le regarder. Quittant la salle de bains, son collègue le rejoignit.

— En ce qui nous concerne, nous avons terminé, le cadavre peut être emporté à l'institut médico-légal. On embarque le crâne aussi.

— Moi aussi, je vais vous laisser, répondit Pointcarré.

Elle lança un dernier regard désolé vers la jeune femme assassinée.

— C'est malheureux de voir ça…

*

* *

Après le départ du Dr Pointcarré, Ermeline et Jarry assistèrent à l'enlèvement du corps et, au moment où ils allaient se mettre enfin au travail, subirent la visite du substitut du procureur. Homme insignifiant au visage de fouine, costume trois-pièces mais pantalon trop court, chemise bien blanche avec une cravate dont le nœud trop serré rebiquait vers le haut, il serra brièvement la main du lieutenant Germonot et s'engouffra dans le studio en lâchant :

— Ah, j'arrive trop tard ! J'ai manqué le corps.

Puis, se tournant vers Jarry, il l'apostropha sans se présenter :

— Qu'est-ce que vous avez appris ?

Jarry et Ermeline avaient déjà eu à supporter ce personnage qui secondait le procureur Lestanger lorsque celui-ci était trop occupé pour se déplacer.

En quelques mots, Jarry détailla le crime, insistant sur le fait que la scénographie le rattachait à l'affaire Gormonnac déjà aux mains d'un juge d'instruction. Le substitut écouta puis, levant son petit nez retroussé vers son interlocuteur et prenant un air important, lança :

— Des indices ? Un suspect ?

— Pas plus que pour les meurtres précédents.

— Ennuyeux… Très ennuyeux, cela. Je vais en discuter avec le procureur.

Puis, avec un vague mouvement de tête signifiant son congé, il tourna les talons et disparut aussi sec. La large carrure du lieutenant Germonot apparut alors sur le seuil du studio.

— Très ennuyeux, cela. Je vais en discuter avec le procureur, mima-t-il, accompagnant sa plaisanterie d'un clin d'œil appuyé.

Ermeline et Jarry éclatèrent d'un rire complice.

— Oui, et pendant ce temps-là, d'autres travaillent, compléta Ermeline.

La recherche d'indices et de documents dans un endroit aussi petit fut brève. Les cours de la victime, étudiante en histoire de l'art, s'entassaient sur trois étagères suspendues au-dessus du bureau, un plateau posé sur deux tréteaux. Pas de tiroir, donc. Dans le placard mural, les vêtements d'une jeune fille de son âge et, au sol, deux vieux cartons contenant les vestiges de sa vie passée au collège et au lycée. Pas grand-chose à se mettre sous la dent, ce qui eut pour effet de décourager Ermeline et Jarry.

Ils découvrirent sa carte d'identité dans le vêtement accroché au portemanteau fixé sur la porte d'entrée. Sans rien y apprendre qui ferait progresser l'enquête :

Audrey Petitjean
Née à Nevers
22 ans
1,70 m
Yeux bleus
Pas de signe distinctif.

Comme pour la plupart des jeunes de notre époque, toute sa vie intime se trouvait dans son portable et dans son ordinateur, qui avaient été fort opportunément emportés par l'assassin. Il allait falloir interroger un à un les membres de sa famille, ses camarades de promo, tous ses copains et copines. Du pain sur la planche en perspective…

*

* *

Une fesse posée sur le lit, le médecin inspectait la blessure à la tempe. Satisfait, il se releva, consulta sa montre et déclara d'une voix ostensiblement rapide pour indiquer qu'il était pressé :

— Ça se présente bien. La cicatrisation est en cours. Je vais vous faire une ordonnance pour un désinfectant et des pansements hydrocellulaires. Un peu de Doliprane pour le principe… enfin, je veux dire, pour la douleur. Vous sortez à midi, je crois ?

— Oui.

— Très bien. Vous avez l'air résistant, cette chute dans l'escalier ne sera bientôt plus qu'un mauvais souvenir. Vous aurez besoin d'une infirmière pour enlever les points de suture dans six jours.

— Je reviens chez vous ?

— Non, non, surtout pas, vu l'engorgement de nos services… Vous prendrez rendez-vous avec une infirmière en libéral. Je vous ferai aussi une ordonnance.

— Et le dos ?

— Le dos ? C'est rien… Une contusion avec gonflement et hématome, ça va passer tout seul. Du repos et il n'y paraîtra plus.

Puis, avec un sourire mécanique, le médecin se retira. En position assise et le buste bien calé contre les oreillers, Grimm resta un instant à regarder la porte de nouveau fermée. Il passa sa main au niveau de ses reins et grimaça. C'était rien, sans doute, mais ça faisait mal quand même.

Son regard se déporta sur la table de nuit et tomba sur son téléphone. À présent qu'il avait la certitude de quitter à midi cette usine en surchauffe, où le personnel débordé courait en tous sens, il pouvait agir sur la suite des événements.

Il fit défiler sa messagerie, et appela Kermarrec.

— Hervé ? C'est Hubert.

— Hubert… Cela me fait plaisir de t'entendre. Cette chute, tu t'en remets ?

— Oui, ce n'est pas bien grave, mais on m'a prescrit un arrêt de travail d'une semaine.

— Ah, tout de même…

— Du coup, la semaine prochaine, je ne bosse pas. Je vais être désœuvré et m'emmerder chez moi. Repos forcé ! Et libre comme l'air.

— Eh bien, pourquoi ne pas profiter de ta semaine de congé pour organiser ce petit dîner dont je te parlais hier ?

— C'est gentil, ça me ferait plaisir. Quand ?

— Euh, faut que j'en parle à ma femme. Je te rappelle dans la journée.

En reposant son téléphone sur la table de nuit, Grimm s'agaçait de ne pas connaître déjà le jour de ce repas. Car, ce nouveau meurtre, d'une femme dont le nom ne se prêtait pas à l'anagramme Cro-Magnon, brisant une démonstration en apparence implacable, avait déclenché en lui une sourde angoisse. Il tentait désespérément de la contrôler en évitant de penser ou de réfléchir à cet assassinat. Peine perdue, car ce grain de sable sanglant grippait toutes les reconstitutions logiques et refusait de s'intégrer dans le puzzle en cours d'élaboration.

Alors, embourbé dans son raisonnement antérieur, il décortiquait le patronyme Petitjean, cherchant une anagramme nouvelle. Sans succès. Le tueur était-il sorti du cadre qu'il s'était fixé jusque-là pour accomplir désormais son atroce rituel sur d'autres, au hasard ?

Et s'il assassinait à présent des femmes, cela pouvait-il signifier qu'il avait liquidé celles qu'il séquestrait ? Atroce pensée qui provoquait chez Grimm des suées glaciales qui mouillaient son front à la racine des cheveux et coulaient dans son dos et sous ses aisselles.

# 13

Une humidité froide suintait des vieux murs en moellons de schiste. Par un étroit soupirail, lointain et inaccessible, filtrait une lumière blafarde qui éclairait faiblement les voûtes, accrochant une fine poussière en suspension dans l'air vicié. Des amas de salpêtre recouvraient en partie les arches et se décollaient par plaques, pendouillant misérablement.

La terre battue du sol glaçait son dos et s'était incrustée dans sa peau par les trous de sa chemise déchirée. D'un regard perdu, elle fixait le plafond, et sa tête oscillait d'une ogive à l'autre, à l'image d'un balancier qui fonctionnerait à vide, sans but et sans raison.

Elle gisait inerte, les bras en croix, crucifiée, jambes écartées, comme éventrée par la pénétration violente qui l'avait martyrisée. Après ce calvaire, une couverture avait été jetée sur elle, telle une toile de jute sur un chien malade, le bruit affreux de la serrure à nouveau verrouillée avait claqué à ses oreilles et son corps avait connu un ultime soubresaut, avant que le silence ne retombe dans la cave.

Ses cris, elle croyait encore les entendre, tandis que les larmes avaient séché sur son visage, laissant de longues traînées noirâtres sur ses joues. Le liquide chaud, abjecte, coulait le long de ses cuisses et se mêlait à la terre battue.

Son tour était venu. Elle avait tenté de résister, se débattant, griffant et mordant, mais la brutalité sans limite du monstre avait brisé toute résistance. Elle n'avait pu que crier, puis, cette forme dérisoire de rébellion ayant aussi cessé, anéantie par la souffrance, elle avait geint, jusqu'à épuisement, et, la bouche ouverte, elle était enfin devenue muette comme une poupée de chiffon alors que l'homme achevait son ignoble besogne.

À présent, au-delà des murs oppressants, uniques témoins de son supplice, elle cherchait une issue que seule son imagination pouvait créer. Une raison de vivre, une bouée à laquelle s'accrocher. Alors, à la manière d'une vignette ou d'une gravure, les visages de ses trois enfants apparurent sur la clé de voûte. Amandine tendit un bras vers eux et murmura :

— Mes chéris, mes pauvres chéris, où êtes-vous ?…

Les pupilles dilatées, extatique, elle scrutait avidement la chair de sa chair. Une force s'y trouvait contenue, qui s'échappa et l'investit, diffusant en elle un souffle chaud et cristallisant dans son cerveau une volonté inébranlable.

Pour eux, pour ses petits, elle devait tenir, ne rien abandonner, renoncer à toute idée de suicide qui l'avait un moment traversée, et lutter, lutter avec pour arme sa seule volonté.

Serrant les dents, elle bascula sur le ventre et rampa jusqu'à l'anneau scellé dans la pierre qui retenait sa chaîne. Elle s'y agrippa, à deux mains, et le tira vers elle avec une énergie décuplée par la rage.

Elle échoua, même à l'ébranler, mais ses doigts longeaient les murs, grattaient la terre, soulevaient le bidon d'eau, empoignaient son écuelle, à la recherche d'un objet ou d'une idée qui lui permettrait de changer le cours de son destin.

# 14

Le commissaire divisionnaire Babut venait de poser sa tasse de café sur le coin supérieur droit de son bureau. S'installant ensuite confortablement dans son fauteuil, il avait, comme chaque matin, étalé le journal *Ouest-France* sur la table et commencé à tourner distraitement les pages, une à une, ne lisant que les gros titres.

Il eut soudain comme un doute, une sorte de réminiscence retardée. Il referma le journal pour consulter de nouveau la première page. En petit, une mention signalait : « Meurtre atroce d'une étudiante rennaise p. 11 ».

Babut feuilleta les pages frénétiquement et, s'arrêtant page 11, lut l'article en question. Son visage se décomposait à mesure de sa lecture et, la tête penchée jusqu'à toucher du front le journal, il répétait :

— Nom de Dieu… Nom de Dieu de nom de Dieu…

Puis il fixa le mur en face de lui d'un air inexpressif, presque bovin, tant ce qu'il avait lu l'avait irrité. Finalement, il saisit son téléphone et composa le numéro du procureur Lestanger. Ligne directe. Par chance, le procureur était dans son bureau et décrocha.

Avant même que Babut ait eu le temps de dire quoi que ce soit, le procureur lança :

— Je sais pourquoi vous m'appelez ! J'ai reçu à l'instant un coup de téléphone du juge d'instruction qui est furieux. Je sais, c'est une bourde et, croyez-moi, je la regrette !

— Monsieur le procureur, nous étions convenus, pour Gormonnac, que les détails du meurtre ne devaient pas être dévoilés afin de ne pas attirer le regard des médias. Ils ne devaient rien savoir, ni du crâne de Neandertal, ni de la posture d'adoration, ni de l'œil crevé. Et là, pour cette pauvre fille, tout est décrit. Je ne comprends pas.

— Ce n'est pas de mon fait ! Sans mon autorisation, mon substitut, peu après s'être rendu sur les lieux du crime, a tout révélé à la presse. Je viens de lui passer un de ces savons ! Mais c'est trop tard, le mal est fait.

Ah, ce substitut ! Babut le considérait aussi comme un homme arrogant, d'une incompétence crasse, et, cette fois-ci, il avait vraiment fait une belle boulette. Désormais, la PJ serait harcelée par les médias qui, dès le lendemain, développeraient ce qui n'était aujourd'hui qu'un mince article préliminaire. Le juteux fait divers ferait boule de neige, se répercuterait de journal en journal, allant s'amplifiant, et atteindrait à coup sûr les télévisions, en particulier les chaînes nationales d'information en continu, toujours avides des pires horreurs pour attirer et capter un large public en excitant son voyeurisme.

Que la PJ, le procureur et le juge d'instruction soient assiégés en permanence par une meute de journalistes non seulement allait gêner l'enquête, mais pouvait avoir une autre fâcheuse conséquence. L'affaire, quand on en connaîtrait les ramifications, de Rennes à Montpellier en passant par Dinan et Strasbourg, pourrait être reprise par Paris si des résultats rapides n'étaient pas obtenus. Or, des résultats, il fallait bien l'avouer, il n'y en avait guère jusqu'à présent.

— C'est ennuyeux… très ennuyeux… vraiment très ennuyeux… ânonnait Babut d'une voix morne, ne sachant plus que dire.

— À n'en pas douter ! jeta le procureur Lestanger en raccrochant.

*
* *

Invité la veille par Kermarrec pour ce fameux dîner, Grimm gara la voiture à proximité immédiate du domicile de son hôte, trouvant sans chercher une place dans la petite rue peu fréquentée. Calme et tranquillité étaient sans conteste les deux mots qui définissaient à la perfection le lotissement du président de la SAN. Grimm frémit à l'idée d'habiter un tel endroit. « Putain, j'y mourrais d'ennui… » siffla-t-il entre les dents.

Pour ne pas emprunter de nouveau la voiture d'Ermeline, il en avait loué une. Parfois son absolutisme écologique constituait un handicap, en particulier s'il était privé des véhicules de service de la PJ. En plus, comme il n'avait aucune responsabilité officielle dans l'enquête, cette location était à ses frais et ne lui serait jamais remboursée.

Il consulta sa montre. 19 heures. L'heure exacte à laquelle Kermarrec l'avait convié à dîner. Il avait hâte d'en apprendre davantage sur la cérémonie du Val sans

Retour. Ce rituel était la clé de l'affaire, l'une des clés en tout cas, et le meurtrier soit en était l'auteur, soit l'avait découvert fortuitement.

Quand Kermarrec ouvrit la porte, son visage n'avait pas sa bonhomie habituelle. Il avait une expression catastrophée et, sans le saluer, il apostropha Grimm :

— Tu as lu le journal ?

— Non.

— Ah là là ! C'est affreux, c'est incroyable !

— Quoi ?

— Entre !

Dans le couloir, Grimm serra la main de Mme Kermarrec, toujours aussi effacée, qui retourna illico dans la cuisine, où elle préparait le repas. À l'évidence, elle était préposée aux corvées ménagères tandis que son mari devait s'occuper du jardinage et du bricolage. Malgré les avancées féministes de ces dernières années, une répartition des tâches domestiques par genres tenait toujours la corde dans les milieux français traditionnels.

Kermarrec l'entraîna dans le salon, ramassant au passage le journal posé en vrac sur la commode, et se laissa tomber dans son fauteuil. Sur la table de la salle à manger attenante, le couvert était déjà mis.

— Il faut que tu voies ça ! C'est épouvantable !

Il lui tendit le journal où un article était entouré d'un grand cercle au feutre noir.

— Lis ça !

Grimm découvrit une chronique qui relatait l'assassinat de l'étudiante avec tous les détails du mode opératoire. Sans comprendre comment la mise en scène macabre avait fuité dans la presse, il tenta d'en évaluer les conséquences pour son enquête informelle.

Dur à dire. En un sens, il pouvait parler plus librement et se permettre d'interroger Kermarrec sans provoquer de soupçons. Cependant, tous les membres de l'association étaient certainement aussi au courant, ce qui ne faciliterait pas les investigations si l'assassin se trouvait parmi eux.

— Je suis bouleversé, déclara Kermarrec.

Et, vraiment, il paraissait l'être. La voix altérée, le teint pâle, les traits tirés, les paupières papillotant à toute vitesse et la main qui massait son front jusqu'à le rougir, il montrait tous les stigmates de l'émotion. À moins qu'il ne fût un acteur hors pair, ce que Grimm ne croyait pas. Il y avait chez cet homme une naïveté mystique et une forme d'honnêteté foncière qui ne trompaient pas. Et Grimm avait acquis une grande expérience des comédiens, y compris des plus tordus.

— Tu te rends compte ? On a assassiné cette jeune fille en reproduisant notre rituel. Qui a pu faire une horreur pareille ?

Vu les circonstances inattendues, Grimm décida d'y aller à la louche sans peur de choquer son interlocuteur.

— Tu penses à quelqu'un de la SAN ?

— Tu es fou ! se récria Kermarrec. Aucun ne peut avoir commis une telle monstruosité !

En fait, le président semblait incapable de surmonter son désarroi, le raisonnement l'avait fui et Grimm se devait de mener les débats à la manière d'un interrogatoire. Il orienta Kermarrec vers la piste la plus prometteuse.

— Cette cérémonie du Val sans Retour, qui l'a inventée ? Toi ?

— Non. C'est une histoire assez particulière.

— Raconte…

— La SAN a été créée par Jean Buchellet et moi. Au début, nous n'étions que deux, mais on a vite été rejoints par Héricourt. Un puits de science, ce jeune homme, comme tu as dû le constater.

— Absolument, il est impressionnant.

— Sais-tu qu'il écume tous les musées de préhistoire européens et même au-delà pendant ses vacances ? Il lit tout ce qui sort sur le sujet, il s'informe sans cesse. C'est lui qui a trouvé les autres. Les Saulzoir d'abord, Gallo ensuite et Mme Grésillon en dernier.

— Donc, Héricourt fut le recruteur.

— C'est ça, le recruteur.

— Et ce rituel si fascinant, c'est lui aussi qui… ?

— Ah non, pas du tout ! Ce n'est pas lui.

— C'est qui alors ?

— En fait, au départ, nous n'avions pas de cérémonial, ou juste un embryon. Nous avions décidé de nous rendre une fois l'an dans un endroit différent mais singulier de la Bretagne, de nous mettre en cercle et de respecter dix minutes de silence pour rendre hommage à notre ancêtre. La première année, nous nous sommes rendus à la pointe du Raz, puis au Ménez Hom, à la Roche-aux-Fées, au cairn de Gavrinis, à la Roche tremblante et bien d'autres lieux, jusqu'au jour où nous sommes allés au Val sans Retour. C'est là que nous l'avons rencontré.

— Qui ?

— Attends… Par un hasard tout à fait étonnant, c'était la pleine lune et nous avions décidé d'y aller la nuit. Quand nous nous sommes approchés de l'endroit du cérémonial actuel, un homme était agenouillé, face contre terre, immobile, devant un rocher où trônait un crâne de Neandertal. Ça nous a tétanisés. Nous avons attendu qu'il se relève pour l'aborder.

Grimm était tendu comme un arc, au point qu'il n'avait pas bu une seule gorgée du verre de bière servi par Mme Kermarrec.

— Et alors ?

— Eh bien, il a eu l'air surpris de nous voir et pas vraiment content, puis il s'est radouci quand on lui a expliqué le rôle et le but de notre association. Il s'est dit lui aussi très proche de Neandertal et, chaque nuit de la pleine lune, il accomplissait ce rituel qu'il avait créé avec un ami.

— Un ami ?

— Oui, mais il y a longtemps. Au moins deux décennies. À la suite de cette rencontre, nous avons décidé de venir au Val sans Retour tous les trois mois, à la pleine lune, et d'accomplir le même cérémonial. Au début, on le retrouvait sur le parking ou déjà sur place, et il avait parfaitement accepté que nous participions. C'est lui cependant qui se recueillait le premier et il partait sans attendre la fin. Si bien qu'on le voyait peu. Par ailleurs, il n'était pas bavard. Et puis, un jour, il n'est plus venu.

— Pourquoi ?

— Je ne sais pas.

— S'était-il passé quelque chose de spécial la dernière fois que vous l'avez vu ?

— Pas vraiment. Enfin, si ! Mais, spécial, c'est beaucoup dire. C'était le jour où le professeur Rouvray était présent.

— Ah !?

— J'ai eu l'impression qu'ils se connaissaient. Il y a eu comme une gêne quand ils ont été face à face et ils se sont serré la main très vite sans se regarder.

Sans en mesurer encore l'exacte portée, Grimm savait qu'il tenait là un élément décisif. D'une manière plus intuitive que raisonnée, il devinait avoir mis la main sur une pièce qui s'intégrerait dans le puzzle final.

Par ailleurs, il se rappelait que Rouvray avait prétendu ne pas connaître cet homme qui, surtout, ne lui avait pas serré la main. Kermarrec affirmait le contraire. Témoignages divergents. L'un des deux mentait et il n'y avait aucune raison de supposer que ce soit le président de la SAN. Mais pourquoi le professeur aurait-il caché la vérité à ce sujet ? Mystère.

— Et, depuis, vous ne l'avez jamais revu ?

— Jamais.

— Dans les premiers temps, vous avez dû lui demander d'adhérer à la SAN, non ?

— Il a refusé. Assez catégoriquement. On n'a pas insisté.

— Donc, si je comprends bien, vous ne connaissez ni son nom ni son adresse.

— Ben non.

— Tu pourrais le décrire ?

— Pas son visage parce qu'on l'a toujours vu la nuit et par ce fait je n'ai jamais pu détailler ses traits. En revanche, il est grand et costaud. Très grand, même. Les cheveux longs.

Bingo ! La piste se précisait. Grimm croyait en respirer l'odeur et, tel un chien de chasse, il était dans un fort état d'excitation.

— As-tu un autre moyen qui permettrait de l'identifier ?

— Tu crois que c'est lui le meurtrier ?

— Pardi ! Qui d'autre ?

Grimm se mordit les lèvres. Attention à ne pas oublier qu'il n'était pas commandant de la PJ, mais Hubert Perrault, comptable dans une obscure entreprise d'une zone industrielle. Se calmer, paraître moins impliqué. Respirer doucement et reprendre.

— À vrai dire, je n'en sais rien. Mais c'est le seul qui n'est pas membre de la SAN et qui connaît le rituel.

— Avec le professeur Rouvray.

Cette remarque, frappée au coin du bon sens, ne déstabilisa pas Grimm. Sans être petit, Rouvray n'avait pas le gabarit du tueur. Le professeur n'était ni l'agresseur de Laurent N'Gom-Caron, ni l'homme qu'il avait poursuivi au Val sans Retour, ni celui qu'il avait aperçu dans le parc avec Amandine.

— Avec le professeur Rouvray, tu as raison, acquiesça-t-il prudemment. Mais l'autre, tu n'aurais pas quelque chose qui permettrait de le retrouver ?

— Il y aurait bien sa voiture. Un très vieux modèle.

— Lequel ?

— Une Panhard Dyna Z. Jean est un passionné de vieilles voitures, c'est lui qui me l'a fait remarquer. Avec une plaque à l'ancienne, de l'époque ante-Sarko, immatriculée dans les Côtes-du-Nord.

— Côtes-du-Nord !? C'est quoi comme département ?

— Euh, pardon… Côtes-d'Armor. Il m'arrive encore d'utiliser l'ancienne dénomination, la force de l'habitude.

Ces informations devaient être suffisantes pour remonter jusqu'au propriétaire de la voiture. Il ne devait pas y avoir pléthore de Panhard Dyna Z avec une immatriculation ancienne dans les Côtes-d'Armor.

— Faudrait prévenir les flics, déclara soudain Kermarrec.

Grimm sursauta. L'intention était louable, en revanche, si le président de la SAN téléphonait à n'importe quel commissariat de quartier, des rouages administratifs et policiers seraient actionnés qui, avant d'atteindre la PJ et le bon interlocuteur – Jarry en l'occurrence –, feraient perdre du temps et pourraient même occasionner des fuites préjudiciables. Il court-circuita aussitôt le processus.

— Appelle la PJ. J'y connais quelqu'un qui est venu dans notre entreprise pour une enquête. C'est un type bien. Corentin Jarry. Note son nom. Tu lui racontes toute l'affaire. Ainsi on aura fait notre devoir.

— Je ne pourrai pas demain. Si tu le connais, téléphone-lui toi-même, ce sera plus rapide.

Grimm n'en espérait pas tant. Il acquiesça et Kermarrec lui sourit avec bienveillance.

Le repas expédié, dès qu'il fut dans la voiture, Grimm appela Jarry et lui donna toutes les informations recueillies chez Kermarrec.

— Demande à Éric de trouver les noms des personnes qui possèdent une Panhard Dyna Z immatriculée à l'ancienne dans les Côtes-d'Armor. Et qu'il me téléphone ensuite pour me dire le résultat.

— OK, dès demain matin, je le mets sur le coup.

— Bonne nuit, Corentin.

— Bonne nuit, chef…

*
* *

Le lendemain, il était près de 11 heures du matin quand Blanchard téléphona à Grimm. Depuis l'aube, celui-ci tournait en rond dans son appartement, incapable de dormir tant son intuition lui indiquait que, cette fois-ci, la piste était la bonne. Trois puissants projecteurs se braquaient sur l'homme à la Panhard : 1. son gabarit, conforme à la description de N'Gom-Caron, à l'individu poursuivi dans le Val sans Retour et à l'homme aperçu dans le parc avec Amandine ; 2. le fait que c'était lui qui avait inventé le rituel ; 3. sa voiture immatriculée dans les Côtes-d'Armor, donc au centre du triangle Brest/Lorient/Saint-Brieuc où l'assassin devait séquestrer ses victimes.

D'une voix toujours aussi calme, dénuée en apparence de toute excitation, Blanchard affirma :

— J'ai ton homme, Hubert.

— Tu es sûr ?

— Il n'y a dans les Côtes-d'Armor qu'une seule Panhard de ce type qui a encore une immatriculation à l'ancienne antérieure à 2009.

— Et alors ?

— Il s'agit de M. Gonzague Coëdec de Trévorn.

— Pardon ? Répète…

— Coëdec de Trévorn. Je sais, ça fait un peu de la haute.

— Ça fait surtout vieille famille noble bretonne et, Gonzague, le prénom qui va bien avec la particule. Et il fait quoi dans la vie, notre coco ?

— Il est notaire à Morlaix.

— Notaire !? Ah mince, si j'm'attendais. Mais c'est pas dans le Finistère, Morlaix ?

— Si, mais il habite à vingt kilomètres de Morlaix, à Trégornec, dans les Côtes-d'Armor. Je t'envoie toutes ses coordonnées par SMS.

Voilà ! Grimm fit trois fois le tour de son petit salon. On touchait au but. Il sentait les pulsations de son cœur qui s'étaient brutalement accélérées et son esprit battait la campagne sans pouvoir définir une stratégie précise. D'abord, préalable indispensable, faire tomber cette nervosité qui l'empêchait de réfléchir.

Sortant sur le balcon, il fuma très vite, à pleins poumons, deux cigarettes. Son portable vibra. Jarry.

— Salut, Hubert. Éric m'a mis au parfum. Qu'est-ce qu'on fait ?

— Faudrait mettre ce type en garde à vue et le cuisiner pendant vingt-quatre heures !

— Oui, mais on peut pas !

— Je sais bien qu'on peut pas, bordel de merde ! Je suis hors du coup, pas sur l'affaire, et tout ce que j'ai obtenu de Kermarrec n'existe pas officiellement. Alors, je ne vois qu'une solution : tu entres en contact avec Kermarrec puisqu'il sait que je dois t'appeler, vous l'interrogez, vous rédigez son témoignage en bonne et due forme, signé et tamponné, et vous allez voir ensuite le patron pour obtenir la garde à vue de Coëdec. Faut pas perdre une minute.

— Mais toi, en attendant, tu fais quoi ?

— Je file à Trégornec pour continuer l'enquête. Si c'est une fausse piste, je vous préviens. Mais, franchement, ce coup-ci…

— Sois prudent.

— J'essayerai, mais si Amandine est encore vivante, si j'ai une possibilité de la délivrer, une seule, même infime, même très risquée, je la tenterai.

— Je comprends.

Dès qu'il eut raccroché, Grimm jeta son sac de voyage sur le lit et y entassa en vrac quelques vêtements de rechange. Il tirait avec difficulté sur la fermeture Éclair pour le refermer quand son téléphone vibra de nouveau. L'écran affichait : Henriette Lumelle. Il décrocha aussitôt. La voix de la vieille dame était mal assurée, presque tremblante.

— Hubert, je ne voudrais pas vous déranger, mais je suis sans nouvelles, aucune, rien, et c'est très dur.

— Excusez-moi, Henriette, si je ne vous ai pas appelée. C'est parce que je ne peux rien dire encore de très précis, sinon, vous pensez… Je vais être franc, c'est mieux, c'est toujours mieux… Je ne peux pas affirmer qu'Amandine est vivante, mais j'y crois, j'y crois toujours parce que rien n'incite à penser le contraire, et j'ai une piste, qui devrait nous conduire à l'assassin.

— Une piste ?

— Oui, je boucle mon sac pour partir du côté de Morlaix.

— Aujourd'hui ?

— Oui.

— Ah… Je voulais aussi vous prévenir que je récupère Louis ce week-end. Tant pis.

Silence désolant. Grimm eut un pincement au cœur.

— Henriette… Ça me rend triste, mais…

— Mais vous ne pouvez pas venir et je veux aussi que vous alliez à Morlaix.

La voix d'Henriette s'éleva soudain comme un cri déchirant, celui d'une mère torturée par l'angoisse et le désespoir :

— Retrouvez ma fille, Hubert, retrouvez-la !

— Je vous jure que je ferai tout ce qui est en mon pouvoir. Tout. Absolument tout.

Et, après un moment d'hésitation, il ajouta :

— Serrez Louis dans vos bras, Henriette, très fort, pour moi…

# Le Manoir
# de
# Roc'h-ar-lan

## 1

Grimm roulait vite, trop, certainement, puisqu'il vit à deux reprises un radar flasher sur le bas-côté. Il avait pris la quatre-voies de Saint-Brieuc puis, après Guingamp et Plounévez-Moëdec, il avait bifurqué, empruntant les petites routes de campagne en direction de Trégornec, qu'il atteignit en milieu d'après-midi.

Il s'agissait d'un bourg qui devait dépasser les mille cinq cents habitants, avec sa boulangerie, son épicerie, son bar-tabac, sa petite auberge et sa pharmacie.

Les yeux sur le GPS, Grimm le traversa lentement jusqu'à l'adresse donnée par Blanchard. À la sortie, sur la droite, en retrait de la route, une maison de maître se dressait au centre d'un jardin clos de vieux murs de pierres et fermé par un grand portail noir. Grimm se gara sur la gauche et, sans sortir de sa voiture, l'observa avec attention.

En raison des murs, il ne pouvait voir que le premier étage, avec trois hautes et larges fenêtres, et les combles. Malgré tout, on reconnaissait très bien la base rectangulaire massive avec ses pierres d'angle et le double toit en ardoise, quasi vertical d'abord, en prolongement de la façade et percé de deux chiens-assis, puis incliné jusqu'au faîte. Sans être immense, la demeure de Gonzague Coëdec de Trévorn était belle, en excellent état, et reflétait la bonne fortune et la richesse de ses propriétaires successifs.

À l'intérieur de la propriété, d'anciens bâtiments dont Grimm distinguait les toits s'alignaient le long d'un des murs d'enceinte, témoins de l'ancienne puissance agricole qui, au XIX$^e$ et sans doute jusqu'au milieu du XX$^e$ siècle, devait régner sans partage sur le village de Trégornec.

Le portail fermé empêchait de pousser plus loin les investigations. Selon toute vraisemblance, un jour de semaine comme celui-ci, Coëdec devait se trouver à Morlaix dans son office notarial.

Que faire ? Tenter de s'introduire dans la propriété paraissait prématuré. Après tout, même si de sérieux indices désignaient le notaire comme le suspect principal, aucune preuve formelle ne l'accusait. Il fallait donc de la prudence, d'autant plus que Grimm n'était pas en mission officielle. Surpris dans la maison par le propriétaire des lieux ou un simple domestique, outre des ennuis judiciaires sans fin, il serait renvoyé illico de la PJ et irait pointer à Pôle emploi.

Remettant le contact, Grimm fit demi-tour un peu plus loin et retourna dans le bourg. Il se gara au niveau de l'église, centre névralgique du village qui concentrait tous les commerces. Il jeta un coup d'œil circulaire et repéra le café.

À vrai dire, il y en avait deux. Sur le trottoir devant l'auberge, quelques tables étaient disposées pour la clientèle de passage – VRP, chauffeurs poids lourds, artisans ou touristes –, une manière de l'attirer pour un apéritif et de la laisser ensuite se diriger tout naturellement vers le restaurant. À l'intérieur, un bar devait compléter le dispositif.

Mais c'est l'autre café qui attira le regard de Grimm. Moins visible car sans terrasse extérieure, une façade vieillotte qui ne semblait pas avoir été rénovée depuis les années cinquante, plus authentique en somme et donc fréquenté par les gens du coin. Surtout les vieux.

Afin d'en savoir plus sur Coëdec, Grimm avait décidé d'aller à la pêche aux informations de toute nature qui pourraient faire avancer l'enquête. Cet antique café était sans conteste le meilleur endroit pour commencer cette quête. Dans une approche à l'ancienne, il fallait se glisser dans la place sans révéler son identité et, tel un indic, sans avoir l'air d'y toucher ni d'y accorder de l'importance, poser habilement des questions pertinentes. À Montpellier, à plusieurs reprises, il avait joué ce rôle avec succès.

Il traversa la grand-rue et suivit le trottoir sur une dizaine de mètres jusqu'au café. La vieille poignée en bec de canard lui rappela certains magasins de son enfance. Il l'abaissa et, quand il poussa la porte, le son caractéristique d'une clochette fixée au chambranle et que le battant venait de bousculer résonna dans la salle. Décidément, tout avait été conservé intact. Un vrai musée. Et avec une conséquence immédiate : son entrée n'était pas passée inaperçue.

*

* *

Une poignée de regards se tourna dans sa direction. Sur la droite, derrière le bar, le patron était accoudé sur le zinc, manifestement désœuvré, un chiffon inutile dans une main. Certes, Grimm ne s'attendait pas à entrer dans un endroit survolté, mais le calme qui régnait dans cette pièce mal éclairée évoquait plus une sacristie qu'un hall de gare.

Sur la gauche, assises à une table, quatre personnes s'étaient retournées par réflexe et, après un très bref coup d'œil, avaient repris leur position. Un jeu de cartes et un petit carnet étaient posés à côté des verres. La partie venait sans doute de se conclure.

Et c'était tout, les autres tables étaient désertes.

— Bonjour, lança Grimm à la cantonade.

— B'jour… lui fut-il répondu en un grognement indistinct.

Il s'approcha du bar et sourit au patron, qui avait fait l'effort de se redresser.

— Eh bien… Je prendrai un allongé, s'il vous plaît.

Après un signe de tête, le patron glissa la tasse sous le percolateur – une antiquité – et attendit sans bouger que l'opération soit terminée. Puis il posa la tasse sur le comptoir.

— Voilà.

Depuis son intrusion, personne ne parlait plus. Bien qu'il leur tournât le dos, il sentait que les quatre attablés l'observaient discrètement. L'instant dura jusqu'à ce que le patron lui demandât soudain :

— De passage ?

« Un expansif, celui-là », pensa Grimm avec ironie. À Montpellier, le contact s'établissait facilement, on parlait sans réticence aux nouveaux venus, même si les relations restaient superficielles. Là, il fallait s'adapter. Se couler dans le moule pour inspirer confiance. À une question comme celle-ci dont le patron connaissait la réponse et qui n'avait d'autre but que de le pousser à se dévoiler, il répondit simplement :

— Oui.

Et il but tranquillement une gorgée de café. Le patron passa un coup de chiffon sur le zinc pour éliminer les gouttes. Puis il lui tourna le dos et s'occupa à déplacer des bouteilles sur les étagères alors qu'elles semblaient pourtant déjà correctement rangées. Grimm tripotait sa cuillère.

À la table, derrière lui, on s'était remis à parler mais les voix ne s'élevaient pas plus haut que dans la chambre d'un mort. Il comprenait parfaitement que sa présence devait intriguer. Un type difficile à situer. D'abord, premier fait étrange, il avait décidé d'aller dans le café local et non au bar de l'auberge. Ensuite, il était seul. Enfin, sa tenue ne donnait guère d'indications sur sa profession.

Après avoir empilé quelques papiers près de la caisse, le patron finit par répéter à peu près la même question :

— Et donc vous êtes de passage dans la région ?

Jugeant que cette curiosité était de bon augure, Grimm décida qu'un temps suffisamment long s'était écoulé pour lâcher une indication qui lui paraissait de nature à débloquer la situation.

— En fait, je suis collectionneur de vieilles voitures.

— Ah ?

— Et j'ai entendu dire que M. Coëdec de Trévorn possédait une Panhard Dina Z. Comme ça fait longtemps que j'en cherche une, je suis venu pour voir si, par hasard, il ne souhaitait pas la vendre.

Le patron restait circonspect. Grimm fit une petite pause avant de tenter une relance :

— Il roule avec ?

— Non, je ne savais même pas qu'il en avait une.

Dans le dos de Grimm, il y eut comme une petite agitation. Des informations, c'est de ce côté-là qu'il fallait aller les chercher. Assez fort, il lâcha sur un ton où se mêlaient étonnement et déception :

— On m'aura mal renseigné ? Si j'avais su…

Il crut avoir donné un coup d'épée dans l'eau car il n'y eut pas de réaction immédiate. Pourtant, une trentaine de secondes plus tard, il entendit une voix forte mais légèrement chevrotante :

— Si, si, il a eu une vieille Panhard, le Coëdec ! C'était la voiture de son grand-père et de son père.

Sans précipitation, Grimm se retourna et s'adossa au bar, les deux coudes en arrière reposant sur le comptoir. Cette fois-ci on le regardait. On le scrutait, même, si bien qu'il eut le temps de détailler ses nouveaux interlocuteurs.

Les quatre étaient à l'évidence des retraités. Trois d'entre eux n'étaient pas très âgés, à l'orée des soixante-dix ans, mais le dernier avait allégrement dépassé les quatre-vingts. Il était le seul à exhiber sur la tête une casquette comme les paysans d'autrefois. Sa grosse chemise à carreaux complétait l'allure, ainsi que ses lourdes chaussures. C'était exactement ce que Grimm espérait. Un vieux de la vieille, qui n'avait jamais rien changé de ses habitudes et qui, si sa mémoire était intacte, connaissait l'histoire du village sur le bout des doigts.

Ils buvaient tous la même chose, un petit ballon de blanc, qui du reste était vide. Pour se donner une contenance, l'un des plus jeunes avait saisi le paquet de cartes et le manipulait négligemment. Un cendrier avec quelques mégots écrasés révélait que le patron, tolérant avec ces habitués qui constituaient peut-être son unique clientèle, n'hésitait pas à prendre quelques libertés avec la loi.

— Ah ! fit Grimm d'un air satisfait et avec une mine pleine de gratitude, on ne m'a donc pas menti !

— Non, on ne vous a pas menti. Une Panhard Dina Z. L'un des premiers modèles. De 1954. Grise, elle était !

C'était le vieux. Il s'était redressé et ses yeux bleus, sous la visière de sa casquette, fixaient Grimm.

— Je me souviens très bien quand Coëdec, le grand-père du notaire, l'a achetée. Ce fut une attraction dans le village. Tout le monde est venu l'admirer. Le curé, l'instituteur, le docteur…

— Et le maire de Trégornec, il n'est pas venu la voir ? taquina Grimm avec bonhomie.

— Non, le maire, il a pas eu à se déplacer, parce que le maire, à l'époque, c'était Coëdec ! répondit le vieux du tac au tac avec malice.

Et, ajoutant encore, ce qui fit rire ses compagnons :

— Maire de père en fils, les Coëdec !

Fier de sa plaisanterie, il poursuivit :

— Moi, j'y suis allé aussi, avec mon père, mes oncles, mes frères et mes cousins ! J'avais vingt-deux ans. Vous vous rendez compte ? Gast, vingt-deux ans ! Ma doué !

— J'comprends, le temps passe… acquiesça Grimm, compréhensif.

Et sur cette belle parole pleine d'humanité, il jugea que le moment était venu de sceller le rapprochement.

— Allez, remettez-leur ça, patron, c'est ma tournée. Et, tenez, mettez-m'en un aussi !

— Un petit blanc ?

— Oui, pareil !

Il y eut un murmure de remerciements. Et, logiquement, ce que Grimm espérait :

— Venez donc le boire avec nous, lança le vieux.

— C'est pas de refus.

*
* *

Grimm tira une chaise, on s'écarta un peu pour lui faire place. Il avait le vieux en face de lui. Un visage taillé à la serpe, des sourcils blancs broussailleux, les joues creusées, les yeux – très bleus – enfoncés dans les orbites, le menton en galoche, des poignets fins comme des allumettes qui, par contraste, conféraient aux mains une taille démesurée, mais gaillard, robuste, le geste net, le maintien énergique et, surtout, une bonne dose de franchise dans le regard.

Cependant, le fait de se retrouver soudain si proches, à se toucher les genoux, avait éteint la conversation. Il allait falloir la relancer adroitement sur le même sujet.

— Et cette fameuse Panhard, alors, il roule plus avec ?

— Ben non, il a un SUV. Une Mercedes GL, un gros 4 × 4, dit l'homme à sa gauche.

— Il a dû la vendre, dit un autre dont la toison sur la tête était très abondante et d'une blancheur éclatante. Vous êtes venu pour rien. Pas de chance.

— Serr da veg[1] ! s'écria le vieux.

Sans déchiffrer le sens exact de la phrase, Grimm comprit au ton que le dernier intervenant venait de se faire rabrouer vertement. Autoritaire, le vieux... Et quand il se fâchait, sa langue maternelle revenait naturellement.

— Il l'aurait vendue ? déclara Grimm naïvement pour éviter une querelle inutile entre ses nouveaux amis.

— Il roule plus avec, c'est sûr, mais j'ai jamais entendu dire qu'il l'avait vendue. Et y a pas plus tard que trois ou quatre ans, une fois, la vieille Panhard, je l'ai vue traverser le village.

Grimm savait que cette voiture n'avait pas été vendue. Contactée par Blanchard, la préfecture ne pouvait pas se tromper à ce sujet. Ce qu'il cherchait à savoir, c'était si elle se trouvait à Trégornec.

— Il la garderait au chaud dans son garage, alors ?

— Ptêt ben... dans une de ses nombreuses granges. Va savoir !

— Et vous croyez que, si je vais sonner à sa porte, il me la vendrait ?

— Oh ça... ça m'étonnerait. C'est la bagnole de son grand-père. Et il a pas besoin d'argent ! Notaire à Morlaix tout de même ! Et puis la famille Coëdec a toujours eu des terres partout, des bois, des champs, et

1. Tais-toi !

puis aussi des biens à la ville, qui sont loués. Moi, mon grand-père, il me causait déjà des Coëdec. Ils sont là depuis l'arche de Noé !

Saisissant son verre qu'il n'avait pas encore touché, il le leva en disant :

— Yec'hed mat[1] !

Il y eut de l'écho auprès de ses trois comparses puis tous plongèrent le nez dans leur verre. Grimm aussi. Il aurait préféré une bonne bière, mais pour se couler dans le moule selon sa stratégie, il n'avait pas eu le choix.

Au moment où il reposait son verre, il extirpa de sa poche son portable qui vibrait. Un SMS de Jarry.

Ai appelé Kermarrec plusieurs fois. Pas de réponse.
Te tiens au courant.

« Et merde », pensa Grimm. La conversation s'était naturellement suspendue pendant ce bref intermède et Grimm redonna la petite pichenette nécessaire pour que le vieux continue à déverser les informations.

— Tout de même, Coëdec de Trévorn, c'est un sacré nom, ça ! Une famille de nobles, non ?

Le vieux hochait la tête en se roulant une cigarette. Il prenait son temps et Grimm admirait l'habileté avec laquelle, très proprement, sans en répandre une miette sur ses genoux, il glissait du tabac sur la feuille, la fermait avec des doigts experts et d'un grand coup de langue achevait la besogne. Cigarette au cylindre parfait, ferme et homogène, avec un gros diamètre. Pas une

1. À votre santé !

de ces fines nouilles sinueuses des jeunes d'aujourd'hui. Il l'alluma avec une allumette qu'il secoua ensuite énergiquement avant de la jeter éteinte dans le cendrier.

— J'pense bien, une très vieille famille bretonne. Des aristos attestés depuis le XIIIe siècle, si on en croit certains documents.

— Et il est maire aussi ?

— Non, pas lui. Il y a eu quatre générations successives de Coëdec maire de Trégornec, mais pas celui-là. Il a fait savoir qu'avec son étude notariale il n'avait pas le temps de s'occuper du bourg.

Grimm sortit son paquet et alluma aussi une cigarette. Sans un mot, le vieux poussa le cendrier au centre de la table. Grimm fit un signe de tête reconnaissant et reprit son offensive.

— Comme je vais aller le voir tout à l'heure, je voudrais savoir, M. Coëdec, il est marié ? Il a des enfants ?

Cette question assez intrusive provoqua un échange de regards parmi l'auditoire. Était-il allé trop loin dans l'intimité du notaire ? Il tenta d'amortir la brutalité de l'intervention.

— Excusez-moi, c'est peut-être indiscret…

— Non, non… affirma l'homme aux cheveux blancs abondants, mais sur un ton qui donnait l'impression du contraire. Il a été marié et il a eu des enfants.

— Il est divorcé ?

Cette nouvelle question sema le trouble. Il y eut des haussements de sourcils et de petits mouvements de menton.

— Divorcé, j'sais pas, mais ils vivent plus ensemble, ça c'est sûr, et elle est partie avec les enfants, affirma le vieux en pompant une dernière fois sur sa cigarette avant de la poser dans le cendrier. Nous, on l'aimait bien, Mme Coëdec. Hein, paotred[1] ?

Il y eut une approbation générale, mais avec beaucoup de retenue.

— Donc, il vit seul ? enchaîna Grimm.

Le vieux, qui décidément n'avait pas la langue dans sa poche, lâcha avec mépris :

— Il est resté tout seul, en tête à tête avec son mauvais caractère.

— Ah, il a mauvais caractère ?

— Oui, et c'est gentil de dire ça.

Il restait un dernier point qui taraudait Grimm depuis un moment, une information décisive, tellement décisive qu'il avait peur de la connaître. Il finit son verre d'un trait et, en le reposant, recula sa chaise en poussant avec les pieds comme s'il s'apprêtait à partir.

— Et il paraît qu'il est très grand. C'est vrai ?

— Ouh là là, oui ! Même plus grand que vous ! Il vous dépasse d'une tête.

— Grand et gros, c'est ça ?

— Gros ? Non, pas vraiment. Lourd, oui. Écrasant.

Puis, avec un clin d'œil complice et un petit sourire en coin, le vieux ajouta :

— Ça fait longtemps que les Coëdec, ils nous écrasent…

Grimm consulta sa montre.

— Il devrait pas tarder à rentrer de Morlaix. Vous me laissez peu d'espoir, mais je vais quand même tenter ma chance. Au fait, il est tard et je vais peut-être passer la nuit ici. Ils louent des chambres à l'auberge ?

1. Les gars !

— Non.

Le patron, qui derrière son bar avait écouté avec attention toute la conversation, prit pour la première fois la parole :

— Faudrait aller voir chez Mme Poulan. Elle est veuve et elle a une grande maison. Elle loue des chambres l'été pour les touristes. En cette saison, je sais pas, mais c'est probable.

Grimm se leva et, au comptoir, nota l'adresse exacte avant de payer les consommations. Puis il se retourna et fit face à la table qu'il venait de quitter. Les regards étaient braqués sur lui. Il fit un signe de tête.

— Eh bien, merci pour votre accueil.

— C'est nous qui vous remercions, affirma le vieux en soulevant son verre vide de quelques centimètres.

Par intuition et par professionnalisme, Grimm ménagea l'avenir.

— Si je suis encore là demain, je viendrai vous faire une petite visite avant de partir.

— Pourquoi pas ? répondit le vieux un peu surpris.

— Allez, bonne fin de journée !

— Kenavo[1] !

---

1. Au revoir !

## 2

Dès qu'il fut dans la rue, Grimm téléphona à Jarry qui lui confirma que Kermarrec était injoignable. Contretemps inquiétant, qui contrariait le plan de mettre Coëdec en garde à vue le plus vite possible.

— Allez à son domicile et recueillez son témoignage sur place, proposa Grimm.

— Et s'il n'est pas là ?

— Et pourquoi il n'y serait pas ? répondit Grimm avec agressivité, sentant une nouvelle bouffée d'angoisse l'envahir.

— Je sais pas, c'est louche, non ?

— Avant de dire que c'est louche, va chez lui ! Et rappelle-moi !

Il raccrocha. Autant la conversation dans cet antique café l'avait détendu, lui rappelant des enquêtes passées, autant le retour à la réalité était maintenant brutal et la sensation d'échouer à retrouver et à sauver Amandine dévastatrice. C'était comme si on lui enfonçait un poignard dans le ventre. S'il avait encore eu du Lexomil, il se serait jeté sur la boîte.

Pourquoi donc le portable de Kermarrec ne répondait-il pas ? Se fourvoyait-il depuis le début de son infiltration dans la SAN ? Avait-il trop tôt délaissé la piste de l'association pour se lancer sur celle de la Panhard ?

Non, il avait appris dans ce café une information décisive : Gonzague Coëdec de Trévorn, propriétaire de la Panhard décrite par Kermarrec, correspondait bien à la description faite par Laurent N'Gom-Caron et à l'homme qui l'avait balancé dans le ravin du Val sans Retour. C'était un fait. Il fallait poursuivre dans cette direction.

Par ailleurs, Coëdec vivait seul, ce qui lui laissait les mains libres pour séquestrer Amandine et les deux autres femmes.

18 h 45. La nuit tombait. Le notaire était peut-être rentré de Morlaix. Il ne lui fallait sans doute pas plus de vingt minutes de route pour parcourir le trajet jusqu'à Trégornec.

Grimm remonta dans sa voiture, traversa le village et passa au ralenti devant la maison de maître. De la lumière à l'étage, qui provoqua chez Grimm une brusque tension. Comme précédemment, il fit demi-tour un peu plus loin à l'entrée d'un gros chemin de terre et revint se garer près du portail.

Il éteignit le moteur et ouvrit la boîte à gants, d'où il tira son arme de service, qu'il posa sur ses genoux. Fallait-il l'apporter avec lui ? Par prudence, certainement, car si Coëdec était l'assassin, il était extrêmement dangereux. Pourtant, ce n'était pas facile de la dissimuler. Il ne pouvait pas décemment la porter à la ceinture dans son étui. Il chercha à la glisser dans la poche de son blouson, sans y parvenir. Elle était trop volumineuse. À regret, il la remit dans la boîte à gants.

Après tout, il devait se présenter comme un acheteur de vieilles voitures, rien de plus, tâter le terrain, découvrir des indices, se faire une idée. Il ne prendrait aucun risque.

Quand il se retrouva face au portail, dont le festonnage noir ne permettait pas de voir le jardin, il fut saisi par une sorte de panique. Pourtant, il avait déjà au cours de sa carrière affronté de multiples périls. En plus, celui-là n'était que potentiel. C'est le sentiment qu'Amandine se trouvait peut-être là, derrière ces murs, si près, qui lui faisait perdre une partie de ses moyens. Or, pour la délivrer, il fallait conserver sang-froid et lucidité. Il se le répéta à plusieurs reprises avant d'apercevoir à sa gauche un Interphone fixé sur le mur.

Se forçant à respirer lentement pour faire baisser la pression, il appuya sur le bouton d'appel. Il attendit, les dents serrées.

Après un déclic, une voix très grave et peu amène se fit entendre :

— Qu'est-ce que c'est ?

Le moment de se lancer et d'être convaincant était arrivé.

— Bonsoir, monsieur Coëdec. Excusez-moi de vous déranger. Voilà, je vous explique, je suis collectionneur de vieilles voitures et j'ai appris, tout à fait par hasard, que vous posséderiez une Panhard Dina Z de 1957.

La voix le coupa.

— Qui vous a raconté ça ?

— Euh… C'est au café de Trégornec, cet après-midi… un vieux du village.

Silence. Grimm reprit :

— Donc, je suis venu pour la voir, si c'est possible, bien sûr. Et si elle est en bon état, je peux vous en proposer un bon prix.

— Un bon prix… répéta la voix avec une pointe d'ironie.

— C'est que ça cote bien, ces voitures, vous savez. Donc, sans vouloir abuser…

La voix le coupa à nouveau et assena sèchement :

— Oui, justement, vous abusez. Je n'ai rien à vendre, monsieur. Bonsoir.

Le déclic de l'Interphone résonna comme une porte que l'on claquait.

— Putain de merde ! s'écria Grimm.

Furieux, il remonta dans sa voiture et démarra en trombe pour se garer près de l'église. À des passants, alors qu'il avait l'adresse dans la poche, il demanda celle de Mme Poulan, puis, son sac de voyage à la main, il alla sonner à la grosse maison de bourg qu'on lui avait désignée.

Veuve, Mme Poulan était une femme corpulente, méfiante au début, mais dont l'amabilité se déploya à mesure que Grimm lui apparut honnête. Elle lui proposa une chambre avec un minuscule cabinet de toilette que Grimm accepta sans même l'examiner.

Dès qu'il fut seul, Grimm se laissa tomber à la renverse sur le lit, bras en croix. Coëdec avait mauvais caractère, lui avait dit le vieux, il venait de le vérifier. Était-il aussi un assassin qui séquestrait trois femmes dans une maison dont il interdisait l'accès ?

Son téléphone vibra, il décrocha aussitôt.

— Hubert, c'est Corentin. On revient de chez Kermarrec, il n'y a personne chez lui. Les volets sont baissés.

— Mais qu'est-ce que ça signifie, bordel !

— Aucune idée.

— Et à cause de cela, on ne peut pas mettre la main sur Coëdec ! J'ai presque envie de m'introduire chez lui cette nuit pour en avoir le cœur net !

— Fais pas ça, Hubert, ce serait con. Rien ne dit que c'est lui.

— Rien, rien… Si c'est pas lui, c'est qui ?

— On ne sait pas. Demain matin, je rappellerai Kermarrec. Ils vont bien réapparaître, lui et sa femme.

— À moins qu'il ne leur soit arrivé malheur. Et dire qu'on ne peut pas demander au patron l'autorisation de forcer leur porte pour voir s'ils ne sont pas tous les deux morts à l'intérieur !

— Tu penses qu'ils ont été assassinés ?

— Bien sûr que j'y pense ! Et ça me fait vraiment flipper ! Si rien ne se débloque demain matin, il faudra inventer que c'est toi qui as infiltré la SAN et pas moi. Le patron te donnera alors l'autorisation d'y aller.

*
* *

Durant les trois derniers jours, Ermeline et Jarry avaient multiplié les interrogatoires auprès de l'entourage immédiat de l'étudiante assassinée. La visite à la famille, comme souvent, avait donné lieu à des scènes très pénibles, déchirantes, auxquelles Ermeline ne parvenait pas à s'habituer. Jarry non plus d'ailleurs.

C'était pourtant une part routinière de leur métier que de poser des questions, hélas parfois indiscrètes ou inconvenantes, aux proches des victimes. Mais assister aux pleurs et aux cris d'une mère, se tenir devant le visage défait et hagard d'un père, les yeux muets et humides d'un frère ou d'une sœur, demeurait une épreuve toujours renouvelée que le temps n'avait atténuée ni pour l'un ni pour l'autre. Et cette sensibilité constituait une différence notable avec les membres de l'équipe du capitaine Bouexière, qui ne semblaient atteints ni par la souffrance des familles ni par l'horreur des crimes. Ils en plaisantaient même souvent.

Or, après ces trois jours d'interrogatoires serrés, rien de concret n'émergeait. « Chou blanc », avait déclaré Blanchard à qui Jarry et Ermeline faisaient chaque soir un compte-rendu. Le père et la mère effondrés n'avaient été d'aucune aide, le frère non plus. Les amis et les camarades de promotion ne savaient rien.

En seconde année d'un master d'histoire de l'art, Audrey Petitjean était une excellente étudiante qui avait toujours réussi ses examens avec succès. Toujours, sauf aux derniers partiels de janvier qui accusaient une chute de résultats surprenante. D'une moyenne flirtant avec 14/20 depuis son entrée à l'université, elle avait écopé d'un étrange 9,5/20 aux derniers examens. C'était sans doute le fait marquant qui ressortait de l'enquête. Et qui incitait à penser que quelque chose – mais quoi ? – perturbait depuis peu la jeune femme et la détournait de ses études.

Synchrone de cette dégradation, ils avaient aussi appris par ses amis qu'Audrey, amicale et ouverte jusque-là, participant avec entrain aux fêtes de toutes sortes, s'était refermée peu après la rentrée de septembre et menait une existence désormais secrète qu'aucun de ses condisciples n'avait percée.

Il y avait bien là un mystère, peut-être en relation avec son assassinat – c'est en tout cas ce que pensaient Jarry et Ermeline –, mais aucun fait, aucune déclaration, aucun témoignage n'avait permis ne serait-ce qu'un début d'explication.

Ce matin-là, d'autres soucis encombraient leur esprit. La veille, ils s'étaient cassé les dents sur la demeure fermée de Kermarrec. Le témoin qui avait permis d'identifier le principal suspect avait disparu. Et sans sa déclaration, l'interpellation de Coëdec n'était pas possible.

À moins, selon la suggestion de Grimm, de raconter au plus vite au commissaire divisionnaire une nouvelle salade où Jarry serait substitué à Grimm dans l'infiltration de la SAN.

Un café à la main, debout face à lui, Ermeline répétait avec obstination à Jarry que le seul moyen désormais était sans doute d'obtenir l'autorisation de défoncer la porte du président de l'association pour s'introduire dans la maison.

— Je me demande comment je vais présenter la chose au patron. Merde… Je vais en prendre plein la gueule ! Et puis, le patron, il ne sera peut-être pas dupe et devinera qu'Hubert est derrière tout ça.

— Si tu vois une autre solution… Moi, j'en vois pas.

— Moi non plus, affirma Blanchard, assis à son bureau et qui venait de lever la tête de son écran, montrant qu'il écoutait la conversation. En attendant, je vous dresse un portrait complet de sieur Gonzague Coëdec de Trévorn depuis ses premières couches jusqu'à la dernière affaire traitée dans son étude.

Voilà qui serait utile, certes, mais qui ne débloquait pas la situation. Après un regard à Blanchard, Ermeline se retourna de nouveau vers Jarry.

— Rappelle toujours, on verra bien.

Jarry tira son portable de sa poche et composa le numéro. Tandis que la sonnerie résonnait dans son oreille, il avait les yeux fixés sur ceux d'Ermeline. Il tressaillit quand une voix se fit entendre.

— Allô ?

— Monsieur Kermarrec ?

— Oui.

— Capitaine Jarry de la police judiciaire. J'ai reçu hier un coup de téléphone d'un de vos amis qui m'a informé que vous aviez un témoignage à apporter concernant le meurtre de l'étudiante à Rennes. Un témoignage très important. J'ai essayé de vous joindre hier toute la journée mais vous ne répondiez pas.

— C'est parce que nous sommes partis, ma femme et moi, chez des amis à Nantes pour quelques jours et que mon portable n'avait plus de batterie. Une négligence de ma part. Je l'ai rechargé cette nuit.

— Vous êtes à Nantes ?

— Oui, je viens de vous le dire, chez des amis.

— Monsieur Kermarrec, nous considérons que votre témoignage est capital. Je vous demanderais de rentrer immédiatement à Rennes et de vous rendre à l'hôtel de police.

Kermarrec protesta.

— Mais… le témoignage de M. Perrault ne vous suffit pas ?

— M. Perrault ?

— C'est la personne qui vous a téléphoné.

— Ah oui, pardon ! Non, monsieur Kermarrec, les dires de M. Perrault ne suffisent pas, car il n'est pas témoin de ce qu'il rapporte. C'est une affirmation de seconde main, indirecte, et nous avons absolument besoin de votre déposition et de votre signature.

— Bon…

— J'insiste, monsieur Kermarrec, il s'agit d'une affaire de meurtre. D'une jeune femme.

— Je comprends. Nous terminons notre petit déjeuner et je demande à mon épouse de refaire la valise. Je pourrai être à l'hôtel de police avant midi.

— Demandez le capitaine Jarry. Jarry, vous vous souviendrez ?

— Jarry, oui, je me souviendrai. Au revoir, monsieur.

Ermeline était tout sourire.

— Eh bien voilà ! On imagine le pire et c'est juste un petit voyage de retraité et un portable dont on a oublié de recharger la batterie.

— Super ! Dès aujourd'hui, on coince Coëdec. J'appelle Grimm pour qu'il patiente encore quelques heures.

Grimm fut soulagé par la nouvelle et confirma qu'il attendrait jusqu'à leur arrivée à Trégornec. Cette brève tâche accomplie, Jarry se frotta les mains avec enthousiasme.

— J'ai hâte d'interroger ce notaire !

Son fixe sonna sur son bureau. Il décrocha et se contenta d'une série de « oui », de « non » et de « OK » avant de terminer par « Faites-la monter ».

— Qu'est-ce qui se passe ? interrogea Ermeline dès qu'il eut raccroché.

— Une étudiante qui connaît Audrey Petitjean et vient témoigner spontanément.

— Tu as son nom ?

— Chloé Keita.

— Elle ne fait partie ni de ses amis connus ni de ses camarades de promo.

— Non. Curieux… On va la recevoir dans le bureau d'Hubert pour être au calme.

— C'est moi qui gêne ? demanda Blanchard sur un ton où se mêlaient dépit et surprise.

— Pas du tout, Éric ! Le bureau, c'est plus petit, plus intime, elle s'y sentira plus rassurée que dans un vaste espace impersonnel comme celui-ci.

— Ah bon. Parce que, autrement, je peux changer de service et retourner avec Bouexière, si je vous dérange…

— Meuuuuuuh non, Éric, on t'aime ! lança Ermeline en éclatant de rire.

# 3

Allongée sur le ventre, les coudes sur le sol, se servant de la gamelle en fer-blanc comme d'un grattoir, Amandine raclait depuis des heures la chaux autour de l'anneau. Elle procédait par de petits mouvements courts, verticaux ou latéraux. Sous l'anneau se constituait peu à peu un petit tas de poudre, preuve que ses efforts n'étaient pas inutiles.

Au moindre bruit, même le plus léger, le plus lointain, le plus anodin, elle s'interrompait, retenait son souffle et attendait, le front posé sur la pierre du mur. Puis elle reprenait, avec la patience des damnés qui ont l'éternité pour accomplir une tâche insurmontable, tel Sisyphe remontant sans cesse son rocher au sommet de la montagne.

Profondément enfoncé entre deux moellons de schiste, l'anneau avait été scellé par le mortier qui liait les pierres. Il tenait bon. Au début de sa captivité, Amandine avait tiré dessus à plusieurs reprises, comme une désespérée, sans méthode, violemment, sans parvenir à le faire bouger.

Ce n'est que plus tard, l'examinant de plus près, qu'elle avait remarqué que l'anneau avait été glissé entre deux pierres et que seule la chaux le retenait au mur. L'idée de creuser tout autour lui était venue quand elle avait constaté que le marli de la gamelle était coupant sur sa périphérie extérieure, comme une sorte de grattoir circulaire.

La prise était bonne, à deux mains, conférant de la fermeté dans le geste, mais les dimensions de l'objet étaient malcommodes. Il était trop grand. L'aspect circulaire ne permettait pas de heurter les aspérités avec précision et se révélait de plus en plus inadéquat à mesure que le trou autour de l'anneau s'approfondissait. Car un trou, ou du moins une dépression, se créait à force de racler, de racler encore, de racler sans relâche, avec une obstination où la pensée s'effaçait face à l'ingrate besogne. Cette action misérable tentée au fond de sa geôle occupait désormais son cerveau nuit et jour.

Arracher l'anneau maudit et fuir cet enfer où déjà le monstre l'avait violée trois fois. Trois moments indicibles d'horreur où, dès la deuxième fois, elle avait cessé de se débattre et abandonné la lutte face à cette brutalité sans limite. Il s'agissait de survie et elle avait compris que toute résistance mettait son existence en danger.

Dénué d'empathie, une disposition qu'il ne possédait pas, l'homme ne connaissait pas sa force. Il en usait sans aucune conscience de la douleur qu'il provoquait, sans retenue, comme une bête dont les projets se réduisent à un unique et tyrannique objectif, quels que soient les moyens à mettre en œuvre. Je veux, je prends.

Le but mystique de ces viols, ce fanatisme obscur qui échappait à Amandine ne changeait rien au déchaînement sauvage qui accompagnait ses outrages. Les paroles incompréhensibles qu'il déclamait souvent d'une voix forte, les bras levés, debout sous la voûte comme dans un décor de théâtre, ne faisaient que renforcer l'effroi de ses victimes.

Amandine venait de faire sauter un morceau de chaux plus consistant. Elle avait même eu l'impression que l'anneau avait bougé, et que, peut-être moins emprisonné par le mortier, il commençait à se desceller.

Elle jeta la gamelle sur le côté, s'accroupit et, saisissant l'anneau à deux mains, elle tira de toutes ses forces, s'arc-boutant des deux pieds contre le mur. Elle s'acharna, secoua le fer dans tous les sens, tentant de le tourner, de le faire pivoter, puis elle tira de nouveau. Sans succès. L'anneau ne bougeait pas d'un pouce. Rien ne paraissait affecter sa stabilité.

Alors, Amandine s'effondra, la tête à même le sol humide, le corps inerte. Dans le silence absolu de la cave, des larmes de désespoir coulaient lentement le long de ses joues et tombaient goutte à goutte sur la terre battue.

# 4

Chloé Keita impressionna Jarry et Ermeline par sa beauté. C'était une Noire magnifique dont le visage régulier, au nez court et aux lèvres sensuelles, était encadré par de fines dreadlocks qui tombaient sur ses épaules. Ses grands yeux sombres semblaient deux puits plongeant vers son intimité.

Grande, elle avait une petite poitrine qui, loin de gâter ses proportions, s'harmonisait parfaitement avec un corps qui sous sa robe paraissait à la fois anguleux et musclé, bras souples et longilignes, deltoïdes saillants, taille resserrée, hanches doucement marquées et, sous des collants de laine, de longues jambes au galbe parfait.

Jarry avait pris la place de Grimm et la jeune femme, assise de l'autre côté du bureau, lui faisait face. Ermeline s'était installée sur une chaise à l'angle de la table, si près de l'étudiante qu'elle aurait pu poser la main sur son genou en étendant le bras.

Un peu troublé, Jarry commença l'interrogatoire d'une voix hésitante. Il avait saisi un bloc-notes et un crayon auquel il s'accrochait comme à une barre de métro.

— Donc, vous avez demandé à nous parler au sujet du meurtre de Mlle Petitjean. Rappelez-moi votre nom, Chloé Keita, c'est ça ? Votre nationalité, vos date et lieu de naissance, s'il vous plaît ?

À la surprise de Jarry, comme si elle était habituée à ce type de questions, la jeune femme sortit une carte d'identité de sa poche et la lui tendit, puis d'une voix douce, elle déclara patiemment :

— Chloé Keita, française, née le 6 septembre 2000 à Angers.

Un peu embarrassé, Jarry jeta un vague coup d'œil sur la carte et la lui rendit aussitôt.

— Bien, merci… Vous avez dit à l'accueil que vous étiez étudiante ? En quoi ?

— Je suis en première année d'un master de chimie sur le campus scientifique de Beaulieu.

— Très bien. Et donc vous connaissiez Mlle Petitjean ?

— Un peu.

— Ce n'était pas une de vos amies ?

— On avait sympathisé début septembre.

— Comment ? Pourquoi ?

— On venait d'emménager au même moment dans le même immeuble et au même étage.

— Ah ! C'était une voisine, en somme.

— Voilà, une voisine.

— Et vous vous voyiez souvent ?

— Au début surtout. On s'est invitées l'une chez l'autre plusieurs fois. On s'entendait bien. Et puis…

— Oui ?

— Et puis, à partir de la fin octobre, elle est devenue distante, lointaine. Je ne semblais plus l'intéresser.

Pour l'instant, ce nouveau témoignage corroborait l'enquête qui faisait état d'un changement dans le caractère de l'étudiante vers la fin de l'année précédente, mais n'apportait rien de nouveau.

Jarry sentait poindre en lui la déception. Il tenta, sans se faire d'illusions :

— Et avez-vous une idée de la raison pour laquelle elle s'est détournée comme ça ?

— Oui, je crois.

Jarry et Ermeline se soulevèrent en même temps sur leur siège. Cette fille avait une piste. Peut-être…

— Dites-nous.

— Vers la fin octobre, Audrey a commencé à sortir avec un homme. Un homme plus âgé qu'elle.

— Vous êtes sûre de ce que vous affirmez ?

— Je les ai croisés ensemble deux ou trois fois dans le couloir et, à chaque fois, elle a fait semblant de ne pas me reconnaître.

— Ça pouvait être son père.

— Non. Il la tenait par le cou ou la serrait en lui passant le bras à la taille. Et une fois…

— Continuez.

— Par ma fenêtre, je les ai vus s'embrasser sur le parking.

Jarry jeta un coup d'œil à Ermeline. Si l'information était vraie, et il n'y avait pas de raison d'en douter, elle représentait une avancée majeure. Car une liaison entre une jeune étudiante et un homme plus âgé, marié peut-être, était bien susceptible de provoquer cet isolement observé chez la victime par sa voisine et ses camarades de promotion.

— Vous pourriez nous décrire cet homme ?

— Pas bien parce que, dans le couloir, comme elle faisait semblant de ne pas me voir, je faisais pareil pour ne pas la gêner.

Délicate attention, mais qui n'arrangeait pas les affaires des enquêteurs.

— Depuis sa mort, j'y ai repensé souvent et je me suis rappelé quelque chose qui pourrait vous être utile. Peut-être… je ne voudrais pas accuser quelqu'un à tort.

— Rassurez-vous, vous n'accusez personne, vous nous aidez, c'est différent. Vous vous êtes souvenue de quoi ?

— En septembre, elle était enthousiaste pour un cours qu'elle avait choisi dans le cadre d'une UE optionnelle.

— Une UE ?

— Ce sont des unités d'enseignement. Il y en a des obligatoires, la majorité, et certaines au choix. Des options, quoi.

— Je vois. Et alors ?

— En septembre et en octobre, à chaque fois qu'on se rencontrait, elle me parlait du prof. Elle le trouvait formidable. À vrai dire, elle en était folle…

Chloé Keita baissa les yeux, ce qui marquait une hésitation à poursuivre. Doucement, Ermeline prit la parole :

— Il faut tout nous dire, c'est très important.

Alors, la jeune femme se tourna vers Ermeline et lâcha dans un souffle :

— Je crois avoir reconnu cet homme sur le campus. Ce sont ses cheveux. Assez longs et rejetés en arrière, dégageant le front. C'est vrai que je ne l'ai pas bien observé mais, même si je n'ai pas distingué son visage, ça m'avait frappée dans le couloir.

Ermeline se leva d'un bond et se précipita hors du bureau. Elle courut jusqu'à Blanchard et lui parla à voix basse. Puis elle revint s'asseoir. Jarry la regarda un instant, puis reprit l'interrogatoire.

— Sur le campus, disiez-vous… Vous pensez que c'est un prof ? C'est ça que vous voulez dire ?

— C'est possible. Je n'en sais rien. Peut-être le prof de cette UE. C'est l'idée que j'ai eue. Mais je n'ai aucune preuve, je ne le connais pas.

— Mais, cette UE, c'était quoi comme matière ?

Chloé n'eut pas le temps de répondre. Ermeline, qui tenait son portable à la main et le surveillait depuis son échappée, leva le bras d'une manière autoritaire.

— Qu'est-ce qu'il y a, Ermeline ?

Sans répondre, elle montra son écran à la jeune femme.

— Répondez sans réfléchir. Est-ce que c'est lui ?

— C'est la même coiffure.

Ermeline tourna alors le portable vers Jarry, qui s'en saisit pour mieux regarder.

— Bon Dieu ! s'écria-t-il.

— Excusez-nous, Chloé, mon collègue et moi on va faire un petit break. On revient dans deux minutes.

*

* *

Ils refermèrent la porte du bureau et Jarry s'exclama :

— J'y pensais depuis qu'elle avait parlé d'un prof, mais je n'osais pas y croire ! Rouvray !

— Moi aussi ! C'est pourquoi j'ai demandé à Éric de me trouver une photo qu'il m'a envoyée aussi sec. Chapeau pour la rapidité ! Merci, Éric !

— Y a pas de quoi. À vot'service, m'sieur dame… répondit Blanchard sans lever le nez de son ordinateur.

— Bon, qu'est-ce qu'on fait ? interrogea Ermeline. Rouvray sortait avec une étudiante, assassinée selon un rituel qu'il connaissait ! On va pas laisser ce salaud en liberté, faut le coffrer !

À travers les vitres du bureau, Jarry regarda un instant Chloé Keita qui patientait, immobile, un peu figée sur sa chaise, la tête droite qu'elle n'osait tourner dans leur direction.

— Pas s'emballer. Qu'un homme marié ait été l'amant d'une jeune étudiante ne veut pas dire qu'il soit coupable de son meurtre…

— Mais tu le penses fortement, pas vrai ?

— Oui, évidemment.

— Et alors, donc, qu'est-ce qu'on fait ?

— Pas de preuves formelles, mais suffisamment de biscuit pour le mettre en garde à vue, le cuisiner et peut-être le faire craquer. Voilà comment je vois les choses : toi et Éric, vous foncez à la fac au bureau de Rouvray et vous l'interpellez.

Cette fois-ci, Blanchard leva le nez et déplia son grand buste courbé sur son clavier.

— Pourquoi moi ?

— Pour trois raisons. D'abord, Rouvray, tu le connais, tu es le seul à l'avoir vu avec Hubert. Ensuite, parce que je dois rester ici pour recevoir et enregistrer la déposition de Kermarrec. Enfin, parce que ça me rassurera que tu sois avec Ermeline pour arrêter ce type. Vu ?

Avec lenteur et difficulté, Blanchard extirpa son grand corps qui paraissait prisonnier de la chaise et de la table, tout en lâchant :

— C'est pas juste.

— Tu demandes l'autorisation au patron ? s'inquiéta Ermeline.

— Pas besoin. Les faits sont clairs et justifient une garde à vue. Allez-y, perdez pas de temps, foncez à la fac en espérant qu'il y soit ! Et prenez vos armes de service, on ne sait jamais !

Jarry assista à leur départ précipité, agacé de ne pas en être à cause de Kermarrec, puis il retourna dans le bureau de Grimm et s'installa de nouveau face à Chloé Keita.

— On va taper votre déposition au propre, vous la signerez et puis vous pourrez rentrer chez vous.

— Vous savez qui c'est, n'est-ce pas ?

— On croit savoir. La suite nous le dira. Quoi qu'il en soit, vous nous avez donné un sacré coup de main.

*

* *

Ermeline avait dégringolé l'escalier quatre à quatre tandis que Blanchard, moins véloce, avait choisi l'ascenseur. Le résultat fut qu'elle attendit auprès de la voiture de service qu'il la rejoigne.

Elle piaffait d'impatience, s'agaçait de la lenteur de son équipier et elle démarra le véhicule alors qu'il n'avait pas encore refermé la portière sur lui. Comme d'habitude, il le fit avec une telle force que l'habitacle en fut secoué.

Vingt minutes plus tard, ils pénétraient sur le campus et Blanchard, qui connaissait les lieux, servit de guide jusqu'au petit parking qui jouxtait le laboratoire.

— A priori, l'effet de surprise devrait être total, déclara Ermeline en s'éjectant de la voiture.

— Certainement.

Quelques personnes traînaient dans le hall d'entrée qu'ils croisèrent sans un mot jusqu'à l'escalier indiqué par Blanchard. Ermeline s'impatientait déjà à l'étage que Blanchard soufflait encore sur les dernières marches.

— C'est où ?

— La troisième sur la gauche.

Devant la porte, ils eurent un temps d'arrêt.

— On frappe ?

— C'est plus poli, répondit Blanchard avec sa placidité habituelle.

Ils frappèrent. Pas de réponse. Ermeline frappa à nouveau, sans plus de succès.

— Pas de bol ! Il est pas là !

— C'était un risque…

— On retourne à la PJ, tu nous dégottes son adresse perso et on fonce chez lui.

— Oui…

Machinalement, Blanchard abaissa la poignée et poussa.

— C'est pas fermé à clé.

Face au battant désormais entrebâillé, entrer était tentant. Un coup d'œil vite fait, incognito, pouvait se révéler instructif. Blanchard, après avoir vérifié que le couloir était désert, fit pivoter la porte sur ses gonds.

Ils s'immobilisèrent. Au centre de la pièce, assis à son bureau, le professeur Rouvray était affalé sur sa table de travail, la tête entre ses bras repliés.

— Il dort ? chuchota Ermeline.

Ils s'approchèrent et se raidirent. Sur le sous-main en cuir, une mare de sang stagnait, dans laquelle baignaient le front et les mains du professeur.

— Merde ! s'écria Ermeline en se précipitant.

Elle aperçut immédiatement le trou au niveau de la tempe gauche, d'où une traînée de sang coagulé, telle une piste sinueuse le long de la joue, assurait la jonction avec celui répandu sur le bureau. Croyant au suicide, elle cherchait l'arme sur la table, puis sur le sol à proximité.

Rien.

— Éric, c'est un meurtre ! On a assassiné le professeur Rouvray !

— Je vois… Tu avais raison, l'effet de surprise a été total, dit Blanchard en hochant la tête.

## 5

Le téléphone collé à son oreille, effectuant les cent pas dans le couloir, Ermeline donnait les détails à Jarry. Après la découverte du cadavre du professeur Rouvray, elle avait immédiatement appelé la PTS, qui s'était rendue sur les lieux en peu de temps. Le Dr Pointcarré n'avait pas tardé non plus.

À présent, ce petit monde s'activait dans le bureau, d'où elle et Blanchard s'étaient retirés pour les laisser travailler. Avant leur arrivée, ils avaient cherché la douille, sans succès, ce qui indiquait que le meurtrier avait eu assez de sang-froid pour l'emporter afin d'éviter l'identification de son arme. Pistolet, revolver, carabine, tout à ce stade était envisageable.

En revanche, il avait laissé sur place l'ordinateur et le téléphone portable de la victime, qui seraient confiés aux spécialistes informatique de la PJ. Hélas, si l'assassin avait pris le soin d'emporter la douille, mais pas l'ordinateur et le portable, c'est qu'on ne trouverait aucune connexion entre lui et le professeur dans les mails, SMS ou échanges de ce type.

La mort de Rouvray n'apportait aucun éclairage nouveau à l'enquête. Si elle prouvait indubitablement que le professeur était mêlé à l'affaire, son rôle demeurait obscur et son assassinat encore plus. Le terrible meurtre de la jeune étudiante et le sien constituaient certainement deux pièces importantes du puzzle, mais ils ne s'assemblaient avec aucune des hypothèses envisagées jusque-là. Le mystère au contraire venait de s'épaissir.

— Déjà que je n'y comprenais pas grand-chose, lâcha Jarry, maintenant je n'y comprends plus rien !

— Il y a un lien entre tout cela, répétait Ermeline qui tentait de se convaincre que la puissance de la déduction et du raisonnement viendrait à bout de l'énigme.

Jarry renonçait à chercher et, pris par sa nouvelle responsabilité de directeur de l'enquête, se projetait vers l'avenir.

— Écoute, Kermarrec vient d'arriver. Je vais enregistrer sa déposition et, cette après-midi, nous fonçons à Trégornec pour mettre Coëdec en garde à vue. Lui, il est vivant, et si la pelote est bien embrouillée, il est notre seul espoir de la démêler. Ramasse auprès de Pointcarré le maximum d'infos et revenez ici tous les deux.

Ermeline raccrocha au moment où la légiste passait la tête par la porte ouverte.

— Ermeline, capitaine Blanchard, vous pouvez venir, j'ai fini les premières constatations.

Blanchard et Ermeline s'approchèrent du bureau. Rouvray était toujours dans la même position. Après un moment de silence, le Dr Pointcarré pointa du doigt le trou au niveau de la tempe.

— Comme vous l'avez vu tout de suite, la mort est entrée par là.

— Une idée du calibre ? demanda Blanchard.

— Non, mais la balle est à l'intérieur du crâne. On pourra donc le déterminer.

— Des déductions sur les circonstances du meurtre ? interrogea Ermeline, qui en profitait pour prendre quelques photos.

— Il n'y a pas grand-chose à dire, en revanche c'est assez instructif. Il est mort assis à sa table. J'en déduirais donc qu'il a été surpris en train de travailler. Pour être très franche, ça ressemble à une exécution. D'autant plus que la position du buste, de la tête et des bras ne semble pas avoir été modifiée. J'en déduis que l'assassin lui a demandé de mettre la tête entre ses bras, le front posé sur les mains, comme pour une sieste, et qu'il a ensuite tranquillement tiré à bout portant.

— Un crime de sang-froid, donc, qui ne résulte pas d'une dispute qui a mal tourné.

— Exactement.

— Et l'heure du crime ?

— Très récente, trois heures max, disons tôt ce matin. Le sang est à peine séché, la rigidité cadavérique n'a même pas commencé. Je serai plus précise après analyse au labo.

— Tôt ce matin ? C'est-à-dire peu de temps après qu'il est arrivé au travail. Probable que l'assassin attendait son arrivée planqué quelque part dans le bâtiment ou sur le parking.

— C'est une hypothèse plus que plausible.

— Y a-t-il quelque chose d'autre que nous ayons à connaître avant de partir ?

— À connaître, non. Mais à manger, oui.

Et, sortant la tablette de chocolat qui ne la quittait jamais, elle donna un carré à Ermeline et à Blanchard. Pendant qu'elle croquait le sien, elle s'informa :

— Et Hubert, il n'est pas venu cette fois-ci non plus. Il ne sera pas sur cette affaire ?

La question était anodine et sans arrière-pensée, car le Dr Pointcarré ignorait le lien entre l'assassinat du professeur Rouvray et ceux de la jeune étudiante et de Gormonnac. Pourtant, Ermeline se troubla et bafouilla :

— Euh… non, non… appelé sur une autre affaire… plus urgente… Il est dans les Côtes-d'Armor.

La légiste regarda Ermeline avec insistance, mais ne fit pas de commentaires.

*

* *

À leur retour à la PJ, Jarry venait de terminer la déposition de Kermarrec et se trouvait chez Babut pour lui expliquer l'affaire. Avec le témoignage du président de la SAN, il n'avait pas formellement besoin du feu vert du divisionnaire pour mettre Coëdec en garde à vue, car les soupçons pesant sur celui-ci étaient suffisants. Cependant, pour éviter de donner l'impression à Babut qu'il faisait cavalier seul, il était utile de l'informer dès maintenant des nombreux développements qu'il ignorait, dont l'assassinat de Rouvray n'était pas le moindre.

Le risque était que l'entrevue dure, et elle dura. Si bien que Blanchard et Ermeline se tournaient les pouces en attendant son retour, craignant que le commissaire, pour une raison obscure, ne s'oppose à l'interpellation.

Quand Jarry revint au pas de course, il paraissait passablement énervé.

— Un sermon ! Il m'a fait un sermon ! Que je lui cachais tout, que je ne jouais pas franc-jeu, qu'il voulait chaque jour un rapport sur l'affaire, que ce comportement individualiste ne l'étonnait pas de ma part, que j'avais des obligations de transparence vis-à-vis de ma hiérarchie, et bla-bla-bla, et bla-bla-bla !

— Il a donné son accord ? coupa Ermeline.

— Oui, après avoir prévenu le procureur ! En faisant la gueule et en me recommandant de traiter le témoin – pour l'instant il préfère l'appeler le témoin et pas le suspect – avec beaucoup d'égards, parce que c'est un notaire et qu'on s'est déjà trompés pas mal de fois depuis le début. Allez go ! On y va tous les trois !

— Moi aussi ? protesta Blanchard.

— Oui, toi aussi. Comme Coëdec est costaud, ce sera bien qu'il y ait quelqu'un de plus grand et de plus lourd pour le calmer s'il fait le récalcitrant.

— Merci pour le compliment…

Dans la voiture, Ermeline, assise à la place du passager, téléphona à Grimm pour lui annoncer qu'ils étaient en route. Elle en profita pour lui apprendre que Rouvray avait été l'amant de la petite étudiante assassinée et qu'il venait d'être tué de sang-froid d'une balle en pleine tête.

Elle pensait naïvement que Grimm allait l'interroger sur tous les aspects de ce nouveau meurtre. Il n'en fut rien. Elle eut même l'impression que ce nouveau développement sanglant ne l'intéressait qu'à moitié. Son obsession s'appelait Coëdec. Tel un chien dont la mâchoire s'est refermée sur un mollet et que rien ni personne ne peut faire céder, il donnait des instructions sur la manière dont l'interpellation du suspect devait se dérouler.

— Et l'assassinat de Rouvray, t'en penses quoi, Hubert ? osa-t-elle, alors que Grimm venait de répéter qu'il les attendrait devant la maison de Coëdec.

— Rien, j'en pense rien ! Ce n'est pas une question à l'ordre du jour !

Et il raccrocha. L'objectif de Grimm était de délivrer Amandine et il était persuadé qu'elle était retenue prisonnière à Trégornec dans la vieille maison familiale des Coëdec de Trévorn. Rien d'autre pour l'instant ne comptait.

Contrariée par le ton de Grimm à son encontre et son refus de discuter du meurtre du professeur, Ermeline fit état de son irritation à ses collègues. Jarry ne répondit pas, ne détourna même pas la tête, et fixait obstinément la route.

— T'es un peu changé depuis que l'affaire t'a été officiellement confiée, glissa Ermeline au bout d'un moment. T'es moins marrant.

— Ouais, tu nous fais moins rire, répéta Blanchard en écho.

Jarry soupira d'agacement.

— Pour tout vous dire, ça me stresse un peu, cette responsabilité.

*
* *

La voiture ralentit devant la maison de Coëdec et s'arrêta vingt mètres plus loin sur le bas-côté.

Ils cherchaient Grimm, se retournant en tous sens sur leur siège, quand ils le virent apparaître derrière la haie du champ et courir jusqu'à eux. Jarry baissa la vitre. Grimm ne lui laissa pas le temps de parler.

— Va te garer un peu plus loin ! Il y a un gros chemin de terre et j'y ai laissé ma bagnole. Venez me rejoindre par le sentier en contrebas qui longe la rangée d'arbres pour qu'on ne vous voie pas de la route.

Jarry redémarra, roula sur deux cents mètres, découvrit le chemin de terre en question, s'y enfonça et stoppa son véhicule juste derrière celui de Grimm. En file indienne, ils suivirent ensuite le sentier et aperçurent Grimm à genoux derrière un talus.

Séparé de la propriété par la route, il lui faisait face et se cachait des rares voitures qui passaient. Ils s'accroupirent à côté de lui, sauf Blanchard que la position incommodait et qui finit par s'asseoir, dos à la route et le buste bien calé contre la butte.

— À quelle heure rentre-t-il ? murmura Jarry.

— Entre 18 et 19 heures.

— Tu proposes quoi ?

— Très simple. Il faut intervenir avant qu'il rentre chez lui. Si on le laisse refermer derrière lui le portail automatique, nous ne contrôlerons plus rien et nous serons bloqués à l'extérieur.

— Donc ?

— Au moment où il arrive, quand sa voiture pivote et s'arrête face au portail, on y va, on lui met nos cartes sous le nez et on lui annonce la garde à vue. Attention, le bonhomme n'est pas commode, j'en ai fait l'expérience.

Grimm posa sa main sur le bras de Jarry.

— C'est le capitaine Corentin qui prend les clés du camion pour l'opération. Moi, je ne fais pas partie de cette enquête, je reste en retrait et je ferme ma gueule.

Jarry acquiesça. Certes, il allait devoir endosser le rôle de chef pour cette interpellation, mais il ressentait une sorte de soulagement diffus que Grimm soit présent et donne des ordres clairs. Il consulta sa montre. 18 h 47. Le notaire ne devrait pas tarder.

— Qu'est-ce que tu as fait aujourd'hui ?

— J'étais là tôt ce matin, au même endroit, et je l'ai vu partir à 8 h 05.

— Depuis, tu fais quoi ?

— Rien. Rien du tout. J'attends.

Il reprit rageusement :

— J'attends et je M'EM-MER-DE !

Ermeline se massait le cou tout en effectuant de lentes rotations de la tête. Tout à coup, elle s'interrompit et déclara :

— Vous savez ce que nous apprend le fait que Coëdec était encore là ce matin à 8 h 05 ?

— Non, mais tu vas nous le dire, dit Jarry avec un sourire.

— Qu'il ne peut pas être l'assassin du professeur Rouvray en début de matinée à Rennes.

Un court silence – le temps de prendre conscience de la justesse de cette déduction – brisé par Grimm avec agacement :

— Ermeline, t'en as d'autres des comme ça ?

— Désolée…

— C'est quoi sa voiture ? demanda Jarry.

— J'sais pas, j'y connais rien. Un gros 4 × 4 noir.

— Ce serait pas lui, là-bas, qui arrive ?

— Si, bon Dieu, c'est lui ! On se tient ready. Et vérifiez bien vos armes de service, on ne sait jamais.

Ils s'aplatirent contre le talus, sauf Blanchard déjà bien dissimulé et qui, les yeux clos, paraissait sommeiller, au point que Jarry lui secoua l'épaule pour lui signaler qu'il devait se tenir prêt à intervenir.

— Oui, oui… fit-il en agitant mollement la main. Je ne dors pas…

À l'approche de la voiture, qui roulait doucement, la tension monta d'un cran. Il fallait intervenir au moment opportun, ni trop tôt ni trop tard, et cette attente du bon timing entretenait une sourde angoisse.

Le véhicule ralentit, freina et le capot pivota lentement pour s'orienter face au portail.

— Go ! fit Grimm.

Traversant la route en courant, ils encerclèrent la voiture, Jarry et Ermeline côté conducteur, Grimm côté passager et Blanchard à l'arrière. Jarry, exhibant sa carte professionnelle, tapa sur la vitre du passager.

Coëdec eut l'air plus surpris qu'effrayé. Il fronça les sourcils et abaissa sa vitre.

— Capitaine Jarry de la police judiciaire. Veuillez descendre de votre voiture, s'il vous plaît.

Sans que son visage exprimât la moindre émotion, Coëdec posa un regard lourd sur Jarry. Il ne fit pas le début du commencement d'un geste indiquant qu'il allait obéir.

— Pourquoi ?

— Veuillez descendre, s'il vous plaît, répéta Jarry qui n'avait pas prévu cette inertie, laquelle s'apparentait à un refus d'obtempérer.

Le notaire avait une grosse tête carrée, le nez court et les pommettes saillantes, la mâchoire robuste. Les mains, dont l'une tenait toujours le volant, étaient larges et puissantes. On devinait un buste aux fortes épaules et au torse épais.

— Je vous ai demandé pour quelle raison, répéta-t-il de cette voix caverneuse, presque d'outre-tombe, qui avait déjà impressionné Grimm à l'Interphone.

Seul Blanchard aurait été capable de le saisir par le col et de le tirer manu militari hors de son véhicule. Jarry pensa faire appel à lui, mais il voulait à tout prix éviter d'en arriver à cette extrémité. Sur ce point, Babut avait été parfaitement clair : des égards, de la considération, car l'homme était notaire et rien ne prouvait encore sa culpabilité.

Pour cette raison, Jarry balança la phrase qu'il aurait préféré prononcer une fois le notaire sorti de sa voiture, car le moteur tournait toujours, ce qui n'était pas rassurant.

— À partir de maintenant, vous êtes en garde à vue dans le cadre de l'enquête sur les meurtres de MM. Gormonnac, McGronon, Moncorgan et de Mlle Audrey Petitjean. Veuillez couper votre moteur.

Dans la liste des victimes, il avait failli ajouter « et du professeur Rouvray », mais il s'était retenu à temps, Ermeline ayant montré l'impossibilité matérielle pour le suspect d'accomplir un tel meurtre.

Coëdec n'eut aucune réaction. Il tourna la tête et fixa le portail un moment, puis, derechef, il considéra son interlocuteur avec dédain.

— De quoi me parlez-vous ? Qui sont ces gens ?

— Descendez, s'il vous plaît ! lança Jarry, haussant le ton.

Lentement, le notaire tourna la clé de contact, détacha sa ceinture, ouvrit la portière, pivota le buste et glissa hors du véhicule avec une fluidité dont on ne l'aurait pas cru capable. Jarry et Ermeline se sentirent aussitôt écrasés par sa taille et par sa masse. Comme pour compenser cette mauvaise impression, Jarry fit signe à Blanchard de les rejoindre.

Sa haute silhouette provoquait généralement chez les suspects de toutes catégories, même les plus belliqueux, un effet immédiat qu'on repérait au regard qu'ils lui jetaient. Rien de tel, cette fois-ci. Coëdec donna même le sentiment de ne pas remarquer le géant qui venait de se poster à ses côtés.

— Cette affaire est grotesque. Ce n'est pas une erreur, même pas une méprise, c'est une bavure, dit-il d'une voix apparemment calme, mais où sourdait une brutale irritation.

— Vous aurez tout le loisir de vous expliquer pendant l'interrogatoire, répondit Jarry tandis que Blanchard l'écartait de sa voiture.

Pendant ce temps, Grimm avait ouvert la portière côté passager et bondi dans l'habitacle pour s'emparer du boîtier du portail, qu'il actionna. Les deux vantaux commencèrent à s'ouvrir avec lenteur. Grimm se mit au volant et lança à l'adresse du notaire :

— Je range la Mercedes dans votre propriété, monsieur Coëdec. Elle y sera plus en sécurité que sur le bord de la route.

— C'est insensé, vous vous croyez tout permis ! protesta le notaire.

Mais Grimm passait outre, enclenchait la première et entrait, tandis que Jarry jetait les clés à Ermeline en lui demandant d'aller chercher leur voiture laissée au bord du chemin.

*
* *

Le jardin ressemblait à une ancienne et très vaste cour d'un domaine agricole sur laquelle on aurait fait pousser du gazon et planté quelques arbres. Ce que du reste révélaient les granges, étables, porcheries et bergeries et la petite maison de métayers alignées le long du mur de droite.

Grimm ne s'embarrassa pas longtemps du 4 × 4 du notaire. Près d'un arbre, il le gara à la va-vite et se précipita vers le perron. Le grimpant au pas de charge, il s'affala presque sur la porte, dont il tourna la poignée ronde dans le même mouvement.

Fermée.

Ce n'était pas une surprise et Grimm, ayant anticipé cette complication, sortit de sa poche son kit de crochetage et introduisit le tenseur dans la serrure avant d'aligner les goupilles avec le palpeur et finalement de faire tourner le barillet. Une opération dans laquelle il était passé maître.

Poussant le battant, il se précipita dans le vestibule. Il courut du salon à la salle à manger, de la cuisine à la buanderie. Personne.

Jarry pénétra à ce moment-là dans la maison.

— Tu es fou, Hubert, on n'a pas le droit de faire ça !

— Je m'en tape ! hurla Grimm et il disparut dans l'escalier.

Il suivit le couloir, ouvrant les portes des quatre chambres et des deux salles de bains, s'engouffrait à l'intérieur et, après un coup d'œil circulaire, ressortait illico. Tout était en ordre. Une maison bourgeoise bien entretenue, certainement nettoyée une fois par semaine par une femme de ménage qui devait aussi s'occuper du linge.

Il reprit l'ascension de l'escalier et se rua dans les combles. Vaste grenier, d'une hauteur impressionnante, non isolé, et qui laissait voir la charpente et le revers des ardoises. Il le parcourut en tous sens au milieu des vieilleries entreposées qu'il enjambait, chaises de paille à fond percé, tables bancales, cartons entassés, matelas éventrés et poussés verticalement contre un mur, bibelots et lampes cassés.

Il redescendit et croisa Jarry qui, inquiet de l'attitude de son patron et des conséquences de ses actes, tournait en rond dans le vestibule.

— Tu déconnes, Hubert ! lui lança-t-il dès qu'il l'aperçut.

— La cave ! cria Grimm sans même le regarder.

Trouvant la porte d'accès, il s'enfonça dans l'obscurité, et, au bas de l'escalier, tâtonna de longues secondes, la main glissant sur les murs de pierres et de briques, avant de trouver enfin le commutateur. Il alluma.

La lumière vive éclaira un espace correspondant à la superficie de la maison. Dans un coin, il distingua la chaudière, plus loin des bouteilles de vin rangées sur des étagères ad hoc, un amas de seaux à moitié percés, des faux aux manches brisés et un antique soc de charrue.

Aucune trace de présence humaine. Le pire étant que l'inspection de la maison était rapide et la conclusion limpide. Amandine n'était pas là, ni ses compagnes d'infortune.

— S'il l'a tuée, je le tue ! rugit Grimm, anéanti.

Un nouvel espoir s'empara de lui. Remontant au rez-de-chaussée, il bouscula Jarry pour s'échapper dans le jardin.

— Les granges !

Convaincu qu'Amandine devait s'y trouver, il ouvrait les hautes portes, une à une, appelait, grimpait sur des échelles auxquelles manquaient de nombreux barreaux jusqu'aux anciennes remises à foin, inspectait même les bauges à cochons, la petite bergerie au toit effondré et visita de fond en comble l'étroite maison des métayers, un taudis laissé à l'abandon.

Rien. Rien ni personne.

Désespéré, il se laissa choir sur le sol, la tête basse. Debout face à lui, Jarry, qui connaissait les liens de son patron avec Amandine, qui avait même appris l'existence de Louis, ne savait que faire. Grimm leva vers lui des yeux embués et lâcha dans un souffle :

— Elle n'est pas là…

— Non, fit Jarry sur le ton d'une triste constatation. La Panhard non plus.

— La Panhard non plus.

Finalement, avec difficulté, comme s'il avait vieilli de dix ans en quelques minutes, Grimm se mit debout.

— Il faut le faire parler.

— Je te le promets.

— Va ! Ramenez-le à Rennes au plus vite. Ne perdez pas de temps.

— Tu nous suis en voiture ?

— Non, je reste ici.

Jarry crut avoir mal entendu.

— Qu'est-ce que tu racontes ?

— Je te dis que je reste ici.

— Mais pourquoi ? Elle n'est pas là !

Alors, Grimm posa sur son adjoint un regard étrange, d'une obstination sans limite et que la raison semblait avoir déserté.

— Si, elle est là. Je le sais, j'en suis sûr.

— Hubert…

— Je ne sais pas où, mais ici, quelque part, à Trégornec. Elle est là, te dis-je ! Faites-le parler, utilisez tous les moyens, et dès qu'il a dévoilé sa planque, téléphonez-moi, je serai sur place, ça ira plus vite pour la délivrer.

Conscient que toute argumentation logique serait inutile, Jarry hocha la tête et s'éloigna, découragé.

## 6

Grimm resta près des granges, à tourner en rond et à fumer des cigarettes. Pendant la journée entière, dissimulé de l'autre côté de la route, les yeux rivés sur la propriété du notaire, il avait tant espéré qu'Amandine soit prisonnière derrière ce portail noir et ces murs clos qu'il ne parvenait pas à se débarrasser de ses dernières illusions.

L'échec le ramenait à une dure réalité où la probabilité qu'elle soit morte reprenait une consistance insupportable et où, après la remarque dévastatrice d'Ermeline, la piste même de Coëdec semblait se perdre dans un entrelacs d'hypothèses nouvelles et contradictoires.

Car, si ce dernier n'était pas l'assassin de Rouvray, pourtant mêlé à l'affaire, pouvait-on le considérer comme celui de la jeune étudiante et, par ricochet, de tous les meurtres précédents ? L'absence de la Panhard ne faisait qu'accroître les doutes, embrouillant encore un peu plus une affaire que Grimm croyait avoir résolue depuis les révélations de Kermarrec.

Tristement, la tête basse, il regagna son véhicule. Les mains sur le volant, dans une immobilité de statue, le regard vide, il demeurait inerte, incapable d'activer son cerveau et d'élaborer la moindre pensée cohérente. Finalement, il mit le contact et entama une marche arrière pour dégager sa voiture.

À ce moment, il ne savait pas ce qu'il allait faire. Il agissait, tout simplement, parce qu'il fallait bien faire quelque chose et qu'il n'allait pas passer le reste de l'après-midi à l'entrée de ce chemin de terre. Il prit la direction de Trégornec et repassa devant la propriété de Coëdec sans pouvoir s'empêcher d'y jeter un dernier regard.

Retourner à Rennes revenait à avouer la faillite de son expédition. C'était pourtant la seule chose raisonnable – Jarry le lui avait fait sentir – et il croyait l'avoir décidé lorsque, pourtant, parvenu au niveau de l'église, il freina et se gara. Un obscur instinct avait dicté sa loi à la raison.

Il sortit sa valise du coffre et se rendit chez Mme Poulan qui, dans sa cuisine, mangeait tranquillement une soupe en regardant la télévision. Elle fut surprise de le revoir, mais interrompit aussitôt son repas sans montrer aucune contrariété. Elle accepta volontiers une nuit supplémentaire et lui redonna la même chambre.

*

* *

Grimm n'avait pas de stratégie bien définie. Non, sa décision procédait plus du mode de l'intuition et de l'instinct. Et correspondait certainement aussi au fruit de son expérience.

Le lendemain matin, il se dirigea vers l'antique café, véritable musée des années cinquante, espérant secrètement les retrouver assis à la même place. Abaissant la poignée en bec de canard, il poussa la porte, faisant entendre le son caractéristique et déjà familier de la clochette.

— Bonjour ! claironna-t-il, s'efforçant à la convivialité.

D'un seul coup d'œil, il découvrit le patron, inamovible derrière son bar, et les quatre retraités installés, comme il l'avait espéré, à la même table que l'avant-veille.

Alors que le bistrotier se contentait d'un mouvement de tête, il y eut du côté de la table un petit concert de « Degemer mat[1] », qui fut suivi, avec un temps de retard, par la voix seule du vieux qui lança un fort « Deut mat out[2] ! » d'une manière plutôt chaleureuse.

Grimm, qui avait gardé en mémoire la froideur des mêmes acteurs lors de sa première apparition, fut heureux de cette entrée en matière. Finalement, le Breton, peu engageant, voire méfiant au premier abord, adoptait l'étranger plus vite qu'il ne l'aurait imaginé. C'était bon signe.

En souriant, il s'approcha du comptoir et avant toute chose déclara au patron :

— Remettez-leur une tournée, ça me fera plaisir !

Mais il se produisit dans son dos de vigoureuses protestations. C'est le vieux qui prit la tête de cette rébellion.

1. Bienvenue.
2. Tu es bienvenu !

— Ma doué benniget ! Pas toujours les mêmes, y aurait injure ! Fanch, tu lui sers ce qu'il veut, c'est pour moi !

— Comme vous voulez, remercia Grimm. Eh bien, un petit blanc, patron !

De nouveau, malgré son fort désir de boire une bonne bière, il s'y collait, car les mêmes ballons traînaient sur la table des retraités. Quand son verre fut rempli, il le saisit et, se retournant, il le souleva en signe d'amitié.

— Santé !

— Yec'hed mat !

Puis, comme il s'y attendait, on l'invita.

— Venez le boire avec nous !

Et, comme la fois précédente, il tira une chaise et s'assit au milieu du groupe, le vieux face à lui. Après un temps mort, l'un annonça :

— Faudra bien que cette sécheresse se termine un jour.

Cette assertion relevait du mystère. De quelle sécheresse parlait-on ? Ainsi que Grimm l'avait constaté lors de sa planque à la maison du notaire, l'herbe était d'un vert cru, presque agressif, la terre encore grasse, et nul stress hydrique ne semblait menacer la végétation. Il eut la naïveté d'exprimer son étonnement. On le regarda avec un brin de suspicion.

— Ah si ! Une vraie sécheresse ! s'exclama le vieux. Ça fait dix jours qu'il n'a pas plu ! La terre a soif !

Bon, s'ils le disaient… Grimm eut une pensée pour les sols de la garrigue du Midi, durs comme du caillou en plein été, mais n'insista pas. Du reste, ce divertissement météorologique ne dura guère et le vieux, toujours lui, curieux comme pas deux, demanda :

— Alors, cette voiture, il vous l'a vendue ?

— Non.

— J'en étais sûr ! Chez les Coëdec de Trévorn, on ne vend rien !

— J'aurais bien aimé pourtant… mais le bonhomme n'est pas commode. Même pas aimable.

— Tiens ! J'vous avais prévenu !

Il y eut des hochements de tête de confirmation. Grimm eut soudain une intuition aussi inattendue que pertinente. Le cerveau fonctionne souvent ainsi. À notre insu. Des informations en apparence anodines stagnent à l'arrière-plan sans être analysées, en attente d'une utilisation incertaine, et, sans crier gare, se cristallisent pour donner corps à un élément en relation directe avec un problème non résolu.

Grimm décolla son dos du dossier de la chaise.

— Il est d'une vieille famille noble, ce Coëdec de Trévorn, m'avez-vous dit ?

— Oui, c'est bien c'que j'ai dit ! Très vieille ! répondit aussitôt le vieux, qui semblait tenir à demeurer le seul interlocuteur de Grimm.

— Et ils devaient posséder un château dans le temps ?

— Oui, ils ont ou ils avaient un château. Je dis ça parce que je sais pas. Les affaires du notaire, on les connaît pas, c'est secret ! Enfin, un château, disons plutôt un manoir. Pas une bâtisse qu'on a envie d'habiter. Ça non !

— Vous le connaissez ?

— J'suis pas rentré dedans, mais je l'ai vu. Deux fois ! Une fois avec mon père, j'étais petit. Il m'a dit : c'est le manoir des Trévorn. Des Trévorn, y disait, mon père. Et une deuxième fois, il y a une vingtaine d'années, que je passais par là. Et ça m'suffit !

— Il est à Trégornec ?

— Non, dans les monts d'Arrée. Isolé au milieu de rien, en pleine montagne.

— Quelles montagnes ? demanda Grimm naïvement.

Ce fut de nouveau la stupéfaction qui domina chez ses interlocuteurs.

— Comment, quelles montagnes ? La montagne !

Renonçant à percer cette nouvelle énigme, Grimm biaisa :

— Et c'est loin d'ici, la montagne ?

— Pas très, mais quand même, c'est un autre monde. Faudra prendre la voiture et, d'ici, vous passez par Guerlesquin et, après, il y a une bonne trotte jusqu'à Plounéour-Ménez.

— Combien de temps en voiture ?

— C'est quand même long !

— C'est-à-dire ?

Le vieux hésitait et il avait même l'air de n'en rien savoir. Il appela à l'aide l'homme assis à sa droite.

— Tu dirais quoi, Hervé ?

— Bof… Faut compter trente minutes en bagnole.

Ah ! Trente minutes seulement. Non, ce n'était pas bien loin, en fin de compte.

— Et comment s'appelle ce château ?

— Le manoir de Roc'h-ar-lan.

— Le manoir de quoi ?

— De Roc'h-ar-lan. La roche de la lande. C'est que faut voir comment c'est, là-haut ! Les pics déchiquetés, le vent, la pluie, le caillou, la lande qu'est une terre ingrate et qui n'donne rien. C'est beau, c'est très beau, mais le paysan, là-bas, il est, comment dire…

Le vieux hésitait et cherchait le bon mot.

— Il est rude. Voilà, c'est ça, il est rude ! C'est que, faut y vivre, là-haut, dans la montagne ! Nous, dans le Trégor, le climat est doux, on sait rire et s'amuser, mais eux, là-haut, c'est des montagnards. Du temps de mon grand-père, et de mon père aussi, on les considérait bien un peu comme des sauvages.

Les autres souriaient, sans protester. Le vieux était lancé, monopolisant encore et toujours la parole.

— Y a la chapelle de Saint-Michel de Brasparts sur une montagne toute ronde. De là, vous voyez tout ! Absolument tout ! La crête qui tourne autour de la plaine marécageuse. Et dans le fond, le lac.

— Dites-moi, c'est facile à trouver, ce manoir ? J'ai toujours été un peu amoureux des vieilles pierres et j'irais bien le voir. En plus, si c'est la montagne, ça doit valoir le coup d'œil…

— C'est sûr que c'est un paysage qui vaut le détour. Vous avez un papier et de quoi écrire, que je vous fasse un plan ?

Grimm déchira une feuille de son carnet, un Bic fut sorti d'une poche et le vieux dessina avec application, très proprement, un itinéraire, à vrai dire inutile pour Grimm puisqu'il disposait d'un GPS dans la voiture, mais son interlocuteur devait en ignorer l'usage. Beaucoup plus intéressant, il dessina un schéma des lieux où se trouvait le manoir de Roc'h-ar-lan.

# 7

Assis dans sa voiture, Grimm régla le GPS. Première étape du voyage : Plounéour-Ménez, porte d'entrée des monts d'Arrée. C'est-à-dire, en s'adaptant au vocabulaire local, la montagne… trente et une minutes de trajet. Ce serait vite fait. Après, il suivrait les indications du vieux pour trouver le manoir. « Faudra d'abord passer la crête rocheuse », avait affirmé ce dernier, comme s'il parlait des cimes enneigées des Alpes ou des Pyrénées.

Il démarra avec le sentiment d'accomplir ce qu'il devait faire. L'espoir qui agitait ses pensées était immense. Attendre que Coëdec avoue n'était que perte de temps. Le bonhomme, certainement, se révélerait coriace et rien ne permettait d'affirmer qu'il craquerait rapidement. Peut-être même n'avouerait-il jamais ? Sa folie se logeait dans un recoin obscur que la raison devait renoncer à atteindre. Il fallait seulement le garder en prison pour l'empêcher de perpétrer d'autres meurtres.

En revanche, si Amandine ne se trouvait pas dans la maison de Trégornec, et de fait elle n'y était pas, l'éventualité qu'elle soit enfermée au manoir de Roc'h-ar-lan n'avait rien d'absurde. Bien au contraire. Certes, le vieux n'avait pas assuré que le manoir appartenait toujours à la famille Coëdec, mais il n'avait pas dit le contraire non plus.

Grimm venait à peine de quitter Trégornec qu'une petite pluie fine commença à tomber, l'obligeant à actionner l'essuie-glace en mode intermittent. Il esquissa un sourire ironique.

— Quel soulagement de voir enfin la fin de cette terrible sécheresse ! s'exclama-t-il. Et maintenant, à nous l'ivresse des montagnes et l'air pur de la haute altitude !

Quand sa voiture franchit le panneau de Plounéour-Ménez, il pleuvait toujours. Corentin l'appela.

— Tu fais quoi, Hubert ?

— Je fouine à droite et à gauche.

Pouvait-il révéler à son adjoint qu'il avait l'intention de s'introduire illégalement dans le manoir familial des Coëdec de Trévorn ? Il effaça la question en en posant une autre :

— Que donne la garde à vue de Coëdec ?

— Encore rien. Hier soir, il a refusé de coopérer et s'est tu obstinément.

— Il en a le droit, hélas.

— Il était très remonté contre son interpellation et a demandé la présence de son avocat. Qui arrive à l'instant seulement, parce que nous n'avons pas réussi à le joindre plus tôt et qu'il habite Morlaix. Le véritable interrogatoire va enfin pouvoir démarrer. Je voulais te prévenir de ce retard.

— Chienlit de merde ! Le salopard ! Il a gagné du temps et les vingt-quatre heures de GAV sont déjà bien entamées. Prépare-toi à demander une prolongation de vingt-quatre heures.

— J'en ai déjà parlé au patron, il est d'accord. Donc, au total, on aura quarante-huit heures à partir de la mise en garde à vue à Trégornec. Reste trente heures pour le faire avouer.

— Y a rien de trop…

— Je sais. Mais on a trouvé des trucs super intéressants au domicile de Rouvray qui devraient donner un sacré coup de pouce à l'enquête. Ermeline et Éric y sont allés ce matin pour une perquisition.

— Vous avez trouvé quoi ?

— Deux vieilles lettres manuscrites qui révèlent que Rouvray et Coëdec se connaissaient.

— Ah ! C'est ce que pensait Kermarrec ! Que disent-elles, ces lettres ?

Il y eut des paroles à l'arrière-plan, Jarry lança un « OK, j'arrive » et reprit :

— On m'appelle pour démarrer l'interrogatoire de Coëdec. J'y vais, il ne faut pas perdre une minute. Je demande à Ermeline de scanner ces deux lettres et de te les envoyer par SMS, lança-t-il avant de raccrocher.

Grimm rageait de devoir attendre pour connaître la nature de la connexion entre Rouvray et Coëdec qui très certainement expliquait toute l'affaire.

Dès qu'il quitta Plounéour-Ménez, il entreprit une petite ascension qui le surprit. Certes, la pente n'était pas abrupte, mais on montait, c'était indubitable, et peu à peu apparut dans son champ de vision une ligne de crête hérissée de pointes rocheuses qui barrait l'horizon. La végétation avait changé, les arbres et les arbustes cédant le pas à une lande rase constituée de bruyères colorées, de fougères et d'ajoncs. Le vent aussi s'était levé et secouait par rafales les genêts. La pluie s'intensifiait.

Enfin, la voiture parvint sur la crête, une ligne de plusieurs kilomètres constituée d'une arête vive et étroite de roches crénelées, qui émergeaient par intermittence en pointes acérées se détachant de la lande environnante. Orientée est-ouest, courbe, elle se raccordait vers l'occident à un relief en forme de dôme, pelé, sur lequel avait été érigée la chapelle de Saint-Michel de Brasparts. Ce cirque emprisonnait une immense dépression occupée dans le lointain par un lac.

La pluie et le vent redoublaient. Le paysage était empreint d'une beauté sauvage, âpre et inhospitalière, vierge, que la civilisation n'avait pas encore enlaidie. C'était une terre qui exhalait les vieilles légendes bretonnes et devait abriter des divinités celtiques, cachées derrière le roc ou dissimulées sous les ajoncs et les genêts.

Au moment où il allait se saisir du plan dessiné par le vieux du café, il reçut un SMS d'Ermeline.

Voici les deux lettres retrouvées chez Rouvray. Édifiant. On va les mettre sous le nez de Coëdec. A+, Ermeline.

Grimm déroula le message pour faire apparaître la première lettre.

*Salut vieux camarade*

*Le temps a passé depuis nos fouilles dans le Midi avec le professeur de Lumelay à la recherche de l'ancêtre de Neandertal. Quelques mois seulement et je suis déjà nostalgique de ces longues journées qui nous voyaient agenouillés côte à côte à gratter le sol à la recherche du moindre indice d'habitation de notre héros en devenir.*

*Que d'émotion !*

*Je perpétue notre rituel inventé un soir magique où son esprit nous a pénétrés et qui demeurera un secret hommage à cet homme disparu. Je cherche un lieu en Bretagne qui serait inspirant et où notre belle tradition pourrait s'ancrer. Je te tiens au courant.*

*Coëdec*

Grimm la relut deux fois. Beaucoup d'informations en quelques lignes. D'abord, bien sûr, celle confirmant le fait que Rouvray et Coëdec se connaissaient. Et ce n'était pas une relation de travail, une vague rencontre conjoncturelle ou une poignée de main indifférente échangée un jour par hasard. C'était une amitié étroite et fraternelle.

Ensuite, cette camaraderie était ancienne et datait de leur jeunesse. Grimm se souvenait que Rouvray lui avait indiqué avoir travaillé sur un chantier de fouilles dans le sud de la France au tout début de son cursus universitaire, avant de se spécialiser dans la métallurgie de l'âge du bronze. Coëdec s'y trouvait aussi.

Enfin, c'est avec Rouvray que Coëdec avait inventé le rituel adopté plus tard par la Société des Amis de Neandertal. Sans doute fallait-il y voir au début une fantasmagorie de potaches, un jeu estudiantin qui avait pris corps une nuit, peut-être sous l'emprise de l'alcool ou de stupéfiants, et qui s'était mué ensuite en tradition à caractère mystique. Qu'importe les circonstances, la lettre révélait deux compères parfaitement en phase dans leur délire immature.

Par ailleurs, il fallait noter que Coëdec cherchait un lieu approprié en Bretagne pour accomplir ce rite. Séduit par le Val sans Retour, il avait dû en avertir Rouvray. Peut-être la découverte de cet endroit adéquat constituait-elle la teneur de la seconde lettre ?

Grimm fit défiler l'écran pour l'afficher.

*Je te croyais mon ami et tu n'es qu'un salopard. L'être le plus infâme et le plus dégueulasse que j'aie jamais rencontré ! Comment as-tu pu oser la draguer, alors que je te l'ai moi-même présentée et que tu savais à quel point je tenais à elle. Et devant moi en plus ! Et dire que, aveuglé par notre amitié, je ne comprenais pas pourquoi tu faisais ainsi le joli cœur, en te pavanant d'une manière aussi ridicule, avec des sourires niais de séducteur sans scrupule ! Et tu l'as eue avec ces mimiques grotesques, elle est tombée dans le panneau d'un mec qui n'a finalement que sa queue pour unique étendard !*

*Sache, pauvre minable, que je ne veux plus jamais te revoir. Pour moi, tu n'existes plus. Tu es mort !*

Là encore, Grimm relut la lettre deux fois. Surtout en raison de la sidération provoquée par son contenu. Elle n'était pas signée, toutefois l'écriture était strictement identique à la première. Aucun doute sur son auteur.

Quelle violence ! Quel contraste avec la première ! De frères, ils étaient devenus ennemis jurés, adversaires irréconciliables, fâchés à vie. Pour une histoire de femme que l'un aurait piquée à l'autre.

Cette deuxième lettre expliquait bien des choses, en particulier la gêne entre les deux hommes, observée par Kermarrec quand ils s'étaient retrouvés par hasard au Val sans Retour. Ce qui, en outre, indiquait que Coëdec n'avait jamais révélé à Rouvray le lieu inspirant pour perpétuer leur rituel. De là, on pouvait aussi conclure, malgré l'absence de date, que la première lettre écrite du temps de leur jeunesse précédait de peu la seconde. Leur rupture était ancienne.

Restait une question en suspens. Pourquoi Rouvray avait-il orienté l'enquête vers la découverte de Coëdec ? Car c'est bien cela qu'il avait fait – Grimm s'en rendait compte à présent – et il l'avait fait avec beaucoup d'habileté, donnant l'impression de chercher à aider la police, évoquant un inconnu étrange, sans le charger, juste ce qu'il faut, avec doigté, mais focalisant fortement l'attention sur lui.

Était-ce parce que Rouvray, connaissant le rituel, avait compris que Coëdec était l'assassin ? Mais alors, pourquoi ne pas le désigner clairement et dévoiler la folie qui s'était emparée de son ancien camarade ? Que cachait-il de son côté pour rester dans l'ombre ? Mystère.

Pensif, Grimm saisit le plan griffonné par le vieux pour atteindre le manoir de Roc'h-ar-lan. Il fallait poursuivre sur la même route, puis, plus loin, sur la gauche, prendre une départementale, dépasser un premier village – Botmeur –, poursuivre ensuite un certain temps pour trouver enfin le chemin du manoir.

Grimm mit le contact et, sur la route glissante battue par les vents et la pluie, il roula jusqu'à la bifurcation, traversa ensuite le village et continua dans une zone où, après quelques fermes et hameaux, toute trace d'habitation disparut. Ne subsistaient que des champs isolés au milieu de secteurs non cultivés, envahis de taillis denses où le genêt, l'ajonc et le saule dominaient, interrompus parfois par une lande à l'herbe touffue.

Il eut quelques difficultés à repérer le chemin de terre sur la droite, mais le plan du vieux s'avéra suffisamment précis pour qu'il le découvre à la suite d'un virage assez prononcé. Il s'y engagea lentement, car le chemin regorgeait de flaques et certaines ornières l'inquiétaient par leur profondeur. Son véhicule n'était pas un 4 × 4 et il craignait de s'embourber. Malgré sa faible vitesse, la voiture s'inclinait parfois vers l'avant, puis sur le côté ou en arrière, et l'eau giclait latéralement.

Par rapport à la route qu'il venait de quitter, il descendait peu à peu à la faveur d'une pente douce qui décrivit deux virages serrés qu'il aborda prudemment. Autour de lui, les taillis s'estompèrent et une lande humide s'imposa, colonisée par des bruyères et des sphaignes, tandis qu'en contrebas, dans la brume, il devinait le lac au fond de la dépression. Les lieux étaient déserts et les rafales de vent, irrégulières et anarchiques, tordaient les petits genêts en tous sens.

Il fut soudain bloqué par une barrière en bois. C'était là. Il freina et, accaparé jusque-là par les difficultés du chemin, leva enfin les yeux. Il découvrit une masse noire qui se détachait à distance. Le manoir de Roc'h-ar-lan !

Il n'eut pas le temps de l'observer en détail car Ermeline l'appelait. Mais la liaison était mauvaise et le manque de réseau rendait les paroles hachées.

Il lui répéta à plusieurs reprises qu'il ne l'entendait pas. Elle continuait à parler.

— shrreeee… Coëdec… shreeeee… parlé… shreeeee… attention… shreeeee… Coëdec, il a… shreeeee…

Coupé ! Il essaya de la rappeler. Sans succès. Qu'avait-elle donc voulu lui dire ? Il mit bout à bout les mots qu'il avait cru entendre :

Coëdec – parlé – attention – Coëdec il a

Trop de mots perdus en route, cela n'avait aucun sens. Pourtant, l'ensemble sentait l'avertissement. Elle avait tenté de le prévenir, probablement de quelque chose qu'ils avaient appris grâce à l'interrogatoire du notaire. Et quelque chose de suffisamment important pour qu'elle juge bon de lui téléphoner sur-le-champ. Mais quoi ?

Coëdec, il a…

Il a quoi, bon Dieu !?

Perplexe, il remit le portable dans sa poche et sortit de la voiture. La barrière en bois était fermée par un anneau dont le système ne se prêtait pas à l'utilisation de son kit de crochetage. Bloqué.

À gauche de la barrière se trouvait un fossé trop profond pour envisager d'y aventurer la voiture. Sur la droite, le terrain était plat mais occupé par des ajoncs, tous serrés les uns contre les autres. En prenant de l'élan, il estima possible de forcer le passage pour récupérer le chemin.

Il recula, orienta l'avant de son véhicule vers les ajoncs et accéléra.

# 8

La voiture écrasa les premiers ajoncs, qui disparurent sous le bas de caisse avec un bruit de raclement épouvantable. Puis elle se souleva à plusieurs reprises, de droite et de gauche, grimpant en force sur les tiges flexibles et dures des arbustes. Sur les côtés, les fourrés se refermèrent sur le véhicule et leurs épines rayèrent la carrosserie sur toute sa longueur comme des lames de couteau.

Au sortir du taillis, l'avant piqua du nez pour se relever aussitôt quand il franchit l'étroit fossé permettant d'accéder de nouveau au chemin. Grimm s'arrêta pour examiner la voiture. Hormis les rayures, horribles, et le pare-chocs désaxé, pas de gros dégâts. Mais la note du loueur serait salée…

Il remonta aussitôt dans son véhicule et avança prudemment en direction du manoir. Situé sur la pente douce qui menait au lac en contrebas, il avait été construit sur un replat où la roche affleurait. Des pointements de schiste émergeaient par endroits, dont l'un, plus imposant, s'élevait même à deux mètres au-dessus du sol.

Roc'h-ar-lan ! La roche de la lande. Le manoir tirait directement son nom de sa configuration géographique et de cet étrange monolithe isolé au milieu d'une immense dépression. D'un seul regard circulaire, ce lieu permettait d'embrasser le gigantesque cirque entouré de reliefs et occupé en son centre par le lac.

Bâti sur un socle rocheux résistant, le manoir présentait une silhouette lugubre. Élevé sur deux niveaux surmontés de combles, construit en pierres de taille de granit sombre, il avait été conçu selon un plan en L et son style architectural, gothique tardif, le datait du XVIe siècle. Dans l'angle des deux bâtiments se dressait une tour octogonale qui devait contenir l'escalier à vis accédant aux étages.

Sur le côté, un peu à l'écart, un long bâtiment abritait l'ancienne maison à four et les écuries, et devait également constituer le logement des métayers et des domestiques.

En raison de l'austérité de son architecture, du temps gris, venteux et pluvieux, de la lande humide alentour qui se déployait à l'infini, une impression sinistre s'en dégageait. Il n'y aurait pas passé des vacances, avait affirmé le vieux. Grimm non plus.

Un large porche, tel un portique isolé au bout du chemin, donnait sur une cour envahie par les mauvaises herbes. Aucune voiture n'était en vue. Les lieux paraissaient abandonnés. Pourtant, Grimm préféra ne pas franchir le porche et se gara sur le côté.

L'hypothèse d'un complice n'était pas à écarter, d'autant plus que Coëdec ne pouvait être l'assassin de Rouvray, comme Ermeline l'avait fait remarquer avec justesse. Cette éventualité trottait dans la tête de Grimm et, voulant s'en prémunir, il sortit son pistolet de la boîte à gants.

Après avoir introduit le chargeur et accroché son arme à la ceinture, il descendit prudemment de la voiture et fut aussitôt fouetté par le vent et aveuglé par une pluie oblique qui lui cinglait le visage. De profil pour donner moins de prise aux éléments, il courut jusqu'à la porte du manoir située à gauche de la tour sur le bâtiment principal.

Dans le plus pur style gothique, celle-ci était une arche de pierre dont la partie supérieure se terminait en pointe. Les deux battants en bois massif de la porte étaient piquetés de grosses têtes de clous en forme de coupole.

Grimm souleva le loquet. Fermé. Là encore, la vénérable serrure, datant sans doute du XIXe, ne s'ouvrait qu'avec une grosse clé et son kit de crochetage se révélait inadapté. Mais, en un sens, le silence, l'absence de voiture et la porte fermée à clé le rassuraient, confirmant que le propriétaire était absent.

À la recherche d'outils adéquats, il explora le bâtiment annexe dont le toit, envahi par le lierre et effondré sur la moitié de sa longueur, dénotait l'abandon depuis de longues années. La végétation obstruait les entrées et il dut écraser de hautes herbes, des ronces et des genêts pour pénétrer à l'intérieur.

Près d'une poutre basculée d'un côté et barrant le passage en diagonale, il trouva toutes sortes de vieilleries, dont une barre de fer qui pouvait faire office de pied-de-biche.

De retour devant la porte du manoir, il l'enfonça entre les deux vantaux et, exerçant un mouvement de levier latéral, après plusieurs tentatives, il fit éclater la serrure et, d'un dernier coup d'épaule, fit pivoter le battant droit sur ses gonds. Entraîné par son élan, il tomba presque sur les grandes dalles froides de l'entrée et fut saisi par l'humidité de l'atmosphère stagnante.

Par réflexe, il referma la porte derrière lui. L'obscurité l'obligea à patienter, le temps que ses yeux s'y habituent. L'entrée donnait directement à gauche sur une grande salle rectangulaire avec d'assez larges ouvertures et des fenêtres à petits carreaux. Une cheminée monumentale, dans laquelle Grimm aurait pu tenir debout, à hotte droite et en pierres de taille également, occupait la presque totalité du mur du fond, celui du pignon. La hauteur du plafond dépassait l'entendement.

Le mobilier était extrêmement sommaire. Une longue table de ferme autour de laquelle étaient disposées des chaises austères et fatiguées, avec de hauts dossiers verticaux de style Louis XIII, deux vieilles commodes, une armoire et un coffre en bois. Un divan éventré était poussé le long du mur.

Sur la droite, en lien direct avec l'entrée, une autre salle, certes plus petite mais qui devait cependant dépasser les quarante mètres carrés, correspondait à la cuisine. Là encore, l'aménagement était rudimentaire. Une cuisinière collée à sa bouteille de gaz, un évier en faïence surmonté d'un robinet dont l'ouverture était prolongée par un court tuyau en plastique pour orienter le jet à la main, un vaisselier antique, une table en Formica avec des pieds ronds en métal et quatre chaises. Une porte s'ouvrait sur une chambre avec un lit deux places, un secrétaire qui aurait sans doute intéressé un antiquaire et une armoire sans portes d'où débordaient des couvertures pleines de poussière.

Si cet endroit avait été habité en permanence, il ne l'était plus depuis longtemps, et aucune modernisation notable n'avait été entreprise depuis la Seconde Guerre mondiale.

Enfin, du vestibule, un passage étroit situé en retrait et dissimulé au premier regard, plus à droite que l'ouverture donnant sur la cuisine, permettait d'accéder à l'escalier à vis de la tour. Aucune porte ne séparait ces deux salles et l'escalier de l'entrée. L'ensemble était recouvert des mêmes grandes dalles de pierre, irrégulières, creusées et fendues par endroits.

*

* *

Ce décor à l'abandon, figé par le temps comme dans le château de la Belle au bois dormant, découragea Grimm. Il était venu délivrer Amandine et il tombait sur un manoir désert, sans aucune trace de vie. Désespéré, il parcourut une seconde fois la grande salle et la cuisine. Près de l'évier, il tressaillit.

Retournés sur l'égouttoir, propres et sans poussière, se trouvaient un poêlon, son couvercle et une casserole. Glissés entre les deux des fourchettes et un couteau, lavés également. Quelqu'un était venu là et avait récemment cuisiné.

Sentant monter en lui une brusque tension, il sortit son pistolet, tira d'un coup sec sur la glissière pour introduire la première balle du chargeur dans le canon et, prêt à tirer, il grimpa lentement à l'étage, tournant prudemment dans l'escalier en colimaçon, bras tendus, l'arme braquée vers le haut.

La disposition de l'étage était identique à celle du rez-de-chaussée. L'ameublement tout aussi indigent et les pièces presque vides. Il monta dans les combles, mais renonça à s'aventurer sur le parquet vermoulu, rongé par la vrillette et qui s'affaissait par endroits. Personne ne pouvait séjourner dans ce vaste grenier sans risquer de passer à travers le plancher.

Il redescendit au rez-de-chaussée, demeurant sur ses gardes. Soudain, il entendit du bruit et fléchit instinctivement sur ses jambes. Il n'avait pu localiser sa provenance et, avec une tension renouvelée, parfaitement immobile, l'oreille aux aguets, il écoutait.

De nouveau, le même bruit, étouffé et lointain. Son regard fut attiré par une porte basse dans un recoin de la grande salle et qu'il avait prise préalablement pour un placard mural. Le son provenait de là.

Un battement sourd, intermittent, et qui se propageait jusqu'à lui comme un écho. Tout à coup, il comprit. Derrière cette porte, un escalier devait mener à une crypte ou à un caveau. Ce qu'il percevait n'était que le bruit des pas de quelqu'un qui remontait.

Un complice ! Ou même, des complices ? La plus épouvantable des hypothèses se concrétisait brutalement. Coëdec partageait son délire criminel avec un ou plusieurs comparses et ces meurtres barbares relevaient d'une œuvre collective démente.

Grimm se rua à droite de la porte pour se dissimuler derrière le battant lorsque celui-ci s'ouvrirait. Il savait qu'il allait affronter l'assassin, et, convulsivement, sur son pantalon, il essuya par deux fois la sueur qui engluait la paume de sa main droite pour s'assurer une meilleure prise sur la crosse du pistolet.

Comme toujours dans ces situations où le danger est à son paroxysme, la peur est la pire des ennemies. Elle peut altérer le discernement, pousser à se précipiter, à intervenir prématurément. Grimm le savait et il tentait de ralentir son rythme cardiaque en respirant profondément. Sans grand succès.

L'homme accédait aux dernières marches, qu'il semblait aborder avec précaution. L'avait-il entendu ? Savait-il déjà que quelqu'un cherchait à le surprendre au rez-de-chaussée ?

Puis il y eut un long silence. Insupportable. L'individu se trouvait derrière la porte et attendait. Attendait quoi ? Cette attente amplifia la nervosité de Grimm, dont les nerfs s'érodaient peu à peu. « Sors de là, nom de Dieu », murmura-t-il à voix basse, le dos collé au mur.

Soudain, le loquet fut actionné sans bruit. Les yeux rivés dessus, Grimm vit la clenche se soulever et se dégager de la butée. La porte s'entrebâilla, très peu, de quelques centimètres. Il n'y avait à présent plus aucun doute, l'homme l'avait entendu et se méfiait. À coup sûr, il était armé, et Grimm allait jouer sa vie dans les secondes suivantes.

Le battant pivota très lentement sur ses gonds jusqu'à la perpendiculaire du mur. Caché derrière, Grimm retenait son souffle. Percevant un bruissement léger, il comprit que l'homme avait quitté la dernière marche et se trouvait à présent sur le seuil. Seule la porte le séparait de lui.

À l'évidence, l'individu faisait tout pour être le plus silencieux possible. Et s'il avait deviné la présence de l'intrus, il était capable de tirer à travers la porte. Grimm devait-il prendre les devants ? Tirer le premier. Anticiper.

Tuer plutôt que d'être tué.

Ses mains se crispaient sur son pistolet, la droite enserrant la crosse, l'index sur la détente, et la gauche recouvrant la première pour assurer la stabilité du tir. Il pivota doucement et orienta le canon vers le battant.

Son existence se décidait maintenant, dans une sorte de pile ou face épouvantable, telle une mortelle partie d'échecs de part et d'autre d'un panneau de bois. La crainte de mourir imposait la décision. Il fallait tirer. Et pas une seule fois, à plusieurs reprises, car pour être certain de neutraliser l'adversaire il fallait presque vider le chargeur en visant à plusieurs niveaux.

Déjà, l'index exerçait une pression sur la détente du pistolet quand il comprit que l'homme avançait. Aussitôt, il détourna son arme et la pointa à gauche du battant. Il ne discerna d'abord qu'une ombre courbée qui avançait avec difficulté vers le milieu de la grande salle.

Soudain, il cria :

— Amandine !

Elle s'arrêta, figée comme une statue de pierre. Grimm découvrit alors le collier de métal qui enserrait son cou, la longue chaîne qu'elle portait à deux mains devant elle et qui se terminait par un gros anneau de fer.

Tout en marchant vers elle, il remit son arme dans son étui pour éviter tout accident. Amandine avait pivoté et, au moment où il l'atteignait, elle s'écroula dans ses bras.

— Amandine, mon Dieu, dans quel état t'a mise ce monstre…

Lâchant sa chaîne qui tomba sur les dalles de pierre avec un bruit épouvantable, elle s'accrochait à lui et, de ses mains amaigries, serrait convulsivement les bras et les épaules de Grimm de la même manière qu'elle se serait jetée sur une bouée trouvée par hasard au milieu de l'océan.

Et elle répétait, tout en avalant les larmes qui dégoulinaient sur son visage :

— Hubert… Hubert…

Posant la main sur sa nuque, Grimm attira sa tête contre sa poitrine et lui caressait doucement les cheveux.

— C'est fini… c'est fini… Je suis là. On va partir d'ici, j'ai une voiture. Calme-toi, c'est fini…

Puis, d'une voix qu'il voulait la plus rassurante possible :

— Comment as-tu fait pour te libérer toute seule ?

Elle releva la tête et fixa sur lui des yeux encore terrorisés.

— Avec mon écuelle, j'ai creusé autour de l'anneau et je l'ai descellé. J'ai fait aussi sauter la vieille serrure de la porte avec la même écuelle.

— Tu sais où on est ?

— Non.

Elle parlait d'une voix éteinte, sans timbre, presque pâteuse. Du reste, elle implora soudain :

— J'ai soif… Si tu savais comme j'ai soif…

Grimm l'entraîna jusqu'à la cuisine et remplit un verre d'eau qu'elle but avec avidité, manquant de s'étouffer.

— Encore… supplia-t-elle en lui tendant le verre vide.

Elle but de nouveau, jusqu'à la dernière goutte mais un peu moins vite, puis reposa le verre sur la table. Grimm attendait patiemment. Sentant sa fragilité, il ne cessait de lui parler calmement pour lui redonner confiance.

— Mon portable ne passe pas ici… on ne peut prévenir personne… mais, comme je t'ai dit, j'ai une voiture, on va se tirer de là… le plus vite possible… et je t'emmènerai à l'hôpital…

Elle semblait ailleurs.

— Comment vont mes enfants ? demanda-t-elle tout à coup.

— Louis va bien. J'ai vu ta mère, qui le prend certains week-ends chez elle à Toulouse.

— Et les deux autres ?

— Je ne sais pas.

Grimm examinait le collier. Il espérait pouvoir l'enlever, mais il n'y avait pas de serrure et il ne comprenait pas le système de fermeture.

Renonçant, il saisit Amandine par l'épaule.

— Allons-y maintenant.

Mais elle se rebella et recula en secouant la tête négativement.

— Solène et Laura sont en bas, il faut aller les chercher.

— Oui, je vais le faire, tout seul. Mais toi, avant, je te mets dans la voiture où tu pourras te reposer.

Elle ne protesta pas et, Grimm la tenant par l'épaule, ils quittèrent la cuisine et traversèrent le vestibule. Elle tenait toujours la chaîne devant elle, tel un double symbole de son emprisonnement et de sa libération.

Du pied, Grimm poussa la porte d'entrée et ils foulèrent l'herbe folle qui poussait dans la cour. Il pleuvait toujours, assez dru, et des flaques se créaient à présent au gré des ondulations du replat rocheux.

Saisie par l'atmosphère brumeuse, Amandine s'étonnait :

— Où sommes-nous ?

— En Bretagne, dans les monts d'Arrée.

— En Bretagne ?

C'était inconcevable pour elle qui avait été enlevée à Montpellier.

— Ma bagnole est juste après le porche.

Soudain, un bruit de moteur les tétanisa. Grimm se redressa et lâcha Amandine. Il se tourna vers le chemin. Une voiture approchait à vive allure du manoir.

Grimm eut un frisson glacial qui lui parcourut l'échine.

— Nom de Dieu ! Comment c'est possible… La Panhard !

# 9

Il était trop tard pour fuir. Trop éloignés de la porte d'entrée du manoir, ils n'avaient plus le temps de s'y réfugier pour s'y barricader. La voiture serait sur eux avant qu'ils ne l'atteignent. Du reste, d'instinct, se détachant de Grimm, Amandine avait reculé de plusieurs pas, s'écartant encore plus de l'accès au bâtiment.

Projetant sur le côté des gerbes d'eau, la Panhard franchissait le porche et stoppait. Le bruit caractéristique d'un vieux frein à main tiré avec violence se fit entendre. Un homme, grand, massif, au visage large, vêtu d'une veste de chasse et du pantalon assorti, et chaussé de croquenots, bondit hors du véhicule.

Il allait s'élancer vers eux quand Grimm sortit son pistolet et le mit en joue.

— Bouge pas ! cria-t-il d'une voix forte.

L'homme s'arrêta.

— Tu t'allonges sur le ventre, bras en croix !

À plus de quinze mètres, cillant sous la pluie, l'homme le fixait sans prononcer un mot.

— Tu as entendu ce que j'ai dit ! À plat ventre, bras en croix !

Au lieu d'obtempérer, l'homme se retourna et se précipita derrière sa voiture. Ainsi dissimulé, il ouvrit le coffre. Les mains crispées sur la crosse de son pistolet, Grimm hésitait. Il ne voyait plus que la tête et le buste qui dépassaient de la Panhard et la pluie le gênait pour observer clairement ses gestes.

Il vit l'individu extraire du coffre un long fourreau qu'il reconnut aussitôt. Celui d'une Winchester magnum utilisée pour la chasse au gros gibier. Le sanglier en particulier. Non seulement l'homme refusait d'obéir aux injonctions, mais il prenait une arme létale, extrêmement dangereuse, pour les menacer.

Plutôt que d'attendre qu'il ait dégagé la carabine de son étui, la légitime défense étant manifeste, Grimm n'avait plus d'autre solution que de tirer. Mettant un genou à terre, visant d'autant plus soigneusement que la pluie s'intensifiait, il appuya sur la détente.

Rien. Aucun bruit, aucun recul, l'arme venait de s'enrayer.

Le fait était si rarissime que Grimm, incrédule, appuya de nouveau à plusieurs reprises, sans résultat. Il se revit dans la voiture engager le chargeur puis, au bas de l'escalier à vis, tirer sur la glissière. À cet instant-là, la première balle avait dû se coincer en s'introduisant dans le canon. Seule explication à cet incident dramatique qui ne lui était jamais arrivé et qui se produisait au pire instant.

Ce fut un moment épouvantable. Désarmé, face au tueur qui sortait posément la carabine de son fourreau, Grimm se sentit pris dans un piège qu'il n'avait jamais imaginé même dans ses pires cauchemars.

Il fit volte-face et découvrit Amandine, statufiée, dans un état de sidération tel qu'elle ne semblait plus capable de bouger. Or, fuir était désormais la seule option. Il se rua sur elle et l'attrapa à bras-le-corps, la traînant sur plusieurs mètres.

Il avait pris la décision de s'échapper en fuyant sur la lande vers le centre de l'immense dépression occupée par le lac.

— Relève-toi, Amandine ! Cours, je t'en supplie !

L'action désespérée entreprise par Grimm la sortit de sa torpeur. Elle se mit à courir à ses côtés. Le replat rocheux sur lequel le manoir avait été bâti s'achevait par une forte déclivité. Ils s'élancèrent dans la pente, espérant en prenant une certaine avance et par une plus grande vélocité décourager le tueur de les pourchasser.

Pourtant, Grimm savait, pour l'avoir coursé au Val sans Retour, que l'homme était capable de se mouvoir vite. Il lui avait fallu du temps pour le rattraper dans la forêt de Brocéliande. Par ailleurs, Amandine, épuisée par sa détention, était handicapée par la lourde chaîne qu'elle tenait à deux mains devant elle. Le collier lui cisaillait le cou et elle tombait parfois en se prenant les pieds dans l'anneau qui traînait par terre.

À chaque fois, Grimm revenait en arrière, la relevait en l'empoignant sous les aisselles et, haletant, ils repartaient à nouveau, droit devant.

Le souffle court, bloqués par un bosquet de genêts, ils s'arrêtèrent quelques secondes. Grimm se retourna. Debout sur le bord du replat, face à la pente, l'homme les observait, très droit, les bras le long du corps, la carabine dans la main. Il avait pris le temps de mettre un vêtement de pluie, un grand ciré vert, très ample, aux larges manches. Avec la capuche en pointe recouvrant sa tête, il ressemblait de loin à un fidèle du Ku Klux Klan. Derrière lui se dressait la sinistre silhouette du manoir de Roc'h-ar-lan.

Que faisait-il à les regarder, sans tenter de les atteindre avec sa carabine ? Deux cents mètres seulement le séparaient des fuyards, une distance inférieure à la portée de son arme. Avait-il renoncé à les poursuivre ?

Espérant cette issue, Grimm vit alors l'homme s'engager dans la pente, sans se presser, presque comme un promeneur, et se diriger vers eux. La chasse était ouverte et elle prenait un tour singulier, puisque l'homme n'essayait ni de rattraper son retard, ni de les tirer comme des lapins, mais seulement de les suivre.

— Le voilà ! s'écria Grimm.

Contournant le bosquet trop dense, il tira Amandine par le bras pour la forcer à se remettre en mouvement. Ce qu'elle fit comme un automate. Elle avait changé de méthode, rejetant la chaîne par-dessus son épaule, et, malgré son poids, avançait plus vite qu'en la tenant devant elle. Mais Grimm sentait qu'elle était à bout de forces et qu'elle ne tarderait pas à flancher. Que ferait-il à ce moment-là ?

Parcourant de nouveau une centaine de mètres dans des conditions de plus en plus difficiles, les cheveux trempés collés au visage, les vêtements alourdis et transpercés par la pluie, ils constataient que la végétation changeait peu à peu. Ils couraient à présent dans une zone moins dense, que les genêts et les ajoncs avaient désertée. Seules des herbes et des bruyères colonisaient les sols.

La pente devenait de plus en plus faible. Des mousses et des roseaux apparurent tandis qu'ils approchaient du lac. Ils s'engagèrent sur une large bande de terre bordée de roseaux, parfaitement plate, et eurent soudain ensemble une étrange sensation.

Le sol était instable et mou. Il s'enfonçait sous leurs pas, évoquant une longue planche posée entre deux tréteaux, et ployait de même, reprenant sa forme initiale après leur passage. Hantés par la nécessité de fuir toujours plus loin, ils ne soupçonnèrent pas la nature de la zone sur laquelle ils couraient.

Ce fut quand le pied de Grimm glissa et que sa jambe entière s'enfonça, le stoppant net, qu'ils comprirent. À cet endroit, la terre ne faisait qu'une trentaine de centimètres d'épaisseur et flottait sur de l'eau comme un radeau.

— Bon Dieu, une tourbière !

Il eut toutes les peines du monde à extirper sa jambe, qu'il égoutta en sautant sur place, faisant gicler l'eau de la chaussure.

Ils reprirent leur course folle en avant, mais, à mesure de leur progression, le sol devenait plus sensible à leur poids et s'affaissait dangereusement. De plus en plus fin, le tapis flottant n'allait pas tarder à céder. Tôt ou tard, ils passeraient à travers et seraient plongés dans l'eau froide.

Grimm s'arrêta, accablé par ce coup du sort.

— On ne pourra pas passer. Il faut revenir en arrière.

Ils firent demi-tour. Et, tout en espérant trouver plus haut une issue latérale, Grimm avait une atroce intuition. Si l'homme ne s'était pas précipité à leur poursuite, c'est parce qu'il les avait vus prendre la direction de la tourbière. Il connaissait les lieux et savait qu'elle constituait une limite infranchissable.

Or, tant que Grimm et Amandine retournaient sur leurs pas, ils allaient droit dans la direction de l'assassin. Toute leur avance s'était évaporée pendant ce désastreux détour. D'autant qu'Amandine peinait de plus en plus. Son souffle devenait rauque, comme celui d'une biche traquée par les chiens qui, exténuée, trop harassée pour combattre, va bientôt s'immobiliser sur ses pattes tremblantes et attendre l'hallali.

Si Grimm avait cru en Dieu, il se serait mis à prier pour que le tueur ait surestimé le temps nécessaire aux deux fuyards pour sortir de cette zone maudite.

Il le crut, car la végétation changeait à nouveau. Bientôt, il pensait être en mesure d'obliquer sur la droite pour repartir ensuite illico plein sud vers le lac.

Il le crut, mais il se trompa. Alors qu'ils contournaient à nouveau le bosquet de genêts qui les avait retardés une demi-heure auparavant, Grimm l'aperçut le premier.

La carabine négligemment posée sur son avant-bras replié, mais le canon pointé vers eux, le colosse barrait le chemin. La capuche de son ciré était rejetée en arrière et un sourire narquois éclairait une face hideuse.

*

* *

Son allure était saisissante. Outre des cheveux longs et raides qui entouraient le visage comme de la paille, le crâne massif jurait avec le front fuyant qui s'effaçait vers l'arrière au-dessus des sourcils. La mâchoire, qui se projetait vers l'avant, était comme coupée vers le bas par l'absence de menton. Le nez, aux narines dilatées, s'étalait au milieu du visage. Deux petits yeux cruels les fixaient avec intensité.

Les épaules tombantes sur un torse en forme de tonneau, les jambes épaisses, il dégageait une impression de force qu'on devinait énorme et capable de tout renverser sur son passage.

Sa vision inspirait la crainte. Celle qu'éprouvent instinctivement les animaux inférieurs face au gorille, au rhinocéros ou au lion. Et Grimm n'échappait pas à cette sensation de faiblesse. Seul Laurent N'Gom-Caron l'avait combattu et vaincu grâce à son gabarit hors norme et sa science de la boxe. Toutes les autres victimes avaient succombé sans avoir eu le temps de réagir.

De sa main gauche, sans changer de position, il pointa Amandine de l'index.

— Toi, viens ici.

Elle ne bougea pas d'un pouce, terrifiée par son bourreau qui manifestait l'intention de la reprendre. Alors, il s'avança à pas lents et, d'un signe, désigna Grimm.

— Toi, tu recules.

Grimm hésitait.

— Tu recules ou je te troue le bide et on n'en parle plus.

La menace se concrétisa par le doigt qui se posa sur la détente de la carabine.

— Dans trois secondes, t'es mort si tu n'obéis pas.

Lentement, Grimm recula sans quitter l'arme des yeux. Ses jambes devenaient cotonneuses, une douleur subite torturait son ventre et son esprit se brouillait. Il n'y avait aucun moyen d'échapper au sort qui lui était promis. Foncer sur ce monstre et il tomberait foudroyé avant même de l'atteindre. Se retourner et fuir lui vaudraient deux balles dans le dos avant d'avoir parcouru dix mètres.

Foutu. Il était foutu. C'était aussi simple que cela. Rien, aucune stratégie, aucune action ne lui permettrait d'en réchapper. Il avait voulu sauver Amandine et c'est lui qui serait bientôt abattu comme un chien, au milieu de cette lande déserte et désolée, sous un ciel sombre comme une tombe et la pluie qui ne cessait pas.

— Stop ! C'est bon.

Il s'arrêta.

Parvenu à la hauteur d'Amandine, l'homme la saisit par le bras et, tirant dessus avec une violence inouïe, il la projeta derrière lui. Poussant un cri de souffrance, elle valsa à plusieurs mètres et roula sur le sol. Hébétée, elle resta à terre, le regard perdu.

L'assassin considérait Grimm avec dédain.

— À nous maintenant, commença-t-il calmement. Tu aurais dû fuir seul, c'était ta seule chance. Parce que, vois-tu, elle, je n'ai aucune intention de lui nuire. Elle est sacrée. Je l'ai choisie pour engendrer la race future, celle qui remplacera la tienne. Car tu appartiens à ces hommes honnis qui nous ont éradiqués en capturant et en violant nos femmes ! Ridicule petit Cro-Magnon qui tremble de peur devant moi, le dernier Neandertal, qui va, sans regret et sans états d'âme, t'envoyer rejoindre tes ancêtres maudits.

Pur délire que Grimm écoutait avec épouvante. Autant pour se libérer de l'emprise de la terreur que pour briser ces insupportables divagations, il cria :

— Tais-toi, tu n'es pas un homme de Neandertal !

Cette phrase eut un effet contraire à celui que Grimm espérait. L'assassin rugit de colère et Grimm crut qu'il allait tirer pour le faire taire.

— Je le suis ! Plus que toi ! Regarde ma face, compare avec ton visage, espèce de face plate au long nez ridicule !

— Tu es grand ! Neandertal était petit !

— Que tu crois ! L'élite de ces hommes était d'une haute stature et ils me l'ont transmise ! Mes gènes le prouvent !

— Tes gènes… Comme moi, tu n'as pas plus de deux à quatre pour cent de celui dont tu te revendiques !

— Détrompe-toi, cervelle creuse ! J'ai participé comme cobaye à l'étude mondiale sur la présence des gènes de Neandertal chez le dégénéré actuel qui se fait appeler homme. Neuf pour cent ! J'ai neuf pour cent de Neandertal qui vivent en moi, inspirent ma pensée et guident mes pas !

Stupéfait, Grimm prenait conscience que la folie de cet individu s'enracinait dans une analyse ADN, dont le résultat inattendu, combiné avec un physique ingrat, avait cristallisé une idée fixe, une obsession maladive, celle d'appartenir à une race différente, supérieure et ancienne, victime de barbares qui l'avaient détrônée. D'où ce projet sanguinaire et dément de la ressusciter, tel un Dr Frankenstein moderne, en choisissant des femmes prédestinées selon l'horrible pseudo-preuve de l'anagramme.

Il n'y a rien que l'on puisse faire face à un tel dérèglement mental. Aucun argument, aucun raisonnement n'est en mesure de l'atteindre. Toute stratégie basée sur la discussion s'avérait inutile. Vaincu, Grimm se tut.

L'homme considéra ce silence comme une victoire.

— Je vois que tu as compris. C'est bien. À présent, tu peux mourir. Ton corps pourrira dans l'eau, sous la tourbe que tu as foulée, là où nul ne songerait à aller le chercher. Et ta voiture aussi s'enfoncera dans les marécages jusqu'à disparaître.

À présent, il manipulait son arme comme un jouet en affirmant sur un ton qui paraissait sincère :

— Triste technologie. Un objet dont je n'aime pas me servir – je préfère le bon vieux biface de mes ancêtres –, et qui va pourtant m'être utile une deuxième fois en peu de temps.

Le regard fixé sur la carabine, Grimm ne put s'empêcher de s'exclamer :

— Car c'est toi qui as tué Rouvray, hein ?

— Ah, tu connais ce salaud ?

— Pourquoi l'as-tu tué ?

— Tu aimerais, toi, qu'un sacrifice rituel magnifique, que j'ai accompli sur ceux qui, par leur nom, se revendiquaient de Cro-Magnon, soit dévoyé, utilisé à des fins criminelles contre une jeune femme ? Je ne sais pas pourquoi il l'a assassinée, mais je n'aime guère les imitateurs.

« Un imitateur cherchant à orienter les recherches vers l'assassin des premiers crimes », pensa Grimm.

— Je crois qu'on s'est tout dit, déclara l'homme d'une manière glaçante, provoquant chez Grimm un effet dévastateur.

Mort. En réalité, il était mort, et il n'en avait pas encore pris conscience. Il discutait, papotait presque avec son meurtrier, qui bientôt allait traîner son corps par les pieds et le faire disparaître dans la tourbe.

Quand il vit ce monstre sanguinaire mettre la carabine à l'épaule et le viser, son ultime pensée alla à Louis qui, après le meurtre de Moncorgan, allait perdre un père pour la seconde fois. Pourtant, tremblant sur ses jambes, paralysé par la terreur, le visage d'une pâleur extrême, il faisait front, tel un condamné face au peloton d'exécution.

Ce fut si inattendu que Grimm ne comprit pas ce qui se passait. Un objet qui semblait voler dans les airs frappa l'homme à la tempe avec une rare violence. Celui-ci fut déséquilibré et bascula sur le côté, un genou à terre. Il tenta de se relever, mais fut frappé de nouveau à la tête avec une brutalité similaire par le même objet qui fusait dans les airs. Il s'affaissa sur le sol.

C'est alors que, derrière l'homme qui venait de tomber, Grimm découvrit Amandine qui faisait tournoyer au-dessus de sa tête la lourde chaîne qui l'avait retenue prisonnière. La vitesse de rotation conférait à l'anneau déjà lourd une puissance destructrice.

Immobile, incapable d'intervenir, Grimm vit Amandine abattre la chaîne une troisième fois sur l'homme désormais à terre. Et l'anneau s'écrasa sur le crâne avec un bruit affreux. La chaîne tournait toujours et, par quatre fois encore, telle une machine folle que nul ne peut arrêter, l'anneau percuta la tête de l'assassin.

Alors, Amandine recula, les yeux rivés sur son bourreau étendu et immobile. Ses jambes fléchirent et elle s'écroula. Du regard, elle cherchait Grimm, qui n'était toujours pas parvenu à faire le moindre geste.

Quand il avança enfin, ce fut pour la rejoindre, s'agenouiller face à elle et la serrer dans ses bras. Elle pleurait sans bruit, le corps secoué de mouvements convulsifs.

Pourtant, malgré le désarroi et la confusion qui l'envahissaient, elle demanda clairement :

— Il est mort ?

Grimm se releva et s'approcha du monstre qui s'apprêtait à le tuer quelques instants auparavant. Sa tête était maculée de sang au point que son visage était méconnaissable. Il vit nettement, cependant, deux enfoncements crâniens au niveau de la tempe et de la nuque.

Se penchant, il posa deux doigts sur le cou. Rien. Pas de battement. Mort sans aucun doute. Il retourna auprès d'Amandine et, passant les deux bras sous ses aisselles, il la souleva et la plaqua contre lui.

— Il est mort ? répéta-t-elle.

— Je ne sais pas.

Il l'entraînait, de force, alors qu'elle regardait en arrière vers le cadavre. Peu à peu, ses jambes se remirent en action, elle marchait à nouveau, et le retour vers le manoir commença sous une pluie qui faiblissait et un vent moins tourbillonnant.

En raison du sol détrempé, de la fatigue accumulée, des nerfs durement éprouvés, il leur fallut une demi-heure pour atteindre le replat rocheux.

Alors qu'ils titubaient au milieu de la cour, des sirènes se firent entendre, et quatre voitures de police, gyrophares allumés, surgirent au bout du chemin, venant vers eux à vive allure.

# 10

Les quatre véhicules pénétrèrent en trombe dans la cour. Jarry et Ermeline s'éjectèrent du premier comme deux diables de leur boîte. Blanchard, plus lent, avait à peine ouvert sa portière.

En quelques enjambées, l'arme au poing, ils furent sur Grimm et Amandine.

— Où est-il ? cria Jarry, qui pointait son pistolet vers le manoir.

— En contrebas, à cinq cents mètres d'ici, répondit Grimm.

— Armé ?

— Plus maintenant.

— C'est-à-dire ?

— Il est…

Grimm allait dire « mort », mais il se retint à temps. Amandine l'apprendrait bien assez tôt et ce serait sans doute un nouveau choc.

— Il est neutralisé…

Un euphémisme utilisé par les flics ou les militaires et dont Jarry connaissait la signification. Il faisait signe aux policiers de le rejoindre alors que, munis de boucliers et dirigés par leur chef, ils s'approchaient en deux colonnes de la porte d'entrée.

Grimm s'adressa à Ermeline :

— S'il te plaît, appelle une ambulance pour Mme Moncorgan.

Elle sortit son portable de sa poche.

— Où sont les deux autres ? demanda Jarry.

— Dans la cave. Toujours enfermées.

Ce sauvetage s'avérait le plus urgent et Jarry donna les ordres en conséquence. Les policiers s'engouffrèrent dans le manoir et Blanchard décida de les suivre.

Alourdie par sa chaîne, Amandine ne parvenait plus à tenir debout sans aide. Le visage ravagé par l'angoisse et la peur, elle faisait pitié. Grimm l'aida à marcher jusqu'à la première voiture et l'assit sur le siège arrière. Il lui tint la main un moment, lui parla longuement pour la réconforter, mais son regard n'accrochait rien, errant dans l'habitacle sans se fixer.

Tout à coup, elle tourna la tête vers Grimm et affirma avec une atroce lucidité :

— Je l'ai tué.

Grimm ne sut que répondre. Mentir lui parut une mauvaise option. Alors, il lui caressa les cheveux et baissa les yeux sans rien dire.

Au bout d'un moment, il murmura :

— Tu m'as sauvé la vie. C'était lui ou moi.

Ermeline vint le seconder et il s'éclipsa pour s'approcher de Jarry qui s'apprêtait à dévaler la pente en direction des tourbières.

— Attends, Corentin. Il est mort, de toute façon.

— J'avais compris... Raconte-moi ce qui s'est passé !

Grimm raconta comment Amandine, seule, était parvenue à se libérer et comment, alors qu'il s'apprêtait à l'installer dans la voiture, la Panhard avait surgi au bout du chemin. Puis ce moment affreux où son arme s'était enrayée, la fuite vers les tourbières, le face-à-face avec l'assassin et la manière dont Amandine lui avait sauvé la vie.

Jarry mesurait les conséquences de ce récit. Pourtant déchargé de l'enquête, Grimm s'était rendu au manoir de Roc'h-ar-lan pour délivrer les trois femmes emprisonnées. Parce que Amandine était impliquée et que son témoignage serait recueilli, ce fait précis ne pouvait pas être maquillé. Son patron était dans le pétrin et tout reposerait sur l'indulgence ou la compréhension de Babut. Si celui-ci se révélait intransigeant, Grimm passerait en commission de discipline et serait très certainement révoqué de la police judiciaire.

Sentant à quel point Grimm était marqué par l'événement, il gardait secrètes ses pensées et, par intermittence, hochait la tête pour montrer qu'il écoutait attentivement.

Loin de se douter des réflexions le concernant qui agitaient son collègue, Grimm, quand il eut achevé son récit, posa la seule question qui lui importait à cet instant :

— Cet homme qu'elle a tué, qui est-ce ?

— Ermeline te l'a dit au téléphone, non ?

— La liaison était mauvaise, je n'ai rien compris.

— Ah ! merde…

Tout à coup, Jarry prenait conscience que son patron ignorait ce qu'ils avaient appris plusieurs heures auparavant. Et que, sans doute, pour cette raison, celui-ci avait risqué sa vie, ne sachant rien du véritable meurtrier qu'il croyait en garde à vue à Rennes.

— C'est Geoffroy Coëdec de Trévorn, le cousin de Gonzague.

Grimm se remémora alors ce bout de phrase d'Ermeline pendant cette conversation qu'il captait mal : il a… « Il a un cousin », c'est cela qu'elle avait dû dire. Et son avertissement s'éclairait à présent.

— Le notaire savait pour les meurtres ?

— Non, rien du tout. Il était brouillé avec son cousin depuis quelques années et ne le voyait plus. Mais il connaissait son obsession pathologique pour Neandertal. Vu que, pour le faire craquer, on lui montrait tous les indices qui paraissaient l'accuser, il a vite compris que son cousin était l'assassin et où les trois femmes devaient être détenues. On a déboulé aussi vite qu'on a pu.

— Je ne suis pas sûr de tout comprendre. La Panhard, elle était bien au nom de Gonzague, pas de Geoffroy ?

Jarry acquiesça avec de grands mouvements de tête comme si Grimm pointait là un élément déterminant.

— En effet ! C'est même une des causes de leur discorde. Gonzague avait hérité de cette voiture à la mort de son père. Mais, il y a trois ans, Geoffroy, prétextant que son véhicule était au garage et qu'il avait besoin d'une voiture, était venu emprunter temporairement la Panhard. L'affaire d'une semaine, tu vois ? Il ne la lui a jamais rendue. Or, dans les familles, les affaires d'héritage, tu sais ce que c'est…

— Non.

Jarry fut décontenancé par cette courte réplique qui semblait en dire long sur le passé de son patron. Il poursuivit après un temps d'arrêt :

— Dans un héritage, il y a toujours une dimension affective très importante. Pour Gonzague, c'était la voiture de son père, tu comprends ?

— C'était d'abord celle du grand-père avant d'être celle du père. Du grand-père de Gonzague et de Geoffroy, et peut-être ce dernier la considérait à lui tout autant qu'à son cousin.

— Du grand-père, comment tu sais ça ?

Pour la première fois depuis qu'il était remonté de l'enfer, un mince sourire étira les lèvres de Grimm.

— Je me suis fait des amis au troquet de Trégornec.

— Ah ? Bref, bien qu'ayant une autre voiture, celle pour son usage quotidien, Geoffroy a gardé la Panhard.

Blanchard venait vers eux à pas mesurés, l'air sombre.

— Mauvaise nouvelle…

— Quoi ?

— Mme McGronon est morte. Sévices, malnutrition, froid humide, épuisement… Elle n'a pas tenu.

— Nom de Dieu de bordel de merde ! s'écria Jarry en se prenant la tête à deux mains. On arrive trop tard !

Grimm aurait voulu dire que, pour lui non plus, ils n'étaient pas arrivés à temps et que sans Amandine… Mais il se taisait, se sentant incapable d'évoquer la peur qu'il avait vécue quand Geoffroy Coëdec le tenait à sa merci.

— J'ai appelé une seconde ambulance pour Mme Gormonnac qui n'est pas non plus dans sa meilleure forme… Rassurez-vous, ses jours ne sont pas en danger.

Grimm tendit sa main vers Jarry.

— Tu peux me prêter ton portable ? Le mien ne passe pas ici.

Jarry donna son téléphone sans rien dire et Grimm s'écarta pour plus de discrétion. Il avait décidé d'annoncer la nouvelle calmement, sans perdre le contrôle de lui-même, d'une manière presque professionnelle. Pourtant, quand on décrocha et qu'il reconnut la voix à l'autre bout du fil, il fut emporté par son excitation et se mit à crier comme un possédé :

— Henriette, c'est Hubert ! Je l'ai retrouvée ! Elle est vivante ! Amandine est vivante ! Vivante !

La voix de la vieille dame s'étrangla. Pendant près d'une minute, elle ne put prononcer une seule parole cohérente tant l'émotion la submergeait, telle une forte secousse qui laisse étourdie et désorientée. Ce moment, elle n'y croyait peut-être plus et, de le vivre ainsi, sans préparation, la tétanisait.

Grimm, qui s'inquiétait de l'avoir déstabilisée à ce point, tentait désormais de la calmer tandis qu'elle répétait inlassablement d'une voix faible :

— Ah, mon Dieu... mon Dieu... Hubert, vous êtes béni... béni... merci Hubert... merci. Si vous saviez comme je suis heureuse...

Puis, son esprit s'aiguillant sur des rails plus rationnels, elle interrogea :

— Elle est à côté de vous ?

— Pas très loin.

— Vous pouvez me la passer ?

Grimm n'avait pas prévu cela. Pris de court, il hésitait. Était-ce une bonne idée vu l'état d'Amandine ? Ne valait-il pas mieux attendre quelques heures ?

Au même instant, l'ambulance appelée par Ermeline franchissait le portail, faisait demi-tour pour être prête à repartir, et deux hommes vêtus de blouses blanches en descendaient.

— Henriette, elle va bien, n'a rien, mais elle est épuisée. Une ambulance est là qui l'emmène à l'hôpital pour observation... je ne peux pas les retarder... Non, non, ne vous inquiétez pas, c'est normal, c'est la routine, je vous assure... Quel hôpital ? Je vais me renseigner et je vous le dirai. Vous pourrez l'appeler vous-même.

Ermeline faisait signe aux ambulanciers et ils se précipitaient vers la voiture où Amandine, inerte, les regardait venir sans réaction. Ils déplièrent un fauteuil roulant et, gênés par la chaîne, l'empoignant délicatement, ils la déposèrent dessus. Comprenant soudain qu'on la transportait, elle voulut se relever mais, avec douceur, les deux professionnels la maintenaient assise tout en l'amenant dans cette position jusqu'à l'arrière de leur break blanc orné de trois grandes croix bleues.

Amandine protestait et répétait obstinément :

— Laissez-moi, je veux voir mes enfants... je veux voir mes enfants...

Ils l'allongeaient à l'arrière quand Grimm, qui venait de les rejoindre, annonça d'une manière catégorique :

— Je viens avec vous.

L'un des ambulanciers, qui paraissait être le chef, se retourna d'un bloc et considéra Grimm de la tête aux pieds.

— Vous êtes le mari ?

— Non.

— Un frère ?

— Non.

— De la famille ?

— Non.

— Vous êtes qui, monsieur, par rapport à madame ?

— Euh… Je suis un ami.

L'ambulancier prit un air embarrassé.

— Je suis désolé, monsieur, mais je ne peux pas vous emmener avec nous. D'ailleurs, même si vous aviez été le mari…

— Elle a besoin de moi.

— Elle a surtout besoin de soins. S'il vous plaît, monsieur, ne faites pas d'histoires.

Des histoires, Grimm en aurait sans doute fait si Ermeline ne lui avait pas posé la main sur l'épaule pour l'inciter à se taire. Il obtempéra, mais demanda néanmoins :

— Où allez-vous ? Quel hôpital ?

— À l'hôpital de Morlaix. Vous pouvez nous suivre en voiture si vous le souhaitez.

Ermeline lui chuchota à l'oreille :

— N'y va pas, Hubert. Pas maintenant en tout cas. Ça va encore foutre un bordel monstre avec le patron. Rappelle-toi que tu ne fais pas partie de cette enquête.

Remarque on ne peut plus juste. Grimm s'y rallia et, le cœur serré de voir disparaître Amandine, regarda l'ambulancier monter à l'arrière du véhicule et refermer la porte.

En compagnie d'Ermeline, il regagna le seuil du manoir où Jarry et Blanchard assistaient à la sortie de Mme Gormonnac soutenue par deux policiers. La seconde ambulance arrivait au même moment.

— J'ai appelé la Scientifique, qui ne devrait pas tarder. Bon, on descend voir l'horrible Geoffroy maintenant ? proposa Jarry.

— Pas moi, réagit aussitôt Grimm.

— Ah ?

— Je préfère rentrer à Rennes tout de suite.

— Tu ne nous attends pas ?

— Non. J'ai une voiture.

— Comme tu veux.

Pourtant, Grimm restait là, les bras ballants, un peu emprunté, hésitant. Il porta la main à son front et expira bruyamment.

— Je suis épuisé. Complètement vidé. Je ne suis pas sûr d'être capable de conduire. Est-ce que l'un de vous trois pourrait me ramener ?

Ils échangèrent des regards inquiets, mais avant qu'ils aient eu le temps de répondre, Grimm reprenait la parole :

— Ermeline, tu pourrais m'accompagner ?

— Et prendre le volant donc ?

— Oui, s'il te plaît.

— OK, chef, je suis à votre disposition.

Jarry haussait les sourcils et balançait le buste de droite à gauche. Il laissa tomber sentencieusement :

— Quand un homme a besoin d'une présence féminine, c'est qu'il va très mal.

— Très drôle, Corentin…

*

* *

Dans la voiture, affaissé sur son siège, Grimm se taisait. L'air morne, il regardait le paysage alors que le véhicule suivait cette longue arête rocheuse qui, émergeant de la lande, constituait l'épine dorsale de la montagne. Puisque c'était ainsi qu'il fallait nommer les lieux…

Sur sa droite, dissimulé dans la pente par quelques ressauts, le manoir de Roc'h-ar-lan affrontait depuis cinq siècles le vent et la pluie. Indestructible. Théâtre d'un drame où trois femmes avaient subi le martyre et où l'une d'elles avait finalement péri, il se dressait toujours dans sa carapace de granit sombre, indifférent à la folie des hommes. Il évoquait une stabilité muette qui traverse les âges et les défie, presque un symbole de l'éternité.

La nuit tombait peu à peu. Du coin de l'œil, Ermeline observait Grimm. Elle avait été frappée par cette insistance de son patron à vouloir accompagner Mme Moncorgan dans l'ambulance. Inhabituelle chez un flic, cette attitude cachait un secret qu'elle aurait aimé connaître. Mais Grimm se taisait toujours, muré dans des pensées insondables qu'elle n'osait interrompre.

Ce ne fut que sur le versant opposé, au cours de la descente vers le Trégor et le village de Plounéour-Ménez, que Grimm s'agita, changeant de position à plusieurs reprises, semblant sortir de cette inquiétante torpeur. Ermeline choisit ce moment pour briser le silence qui lui pesait.

— Qu'est-ce qui s'est passé là-bas avant qu'on arrive ?

Grimm réalisa qu'il n'avait raconté son histoire qu'à Jarry. Il recommença, mais plus brièvement, car le récit de ces événements dramatiques lui était pénible.

Cependant, quand il évoqua la manière dont Amandine l'avait sauvé d'une mort certaine, il prit conscience de la sauvagerie avec laquelle celle-ci avait agi. Elle s'était acharnée sur le corps de Coëdec, qui pourtant ne bougeait plus, frappant et frappant encore, de toutes ses forces. Sept fois. Grimm avait enregistré ce chiffre dans sa mémoire. Elle avait abattu sept fois la chaîne en visant la tête. Comme on écrase un animal malveillant, un nuisible dangereux dont on doit impérativement se débarrasser.

L'intention de détruire était manifeste. De tuer, donc. Ce serait la conclusion de n'importe quel enquêteur. Il avait été le seul témoin de ce meurtre accompli sous l'emprise de la terreur et de l'angoisse. De la vengeance aussi. En utilisant cette chaîne sordide, cruel emblème de sa captivité, elle lui avait fait payer ses souffrances. Elle avait anéanti son bourreau.

Du reste, dès l'instant où elle avait cessé de frapper, Amandine avait parfaitement compris la gravité de son acte. Elle savait qu'elle l'avait achevé volontairement alors qu'il était déjà hors de combat. C'était une exécution, une mise à mort, la loi du talion sauvagement appliquée à l'écart de toute humanité, au cœur de la lande déserte et inhospitalière.

Grimm eut un frisson. Nécessairement, il y aurait un procès. Amandine allait avoir besoin d'aide et d'un soutien indéfectible. Il était celui sur qui elle pourrait compter et son témoignage serait déterminant. Certes, la légitime défense serait reconnue, elle serait acquittée, mais il aurait à expliquer cet acharnement qui ne manquerait pas de paraître suspect à ceux qui n'avaient pas vécu son calvaire.

Il sursauta quand il entendit Ermeline dire à ses côtés :

— Excuse-moi, Hubert, de te poser une telle question – peut-être ne devrais-je pas ? –, mais Mme Moncorgan, que tu as connue à Montpellier si j'ai bien compris, tu as l'air d'y être très attaché. Tu as continué à la voir depuis que tu es à Rennes ?

Au moins, Grimm vérifiait que la loyauté de Jarry était totale. À l'évidence, celui-ci n'avait jamais divulgué les confidences qu'il avait recueillies à ce propos.

Se surprenant lui-même, il n'eut pas l'ombre d'une hésitation pour répondre :

— Oui. D'ailleurs, c'est elle qui avait téléphoné à Jarry quand celui-ci est venu me tirer des griffes de Lamaury[1]. Elle était chez moi ce soir-là.

— Ah… fit Ermeline, rêveuse.

Puis, après une courte pause :

— Tu veux dire que tu es toujours avec elle ?

— Non.

— Je ne suis pas sûre de comprendre. Qu'est-ce qu'elle faisait chez toi ce soir-là si vous ne sortez plus ensemble ? Surtout que Montpellier et Rennes, c'est pas la porte à côté.

— Non, ce n'est pas à côté…

En un sens, malgré la dureté des événements récents, Grimm admettait et acceptait avec lucidité que son existence allait changer définitivement.

1. Voir *Dans l'ombre du loup*, *op. cit.*

Moncorgan était mort. Amandine était veuve. Louis était leur fils.

La responsabilité qui lui incombait désormais pouvait paraître écrasante, mais il ne s'y déroberait pas. Comme à chaque occasion, bien que poursuivi depuis l'enfance par cette peur oppressante de ne pas être à la hauteur, il ferait face. Avec Ermeline qui le bousculait par ses questions, il devait commencer maintenant en officialisant sa paternité.

— Amandine est la mère de mon fils.

Cette révélation sidéra Ermeline. Au bout d'un moment, très doucement, comme pour ne pas briser l'atmosphère étrange qui s'était établie dans la voiture, elle demanda :

— Il a quel âge ?

— Un an.

— Il est tout petit…

— Oui, il est tout petit.

Il y eut un nouveau silence pendant lequel Ermeline n'osait plus rien dire. Mais comme son chef, pour la première fois, semblait tolérer une intrusion dans sa vie privée, elle prit le risque de poursuivre.

— Où est-il ?

— Chez ses grands-parents paternels et, parfois, chez sa grand-mère maternelle.

— Tu ne l'as pas souvent vu ?

— Non, pas souvent.

— Tu n'as jamais pu t'en occuper ?

— Non, jamais.

Elle hésita encore, puis finit par lâcher :

— Et maintenant ?

Grimm soupira, pinça ses lèvres à plusieurs reprises en haussant les sourcils comme s'il faisait une constatation, sourit presque timidement et répondit sur un ton qui tentait de contrôler son émotion :

— Maintenant, je vais m'en occuper. C'est mon fils, je ne le laisserai jamais tomber.

Émue à son tour, Ermeline tourna la tête et leurs regards se croisèrent. Alors, les yeux humides, Grimm agita la main en montrant la route.

— Roule, ma belle, roule !

# 11

— Tout ça ne me dit pas pourquoi Rouvray a tué cette pauvre étudiante.

Grimm était adossé contre le chambranle de la porte de son bureau, une jambe repliée, la chaussure pointée vers le sol comme le sabot arrière d'un cheval au repos. Il était arrivé tard à la PJ après une nuit agitée dont les rêves, presque des cauchemars, avaient été parasités par l'ombre de Geoffroy Coëdec de Trévorn et où sa mère, pourtant disparue, était présente. Il n'avait pas reconnu son visage, mais il était certain que c'était elle. Et c'est la tête encore farcie de ces sensations désagréables qu'il avait écouté Jarry lui expliquer de nombreux aspects de l'affaire qu'il ignorait encore.

Grâce à la perquisition effectuée au domicile du professeur, ils avaient d'abord mis en lumière les relations entre Rouvray et Coëdec. Geoffroy, donc, pas Gonzague. Cela, Grimm l'avait compris puisque les deux lettres lui avaient été transmises par SMS.

Anciens condisciples sur un chantier de fouilles dans les Pyrénées-Orientales, ils avaient inventé le fameux rituel pour rendre hommage à Neandertal. Leur amitié s'était brisée lorsque Rouvray était sorti avec la petite amie de Coëdec. Des détails sur cette querelle, il n'y en avait pas, mais la seconde lettre était suffisamment édifiante pour indiquer que les deux hommes avaient rompu définitivement à ce moment-là et qu'une rancune tenace animait Coëdec à l'encontre de Rouvray.

Ils s'étaient revus tout à fait par hasard lorsque Rouvray, cédant à l'insistance de Kermarrec, était allé au cérémonial de la SAN organisé au Val sans Retour. On imagine sa surprise en constatant qu'il s'agissait du rituel dont il était le co-inventeur, et surtout son désagrément de tomber sur Coëdec à cette occasion. Kermarrec avait parfaitement noté que les deux hommes se connaissaient et qu'une gêne palpable les séparait. Là encore, Grimm connaissait ces faits.

Ce qu'on pouvait à présent supputer, sans en avoir la preuve formelle, c'est qu'ils s'étaient ensuite croisés une seconde fois. C'est Blanchard qui avait effectué les recherches autorisant cette hypothèse.

Pour bien comprendre les liens entre les protagonistes de l'affaire, il était nécessaire de remonter au grand-père, Louis Coëdec de Trévorn, lequel possédait des biens considérables. Véritable potentat local, il dirigeait le village de Trégornec d'une main de fer. Il avait eu trois enfants, Jean-Édouard, Charles-Marie et Albertine qui s'était noyée dans la rivière du Trieux à l'âge de dix-sept ans.

À la mort du grand-père, Charles-Marie, le père de Gonzague, avait reçu en partage la maison de maître de Trégornec, un appartement au rez-de-chaussée d'un immeuble du centre-ville de Morlaix, une centaine d'hectares de l'ancien domaine agricole, et la fameuse

Panhard. La moitié de ces biens, dont la maison de Trégornec, était ensuite revenue à son fils Gonzague et l'autre moitié à sa fille Honorine, laquelle, vivant en Australie, avait revendu à son frère sa part des terres ainsi que l'appartement de Morlaix dont celui-ci avait fait son office notarial.

De son côté, Jean-Édouard, le père de Geoffroy, avait hérité du manoir de Roc'h-ar-lan en tant que fils aîné – une tradition familiale –, ainsi que d'un patrimoine immobilier considérable, dont une maison à Plestin-les-Grèves où le grand-père avait vécu ses dernières années. Jean-Édouard n'avait eu qu'un fils, Geoffroy, devenu l'unique propriétaire de l'antique manoir et qui résidait dans la maison de Plestin-les-Grèves. En rentier, Geoffroy avait placé l'essentiel des liquidités léguées par son père et, ne travaillant pas, gérait lui-même, sans agence, la location de son parc immobilier, profitant ainsi de rentrées d'argent régulières. De temps en temps, il investissait, achetant de petits appartements pour augmenter ses revenus locatifs. Parmi ces biens achetés récemment se trouvait le studio à Rennes.

Or, et c'était là le point important, ce studio était situé dans le même immeuble et au même étage que celui d'Audrey Petitjean. Chloé Keita ayant été témoin de la présence du professeur dans l'immeuble, il était logique de supposer que les deux hommes s'étaient croisés dans le couloir ou l'escalier, Rouvray accompagné de sa petite étudiante avec laquelle il sortait depuis octobre. Par la suite, Geoffroy Coëdec avait rationnellement attribué le meurtre de la jeune femme à son ancien camarade, le crime portant la signature de leur fameux rituel.

Furieux de cette lâcheté qui tentait de dissimuler ce crime derrière les siens, rongé par une haine sans cesse recuite contre Rouvray depuis tant d'années, Geoffroy Coëdec était allé à l'université lui régler son compte une bonne fois pour toutes.

En écoutant attentivement cette interprétation, Grimm avait acquiescé et avait ensuite posé la question qui restait en suspens :

— Tout ça ne me dit pas pourquoi Rouvray a tué cette pauvre étudiante.

— C'est hélas assez simple et bien sordide. Rouvray, homme à femmes et séducteur impénitent, n'en est pas à sa première étudiante. Et toujours pour une courte durée, du genre je prends parce que j'en ai envie et ensuite je jette. Or, la petite Audrey, folle dingue de son professeur, a cru au grand amour.

— Comment avez-vous découvert cela ?

— En décortiquant tous les SMS et les mails du téléphone et de l'ordinateur de Rouvray. Coëdec n'a pas cru bon après son assassinat d'emporter le portable, n'ayant eu aucune relation avec sa victime. Il savait qu'on ne pourrait rien y trouver le concernant. Donc, nous avons eu accès à tous les échanges entre le prof et la petite. Au début, que des propos libertins sans intérêt et, peu à peu, ça s'est gâté. Audrey voulait que son amant divorce.

— Pour vivre heureux avec lui et avoir beaucoup d'enfants, lâcha Grimm, désabusé.

— Voilà ! Le ton est monté, ils se sont engueulés, réconciliés, disputés à nouveau, mais Rouvray tentait toujours de la dissuader de son projet, avec des mensonges et des boniments, jusqu'au moment où elle lui a lancé un ultimatum.

— Qui était ?

— Si tu ne quittes pas ta femme cette semaine, je lui téléphone le week-end et je lui raconte tout. Ça a signé son arrêt de mort à cette pauvre fille. Rouvray a exploité les crimes de son ancien camarade pour faire disparaître cette maîtresse encombrante. Ce que je ne comprends pas, c'est comment le prof était au courant de la mise en scène des crimes alors que le procureur avait fait en sorte que les journaux l'ignorent et donc n'en parlent pas.

Un lourd silence ponctua cette interrogation. Le visage de Grimm s'était assombri. Il décolla son dos du chambranle, jeta un triste regard circulaire et laissa tomber :

— C'est ma faute.

— Pourquoi tu dis ça ?

— Parce que c'est moi, quand je suis allé le voir la première fois avec Éric, qui lui ai tout expliqué de A à Z, clichés des meurtres à l'appui. Putain, quel con ! Et quel gâchis !

Assise à son bureau, Ermeline s'alarmait de cette culpabilité dévastatrice que son patron avait spontanément endossée. Elle s'écria avec fermeté :

— Non, absolument pas, Hubert ! Tu n'es en rien responsable. Il l'aurait tuée de toute façon ! Il l'aurait tuée autrement, mais il l'aurait tuée ! J'en suis certaine !

— Moi aussi ! renchérit Jarry. Je n'ai aucun doute sur la question.

— Et puis, dans ce cas, je serais tout autant responsable, j'étais là ! ajouta Blanchard, cessant tout à coup de massacrer son clavier avec ses grandes paluches.

— Mouais… répondit Grimm sans conviction. Il a essayé de tout copier, ce salaud, sauf l'envoi de l'œil par la poste parce que j'avais omis de lui en parler.

— Oui, reprit Jarry, il a dû s'en débarrasser tout de suite après.

— Et, hop, jeté dans une bouche d'égout… conclut Grimm, atteint par un accès morbide.

— Oh, Hubert, c'est dégueulasse, arrête ! s'exclama Ermeline.

Cette vive interpellation secoua Grimm, qui comprit que son moral, s'il ne se reprenait pas rapidement, allait plomber son équipe. Il claqua des mains comme s'il tentait de se réveiller et fit immédiatement son mea culpa.

— OK, excusez-moi, je déconne. Je dois être fatigué après ce qui s'est passé hier et je vois un peu tout en noir.

— C'est pas grave, on comprend.

Grimm s'installa ensuite à son bureau, alluma son ordinateur et tapa dans un moteur de recherche « Hôpital de Morlaix » pour téléphoner à Amandine. Le triste état dans lequel elle se trouvait après la fin de ses terribles épreuves ne cessait de le tourmenter. Il n'eut pas le temps d'aller jusqu'au bout que Jarry frappait à la porte restée ouverte.

— Je peux te parler ?

— Évidemment.

Jarry entra et ferma derrière lui, mais ne prit pas la peine de s'asseoir, posant une fesse sur le côté de la table.

— Je vais rien te cacher. Le patron, que j'ai vu ce matin, est furieux contre toi. Pire que ça, même.

— Je m'en doute.

— Il est entré dans une colère noire, affirmant qu'il allait te virer de la police et que ce serait un bon débarras.

Grimm ne réagissait pas à la nouvelle. Il soupira seulement, comme si on venait de lui annoncer un énième emmerdement.

— J'ai tenté de déminer le terrain.

— À quoi bon, s'il veut me virer ?…

— Merde, Hubert, réagis ! Tu veux que je t'amène une corde pour protester contre ton licenciement ?

Levant la tête, Grimm découvrit la figure consternée de son adjoint. Il eut honte. Ses trois collègues l'aimaient, regretteraient son départ, et luttaient pour l'empêcher. Et lui, pendant ce temps-là…

— Pardon, Corentin…

— Il va te convoquer et te coller en commission de discipline.

— Oui…

— N'oublie pas une chose, une seule, fondamentale !

— Laquelle ?

— Tu es allé au manoir de Rocmachin, c'est vrai, mais tu n'avais pas emporté ton arme de service. Volontairement, tu l'avais laissée ici.

— Pour ce qu'elle m'a servi…

— Tu ne comprends pas, Hubert. Tu l'avais laissée ici. Dans ton bureau. C'est ce que j'ai expliqué ce matin au patron.

— Pourquoi ?

— Bon Dieu, t'es vraiment épuisé ! C'est pas compliqué à comprendre…

On frappa à la porte. Elle s'ouvrit aussitôt sans que Grimm ait eu le temps de répondre. Le commissaire divisionnaire pointa sa lourde silhouette dans l'entrebâillement.

— Grimm, venez dans mon bureau.

Et, faisant volte-face, il repartit à grands pas. Jarry se pencha vers Grimm et articula à voix basse en détachant toutes les syllabes :

— Tu ne l'as pas prise. Compris ?

*

* *

Quand Grimm entra chez Babut, celui-ci, debout dos à la fenêtre, le toisa d'un œil sévère. Il ne l'invita pas à s'asseoir et lança tout de go :

— Je suppose que vous êtes fier de vous ?

— Non, monsieur.

D'une manière si brutale que Grimm sursauta, Babut s'avança et frappa très violemment son bureau du plat de la main. Le bruit avait dû se répercuter dans tout l'étage. Le visage empourpré, il retourna près de la fenêtre en hurlant :

— Bon Dieu, qu'est-ce que vous êtes allé faire là-bas !? Sans autorisation ! Alors que vous ne faisiez pas partie de cette enquête !

Grimm ne répondit pas. Il baissait les yeux d'un air désolé.

— Vous voulez que je vous dise ce que je pense ? reprit Babut.

Grimm restait muet.

— Eh bien, je vais vous le dire. Vous n'avez rien à faire dans la police judiciaire. Rien ! Vous n'en avez pas l'esprit. Ni la discipline ni la collégialité. Vous êtes un individualiste forcené ! Ce qu'à l'armée on appellerait une forte tête ! Et vous savez ce qu'ils en font, à l'armée, des fortes têtes ?

— Non, monsieur.

— Ils les matent ou ils les virent ! Et moi, je ne suis jamais parvenu à vous mater. Conclusion ?

Babut levait le bras en l'air. La phrase irréversible allait être balancée quand le coup de théâtre se produisit. Grimm devança le commissaire en disant calmement :

— Mme Moncorgan est la mère de mon fils.

Stoppé dans son élan, Babut demeura quelques secondes le bras dressé.

— Quoi ? fit-il en fronçant les sourcils de manière soupçonneuse.

— Mme Moncorgan est la mère de mon fils.

— Qu'est-ce que c'est que cette connerie ?

— La vérité. J'ai eu un enfant avec Amandine Moncorgan.

D'une démarche incertaine, Babut regagna son bureau et se laissa tomber sur son fauteuil. Pris à revers par un argument inattendu, il ne savait plus quoi dire.

— Amandine a tenu à faire les tests ADN qui le prouvent et à me les communiquer.

— C'est encore pire que ce que je croyais… murmurait Babut en secouant la tête.

— La porte de mon bureau restant souvent ouverte, j'ai surpris par hasard une conversation entre Jarry et Blanchard. Ils évoquaient le manoir de Roc'h-ar-lan comme le lieu de détention possible des trois femmes. Ce fut plus fort que moi. Je me suis rendu sur place dans l'intention de le vérifier. Rien de plus. Quand je suis arrivé, Amandine s'était délivrée seule. J'ai voulu l'aider et nous avons été surpris par Coëdec. La suite, vous la connaissez.

Babut se frottait le menton, puis se grattait le crâne et remettait en place quelques stylos qui traînaient sur son bureau.

— Avez-vous des enfants, monsieur le divisionnaire ?

— Hein ?

— Avez-vous des enfants ?

— Oui. Deux.

— Je suis certain que, quel qu'en soit le prix à payer, votre place à la PJ éventuellement, vous n'hésiteriez pas une seconde à sauver la mère de vos enfants si sa vie était en jeu.

À présent, le coude sur la table, Babut, le buste penché en avant, soutenait son front de la paume de la main. Il eut une réflexion de bon sens que Grimm trouva très juste.

— Jamais je n'aurais pu me retrouver dans une situation comme la vôtre.

Il sembla réfléchir quelques instants avant de répéter à plusieurs reprises :

— Évidemment… Évidemment…

Puis :

— C'est humain. Je ne peux pas vous accabler… la mère de votre fils…

Alors, Grimm tenta une sorte de va-tout risqué :

— Je suis prêt à vous remettre ma démission.

Cette annonce agit comme un électrochoc. Babut se cabra.

— Attendez ! N'allons pas trop vite, je n'ai pas encore pris de décision !

Ce fut difficile pour Grimm à ce moment-là de ne pas esquisser un léger sourire. Il prit une chaise et s'assit face au commissaire, en affectant une attitude soumise qui suggérait que son sort était dans les mains de son supérieur et qu'il accepterait le verdict.

— Voyons, voyons… D'abord, on ne peut pas cacher votre présence là-bas.

— Ça me paraît impossible en effet.

— À l'époque, que Coëdec emprisonnait ces trois femmes dans ce vieux manoir n'était même pas une hypothèse, n'est-ce pas ?

— Même pas.

— On peut dire que Jarry, responsable de l'enquête, vous avait demandé d'aller jeter un œil du côté de l'antique propriété du notaire mis en garde à vue. Une recherche de la Panhard, par exemple ? Puisque celle-ci était introuvable à Trégornec et qu'elle était l'élément qui le mettait en cause. Vous comprenez ?

— Oui.

— Bon. Vous étiez donc là fortuitement, exécutant une micro-mission anodine, presque de routine, parce que nous manquons d'effectifs et que Jarry n'avait que vous à disposition à ce moment précis. Et il y a quelque chose de très important qui nous sauve dans cette affaire.

— Quoi ?

Babut tapa du poing sur la table, mais avec une légèreté joyeuse, et pointa son index vers Grimm.

— Vous n'aviez pas emporté votre arme de service !

— Pourquoi l'aurais-je fait ? L'idée ne m'a pas effleuré.

— Voilà ! Et c'est tant mieux !

Babut baissa la voix comme un conspirationniste.

— Parce que, autrement, forcément, le Coëdec, vous l'auriez abattu.

— Forcément.

— Et là, on serait pas dans la merde ! Vous imaginez les complications si vous l'aviez tué vous-même ? L'enquête qui s'en serait suivie par les bœuf-carottes ! Et là, sans jeu de mots, vous étiez cuit !

Ironie de l'histoire, Grimm prenait conscience qu'il allait s'en tirer parce que son pistolet s'était enrayé et qu'il avait failli en mourir. Babut poursuivait :

— Non, je pense qu'on peut tout régler entre nous. En famille.

En famille… Ben voyons ! Pour un homme qui voulait le jeter en pâture à la commission disciplinaire quelques minutes auparavant, le retournement était spectaculaire.

— Vous croyez que Jarry acceptera de tordre la réalité de cette manière ? C'est qu'il est parfois un peu bizarre, votre capitaine, non ?

— Monsieur le commissaire, franchement, je serais surpris que Jarry ne vous suive pas. C'est vous le patron. Jarry peut vous paraître étrange, mais il a toujours obéi aux ordres. Son petit côté farfelu ne change rien au fait que c'est un excellent flic.

— Si vous le dites.

*
* *

De retour dans l'open space, Grimm fit un clin d'œil à Jarry et annonça :

— Il veut te voir.

— Ah bon ?

— Oui, tout est arrangé.

— C'est vrai ?

— Puisque je te le dis !

Jarry prit la direction du couloir tandis que Grimm s'enfermait dans son bureau. Sur Internet, il nota le numéro de l'hôpital de Morlaix et appela. Il lui fut répondu que Mme Moncorgan, selon son souhait, avait été transférée en ambulance vers un hôpital à Montpellier. Partie tôt ce matin-là, elle devait être sur la route.

Dépité, Grimm téléphona à Henriette qui avait réussi à joindre sa fille la veille en soirée. Amandine, extrêmement fatiguée, lui avait fait part de sa volonté de regagner Montpellier au plus vite pour retrouver ses enfants. Elle promit de le prévenir dès qu'elle connaîtrait le nom de l'hôpital.

Bloquée. La situation était bloquée. Cette impuissance le faisait enrager. Il avait le sentiment pressant, presque angoissant, impérieux en tout cas, qu'il devait revoir Amandine rapidement. Pour parler avec elle. Rester éloigné, alors que leur avenir était lié désormais par la protection et l'éducation de Louis, était inenvisageable. Son absence, ou toute forme de silence, aurait une signification implicite qu'il refusait. Il fallait qu'il parte à Montpellier pour la soutenir. Et voir son fils à

Toulouse quand celui-ci passerait le week-end chez sa grand-mère.

Jarry revenait dans l'open space en compagnie de Babut. À leurs mines satisfaites, il comprenait que l'accord avait été scellé et que Jarry avait accepté de « tordre la réalité », selon l'expression du divisionnaire. Jarry le faisait pour Grimm, non pour obéir à la suggestion de Babut. Car, là aussi, on avait beau « tordre la réalité » en tous sens, il s'agissait ni plus ni moins de « faux en écriture ».

Presque joyeux, Babut fit signe à Grimm de venir les rejoindre. Blanchard et Ermeline avaient cessé leur travail.

— J'ai reçu, commença Babut quand il fut assuré de l'écoute attentive de tous, un coup de téléphone du procureur Lestanger qui est très heureux du dénouement de cette enquête et qui nous en félicite. Le juge d'instruction aussi m'a appelé. Mais également la DCPJ[1] et, plus rare encore, la chancellerie. Bref, c'est un soulagement général. Pour fêter ça, je vais aller acheter une petite bouteille de champagne que nous boirons ce soir, ici même, avant de rentrer chez nous.

*

* *

Le lendemain matin, quand Grimm pénétra dans l'open space, Ermeline le cueillit au débotté.

— Sais-tu que tu as fait une émule, Hubert ?

Il se retourna, interloqué.

1. Direction centrale de la police judiciaire.

— Qui ?

— Moi !

— De quoi parles-tu ?

— Je l'ai déjà montré à Corentin et à Éric. Viens voir !

Ermeline manipulait son portable.

— Tu te souviens, sur les colis, du nom et de l'adresse de l'expéditeur de l'œil des victimes ?

— Vaguement.

— André Tanle et manoir de Lan-ar-denet.

— Oui. Et alors ?

Retournant son téléphone, Ermeline braqua l'écran sous les yeux de son chef.

ANDRÉ TANLEAADÉELNNRTNÉANDERTAL
LAN-AR-DÉNETAADÉELNNRTNÉANDERTAL

— Putain, c'était le king de l'anagramme, ce type…

— Ainsi, c'était Neandertal lui-même qui nous expédiait le colis. Et il habitait au manoir de Neandertal, ça va de soi.

— Complètement ravagé…

— Sûr que c'était pas un petit grain qu'il avait… Et, au final, sept morts.

De nouveau, Grimm pensa que celle d'Audrey Petitjean aurait peut-être pu être évitée s'il n'avait pas transmis d'informations sur les premiers meurtres au professeur Rouvray. Pensée qui le déprimait. Il se retint de l'exprimer et se réfugia dans son bureau.

Peu de temps après, alors qu'il fumait une cigarette les yeux fixés au plafond, Henriette l'appela pour lui communiquer le nom de l'hôpital de Montpellier où Amandine avait été transférée et l'informer que Louis serait chez elle le week-end suivant.

## 12

Quand Grimm se gara sur le parking de l'hôpital, il sentit monter en lui une anxiété anormale. La veille, il avait dormi chez Henriette. Sur le canapé du salon, car l'appartement était petit. Les retrouvailles avec Louis l'avaient laissé sur une impression pénible.

Le petit bonhomme ne l'avait pas reconnu, ce qui n'était guère étonnant. Qui était donc ce grand monsieur qui s'était agenouillé face à lui et lui avait parlé avec une gentillesse presque suspecte ? Du reste, Grimm n'avait pas su que lui dire et n'avait pas osé non plus le serrer dans ses bras de peur de l'effaroucher.

Il avait tenté de jouer avec lui, mais Louis, silencieux, fixant sur lui ses grands yeux d'enfant, l'avait observé avec méfiance. Privé de sa mère et de l'unique père qu'il connaissait, le garçon avait perdu ses repères et se réfugiait dans les jupes de sa grand-mère, seul phare solide et identifiable sur l'océan bouleversé de son existence.

Face au découragement de Grimm, Henriette avait tenté de le rassurer. Il faudrait du temps avant qu'il puisse remplacer le mari d'Amandine dans le cœur de l'enfant. De nombreuses visites, fréquentes et régulières, seraient nécessaires et l'éloignement géographique, hélas, constituait un handicap. Enfin, l'attitude de sa mère à l'égard de Grimm serait déterminante pour hâter le transfert affectif qu'il appelait de ses vœux.

C'est sur ce constat d'une communication délicate et difficile avec son fils que Grimm, dès le lendemain matin, avait quitté Toulouse pour prendre la direction de Montpellier.

Dans le hall d'accueil de l'hôpital, il demanda le numéro de la chambre d'Amandine. Il dut patienter vingt minutes avant qu'on lui apprenne que son état mental avait nécessité un transfert vers une clinique psychiatrique. Bien qu'on le rassurât dans le même temps sur sa santé physique, très satisfaisante selon les termes de l'interne, il crut défaillir.

Muni de l'adresse de la clinique, il se remit au volant de sa voiture, l'esprit brouillé par ce nouveau choc. Amandine, si pleine d'énergie, si forte et si active, s'était effondrée. Les épreuves subies avaient eu raison de sa résilience. « Elle a craqué », se répétait-il, bouleversé, en allumant son GPS.

En roulant, il se remémorait la phrase lâchée par Henriette dans la cuisine au moment du petit déjeuner. Lui décrivant sa visite à l'hôpital trois jours auparavant, elle avait affirmé que les examens n'avaient révélé chez Amandine aucune anomalie physiologique. Le bilan était positif. Dormant beaucoup, elle récupérait de sa fatigue, mais, psychiquement, elle avait du mal à se remettre de ses épreuves. « Pour tout dire, elle m'inquiète », avait conclu sa mère.

Contrairement à l'hôpital, il n'eut aucune difficulté pour trouver une place où garer son véhicule. Clinique privée, onéreuse certainement, mais le mari d'Amandine avait de bons revenus dont elle hériterait en partie.

À l'accueil, deux femmes derrière le comptoir, les mains sur le clavier et la tête tournée vers l'écran de leur ordinateur. Il s'adressa à la première, petite brunette aux yeux vifs, au fin minois et à l'accent chantant.

— Bonjour, je souhaiterais rendre visite à Mme Moncorgan.

— Vous êtes de la famille ?

— Je suis le père d'un de ses trois enfants.

— Votre nom ?

— Hubert Grimm, avec deux m à la fin. Et sans e.

Il dut aussi donner son adresse et présenter sa carte d'identité. Bigre, il fallait montrer patte blanche pour accéder aux malades. Si on n'entrait pas dans l'établissement comme dans un moulin, il fallait espérer que les patients qui exprimaient la volonté d'en sortir ne soient pas retenus de force. Le visage de Jack Nicholson dans *Vol au-dessus d'un nid de coucou*, surtout après sa lobotomisation, lui apparut en un flash oppressant.

La brunette téléphonait et informait de sa présence une mystérieuse autorité. Il attendait, les mains dans les poches. Elle raccrocha.

— Si vous voulez bien patienter quelques instants, le Dr Marnand, qui soigne Mme Moncorgan, va venir vous voir.

Elle désignait une sorte de salon aménagé dans un coin du hall. Quatre fauteuils en cuir (ou similicuir) d'un rouge un peu vulgaire, une table basse, des revues en pile impeccablement rangées. Il s'assit, saisit un magazine, le feuilleta sans lire, le reposa, en attrapa un autre, mais pour le rejeter aussitôt sur la table. L'inquiétude lui nouait le ventre.

Le Dr Marnand était grand et sa blouse blanche accentuait une impression générale de minceur. Il portait des lunettes d'écaille et ses cheveux blonds rebelles se dressaient au-dessus de son crâne. Il s'installa sur le fauteuil voisin de celui de Grimm. Bien que le hall soit désert, hormis les deux secrétaires qui, indifférentes, poursuivaient leur travail, il s'exprima à voix feutrée.

— Si j'ai bien compris, vous êtes de la famille. Un premier mari ou un ex-compagnon ?

— Exactement, un ex-compagnon, répondit Grimm, qui n'avait pas l'intention de dévoiler une seule parcelle de sa relation avec Amandine.

— Je vais vous donner l'autorisation de la voir, mais pour peu de temps, je le crains. En effet, je dois d'abord vous informer de son état.

Grimm n'avait pas imaginé une seconde qu'on puisse lui refuser un droit de visite. Sa première réaction, qu'il masqua, fut de penser qu'il aurait forcé le barrage et que ce n'était pas ce grand échalas qui l'en aurait empêché.

Sans remarquer la tension de son interlocuteur, le Dr Marnand poursuivait :

— Mme Moncorgan a subi des événements dramatiques. Vous connaissez ces événements ?

— Oui.

— Je me permets de vous les rappeler. Son mari a été assassiné sous ses yeux. Elle a été séquestrée dans des conditions épouvantables. Violée à plusieurs reprises. Et elle a tué un homme.

— Son bourreau.

— Oui, son bourreau. Pénalement, c'est important, mais ça ne change rien sur le plan psychiatrique. Elle le vit comme un meurtre qu'elle a commis.

Grimm soupira.

— Bref, le traumatisme est profond. Il ne se réglera pas en quelques semaines. Vous comprenez cela, monsieur ?

— Oui.

— Le Dr Tombereau, qui la suivait précédemment et qui m'a transmis son dossier, m'a informé au téléphone que ses beaux-parents étaient venus à l'hôpital. C'était la première fois qu'elle revoyait ses enfants. Assise sur son lit, elle les a serrés tous les trois ensemble dans les bras. Elle pleurait, s'agrippait à eux, et a été incapable de prononcer une seule parole. Je ne vous dis pas l'effet que cette scène a dû produire sur les enfants. C'est désastreux pour eux de retrouver leur mère dans un tel état. Franchement, je ne sais pas si c'est une bonne chose qu'ils viennent ici.

Posant les deux coudes sur ses genoux, Grimm se massa le visage avec les paumes de ses mains. Le docteur ajouta :

— Elle a aussi des obsessions.

— Lesquelles ?

— Elle ne cesse de vouloir se laver. C'est assez classique quand on a été victime de viol. On se sent sale. Et puis, elle est persuadée qu'elle est enceinte. De son violeur, évidemment. Son bourreau a introduit le mal en elle, qui croît sous la forme d'un embryon maléfique. Ce mal, elle ne peut plus l'expulser. Le mal… le mal ou le mâle, si vous voyez ce que je veux dire.

Grimm avait déjà remarqué cette aptitude des psys à jouer avec les signifiants. Par glissement, le mâle devenait synonyme du mal. Était-il possible qu'Amandine soit si gravement atteinte ?

Face à cette terrifiante analyse du psychiatre, il réagit d'une manière assez primaire, comme si un fait rationnel rapidement mis en évidence permettrait à Amandine de guérir sur-le-champ.

— Vous n'avez pas fait de test de grossesse ?

Le Dr Marnand haussa les sourcils.

— Mais, monsieur, il faut attendre au moins trois semaines après un rapport pour faire un test.

— Oui, excusez-moi, je perds un peu la tête.

Grimm se leva d'un bond.

— Bon, est-ce que je peux la voir ?

Lentement, le Dr Marnand se leva à son tour.

— Oui, je vais vous conduire à sa chambre et je vous laisserai seul avec elle un quart d'heure. Plus longtemps me paraît trop pour l'instant. Et je vous demanderai de vous conformer aux recommandations suivantes.

— Oui ?

— Parlez-lui avec douceur, ne la contrariez pas, et ne discutez pas avec elle de sujets qui pourraient la perturber. C'est assez simple en vérité, mais il y a beaucoup de gens qui n'en sont pas capables.

— Vous pouvez compter sur moi.

*

* *

Après avoir ouvert lui-même la porte, le Dr Marnand s'effaça et Grimm entra dans la chambre d'Amandine sur la pointe des pieds. Il craignait qu'elle ne dorme, mais elle tourna aussitôt la tête dans sa direction. Allongée sur son lit, le dossier légèrement relevé, elle paraissait ne rien faire. Face à elle, la télévision était éteinte.

Elle le regardait et son visage ne reflétait aucune expression. Tout juste, peut-être – Grimm n'aurait pu l'assurer –, tenta-t-elle d'esquisser un vague sourire qui se termina par un rictus.

Il prit une chaise et s'assit à côté d'elle. Sur la table de nuit, il n'y avait pas grand-chose, ni livre ni magazine, une bouteille d'eau et un verre en plastique, une boîte de mouchoirs en papier, son portable et un téléphone fixe, celui de la clinique.

— Comment te sens-tu ? dit-il au bout d'un moment.

— Pas très bien.

— J'ai vu Louis à Toulouse.

— Ah ?

— Il est chez ta mère pour le week-end.

Puis le silence s'établit comme une barrière infranchissable. Grimm se trouvait désarmé. Initialement, il était venu pour parler de l'avenir. Celui de ce trio qu'il constituait avec Amandine et Louis. Mais il se rendait compte, et le médecin l'avait en quelque sorte prévenu, que ce ne serait pas possible. Pas maintenant, c'était inopportun.

La situation resterait bloquée tant qu'Amandine serait clouée sur ce lit, le regard vague, incapable d'échapper aux démons qui la torturaient.

Il dit maladroitement :

— Tu m'as sauvé la vie.

Et aussitôt, il prit conscience de son erreur. Lui rappeler cet enfer, quelle idiotie... Elle avait fait un mouvement de tête assez bref tandis qu'il se mordait les lèvres.

Il étendit son bras et toucha sa main, mais elle la retira et murmura ensuite :

— Excuse-moi.

De nouveau, ce pesant silence et cette incapacité à communiquer qu'il sentait chez elle. Il baissa les yeux et attendit avec l'impression de veiller un malade en soins palliatifs.

Puis, soudain, elle prit la parole, d'une voix faible, quasi inaudible :

— Hubert, c'est gentil d'être venu.

— C'est normal.

— Mais je voudrais être seule.

Il hocha la tête à plusieurs reprises et se leva.

— OK. Je peux t'appeler sur ton portable dans quelques jours ?

— Je ne réponds pas au téléphone.

— Bon, je reviendrai plus tard.

— Oui, dit-elle dans un souffle.

Il se retira et, sur le seuil de la porte, lui fit un signe de la main auquel elle ne répondit pas.

*
* *

Dans le couloir, il s'adossa au mur avec un sentiment de désespérance. Il avait envie de pleurer et faisait de gros efforts pour se retenir. Une aide-soignante passa qui, l'apercevant immobile et à moitié courbé, lui demanda :

— Ça va, monsieur ?

— Ça va, merci. C'est l'atmosphère des cliniques qui… Je n'ai pas l'habitude.

— Je comprends.

Elle poursuivit son chemin et Grimm respira à plusieurs reprises à pleins poumons. Il avait besoin d'air.

Renonçant à l'ascenseur, il dévala l'escalier, traversa le hall d'accueil à grands pas pressés sans un regard pour les deux secrétaires toujours assises derrière le comptoir et, dégringolant les marches du perron, déboula sur le parking. La main tremblante, il alluma une cigarette.

— Putain de merde ! Et dire qu'elle est peut-être enceinte de ce monstre !

Du plat de la main, il frappa violemment le capot de sa voiture.

— Si c'est le cas, faudra qu'elle avorte ! Qu'elle avorte, bon Dieu, y a que ça à faire !

Il fuma la cigarette tellement vite que la tête lui tourna. Rageusement, il écrasa le mégot sur le macadam et, avec le pied, il s'acharna à le réduire en miettes.

— Moi, je peux rien faire ici ! Rien ! Faut que j'me tire !

Il remonta dans son véhicule et partit en trombe. Sur la route, il ne cessait de repenser au triste visage d'Amandine et à son effondrement. Ce serait long. Même très long, peut-être. Il faudrait revenir, être présent, retisser le lien, car malgré l'enfermement mental qu'elle manifestait à présent, il était le seul capable de lui maintenir la tête hors de l'eau jusqu'à ce qu'elle reprenne pied sur la berge. Du moins le pensait-il.

L'aider à surmonter l'épreuve parce qu'elle était la mère de son fils. La mère de son fils, il raisonnait en ces termes. L'aimait-il ? Aimait-il Amandine ? La question ne lui venait même pas à l'esprit.

Jamais une affaire criminelle n'avait autant bouleversé sa vie en quelques semaines. Fabien Moncorgan assassiné, Amandine en dépression sévère, Louis chez sa grand-mère ou chez ses autres grands-parents.

Un champ de ruines.

Un champ de ruines où tout était à reconstruire. Et il ne savait pas par où commencer. Peut-être aurait-il besoin de l'aide du Dr Lipsky ? Il pensait à prendre rendez-vous avec elle dès son retour lorsque son téléphone s'agita sur le siège avant où il l'avait déposé.

Il se gara sur le bas-côté pour répondre. C'était Ermeline.

— Hubert, tu es chez toi ?

— Oui.

— Il y a eu un jeune tué à la kalachnikov dans le quartier de Maurepas. Le patron n'arrivait pas à te joindre, c'est pour ça que je t'appelle.

— Et alors ?

— Il faudrait que tu viennes. La PTS est déjà là, Hélène Pointcarré aussi. Manque plus que toi.

Petit silence.

— C'est qu'en fait je ne suis pas chez moi.

— Mais tu viens de me dire que…

— Oui ! Ben en fait je suis pas chez moi ! Voilà !

— Tu es où ?

— À Montpellier.

— À Montpellier !?

— On est dimanche. C'est le week-end, j'ai le droit de sortir de ma tanière.

— Bien sûr, mais tu rentres quand ?

— Maintenant, je rentre maintenant.

— Bon, OK, je vais appeler Corentin.

— Parfait. On se voit demain matin.

Quand il redémarra, il avait déchargé une partie de son stress. Le travail faisait irruption avec son immédiateté et ses impératifs et rien de mieux qu'une nouvelle affaire pour l'empêcher de ruminer. Il se sentait plus calme, à défaut d'être apaisé.

Pourtant, durant le long parcours qui le ramenait à Rennes, une idée ne cessa d'errer dans sa tête. Une pensée dissimulée qui revenait sans interruption comme un questionnement obscur, puis s'effaçait pour renaître peu après. À l'état embryonnaire, comme de la fumée qui prend des formes successives au gré de son ascension.

Quand il gara la voiture au bas de son immeuble, il resta longtemps assis sur son siège, les mains sur le volant, la tête droite, le regard fixe.

Lentement il ouvrit les lèvres, cherchant ses mots, et finalement murmura :

— Amandine est la seule femme que j'aie vraiment aimée.

## Remerciements

Je remercie vivement Yvon Ollivier, magistrat, pour ses conseils sur les procédures juridico-policières. Les erreurs qui subsisteraient seraient naturellement de mon fait.

*Cet ouvrage a été composé et mis en page*
*par Nord Compo à Villeneuve-d'Ascq*

*Imprimé en France par*
CPI Bussière
en septembre 2024
N° d'impression : 2080160

Pour plus d'information :

#lisez! engagé
www.lisez.com

Imprimé sur du papier issu de forêts gérées durablement.

Pocket – 92 avenue de France, 75013 PARIS

S33729/03